Manchmal, da passier'n dir Sachen,
kannz' ers' später drübber lachen.
Junge, Junge, allerhand!
Gibt's dat nur im Sauerland?

Inhalt

Hallo! Schön, dass Sie da sind.

Wir sind im Sauerland – live und mittendrin. Naja, also eigentlich mehr so hinten, da, wo man immer denkt, dass da nicht viel los sein kann. Aber da täuscht man sich. Hier ist immer was los. Wir, das ist die Familie Knippschild. Meine liebe Frau Steffi, unser Sohn Max, vierzehn, und ich: Alex Knippschild ... aber für Sie gerne nur der Alex. Vielleicht kennen wir uns ja auch schon.

Wir wohnen seit einigen Jahren in dem kleinen Dorf Leckede zwischen Misthaufen, Kirchtürmen und Güllegruben, wo es wirklich sehr schön, sehr beschaulich, sehr grün, meistens *am Schiffen is'*, wie der Sauerländer sagt, wenn er *regnen* meint – und natürlich sehr bergig.

Land der tausend Berge. Sie haben sicher schon mal davon gehört oder wohnen vielleicht sogar selber hier. Es ist nicht exotisch, nein, denn wo die Misthaufen qualmen, da gibt's keine Palmen, wie der Dichter so schön sagt, aber das muss es auch nicht sein.

Und ich, Alex Knippschild, kenne das Sauerland schon sehr lange, weil ich hier geboren bin. Meine Steffi übrigens auch, aber ganz woanders. Das Sauerland ist ja nicht gerade klein und wir kannten uns anfangs einfach noch nicht. Irgendwann sind wir dann beide mal unabhängig voneinander vor den Misthaufen in die große Stadt geflohen ..., um dann aber gemeinsam und zu dritt wieder zurückzukommen.

Ich bin jetzt Chefredakteur (was sich wichtiger anhört, als es ist) einer kleinen wöchentlich erscheinenden Zeitung in unserer

Gegend, dem *Sauerlandbeobachter*.

Und wer das Sauerland sorgfältig beobachtet, der wird sich immer wieder wundern, schmunzeln oder auch mal den Kopf schütteln müssen über diese Sauerländer.

Mehr als 'n Sauerländer kann der Mensch nich' werd'n, sagen manche hier. Naja, ist ja nicht ganz ernst gemeint.

Sie werden mich und meine kleine Familie ziemlich gut kennenlernen. Unser Leben, unsere Problemchen, unseren Spaß, unsere ständigen Katastrophen, unsere Abenteuer – mitten unter Sauerländern. Unter uns Sauerländern.

Und Sie werden vor allem sehr viel Bekanntes und sehr viel Menschliches finden. Denn auch im Sauerland ist das Leben meistens schrecklich normal und doch so völlig bekloppt.

So wie bei Ihnen.

Und Sie werden sich immer wieder fragen: *Wat machen se denn getz wieder, de Knippschilds?*

Also auf ins erste Abenteuer. Sauerland live!

Viel Spaß dabei!

Ihr Alex Knippschild

Frau Pütter braucht Weh-Lahn

„Ich krich de Pimpernellen!", sagt die Frau, „ich krich de Pimpernellen!" Dabei schüttelt sie den Kopf, dass die bläulichen Dauerwellen fast herausgeschleudert werden.

De Pimpernellen!

Natürlich weiß man nicht, was *de Pimpernellen* wirklich sind. Eine Krankheit, Viren, Bakterien? Man weiß nur, dass es ernst um die arme Frau steht und dass sie Gefahr läuft, auf der Stelle verrückt zu werden.

Max und ich sehen uns mit großen, erstaunten und neugierigen Augen an. Ich hab ihn gerade von der Schule abgeholt, und weil ich bei *Handyphone*, dem Handyladen meines Vertrauens, noch ein paar kleine wichtige Informationen, was die Welt der modernen Kommunikation betrifft, haben wollte, habe ich ihn einfach mitgenommen.

„Dauert nicht lange, Max."

„Na, gut."

Er geht sonst eigentlich recht gerne in den Handyladen – aber nicht mit mir.

Die ältere Dame, die ja laut ihren eigenen Aussagen droht, diese berüchtigten Pimpernellen zu kriegen und in eine ernsthafte psychische Störung hineinzugeraten, wird von einer sehr jungen, recht hübschen Frau mit einem fast nicht sichtbaren Piercing in der Unterlippe betreut, das eigentlich aussieht, als hätte sie noch etwas Frühstück im Gesicht. Reste eines Mohnbröt-

13

chens vielleicht. Sie kümmert sich geradezu rührend um die ältere Frau, lächelt sanft, fasst sie sehr fürsorglich am Arm und führt sie zu einem Tisch in der hinteren Ecke des Ladens, wo es etwas ruhiger ist und wo sie nicht mehr so im Zentrums der allgemeinen Aufmerksamkeit steht. Denn es handelt sich ja eher um einen sehr privaten Moment, wenn man *de Pimpernellen* kriegt. Und wer will da schon größere Aufmerksamkeit erregen?

Trotzdem sind Max und ich natürlich immer interessiert an derlei menschlichen Abgründen und schleichen uns, mit schlecht gespielter Aufmerksamkeit die Angebote der aktuellen Smartphonewelt betrachtend, an den Regalen des recht gut besuchten Ladens vorbei in Richtung hintere Ecke.

Da haben wir einen erstklassigen Platz, können gut sehen und hören, und bekommen so sicher alles mit, was mit dem geistigen Verfall dieser Frau zu tun hat. Vielleicht kann man ja auch helfen, wenn es der Frau wirklich so schlecht geht.

„Wie kann ich Ihnen denn helfen?", fragt die junge Handysachverständige und schaut der armen Frau tief und vertrauensvoll in die leeren Augen. Die freundliche Kundenberaterin hat so was in ihrer Stimme, wie dieser Mann, der nachts im Radio immer die Hilferufe völlig verzweifelter Menschen annimmt und auf sie einredet, damit sie sich nicht das Leben nehmen – oder eben anderen.

Die ältere Dame, ich schätze sie so auf etwa fünfundsiebzig, Ende siebzig, hat sich anscheinend etwas beruhigt, bringt auch schon wieder so etwas wie ein Lächeln zustande und sagt dann: „Dat mit dem Lahn geht nich' mehr. Ich krich noch …"

„Jaja."

Dann jammert die arme Frau, macht ein reichlich zerknittertes Gesicht und schüttelt verzweifelt ihr Handy, das sie fest umschlossen in ihrer rechten Hand hält, und auch schon wieder ihren Kopf, weil das verdammte Leben immer schwieriger wird.

Und sie fängt schon wieder an, sich ein wenig aufzuregen.

Max sieht mich an und verdreht die Augen. Jaja, ich weiß schon, was er denkt: *Die alten Leute! Was brauchen die denn überhaupt noch ein Handy?* Und ich weiß, dass Max mich insgeheim auch schon dazuzählt, obwohl ich erst sechsundvierzig bin und leider auch ab und zu mal ein kleines Problem mit dem technischen Wunderdings oder meinem Laptop habe.

Dann frage ich ihn auch manchmal ganz locker, so wie nebenbei, als ob es gar nicht so wichtig wäre, wie man denn dieses oder jenes wieder hinbekommen könne. Aber bis ich meinen Sohn frage, muss ich wirklich total am Ende sein, denn das leicht überhebliche Kopfschütteln, das er sich verdammt noch mal nie verkneifen kann, ist kaum auszuhalten.

Meistens verbringe ich dann mindestens einen halben Tag damit, das widerliche Handy- oder Computerproblem selbst zu lösen. Oft verstelle ich dabei aber alles und es geht dann einfach gar nichts mehr. So was macht natürlich außerordentlich schlechte Laune und gefährdet manchmal sogar eine Ehe. Steffi geht mir jedenfalls den ganzen Tag aus dem Weg, wenn das Scheißding oder das Internet mal wieder nicht richtig funktionieren.

Das Schlimmste ist allerdings, dass Max alles mit ein paar flutschigen Tippern aufs Display oder in die Tastatur in Windeseile wieder hinbekommt.

„Da, Alter, bitte schön, ich weiß nicht, was du da immer mit machst!"

„Was ICH damit mache?"

Tja, die Jugend! Manchmal etwas zu kodderschnäuzig für meinen Geschmack.

„Dat Lahn!", röchelt die hilflose alte Dame noch immer und sieht die Handyfachfrau voller Hoffnung auf ihre nahende Rettung an.

„Sie meinen WLAN?", verbessert Frau Handyfon jetzt sehr

mitfühlend, verständnisvoll und auch kompetent, denn sie kennt sich schließlich aus. Und auch von diesem Problem hat sie vielleicht schon des Öfteren gehört und weiß womöglich sogar eine Antwort.

„Ja, dat Lahn, dat Weh-Lahn, ja, dat geht nich'", stöhnt die alte Dame und sucht nach einem Stuhl, den es aber hier in diesem modernen Laden nicht gibt. „Da habbich immer Rezepte un' Krankheiten geguggelt. Dat geht getz nich' mehr! Ich krich de Krimmenoten!"

Ah ja, richtig, die *Krimmenoten* kann man ja auch noch kriegen hier im Sauerland. Hatt ich ganz vergessen. Was die *Krimmenoten* sind, weiß natürlich auch keiner. Aber wahrscheinlich so was Ähnliches wie die *Pimpernellen*.

Frau Handyfon nickt zunächst mal voller Verständnis, was bedeuten könnte: *Das kriegen wir schon hin.*

„Und et ging ja immer!", heult die arme ältere Frau jetzt. „Hier", sagt sie dann und streckt der Beraterin anklagend ihr Handy entgegen. „Is' gar nich' mehr da, dat Lahn!"

„WLAN", korrigiert die junge Frau jetzt schon mit einem Hauch von Vorwurf, denn sie hatte es ja eben gerade erst richtiggestellt.

Ja, alte Menschen brauchen immer so lange, bis sie es dann endlich kapieren. Doch der Geduldsspeicher von Frau Handyfon ist anscheinend frisch aufgeladen und hat wohl noch ein paar Balken.

„Et hieß Rastamann. Dat war unser Hund. So 'ne Art Pudel, wissen Se? Der hatte immer so lange verfilzte Haare, woll? Mein Sohn hat den so genannt."

„Aha", lässt Frau Handyfon hören und nickt still.

„Un' dat Weh-Lahn."

„Bitte?"

„Ja, dat ham we dann auch so genannt. Rastamann. Un' getz

sin' se beide wech. Der Hund un' dat Weh-Lahn. Unser Rastamann is' ja schon lange tot, müssen Se wissen. Der hatte überall so Geschwüre am Ende. Und da hat der Dockter ihm de Spritze geben müssen, woll? Ach, unser Rastamann."

Die Frau wischt sich eine kleine Träne aus dem Auge. Auch ich bin gerührt und taste nach den Tempos in der Jackentasche, nur für den Fall. Max bläst still die Backen auf und stöhnt leise: „Boah!" So was hat er dann wohl auch noch nicht erlebt.

„So!" Die alte Dame hat sich wieder gefangen und schwenkt jetzt noch mal ihr Handy. „Aber dat Lahn will ich getz wiederhaben!"

„WLAN!"

„Ja, Weh-Lahn, von mir aus!" Die alte Frau wird auch ein wenig lauter. Als ob es jetzt darauf ankäme, *Lahn* oder *Weh-Lahn*. Et is' wech!

„Ja, sehen Sie", setzt die freundliche Jüngerin der Telekommunikation jetzt ihre Therapie fort, „es kann ja auch hier gar nicht gehen, das WLAN, weil Sie ja nicht zuhause sind."

„Wie? Dat geht nur, wenn ich bei ihm bei bin?"

„Bei wem?"

„Na, bei dat Weh-Lahn!"

Die junge Verkäuferin muss lächeln. Etwas gnädig, aber sie lächelt – noch.

„Also, es ist ja so, liebe Frau: Das WLAN kann natürlich nur bei einem zuhause funktionieren."

„Bei Ihnen zuhause?" Die Frau mit dem Lahn-Problem scheint verwirrt.

„Nein, nein, bei Ihnen, nur bei *Ihnen* zuhause", antwortet Frau Handyfon immer noch recht geduldig. Sie hat scheinbar Hoffnungen, doch noch etwas zu bewirken.

„Nur bei mir?" Jetzt versteht die arme alte Dame gar nichts mehr. Aber bei meinem Sohn gehdet doch auch."

„Ja, bei dem auch, der hat dann ein eigenes WLAN, aber hier eben nicht!"

„HIER NICH'?" Jetzt scheint die Welt der armen Frau zusammenzubrechen und sie wird sogar richtig laut. „Dat gibbs donnich! Ham Sie so wat gar nich'? Weh-Lahn? Ich dachte, dat wär hier so 'n Internetgeschäft. Boah, ich werd' noch rammdösig dabei!"

Rammdösig. Ja, das gibt es auch noch. Natürlich!

Frau Handyfon atmet schwer und ordnet ein paar bunte Prospekte auf dem Tisch. Dann reißt sie sich wieder professionell zusammen und sagt: „Natürlich haben wir auch WLAN hier, aber eben nicht Ihres."

„Ich versteh überhaup' nix mehr."

Nein, das ist auch zu viel verlangt, finde ich und bin kurz davor, einzugreifen. Ja, hat denn diese junge Schnepfe mit dem ekligen Metallpinn in der Unterlippe überhaupt kein Feeling für so eine alte Dame, die doch noch aus einer Zeit kommt, in der man vielleicht als Erster und Einziger in der Siedlung ein Wählscheibentelefon hatte und noch Briefe und Postkarten schrieb.

„Es geht HIER nicht, IHR WLAN, weil sie so weit WEG sind von zuhause."

Jetzt rückt die junge gepiercte Schnecke auch noch näher an die Dame heran und spricht so laut und so deutlich, dass der halbe Laden sich zur Ecke hin umdreht. Wer alt ist, ist doch nicht auch gleich schwerhörig! Unverschämtheit!

„Ich wohn' doch nur umme Ecke", verteidigt sich die alte Dame vehement und droht der jungen Frau jetzt wieder mit ihrem Handy, das sie wie eine gefährliche Waffe erhebt.

„Ja, aber fürs WLAN eben ZU WEIT."

„Ja, kann ich dat nich' mitnehmen, dat Weh-Lahn?"

Frau Handyfon sagt jetzt gar nichts mehr, atmet schon etwas schneller und schaut hilfesuchend um sich. *Ist denn der Kollege noch nicht wieder da? Der könnte doch vielleicht mal eben überneh-men – oder der Chef?* Nein, sie ist allein. Doch dann zwingt sie sich wieder zu einer gewissen beraterischen Ruhe und fährt mit der Intensivbehandlung fort.

„Was haben Sie denn für einen Router zuhause, liebe Frau?"

„Wat?"

„Naja, also … wie gehen Sie denn ins Internet?"

„Naja, über Weh-Lahn!", antwortet die alte Kämpferin und gibt so schnell nicht auf. Das spürt man und sie bekommt von mir die größte Hochachtung dafür. „Ich krich de Pimpernellen!"

Ist doch schön, wenn man zwischen *Pimpernellen, Krimmeno-ten* und *rammdösig werden* auswählen kann. *Aber gab's da nicht noch was?*, frage ich mich.

„Jaja, das sagten Sie … und der Router …?"

„Ich hab 'n Receiver", antwortet die alte Dame jetzt ganz trot-zig und auch stolz, dass sie auch so ein tolles Fremdwort kann.

Max schlägt die Hände vors Gesicht. Er kann es einfach nicht glauben. Naja, aber da kann er doch mal sehen, dass er es mit mir noch relativ einfach hat. Ganz so weit weg von der modernen Welt bin ich ja gar nicht. Gut, dass ich ihn mitgenommen habe.

Der Receiver ist natürlich fürs Fernsehen", sagt Frau Handy-fon aufklärend und scheint bemerkt zu haben, dass gewisse grundlegende Basiskenntnisse hier einfach noch fehlen. „Wie und wo haben Sie das denn gekauft?"

„Dat Fernsehen? Ja, bei Elektro Hermanns inne Stadt."

„Nein, nicht das Fernsehen …"

„Dat Internet?"

„Äh, ja … das Internet."

Es haben sich inzwischen noch einige andere interessierte Kunden zu uns gesellt, die diesem hochqualifiziert besetzten Technik-Symposium lauschen. Einige nicken und andere schüt-teln die Köpfe, aber alle hören gebannt zu.

„Also, das ... Internet, ja, wo haben Sie das gekauft?", fragt Frau Handyfon jetzt und hat sich damit geschickt auf die Gesprächsebene ihres Gegenübers eingestellt. „Haben Sie das telefonisch bestellt oder wie?", fragt sie und möchte jetzt wohl gerne auch ein Ergebnis haben. Der Laden ist voll, alle Kunden haben Probleme, das haben sie immer, wenn sie mit diesen Gesichtern den Laden betreten, und der Tag ist noch lang.

„Der Mann war da", antwortet unsere Dame todessicher, dass das die richtige Antwort ist.

„Ah ja ... und der ..."

„... der hat den Receiver dann drangemacht."

„Keinen Router?"

„Ich weiß nicht, wat dat is', junge Frau."

„Vielleicht haben Sie ja gar kein Internet."

„Ja, richtich, deswegen bin ich ja hier. Boah! BIN ICH DENN MACKACKI?!"

Das war's! Genau.

Bin ich denn mackacki?! Das ist der noch fehlende Begriff im berühmten Quartett der Ausdrücke, die ein Sauerländer fürs baldige Verrücktwerden hat.

Donnerwetter. Ich muss mich schon wundern. Diese Frau scheint ja wirklich alle Spielarten des Sauerländischen draufzuhaben. *Mackacki* heißt natürlich auch, dass man droht, den klaren Kopf zu verlieren, aber langsam auch die Geduld, und sich auf jeden Fall nicht veräppeln lassen will. Ja, es gibt da feine Unterschiede, auch wenn man hier wieder nicht genau weiß, wo es herkommt.

Bin ich denn mackacki? Sehr schön. Ich muss still in mich hineinlächeln.

Da nähert sich in dieser prekär zugespitzten Situation der Herr des Hauses Handyfon, der Chef persönlich, wie man gleich erkennen kann am aufrechten Gang und einem Gesichtsausdruck, der uns alle sicher macht, dass dieser böse Spuk hier gleich vorbei sein wird. Einige scheinen zu bedauern, dass das großartige Kammerspiel zu Ende zu gehen droht, andere erwarten es offensichtlich mit gewisser Erleichterung. Ich gehöre eher zur zweiten Gruppe und hoffe sehr, dass der alten Frau jetzt endlich professionell geholfen wird – und sie ihr geliebtes, schmerzlich vermisstes Weh-Lahn endlich wiederbekommt.

Was haben die alten Leute denn sonst noch vom Leben? Die ganze Freude ist doch längst dahin. Der Hund und vielleicht auch der Mann gestorben, die Kinder kommen alle paar Wochen mal auf einen Sprung vorbei, der Faden zum richtigen Leben ist doch abgerissen. WEH-LAHN! Das brauchen die!

Der neue, frische Mann schreitet aus den hinteren Katakomben des Ladens heran und genießt die allseitige Beachtung und Bewunderung der Anwesenden. Es geht ein Raunen durch die Menge, die sich inzwischen schon wieder ein wenig vergrößert hat. Er kaut anscheinend noch auf einem Rest Pausenbrot herum.

„Was gibt es denn?", fragt er souverän und welt- und vor allem fachmännisch. Das hört man gleich. Er räuspert sich dann noch mal und schluckt die letzten Krümel seines schmackhaften Mahls herunter. Dann lächelt er zunächst mal – mit leicht sadistischen Zügen, wie ich finde – die ältere Dame an und nickt vertrauenerweckend. Jedenfalls soll es so aussehen.

Die junge Frau Handyfon spielt plötzlich nur noch eine unbedeutende Nebenrolle, was ihr aber sehr entgegenzukommen scheint, denn sie wirkt durch das Auftauchen des allmächtigen Regulators aus dem Pausenraum echt erleichtert, einer gewissen Schwere der Verantwortung enthoben, und überlässt ihm nur zu gerne das bereits mühsam beackerte Feld.

Als der Herr des Geschehens sie dann aber fragend ansieht und auf eine plausible Erklärung dieser offensichtlich ausweglosen und für sein Geschäft unhaltbaren und verfahrenen Situation wartet, sagt sie etwas nervös: „Ich hab versucht, der Frau zu erklären, dass sie hier bei uns kein WLAN haben kann."

Diese dürre Einführung in die laufende Diskussionsrunde hatte der Meister der Kommunikation wohl nicht erwartet.

„Sie kann hier kein WLAN haben? Wir haben hier ALLES!"

Das wiederum macht Frau Handyfon noch nervöser, denn so stimmt es ja auch nicht. Und er hat natürlich recht. Hier bekommt man alles.

„Doch, jaja, natürlich. Nur eben nicht ihr eigenes, Herr Schimmeroth, hier nicht. Geht ja nicht, es ist ja bei ihr zuhause, heißt Rastamann und ist schon lange tot, weil er überall so Geschwüre hatte, VERDAMMT NOCH MAL", lässt sich die arme junge Frau jetzt zu einem emotional recht fragwürdigen Ausbruch hinreißen.

„Na, na, Frau Heggemann, wir woll'n doch mal nicht gleich ..."

Frau Heggemann alias Handyfon hebt beide Hände, *so war es ja nicht gemeint, Entschuldigung*, aber sie kann jetzt einfach nicht mehr und versucht, sich unbemerkt, aber endgültig aus der Schusslinie zu bringen.

„Liebe Frau", sagt der Imperator jetzt zu der älteren Dame, die verwirrt von einer der sie behandelnden Fachkräfte zur anderen schaut und noch nicht genau zu wissen scheint, wer von beiden ihr denn nun in dieser ausweglosen Situation helfen und aus welcher Richtung ihr Weh-Lahn denn jetzt zurückkommen wird.

Ist es schon da? Kann man es schon sehen? Dieser neue junge Mann macht so einen Eindruck, als würde er ihr ihr geliebtes Weh-Lahn wiedergeben können. Der Laden scheint es jedenfalls zu haben. Hat er ja gesagt.

„Ich seh' mir Ihren Account mal eben an", sagt er jetzt und stiftet damit bloß Verwirrung. „Sagen Sie mir doch mal ihr

Kennwort, bitte, Frauäh …?"

„Pütter", sagt sie, „Hättwich Pütter, Grabenstraße 4."

„Danke, ja … ihr Kennwort vielleicht, dann kann ich das alles mal hier nachsehen."

Es ist zwar auch für mich als mittelmäßig Kommunikationserfahrenen nicht einzusehen, warum der Mann jetzt das Kennwort will. Es würde ja reichen, der Frau die komplizierte Thematik des Weh-Lahn einfach plausibler zu erklären, als es seine Kollegin bisher vermocht hat. Aber mit dieser Frage hat er der alten Frau natürlich ein wenig Stoff zum Nachdenken gegeben, etwas Luft aus der ganzen Sache gelassen, auch auf die billige Tour ein wenig Zeit gewonnen und das Beratungsgespräch somit auf eine ganz andere Ebene gehoben.

Er fasst die Dame jetzt galant am Arm, nutzt damit ihre kurzzeitige Orientierungslosigkeit ein wenig aus und versucht, sie in die Ecke mit dem Monitor des Handyfon-Laden-PCs zu bugsieren. Ins Allerheiligste, sozusagen, wohin man als neutraler Beobachter dann leider auch nicht mehr völlig uneingeschränkte Sicht auf die Dinge hat. Es ist dort etwas privater. Man ist in dieser heiligen Ecke mit dem Hohepriester fast allein – intim und persönlicher. So fällt auch das Beichten erheblich leichter.

Deshalb dränge ich Max schnell, ruhig mal ein oder zwei Schritte in diese Richtung zu machen, damit nicht andere uns diesen Platz mit der letzten guten Sichtmöglichkeit streitig machen können.

Denn dort in der Allerheiligsten-Ecke wird man jetzt im direkten Dialog versuchen, der Sache auf den Grund zu gehen und alle weltlichen Probleme dieser ehrwürdigen alten Dame zu lösen.

Hättwich Pütter folgt dem Kommunikations-Würdenträger, leicht verwirrt und sicherlich auch immer noch über das Rätsel mit dem Kennwort nachdenkend, das sie wahrscheinlich noch nicht gelöst hat.

Etwas wehmütig blickt sie noch mal zurück zu der netten Frau Handyfon-Heggemann mit dem *schwatten Krümmel* an der Unterlippe, die sich bisher so rührend um sie gekümmert hat und die jetzt etwas verloren in der hinteren Ecke des Ladens zurückgelassen wurde, die vielleicht soeben ihre schöne Arbeitsstelle verloren, ihre gesamte Zukunft verbaut und ihr Leben verwirkt hat.

Sie tut Frau Pütter etwas leid und deshalb hebt die alte Dame noch mal die faltige Hand, um ihr ein letztes Dankeschön und einen lieben Abschiedsgruß zuzuwerfen.

„Ihr Kennwort also, bitte!", sagt der Mobilfon-Meister jetzt noch mal überirdisch grinsend, als er seine strategisch günstige Position hinter dem Monitor einnimmt und der alten Dame nur der Platz vor der schicken Theke in Mattgrau ihm gegenüber bleibt.

Allerdings hat man kundenfreundlich und vermeintlich seniorengerecht hier einen Barhocker aus Chrom aufgestellt, den Frau Pütter jetzt sportlich zu besteigen versucht. Denn das verlockende Angebot einer Sitzmöglichkeit will sie nicht ausschlagen. Es gelingt ihr nach zwei oder drei vergeblichen Versuchen, die etwas höher gelegene gepolsterte Sitzfläche des modernen Möbels zu erklimmen, und sie lässt sich dann mit einem nicht ganz damenhaften Schnaufen darauf nieder. Geschafft. Endlich.

So. Wat wollt ich?

Nein, *er* wollte ja etwas. Dieser Mann, der ihre Erstbesteigung eines Barhockers mit interessiertem Blick begleitet hat. Und er will es noch immer. Das Kennwort.

Sie hat es nicht!

Klarer Fall, die Frau hat ihr Kennwort nicht parat. Der Allwissende weiß es schon, seit er ihr diese Frage gestellt hat. Es ist doch immer dasselbe, diese alten Leute können sich einfach nichts merken.

„Weisichnich'", sagt Frau Pütter dann auch erwartungsgemäß etwas verschämt, aber auch leicht bockig. *Immer diese Kennwörter! Wat soll ich mir denn noch alles merken?*

„Sie haben ihr Kennwort also nicht parat?"

„Nä!", sagt sie und geht damit direkt auf Konfrontationskurs. Das spürt man. „Habbichnich'!" Und dann sagt sie noch: „Der ganze Kokolores!"

Max sieht mich kurz an und grinst. Er ist im Großen und Ganzen ziemlich angetan von diesem aufregenden Schauspiel nach der langweiligen Schule. Und auch mir gefällt es nicht schlecht, zugegeben, ja, aber die alte Dame beginnt mir doch richtig leid zu tun. Und ich stünde bereit, um für sie in einen heldenhaften Kampf zu gehen.

Ja, da bin ich jetzt mal eindeutig auf der Seite der Alten, der Ausgestoßenen, der Abgelegten, der Eingerosteten, der Schwerhörigen, der Klapprigen, der Zittrigen und der Vergesslichen.

Ich selbst schreibe mir meine Passwörter natürlich immer gewissenhaft auf. Am besten direkt ins Smartphone hinein, damit ich alles auch immer dabei habe und nicht erst lange suchen muss, wenn ich mal danach gefragt werde. Ich möchte niemals in so eine peinliche Extremsituation wie die arme Frau Pütter kommen.

Ich habe da einen kleinen Ordner angelegt, wo auch gleich alle anderen wichtigen Daten abgelegt sind, damit ich auch danach nicht lange zu suchen brauche, wenn es ernst wird. Man kann ja nicht alles im Kopf haben.

Da sind dann also die PIN-Codes für die Bank, Zugänge zu verschiedenen Foren und Unternehmen, naja, Schlüssel für die Freischaltung einiger wichtiger Softwareanwendungen, eben alles, was man in der modernen Welt so braucht. Natürlich hat der Ordner einen verschlüsselten Namen, auf den nicht jeder kommt und ist selbstverständlich besonders gut versteckt. Ist ja klar. Ich habe ihn zunächst in den Ordner ‚Privat' gelegt, der ja sowieso keinen was angeht, und dann habe ich da wieder einen Unterordner angelegt, der ... naja ... gut ... er trägt den Namen unseres leider zu früh verstorbenen Hundes. Waldmeister heißt dieser Ordner.

Da kommt doch ... NIE jemand drauf. Und weil es so todsicher ist, habe ich das Ganze alles auch genau so auf unserem PC zuhause abgespeichert. Steffi versucht mir immer wieder einzureden, wie gefährlich das doch sei, weil jemand, der diesen Ordner findet, dann alles weiß. Der könne ja dann überall hin und rein und alles sehen und machen. „Du weißt doch selbst, was heute alles möglich ist, Alex. Die können doch *alles* häcken!" Aber mal ganz ehrlich, wer soll *den* Ordner denn finden?

„Ohne Kennwort ist natürlich nichts zu machen", sagt der Allmächtige jetzt wieder recht gnadenlos. „Ich komm dann nicht rein ins System. Verstehen Sie?"

Nein, die Frau versteht es nicht.

„Versuchen Sie doch mal, liebe Frauäh ..."

„Pütter!"

„... Frau Pütter, sich zu erinnern. Wie heißt denn zum Beispiel ihr Mann? Hat er einen Kosenamen?"

„Is' tot", sagt die arme Frau. „Schon lange. Dat Härz, wissen Se? Der hatte so 'n schwaches Härz, der kam ja kaum noch de Treppe rauf, die olle Krücke."

„Jaja ... hatte er denn einen Kosenamen?"

„Willy."

„Und keinen ... Spitznamen oder so was?"

„Spitz?"

„Ja. Namen!"

Die arme alte Frau denkt kurz nach, holt tief Luft und dann fällt es ihr ein: „Ömmes! Ömmes ham die immer zu ihm gesacht, weil … der war auch so dick, wissen Se?"

„Ömmes. Ja, gut, Frau Pütter. Mit *O* und *E* oder mit *Ö*?"

„Ömmes!"

„Ja, dann probieren wir das mal."

Doch natürlich klappt es nicht. Nein, *Ömmes* mit *OE* oder mit *Ö* ist nicht das Sesam-öffne-dich für das System von diesem zudringlichen Kerl, der einfach keine Ruhe gibt. Der Herr des Kommunikations-Universums kommt nicht rein. Der Kosename des werten Gatten war es also nicht.

„Ihr Sohn?", fragt der Meister der Dinge jetzt.

„Ach der", sagt sie da nur und winkt mit der handyfreien Hand ab. Sie hat sich jetzt ganz gut auf dem Barhocker eingerichtet. „Der hat ja nie Zeit!"

Wusste ich's doch. Keine Zeit für die liebe Mama! Wahrscheinlich ab und zu mal die Hand aufhalten, wenn das Geld des Herrn Sohnes wieder mal zu Ende gegangen ist, und dann die arme alte Frau Mutter um ein paar Euro von ihrer kärglichen Rente anbetteln. *So hab ich's gerne!*, rege ich mich schon wieder innerlich auf und mein Mitleid für diese einsame, vernachlässigte Person steigt schon wieder. Vielleicht sollten wir diese Frau Pütter bei uns aufnehmen. Wir haben viel Platz, das Haus ist groß, das zweite Kinderzimmer wurde ja noch nie benutzt und Steffi würde sicher nichts dagegen haben, ihren Kram da rauszuräumen und für Frau Pütter Platz zu machen. Scheint doch auch sehr nett zu sein, die alte Dame.

„Der is' Chefarzt im Marienhospital, wissen Se?", sagt sie jetzt und nickt dazu.

„Ah so", sagt Herr Mobilfon offensichtlich einigermaßen beeindruckt und einen ganz kurzen Moment sieht es aus, als ob er über sein eigenes Leben nachdächte. Aber dann fragt er: „Und wie heißt der? Ihr Sohn?"

„Dr. Pütter!"

„Ja, und Vorname?"

„Ach so, ja, Hans-Jörg."

Der WLAN-Meister fragt gar nicht mehr, ob Jörg jetzt mit *O* und *E* oder mit *Ö* geschrieben wird und zusammen oder mit Strich in der Mitte, sondern probiert einfach alles mal schnell aus.

Nein. Falsch. Er kommt nicht rein.

„Wie hieß denn noch mal Ihr Hund?"

„Rastamann, dat habbich doch schon de Kollegin ... ja, bin ich denn mackacki!"

Da war es wieder.

Ja. Das isses! Rastamann passt. Der Chef ist drin.

„Ach, was haben wir denn da?", fragt er erst mal viel sagend und nichts ausdrückend. Er sieht jetzt alles, was das elektronische Leben von Frau Pütter ausmacht. „Superflat, SMS-Flat, und sogar Gigatravel ... Reisen Sie denn viel, Frau Pütter? Brauchen Sie das EU-Roaming?"

Sie starrt ihn nur ausdruckslos und sehr bedürftig an.

„Superflätt?", fragt sie, als sei das ein preiswertes Pfannkuchengericht bei IKEA oder ein Wandschrank. „Eh-Uh-Rohming? Junger Mann, wissen Se wat? Ich hab bald keine Lust mehr. Ich will mein Weh-Lahn zurück. *Rastamann* stand da immer und dat soll da getz wieder steh'n." Und dabei klopft sie auf ihr Handy und dann schüttelt sie es wieder, so dass es ihr bald aus der Hand fällt.

„Sie könnten ein neues Handy bekommen. Ihres ist ja schon ein paar Jährchen ...", sagt der Mann jetzt etwas abschätzig und leicht überheblich, als ob es sich bei ihrem Modell noch um ein kohlebetriebenes Handtelefon der ersten Generation handeln würde. „Langjung Galaxy, wenn Sie wollen."

Frau Pütter hat jetzt die Sammeldose für das Kinderhilfswerk auf der grauen Theke entdeckt und liest interessiert den Text darauf.

„Die armen Kinder", sagt sie dann und wartet darauf, dass Herr Mobilfon auch etwas dazu sagt.

„Bitte?"

„Naja, hier", sagt sie und zeigt auf die Dose. „Die armen Kinder. Ich tu da mal wat rein."

Der Smartphone-Gelehrte verdreht die Augen, scheint nicht sonderlich erfreut über die Unterbrechung der bisher so gut gelaufenen Eröffnung seines Beratungsgespräches, wartet aber geduldig, bis die spendenwillige Frau Pütter ihr Portemonnaie aus der Handtasche gepult hat und der Börse ein Zwei-Euro-Stück entnimmt, um es sicher in der Dose zu versenken. *So, da ham die Kinder getz auch wat!*

„Vielen Dank, Frau Pütter, das ist sehr nett von Ihnen", fühlt der Verkaufspsychologe Schimmeroth, so hieß der Mann doch, wenn ich mich recht erinnere, sich bemüßigt zu sagen und erwartet etwas ungeduldig die Fortsetzung seines Beratungsgespräches.

„Frau Pütter!", setzt er dann wieder mutig an, weil er ja noch so viel Neues zu verkünden hat. „Sehen Sie mal, so ein Langjung Galaxy …"

„Galaxie?", fragt Frau Pütter und scheint Lichtjahre weit entfernt zu sein.

„Ja … Galaxie … das hat einen Vierundsechziger Speicher. Vierundsechzig Gigabyte, können Sie sich das vorstellen, Frau Pütter?"

Nein, natürlich nicht.

„Gesichts- und Iriserkennung!"

„Iris?", fragt die alte Dame und denkt vielleicht an eine ebenfalls schon verstorbene gute Bekannte oder Freundin.

„Damit sind Sie nicht nur optisch, sondern auch technisch in der ersten Liga, Frau Pütter!"

Sie weiß aber offensichtlich nicht so recht, ob sie überhaupt da hinwill, in diese erste Liga, und wird so langsam auch etwas unruhig auf ihrem Barhocker. Vielleicht ist der doch nicht so bequem, wie er von unten aussah.

„Zwölf-Megapixel-Kamera!", haut Herr Mobilfon schnell noch raus, um Frau Pütter von den Vorteilen dieses ganz besonderen Gerätes vollends zu überzeugen. Sie scheint ja interessiert und nahe dran, ein solches Wunderwerk erstehen zu wollen.

„Bluetooth!"

„Jaja."

„Ultra High Quality Upscaler!"

Frau Pütter entdeckt sich selbst im Glas der spiegelnden Wandschränke hinter Herrn Mobilfon und richtet ihre Dauerwelle ein wenig.

„Dual Band WLAN!"

Da ist Frau Pütter wieder im Boot.

„Hattat Weh-Lahn?", fragt sie atemlos.

„Ja, natürlich!", jubelt der routinierte Spitzenverkäufer geschmeidig. „Hat es!"

„Dann nehm ich dat", sagt Frau Pütter voller Überzeugung und holt noch mal ihr Portemonnaie heraus, um gleich zu bezahlen. „Heißt dat Weh-Lahn da drin auch Rastamann?", fragt sie dann aber doch noch, um völlig sicherzugehen, auch das richtige Weh-Lahn zu bekommen.

Das wirft Herrn Schimmeroth etwas aus der Bahn, aber er fängt sich schnell und antwortet federnd: „Noch nicht, aber Sie können es so nennen, wenn Sie wollen."

„Ja, dann is' gut", sagt Frau Pütter, scheint sehr zufrieden mit ihrer Entscheidung und fragt dann: „Wat kost' dat denn?"

Da holt der Herr Schimmeroth erst mal tief Luft und ein fast nicht sichtbares Lächeln legt sich auf seine schmalen Lippen. Es ist also fast geschafft. Jetzt nur noch ein paar Details und das schöne schnelle Geschäft ist perfekt.

Das ist doch ein perfider Hund, dieser Schimmeroth, denke ich so, und auch Max scheint mit mir ausnahmsweise mal einer Meinung zu sein. Der Kerl will ihr da ein sündhaft teures Handy andrehen, mit dem diese Frau doch überhaupt nichts anzufangen weiß und das sie doch technisch und wahrscheinlich auch finanziell total überfordert. Das ist ja wohl …

Das Portemonnaie der armen Frau Pütter liegt jetzt auf der grauen Theke und sie wartet auf eine Antwort.

„Liebe Frau Pütter, Sie werden es vielleicht nicht für möglich halten, aber dieses Gerät bekommen Sie für EINEN Euro!"

Sie fingert wenig beeindruckt einen Euro aus dem ledernen Geldspeicher und reicht ihn an Herrn Mobilfon weiter, um ihm dann direkt ihr neu erworbenes Handy aus der Hand zu reißen und es sehr zufrieden anzusehen.

Der Herr der Handywelten ist einen kurzen Augenblick zu verdattert, um schnell zu reagieren und das Gerät direkt wieder in seinen Besitz zu bekommen, denn so geht das Geschäft ja nicht. Außerdem versucht Frau Pütter jetzt auch schon, den Abstieg vom Barhocker zu beginnen.

„Moment!", sagt Herr Mobilfon da erst mal und kommt eilig hinter seiner Theke hervorgesprintet, so einfach ist das alles ja nicht. Doch Frau Pütter hat gar keine Zeit und Aufmerksamkeitskapazitäten frei, um dem jetzt etwas nervösen Mann zuzuhören, weil ihre Füße sich in den Chromspangen des modernen Stuhls verfangen haben und sie erst mal untenrum alles sortieren muss. Beide Handys dabei fest umklammert. Sie bringt sich damit in die Gefahr, einfach vom Stuhl zu kippen.

„Sie müssten dann natürlich für weitere zwei Jahre der Firma Handyfon ihr Vertrauen schenken und hier unterschreiben", sagt dieser Haderlump mit sabberndem Maul und hat das entsprechende Verfügungspapier schon in den zitternden Händen. Die Frau ist noch immer im Chromstuhl gefangen …

... und da raste ich aus. Zugriff!

Ich sehe Max nur kurz an und er mich und dann hat er begriffen: *Der Alte dreht durch!*

Oh, nein! Wie peinlich ist das denn jetzt wieder? Mitten im Handyladen! Er dreht sich augenrollend weg, weil er für solche Situationen leider noch zu wenig Verständnis hat. Das muss er erst noch lernen, in solchen Sachlagen auch angemessen zu reagieren, Ungerechtigkeiten sofort zu registrieren und wirksam zu bekämpfen. Den Unterdrückten muss geholfen werden. Sofort!

Na gut, um die Erziehung meines Sohnes in diesen zwischenmenschlichen Angelegenheiten muss ich mich dann eben später kümmern. Jetzt geht es erst mal um das Leben dieser armen Frau.

Ich schreite also umgehend zur Tat. Wie einer der sieben Aufrechten aus dem so ähnlich genannten Kinofilm nähere ich mich dem Geschehen, helfe zunächst der alten Frau, ihre Füße zu entwirren, um nicht abzustürzen. Es gelingt und Frau Pütter hat wieder festen Boden unter den noch etwas wackeligen Füßen. Und dann schalte ich mich diplomatisch in das quasi noch laufende Verkaufsgespräch ein, während Max das Loch zum Verschwinden sucht.

„Sie Halsabschneider!", beginne ich erst mal recht formlos in Richtung des gnadenlosen Kopfgeldjägers Schimmeroth. „Sie wollen hier einer armen alten Frau ein scheiß Handy aufschwatzen, das sie überhaupt nicht braucht, sie für zwei Jahre in einen Vertrag zwingen, den sie überhaupt nicht versteht und den sie auch nicht braucht. Sie sind ein Betrüger!"

Mir gehört augenblicklich die Aufmerksamkeit des gesamten Ladens einschließlich Frau Handyfon-Heggemanns, die das Ganze mit gewisser Genugtuung zu beobachten scheint, ohne einschreiten zu wollen. Soll ihr blöder Chef doch zusehen, wo er bleibt, wenn dieser Amokläufer, also ich, ihm gleich an die Gurgel geht. Sie würde sein erbärmliches Leben sicher nicht retten.

Auch Frau Pütter verfolgt mein Eingreifen interessiert, aber noch etwas unschlüssig, wem ihre Sympathien gehören, weil sie wohl noch nicht abzuschätzen vermag, auf welcher Seite dieser neue Mann in ihrem Leben, also ich, jetzt gerade kämpft.

„Sie brauchen das nicht, Frau Pütter!", sage ich, meinen scharfen Ton von eben extrem heruntergepegelt und in eine säuselnde Hypnosestimme verwandelt, nehme ihr das intergalaktische Handy, das sie soeben erworben hat, wieder ab und knalle es auf die Theke des Hauses Handyfon, dass Schimmeroth, der gemeine Abzocker, mich entsetzt ansieht. Wie kann man denn mit so einem hochsensiblen Teil …

Frau Pütter scheint sich allerdings erst mal zu wundern, dass ich sie kenne, und schaut dann ihrem neuen Handy etwas sehnsüchtig hinterher. Sie würde natürlich auch gerne ihren Euro zurückbekommen, wenn sie das tolle Dings mit dem neuen Weh-Lahn dann irgendwie doch nicht haben darf.

Der Bandit Schimmeroth will etwas sagen, weil er ja schließlich der Herr im Hause ist, weiß aber nicht genau was. Also hält er seine verbrecherische Klappe.

„Kommen Sie mal mit", versuche dann ich die Betreuung der jetzt leicht verstört wirkenden Frau Pütter zu übernehmen. Max ist schon mal rausgegangen.

Frau Pütter ist noch etwas unschlüssig, schaut auf ihr Steinzeithandy, das sie noch immer fest umklammert in den Händen hält, dann auf das Galaxietelefon, das sie nun leider doch nicht haben darf, auf Herrn Schimmeroth, der sich doch solche Mühe gegeben hat … und dann sieht sie mich an.

Ich scheine von allen verbliebenen Aussichten vielleicht die Schlimmste zu sein – aber sie entschließt sich doch, mir ihr Vertrauen zu schenken.

Ich fühle mich sehr geehrt. Biete ihr meine starken Arme an, sie hakt sich dankbar ein und dann verlassen wir durch eine schnell gebildete Rettungsgasse vor den Augen der staunenden Menge das Reich des allmächtigen Handyfons und treten hinaus in die unendliche Freiheit des ganz normalen Lebens ohne Weh-Lan.

„Wo wohnen Sie denn, Frau Pütter?"

„Na, hier gleich umme Ecke!"

„Gut. Dann gehen wir da mal hin. Ich bringe Sie mal eben umme Ecke", sage ich und führe die alte Dame in die Richtung, in die sie zeigt.

„Aber ich will doch noch gar nicht …"

„Doch, doch, ich bringe Sie jetzt mal nach Hause", wiederhole ich mit etwas Nachdruck und muss jetzt auch die Führung in diesem *Pas de deux* übernehmen.

Max sieht uns beiden aus ein paar sicheren Metern Entfernung zu und ich will ihm zurufen, dass ich gleich zurück bin, aber als er sieht, wie ich versuche, Frau Pütter an meinem starken Arm über die recht gut befahrene Straße zu zerren, kommt er tatsächlich näher. Wahrscheinlich, weil er es einfach nicht mehr mit ansehen kann und es endlich hinter sich bringen will oder weil er vielleicht doch eine nette jugendliche Einsicht hat und zwei älteren Menschen einfach über die Straße helfen will.

„Ist es noch weit?", frage ich auf der sicheren anderen Seite dann die etwas störrische Frau Pütter und sie sagt: „Nä, da is' ja de Haustür!" Sie ist kurz davor, ihren Arm aus meinem leichten Schraubzwingengriff zu befreien, aber ich halte dagegen.

„Dann machen Sie Ihr Handy doch jetzt mal an, bitte, Frau Pütter."

„Getz?", fragt sie und ich sehe so etwas wie Angst vor der unmittelbaren Zukunft in ihren Augen.

„Ja, jetzt! Bitte!"

Sie holt es misstrauisch aus ihrer Handtasche, in der es vor

Kurzen erst verschwunden ist, macht es etwas umständlich an und dann helfe ich ihr schnell, die richtigen Touch-Punkte zu treffen, damit wir auch auf der richtigen Seite ihres Handys landen und dann habe ich's auch schon.

Da: WLAN. Na, bitte.

Ich reiche ihr kalt lächelnd das Gerät und zeige triumphierend auf das Display.

„Bitte schön! Sehen Sie mal!"

Sie schaut auf das Display, über ihr Gesicht geht ein unerklärliches Leuchten und sie sieht wieder mich und dann noch mal das Display an, und dann sagt sie: „Rastamann! Da isser ja wieder!"

„Genau", sage ich, *zack, zack, so einfach geht das*, und werfe bei dieser günstigen Gelegenheit auch Max gleich noch einen leicht überheblichen Blick zu. Siehst du? Bin nicht so doof, wie du denkst.

Der wirft aber dann doch noch fachkundig ein, dass die liebe Frau Pütter ja vielleicht ihr WLAN-Netz mal verschlüsseln sollte, damit nicht jeder …

„Ach, wat, junger Mann", sagt sie da. „Rastamann war ja mein Hund. Den kennt doch keiner."

Ja, da hat sie natürlich recht. Und dann will sie noch 'ne kleine Runde mit dem wiedergefundenen WLAN-Hund gehen.

„Aber gehen Sie nicht zu weit, Frau Pütter. Besser wär's, Sie blieben ab jetzt doch lieber mit Rastamann im Haus."

„Jo, da ham Se recht. Sons' haut er wieder ab, woll."

Und dann verabschieden wir uns von der lieben Frau Pütter und begleiten sie mit zufriedenen Blicken auf ihrem Weg in das Haus in der Grabenstraße Nummer vier. Sie wird also wahrscheinlich nicht bei uns einziehen, sondern ihr Leben weiter allein meistern können, weil Alex Knippschild wieder einmal das Böse bekämpfen konnte.

„Was wolltest du eigentlich in dem Laden?", fragt Max mich dann noch kurz, als wir ins Auto steigen.

„Ach", sage ich, „nicht so wichtig."

Ich will ihm jetzt einfach nicht sagen, dass ich mich eigentlich für so ein tolles Langjung Galaxy interessiert habe, das ja für nur einen Euro zu haben ist, und dass ich dann natürlich auch gerne für zwei weitere Jahre den entsprechenden Knebelvertrag unterschrieben und mich dem allmächtigen Handyfon bereitwillig geopfert hätte.

Nein, das kommt für mich jetzt nicht mehr in Frage. Wir lassen uns doch nicht für dumm verkaufen! So nicht! Nicht mit uns!

„Ja, bin ich denn mackacki? Da krich ich doch die Pimpernellen!", rufe ich laut über die Straße und Max ist es schon wieder peinlich.

Aber dann fahren mein Sohn und ich endlich mit dem Gefühl, heute schon etwas wirklich Gutes getan zu haben, nach Hause.

So kann's doch weitergehen!

Erste Sauerländer Weisheit:

Tolle Technik – gut und schön.
Alles brauchsse nich' versteh'n.

Wie 'ne Omma!

„Ich weiß nicht, ich weiß nicht", sagt meine liebe Frau Steffi, sieht mich mit ihrem skeptischen Schiefblick an, dem eigentlich nichts entgeht und der alles begreifen will. Ich ahne aber schon, dass sie eben doch sehr genau weiß, was sie ja angeblich nicht weiß.

Jetzt zuppelt sie an mir rum.

Steffi zuppelt öfter mal an mir rum. Meistens an meinen Sachen, weil irgendwas nicht so sitzt, wie es sitzen sollte oder wie sie sich ein bestimmtes Kleidungsstück an mir vorgestellt hatte.

„Mmh", sagt sie dann meistens und wirkt immer etwas unzufrieden, tritt einen Schritt zurück, um meine Wirkung so im Ganzen zu beurteilen, und im schlimmsten Fall schüttelt sie den Kopf. Mal sitzt da der Hemdkragen schief, über meinem kleinen Bauch spannt es ein wenig und die „Mach einen Knopf mehr zu" Empfehlung kommt auch schon mal öfter. Nein, nein, nicht, dass Sie denken, ich hab das Hemd bis zum Bauchnabel offen und zwischen einer urwaldigen Brustbehaarung auch noch eine schwere Goldkette am Baumeln. Nein, nein. Ich hab's nur gerne etwas freier um den Hals herum. Wenigstens zwei Knöppe auf.

Na, ist auch nicht so wichtig jetzt.

Denn heute zuppelt sie wieder mal an meinen Haaren herum. Das passiert so alle paar Wochen oder auch, wenn ich sie mal gewaschen habe. Das habe ich heute und dann weiß ich ja selbst, dass ich nicht mehr wie ein menschliches Wesen aussehe.

Dieses ganze Haarprachtvolumen und die verdammte Fülle, so, wie es uns ja auf den Shampooflaschen versprochen wird! Alles ist so schrecklich locker und aufgebauscht, kein Zusammenhalt mehr in dem ganzen Gewölle, mein Kopf ist auf einmal viel größer und runder … ach, es sieht einfach unmöglich aus. Da muss dann erst mal wieder Fett in die Haare, damit man da auch gestalterisch wirken kann. Nivea geht eigentlich ganz gut.

Ja, direkt nach einer Haarwäsche sehe ich aus wie ein Alpaka oder Richard Wagner, wie ein … ein aufgeplusterter prähistorischer Vogel oder wie … wie …

„Wie 'ne Omma! Du siehst aus wie 'ne Omma!", sagt Steffi. Ja, genau. Das meinte ich wohl.

Das sagt sie oft, wenn sie sich nicht mehr so ganz sicher zu sein scheint, ob ich auch noch immer der bin, der ich mal war oder der ich gerne sein möchte. Omma aber auf keinen Fall.

Ja, ich hab die Haare gern etwas länger, auch wenn oben schon eher das Dünne, sogar das beängstigend Dünne vorherrscht. Aber wie 'ne Omma, nä, das ist schon hart. Dann werde auch ich nachdenklich.

Wo ich doch bis gerade eben noch dachte, es sei trotz Haarwäsche eigentlich alles noch in bester Ordnung mit mir. Hab schließlich ordentlich nachgefettet. Der Blick in den Spiegel gab mir auch recht. Dachte ich. Siehst doch noch ganz gut aus, alter Knacker. Für dein Alter gar nicht mal so übel obenrum.

Aber nein … anscheinend eben nicht. Wie 'ne Omma!

Man muss aber auch wissen, dass mir das Gezuppel und die skeptisch besorgten Blicke meiner Frau nun wirklich überhaupt nichts ausmachen. Also, nicht viel. Nein, nein, das darf sie schon. Ich bin ihr eigentlich sogar dankbar, dass sie quasi als letzte Qualitätsprüfung vor der offenen Haustür noch mal draufguckt, bevor sie mich dann seufzend auf die Straße entlässt.

Ja, alles kriegt man natürlich nicht hin bei mir, irgendwas ist ja immer. Aber wer weiß denn schon, was meine *un*kontrollierte Erscheinung da draußen auslösen könnte.

„Du musst zum Frisör!", sagt sie. Aha. Da haben wir's also.

„Hab dir schon 'n Termin gemacht."

So. Von wegen „Ich weiß nicht, ich weiß nicht". Sie wusste es schon die ganze Zeit – und ich ja eigentlich auch. Es ist also mal wieder so weit.

Obwohl das eigentlich gar nicht nötig ist. Ich kann mir meine Haare auch selber schneiden. Ich hab mir da inzwischen eine sehr ausgefeilte Technik antrainiert, so rupfen und schneiden gleichzeitig und die Schere im Schnitt immer Richtung Haarwurzel bewegen ... nein, das führt zu weit, das hier zu erläutern. Und bitte nicht selber ausprobieren. Do not try this at home! Aber es klappt ... wenn man es kann. Ich finde, dass es hinterher immer sehr natürlich aussieht. Steffi findet das nicht. Sie meint, es sieht wie abgefressen aus, oder als seien mir wieder eine Menge Haare ausgefallen. Naja.

Der Frisör also. Eigentlich würde ich lieber zur 'ner Darmspiegelung gehen.

Aber gut, dann muss ich mich eben dem gelockten Meister und seinen brutalen Gespielinnen mal wieder stellen.

„Und ich hab auch gesagt, sie sollen dir 'n paar Strähnchen machen."

Na, das ist ja wohl ... jetzt bestellt Steffi schon für mich die Behandlung.

„Du hast das direkt in Auftrag gegeben? Das gibt's ja wohl nicht! Und ehrlich, Steffi ... Strähnchen!"

„Ja, wird alles so grau bei dir."

Ja, und? Ich bin sechsundvierzig.

„Und die Augenbrauen, lass dir auch die Augenbrauen machen, ja? Dunkler. Aber nicht zu viel, dass man's sieht, nur so ein bisschen, dass man nicht sieht ..."

Jaja.

Vielleicht will sie auch gleich mitkommen, um die totale Runderneuerung persönlich zu überwachen.

„Ach, weißt du was, Alex, ich komm einfach mit und …"

„Nä!", falle ich ihr direkt ins vorlaute Wort, bevor dieser schlimme Satz noch weitergehen kann, und so bestimmt, wie es überhaupt nur geht, sage ich: „Das fehlt ja noch. Auf KEINEN Fall!"

„Na gut, morgen um zehn", sagt sie dann noch etwas sparsam. „Ich bin dann auch im Örtchen einkaufen und könnte dich hinterher abholen."

Na gut, abholen geht. Aber sie scheint etwas enttäuscht, dass sie meine morgige Menschwerdung nicht live miterleben darf.

***

Pünktlich um zehn bin ich also in der Kampstraße in Leckede und betrete den Frisörladen von Herrn Kaiser, den er natürlich *Kaiserschnitt* genannt hat. Ist ja klar. Hätt' ich auch gemacht.

„Ah, der Herr Knippschild, wie gehdet dir denn?", fragt Meister Kaiser persönlich mit etwas öliger Stimme und in seiner ganz eigenen Frisörsprache. *Sie* und *Du* gleichzeitig. Das können nur Frisöre oder Supermarktkassiererinnen.

Die Duftwolke in seinem Salon könnte ein gutes Gemisch für Anästhesisten sein. Alle Wohlgerüche dieser Welt vereint in einer einzigen chemischen Keule.

Dann entreißt er mir meine Jacke, wie ein Zauberer das Tuch über dem Zylinder mit dem Kaninchen wegziehen würde, so dass man gar nichts merkt, und gießt sie in einer geschmeidigen Bewegung über einen verchromten Kleiderbügel. Toller Trick. Er wendet sich mir dann zunächst lächelnd zu, doch seine Miene verfinstert sich beim Anblick meines natürlichen Kopfschmucks schwer und sehr plötzlich. Natürlich hat er sofort gemerkt, dass ich mir die Matte gelegentlich selbst stutze, und das geht ja wohl gar nicht. Wie kann denn jemand seine berufliche Qualifizierung und seine fachliche Kompetenz einfach umgehen?

„Hou, da muss aber wieder mal wat gemacht werden, oh, oh, oh", jammert er wie ein Klempner beim Anblick einer verrotteten Wasserleitungsmuffe, als er mir mit seinen meisterlichen Fingern ins künstlich nachgefettete und etwas stockige Haar greift und prompt in einer kleinen Verknotung hängen bleibt.

„Oh, oh, oh!"

Ich erinnere mich an die Frage vom Anfang nach meinem Befinden und sage jetzt: „Mir geht's gut, Herr Kaiser, und dir?" Etwas trotzig und verschnupft vielleicht, denn ich bin das einfach nicht gewohnt, diese wahnsinnig tolle Atmosphäre beim Coiffeur meines Vertrauens.

Naja, und eigentlich vertraue ich ihm ja nicht. Keiner dieser Stimmungskanonen vertraue ich. Nein, nein, es herrscht eher tiefes Misstrauen gegenüber Menschen, die mir in den Haaren herumgrabbeln und hinterhältig lächelnd mit einer Schere in der Hand herumklappern, auf eine günstige Gelegenheit warten und es mir dann sowieso so machen, wie sie es sich selber vorstellen. Sie wollen sich auf deinem Kopf selbst verwirklichen. Man muss da höllisch aufpassen.

Ja, dieses Misstrauen rührt noch aus meiner Kindheit her, als mein Papa mich mit zu Frisör Rapp genommen, gezwungen, geschleppt, gezerrt hat. Papa saß dann immer in dem linken Frisurengebärstuhl und ich rechts daneben.

„Wat kricht der Junge?", fragte Eugen Rapp dann meinen Papa, nicht etwa mich – ich war einfach noch nicht alt genug, zu entscheiden, was frisurentechnisch gut für mich war – und mein Papa antwortete dann mit einem kurzen Seitenblick auf mich mit „Kurzer Fassong, wie immer, Eugen!"

Ach, du Lieber. *Kurzer Fassong* hieß alles, was hinterher wie Recht und Ordnung aussah, und es gab wohl keine genaueren Angaben für die Ausführung eines solchen Schnittbefehls. Die Interpretationsbreite war enorm und Eugen Rapp hatte praktisch freie Hand. Die er auch nutzte.

Er scherte also erst mal von unten nach oben mit ständig wachsender Begeisterung und seinem Elektromäher den Nacken kahl und dann die Seiten.

Nein, nicht noch höher! Bitte nicht!

Aus, vorbei, zu spät, das Ohr war schon frei. Völlig frei, da waren keine schützenden Haare mehr in der unmittelbaren Nähe. Es lag da ungeschützt und viel größer als vorher an den kalkweißen, jetzt ganz stoppeligen Breitseiten meines Kopfes.

Dem spärlichen Rest obendrauf besorgte es Eugen Rapp dann mit der flinken Schere, die er wie ein wahrlicher Meister klappern lassen konnte, dass einem angst und bange wurde. Zack, zack, zappzerapp. Rapp. Daher wahrscheinlich auch der kurz-und-bündige Name. Oder umgekehrt. Mit diesem Namen wird man Frisör.

Er ließ also oben freundlicherweise immer etwas Haar übrig, das er dann mit einem scharfen Seitenscheitel veredelte. Furchtbar. Ich hätte damit in jedem Nazifilm mitspielen können.

Heute ist diese unsägliche Frisur doch tatsächlich wieder in. Kurzer Fasson. Heißt auch noch immer so. Sehen Sie sich die jungen Männer von heute an! Das ist Eugen Rapps Vermächtnis. Es ist mir unbegreiflich, wie man freiwillig mit solch einer Frisur rumlaufen kann.

„Wen hatt'n we denn heute für dich, Herr Knippschild?", fragt Meister Kaiser jetzt und blättert in seinem Auftragsbuch.

„Aaach, de Kimbärli. Kimbärli, dä Härr Knippschild is' da!", nölt er dann nach hinten in den Laden und Kimbärli nähert sich etwas unsicher, leicht schlurfig, aber trotzdem so schnell, wie es geht, und schief lächelnd, passend zu ihrer asymmetrischen Frisur. Sie weist mir den Weg zur Beschneidungsstelle und ich lasse mich mürrisch nickend nieder.

Die Reihe der Behandlungsstühle steht ziemlich nahe am großen Schaufenster zum Bürgersteig hin, was mich schon immer etwas nervös gemacht hat in Herrn Kaisers Laden.

Ich weiß ja so in etwa, was für eine schmachvolle, erniedrigende Verunstaltung mir bevorsteht, und da will man natürlich nicht von Fremden oder sogar Nachbarn, Bekannten oder guten Freunden, die zufällig vorbeikommen, entdeckt werden. Vielleicht hat sich der Termin meiner heutigen Beschneidung ja auch herumgesprochen und man hat sich zu größeren Gruppen vor dem Riesenfenster vom Kaiserschnitt verabredet.

Morgen um zehn kricht der Knippschild de Fransen ab. Bisse dabei?

Mir ist nicht ganz wohl bei dem Gedanken. Die anderen Kunden, alles Frauen, scheint diese Öffentlichkeit aber nicht zu stören.

Links von mir ist eine ältere Dame in Behandlung, die wohl gerade gemeinsam mit ihrer persönlichen Stylingberaterin beschlossen hat, wieder ganz jung zu werden. Sie ist in heftiger, aber begeisterter Diskussion mit einer von Meister Kaisers Scherginnen über ein gewagtes Feuerrot und abrasierte Seiten statt der ewigen blöden Dauerwelle.

„Mein' Se, dat wär wat für mich? Ich bin zweiensibbzich!"

„Aaach, da sin' Se donnich' zu alt für, Frau Heisterkamp! Ihr Mann wird begeistert sein."

Na, das glaube ich eher weniger, wenn ich mir die Frau so ansehe und mir mit einiger Fantasie ausmale, wie sie hinterher aussehen könnte, aber ich denke auch, der alte Feuerdrache wird dann sicher noch mal richtig durchstarten. Zur Not eben auch ohne ihren Mann.

Den Platz rechts von mir bestuhlt eine Matrone, die fett und quaddelig auf das große Wunder wartet, das ihr von einer der anderen Meistergehilfinnen gerade versprochen wird. Sie ist, wenn man den Ausführungen der Frau Frisörin folgt, gewissermaßen kurz davor, ein neues Leben zu beginnen.

„Hier wat länger, da bisken wat kürzer, und dann dat Ganze mit so 'ne bläuliche Tönung. Wat mein' Se, wattat aaausmacht!"

Also, da würde ich jetzt mal gleich abwinken. Meiner Meinung nach würde es nicht viel ausmachen und jeder Handgriff wäre bei der da rausgeschmissenes Geld. Die Frisur ist das Letzte, was ich da ändern würde.

Naja, mich fragt ja keiner.

Tach, die Damen! Einmal rechts, einmal links genickt. Ich bin der Neue und ich bin bereit. Aber keiner nimmt Notiz von mir. Auch gut. Es kann also losgehen. Die Spiele sind eröffnet. Vor dem Schaufenster noch keine nennenswerte Menschenansammlung.

Das gnadenlose Neonlicht lässt mich in dem großen Spiegel schon jetzt wie eine lebende Leiche oder wie ein ganz kranker, armer Mann aussehen und ich will eigentlich gar nicht mehr hingucken. Ich muss aber, weil ich natürlich wachsam sein will. Ich darf nicht alles mit mir machen lassen.

„Wat machen we denn heute?", fragt Kimbärli, als hätte sie Langeweile, und beugt sich wieder ganz schräg zu mir hin wie eine besorgte Pflegerin, die einem sterbenden Menschen das Ableben so bequem wie möglich machen will. *Noch ein' letzt'n Wunsch? Woll'n Se noch eine rauchen?*

„Tjoo", sage ich gedehnt, um ein wenig Zeit zu schinden. Jedes Wort ist jetzt wichtig, alles könnte falsch verstanden werden und hinterher sieht man aus wie Hulle, zahlt ein Vermögen und muss trotzdem raus auf die Straße zu den schadenfrohen Gaffern, die einen dann wie eine rasierte Sau lachend und grölend durchs Dorf treiben.

„Bisschen kürzer ...", sage ich also, „aber nur 'n bisschen, ganz wenig, eigentlich gar nichts, ich find die Länge nämlich ganz gut ... also ... vielleicht nur hier ..."

Dabei packe ich mir selbst reichlich unsicher und wenig hilfreich für Fachkraft Kimbärli in meinen Schopf. Immer etwas länger lassen. Ja, daran ist auch Eugen Rapp schuld.

„Kennen Sie Buffalo Bill?", frage ich Kimbärli dann, weil uns das helfen könnte, aber sie scheint nicht zu verstehen.

„Wild Bill Hickok?"

Nein, auch nicht.

„Wäre auch etwas zu lang", ergänze ich noch, um meine Vorstellungen zu präzisieren, aber die Herren scheinen ihr gar nicht bekannt zu sein.

„General Custer?"

Nein, kennt sie auch nicht, wie ich an ihrem leeren Gesicht ablesen kann.

„Naja, schade, wissen Sie, Kimberley, die hatten die Haare immer hinten etwas länger, wie ich das auch ganz gut finde. Nicht ganz so lang vielleicht, aber so in der Richtung, verstehen Sie?"

Nein, das versteht sie nicht. Sie greift stattdessen zu einer Zeitschrift, blättert nervös und hektisch darin herum und zeigt mir dann ganz stolz ein Bild von Johnny Depp als Jack Sparrow und jetzt sehe ich sie leicht verstört an.

„Dat könnte doch vielleicht bei Ihn'n ...", meint sie, aber sie merkt schon, dass das nicht der Art von Veränderung entspricht, die ich und auch Steffi sich von diesem Tag versprochen haben.

„Nä?"

Dann zeigt sie mir noch ein Bild von Bruce Willis, auch schön, aber ohne verwertbare Reaktion meinerseits, und dann legt sie seufzend, aber immer noch tapfer lächelnd die Illustrierte wieder weg.

„Winnetou", sage ich noch schnell, aber diesen Witz will sie nicht verstehen.

Meine asymmetrische Kimbärli merkt schon, dass mit mir in Sachen Beratung nicht viel anzufangen ist und sagt dann ermutigend und mit einer Hand abwinkend: „Ach, dat krieg we schon hin, Herr Knippschild. Lassen Se mich ma machen."

Genau das will ich eigentlich vermeiden, dass sie da möglicherweise ihre eigenen Geschmacksvorstellungen und ihre Sicht der Dinge oder sogar ihre Weltanschauung in meiner Frisur umsetzt. Buffalo Bill und General Custer kennt sie gar nicht und der glatzköpfige Bruce Willis hat mich schon etwas nervös gemacht.

Wo soll das hinführen? Wo ist da die Schnittmenge?

Ich sehe mir auch noch mal etwas besorgt ihr eigenes schiefes Gebilde von Frisur an, von dem ein spitzer Zipfel immer wieder in ihrem Mundwinkel hängt. Ihr Nacken ist ganz kahlrasiert, die linke Seite auch und ich versuche mir gerade vorzustellen, dass auch ich derart verunstaltet diesen Ort verlassen könnte, wenn ich ihr freie Hand lasse. Auf keinen Fall.

Sie betätigt dann erst mal tief Luft holend, voller Energie und neugeschöpftem Lebensmut ein Fußpedal, um den Stuhl etwas tiefer zu legen und etwas nach hinten zu kippen, damit ich ihr ganz nah und völlig ausgeliefert bin. Und dann schwenkt sie mit einer oft eingeübten, schwungvollen großen Bewegung dieses schwarze Graf-Dracula-Cape über mich, dass es einen kurzen Moment dunkel wird und ich mich frage, ob ich nicht vielleicht im Schutze dieser Dunkelheit einfach abwarten kann, bis alles vorüber ist.

Doch schon hat die Welt mich wieder und ihr freundliches, einfaches, aber hoffnungsfrohes Gesicht erscheint direkt vor mir und sie zurrt das schwarze Gewand an meinem Hals fest zu, nachdem sie noch etwas Krepppapier in den Kragen gestopft hat. Das weiße Krepp lappt vorne heraus und ich bin plötzlich auf meiner eigenen Beerdigung. Halleluja, ich bin der Pfarrer. UND der Tote? Egal. Böser Traum!

„Isset gut so?", fragt sie dann und erwartet gar nicht, dass ich das Gegenteil behaupte.

Naja, gut ist was anderes. Aber ich widerspreche nicht, sondern murmele nur unverständlich herum und erwarte gespannt ihren nächsten Angriff.

Sie stellt sich dann hinter mich und es sieht so aus, als habe sie einen groben Plan. Ihr Kopf ist jetzt auf fast gleicher Höhe mit meinem und es entstehen so zwei parallele Blicke in den Neonlichtspiegel. Bereit für ein Pärchenfoto. Zwei verschworene Seelen, die etwas besonders Finsteres aushecken.

Dann zuppelt auch sie an meinen Haaren herum, zieht die Stirn kraus und hält den Kopf schief, um einen anderen Blickwinkel oder ein paar Ideen zu bekommen. Ziemlich lange. So, als wolle sie gleich kopfschüttelnd sagen: *Da kannze nix mehr machen. Tut mir leid, Herr Knippschild. Alles vermurkst.*

Ja gut!, würde ich dann sagen, aufstehen, mich bedanken, schnell wieder gehen und den Rest meines Lebens genießen. Unheilbar entlassen. Aber sie zuppelt noch ein wenig weiter und sagt dann: „Okay, da machen wir hier 'n bisken wat wech und dann könn' we da wat stufen und hier wat Struktur und da wat Volumen, hier könnt ich wat slicen ... lassen Se mich ma machen."

Also doch. Machen lassen.

Mir ist nicht ganz wohl. Eigentlich wollte ich ja während der gesamten Prozedur ganz entspannt mein Buch lesen, das ich mir mitgebracht habe, und dann nach ein, zwei spannenden Kapiteln aufblicken und mich positiv überraschen lassen. Aber daraus wird wohl nichts werden. Ich darf nicht unaufmerksam werden. Keine Sekunde.

„Ja, un' Strähnchen, oder, Herr Knippschild?"

Steffis Macht reicht also tatsächlich bis in diesen Stuhl. Ich bin nur noch zu einem Stöhnen und einem fast nicht sichtbaren Kopfnicken fähig. Hilflos ausgeliefert und einer unsicheren Zukunft entgegengehend. Sitzend.

Ja, gut, Strähnchen. Von mir aus. Ist alles so grau! Los jetzt, Kimbärli, wir wollen es hinter uns bringen.

Doch damit ist noch nicht alles geklärt. Ich werde keine Sekunde geschont, denn da steht schon die nächste Entscheidung für mein späteres Leben an. Kimbärli hält mir jetzt eine Pappe mit unzähligen fröhlichen, farbigen Löckchen vor die Nase.

Was soll das denn jetzt?

„Ich fänd dat ja schön für Sie", sagt sie nur und dreht eine der Löckchen spielerisch um ihre lila genagelten Finger.

„Wie? Schön? Was meinen Sie denn?"

„Na, für de Strähnchen!"

„Das ist ja Rot!", entgegne ich entsetzt.

„Neeiiin, dat is' Dark Copper", entrüstet sie sich.

Das ist Rot. Nein.

„Un' wie isset damit?"

Wieder spielt sie verführerisch mit einer der Löckchen. Diesmal schimmert das künstliche Haar geradezu bläulich. Wie bei 'ner Omma! Ich sehe sie angewidert an und wir entscheiden uns dann nach einer ganzen Weile, einer etwas hartnäckigen Diskussion und einigen immer kraftloser werdenden Beratungsversuchen ihrerseits für ein Dark Brown, also fast Schwarz. Auch wenn man es nicht glaubt, aber so waren meine Haare früher mal.

„Gut, dann nehm' we ehm dat", sagt meine arme Kimbärli fast schon enttäuscht und irgendwie beleidigt. Sie hätte sicher zu gerne mal was gewagt mit mir. Vielleicht erscheine ich ihr als der geeignete Proband für eine Feldstudie zu neuen Farbexperimenten mit dem Haupthaar. Vielleicht hätte ich Teil einer psychologischen Studie werden können. Wie reagieren unvorbereitete, ganz normale Menschen, wenn ein Mann mit blauem längerem Haar in Leckede an der Wursttheke bei Edeka ein Viertel Fleischwurst kauft. Könnte interessant sein. Aber nein, nein, daraus wird nix, Kimbärli! Braun. Ich muss das Ruder in der Hand behalten.

„Milara-Joline, machse mir ma die Drei-Null klar?", kräht sie dann nach weiter hinten in den Laden und ich hoffe, Milara-Joline hat verstanden.

„Woll'n Se 'n Kaffee, Herr Knippschild?", fragt Kimbärli jetzt und beugt sich wieder so Pflegerinnen-like zu mir runter. Fast mitleidig.

„Och jo", sage ich ganz dankbar für die kleine Gefechtspause, während die Drei-Null klargemacht wird.

„Latte, Cappu oder Exprässo?"

Exprässo!

„Einfach nur Kaffee, bitte!"

Sie nickt, schmeißt die exklusive Kapselmaschine an und fährt dann erst mal einen mächtigen schwarzen Werkstattwagen heran, der mit allerlei Haarwerkzeugen wie Kämmen, Bürsten, Pinseln, Scheren, Drehmomentschlüssel, Handschellen und Daumenschrauben vollgestopft ist und versperrt mir damit endgültig den Fluchtweg.

Dann kommen der Kaffee und die Drei-Null gleichzeitig. In beiden Tiegeln sehe ich zähe schwarze Pampe und mir wird etwas unwohl.

„Zucker?" Ja, unbedingt.

„Sooo, ärs ma bisken schneiden un' dann machen we de Strähnchen, woll", beschließt Kimbärli und dann kämmt sie mir erst mal eine richtige Frisur.

Sie zieht ihren Kamm von oben bis unten durch meine Haare, fummelt die paar Nester raus, die sich nach der Nachfettung gebildet haben, und macht mir einen Seitenscheitel. Bäh. Ich hasse Scheitel. Plötzlich bin ich wieder der kleine verschüchterte Junge in Eugen Rapps Gewalt.

Die Haare hängen jetzt glatt und strähnig rechts und links an meinem Kopf herunter, dass ich aussehe wie ein geisteskranker Frauenmörder, und das könnte ich ja vielleicht auch werden. Das Neonlicht macht den unheimlichen Rest. *Rasputin* trifft es auch ganz gut, weil ich ja auch etwas Bart habe und den schwarzen Priestertalar trage.

Nicht eine Sekunde würde ich dieses Bild von mir freiwillig so stehen lassen. Aber hier ist ja nichts freiwillig. Ich bin machtlos. Ich will protestieren, doch ich weiß ja auch, dass das noch nicht Kimbärlis Idee für meine neue Superfrisur ist, sondern nur eine Zwischenstation zu meinem neuen Leben im hochaktuellen Look. Sie will ja jetzt schließlich erst mal schneiden und die Strähnchen machen, und dafür braucht sie glattes Haar. Verstehe.

Auf dem Bürgersteig immer noch kein Menschenauflauf. Es interessiert sich anscheinend keiner für Rasputins Hinrichtung.

Aber wie das aussieht! Schlimm. Ich kann nicht mehr hinsehen und beschließe jetzt doch, mir lieber das Buch zu nehmen und mich darin zu vertiefen, so, als ob mir das alles ganz egal und es ja auch ganz normal wäre, dass ich so entstellt erst mal die nächste Phase bis zur endgültigen Menschwerdung überstehen muss. „Sieht erst mal alles ganz scheiße aus, aber hinterher …", hat auch Helmut, unser Klempner, gesagt, der letztens die Badewanne rausgestemmt hat, um die Leitungen zu erneuern und das Bad neu zu kacheln.

Die Frau im linken Nachbargestühl sieht mich jetzt mit offenem Mund an. Sie versucht noch nicht einmal, so zu tun, als wäre nichts. So was hat sie dann wohl auch noch nicht gesehen.

Ja, ich weiß, dass Rasputin eine enorme Wirkung auf Frauen

hatte. Und das spüre ich jetzt auch. Doch sie hat Angst, ich sehe es. Sie will weg, und sie ist ja auch fast fertig. Doch im Moment ist sie immer noch gefangen unter einer mächtigen tief summenden Trockenhaube und kann also nicht flüchten. Auch nicht, als ich mich zu ihr hindrehe und kurz, aber effektvoll die Zähne fletsche. Hab ich bei Hannibal Lecter abgeguckt.

„War'n Se schon in Urlaub?", fragt Kimbärli jetzt und fängt an zu schnippeln.

Ach, du meine Güte, jetzt will sie auch noch Konversation machen. Dabei muss ich gerade jetzt höllisch aufpassen und mich konzentrieren. Es geht um jeden Millimeter. Ich meine, auf der einen Seite finde ich es natürlich nett, dass sie auch mit einem, der wie ich zurzeit am Rande der Menschlichkeit dahinvegetiert, reden will. Dass sie mich nicht ausgrenzt, wie ich es mit diesem Aussehen eigentlich verdient hätte. Obwohl sie selbst ja dafür verantwortlich ist. Aber ich will doch jetzt nicht … also sage ich: „Nö", und vertiefe mich dann störrisch in mein Buch.

„Bisken höher, den Kopp, bitte!" Jaja.

Oder will sie mich nur ablenken, damit ich nicht merke, wie viel sie von meinem Gerne-etwas-länger-Haar ziemlich brutal und in Höchstgeschwindigkeit absemmelt? Zu meinen Füßen sehe ich schon so einige zentimeterlange angegraute Schnipsel liegen. Ich kann im Moment in dieser ungewissen Frisurenlage und an dieser Zwischenstation nicht beurteilen, ob es eventuell zu viel ist, und ich beschließe sicherheitshalber, kurz etwas zu sagen. Denn ab ist ab. Das weiß man ja.

„Hören Sie, Kimberley, das soll aber nicht zu kurz, nä? Sie haben mich doch verstanden, oder? Etwas länger, bitte, auch im Nacken auf keinen Fall so kurz … Gerne etwas wellig und ruhig ein bisschen zuppelig … Ich will nicht aussehen wie ein Finanzbeamter oder mein Steuerberater."

Damit müsste eigentlich alles klar sein und die Stoßrichtung der Frisurengebung eindeutig.

„Jaja", sagt sie und säbelt eifrig weiter. Mein sorgenvolles Gesicht übergeht sie einfach.

„Im Grunde will ich ja so aussehen, wie ich reingekommen bin, wissen Sie?", lege ich also noch nach, um ganz sicher zu gehen, dass sie auch alles richtig macht.

Das hätte ich vielleicht nicht sagen sollen, denn sie lacht kurz und laut auf, legt dann erst mal die Schere weg und sagt: „Ja, dann hätt'n Se ja gar nich' reinkomm' brauch'n. Hier geht ja keiner widder so raus, wie er gekomm' is', woll? Dat is' ja der Sinn der Sache, Herr Knippschild. Frisör, Styling, versteh'n Se. Hier machen we 'n anderen Mensch aus Ihnen."

Ja, ich weiß jetzt nicht, ob es sinnvoll ist, ihr klarzumachen, dass ich mich menschlich gar nicht unbedingt verändern will. Außerdem kennt sie mich ja gar nicht, so, wie ich jetzt bin. Vielleicht würde auch ihr das ja gefallen und genügen. Und in welche Richtung Mensch soll es denn wohl gehen? Das kann ja schnell auch danebengehen. Das muss sie doch mit mir besprechen.

Irgendwie scheint sie meine Existenzängste zu spüren, denn sie sagt jetzt schnell: „Keine Sorge, Herr Knippschild, ich mach dat schon. Sie werd'n sich wundern."

Das will ich aber nicht!

Ich will mich auf keinen Fall wundern. *Ich will so bleiben, wie ich bin*, fällt mir da der Spruch aus der Werbung ein und ich belasse es bei einer letzten ernsten Ermahnung, die vielleicht etwas zu prollig ausfällt: „Kimberley, machen Sie ja keinen Scheiß!"

„Na, hör'n Se ma, Herr Knippschild, ich weiß doch, wattich tu."

Und ewig klappert die Schere.

Dann ist plötzlich Schluss mit dem Geklapper und Milara-Joline kommt missmutig und ziemlich perspektivlos mit einem

Besen herangewatschelt und fegt einen riesigen Berg meiner schönen Haare auf dem Boden zusammen. Atemlos sehe ich in den Spiegel, kann aber wegen der völlig veränderten Frisurensituation nicht feststellen, ob da eventuell schon viel zu viel abgeschnippelt ist. Ab ist ab.

Doch mir bleibt nicht viel Zeit zum Nachdenken. Kimbärli hat jetzt eine Rolle Alufolie in der Hand, wie wir sie auch zuhause benutzen, um Lebensmittel noch ein wenig länger am Leben zu halten und dass der Salat nicht sofort zusammenfällt.

Dann zieht sie mir eine Strähne lang, dass es wehtut, hält die Alufolie darunter, pinselt ihre schwarze Pampe drauf und klebt alles auf der Alufolie fest. Dann wird die Folie eingeklappt und es geht an die nächste Strähne. Und die nächste und immer so weiter. In atemberaubender Geschwindigkeit. Faszinierend. Milara-Joline hält ergeben das Schälchen mit der Pampe und Kimbärli bedient sich daraus mit einer Art Kuchenpinsel. Alufolie? Kuchenpinsel? Kommt gleich auch noch der Bratenwender aus der eigenen Küche zum Einsatz?

Bei der schwarzen Pampe muss ich an Salvador Dalí denken, dem man ja nachsagt, dass er seinen eindrucksvollen Schnäuzer mit echter Pantherkacke gestylt haben soll. Mir wird schon wieder etwas komisch.

So komme ich auf jeden Fall nicht zum Lesen, ich muss jetzt schwer aufpassen. Aber Kimbärli redet nicht mehr mit mir. Das ist auch ganz gut so. Inzwischen ist sie schon auf der anderen Seite meines Kopfes angekommen, und wenn ich mir all die silbernen Röllchen so ansehe, die mir jetzt am Kopf herumbammeln, dann fühle ich mich wie ein englischer Richter mit so einer langen lockigen, glänzenden, grauen Perücke. Ja, so sieht es aus, weil fast die ganze Aluküchenrolle in kleine Kringel aufgerollt ist und an mir dran hängt. Dazu die schwarze Robe. Ja, das passt.

Kimbärli, ich verurteile dich hiermit zum Tode durch die Brennschere!

„Na, läuft et bei dir, Herr Knippschild?", fragt Meister Kaiser jetzt freundlicherweise im Vorbeigehen. Er hat mich tatsächlich wiedererkannt und wundert sich gar nicht über mein Aussehen. Er hat eben schon alles gesehen hier in einem Laden.

„Kimbärli, mach doch dem Herrn Knippschild hier … und da … weißte? "

Kimbärli nickt und hat anscheinend verstanden. Ich aber nicht. Was haben sie jetzt schon wieder ausgeheckt? Wie können sie so einfach über meinen Kopf und mein Schicksal entscheiden, ohne mich zu fragen?

„Oder wie wäret denn mit Kurzem Fassong, Herr Knippschild. Wär dat nix für dich?", fragt Kaiser dann und da reicht es mir aber.

„Buffalo Bill!", befehle ich und der Meister hat zwar nichts verstanden, aber er zieht sich augenblicklich zurück. Oh, was für ein Sensibelchen der Herr Knippschild heute wieder is'!

„Kimbärli, Sie wissen doch …?", frage ich etwas verunsichert meine Pflegerin.

„Is' ja nich' zu kurz, is' alles gut. Jaja, der Meister hat immer so kreative Ideen, wissen Se? Dat machen we schon. Genau so, wie Se gesacht haben, woll? Nich' so kurz, bisken wellig, zuppelig … Baffalo Dingsda … Winnetou, ich weiß Bescheid."

Aus ihrem Munde hört sich das alles leider ganz anders an. Ich bin mir auch nicht mehr ganz sicher, was ich gesagt habe und ob sie mich überhaupt verstanden hat, aber ich kann ja jetzt nicht das ganze Thema noch mal neu aufrollen. Schließlich sind wir ja mittendrin und es ist ja sicher auch bald vorbei und ich darf wieder raus.

„Milara-Joline, mach mir noch wat Drei-Null für de Augenbrauen, ja!?", ruft Kimbärli nach hinten und Milara-Joline macht noch mehr Drei-Null.

Kimbärli schmiert mir dann dick und fett die neue schwarze Pantherkacke jetzt auch auf die Augenbrauen, dass ich mich wirklich nicht mehr traue, in den Spiegel zu sehen. Nur ein ganz kurzer Blick vielleicht, aber der reicht. Räuber Hotzenplotz fällt mir da sofort ein oder auch Theo Waigel, der frühere Finanzminister.

Die Frau links neben mir ist fertig, fix und fertig, und darf schon mal zur Kasse flüchten. Im Abgang wirft sie mir noch ein entsetztes, kaum sichtbares Kopfschütteln zu. Dann ist sie raus und somit vor mir in Sicherheit. Die dicke Frau rechts von mir bekommt nichts von meiner totalen Umarbeitung mit. Sie hat genug mit sich selbst zu tun und will ja auch persönlich immer noch ein anderer Mensch werden, und bei der versteh ich's auch.

„So", sagt Kimbärli in recht beruhigendem Ton, wie zu einem Kind beim Zahnarzt, das es ja gleich überstanden hat. „Getz warten we ma so zwanzich Minuten und dann wasch'n we alles raus, woll? Ich stell ma hier den Wecker, damit dat nich' zu lange drauf bleibt, sonst kannze für de Farben nich' mehr garantier'n, woll?"

Sehr beruhigend. Sie lächelt, dreht dann an einer Art Eieruhr und lässt mich sitzen. Und ich widme mich endlich meinem Buch.

„Bloß nicht in den Spiegel gucken. Ein kurzer Blick zum Schaufenster nur. Direkt vor dem *Kaiserschnitt* hat sich gerade ein langhaariger Straßenmusiker eingerichtet und plärrt ein selbstgemachtes lausiges Lied zu seiner verstimmten Gitarre. Meister Kaiser hält das wohl für keine gute Werbung für seinen Laden und jagt ihn weg.

Mein Buch! Ich beschließe, nicht mehr aufzublicken, bis Kimbärli mich von dieser unwürdigen Maske erlöst.

Inspektor Barbarotti hat es mal wieder nicht leicht, den Mörder zu finden. Er wühlt sich im westschwedischen Kymlinge durch Berge von Akten, stößt auf unheimliche Hintergründe und Verwicklungen ... sehr spannend ... noch ein Kapitel ... er ist knapp vor der Auflösung des Falles und kurz, bevor er den Mörder stellen kann ...

... schaue ich auf die Eieruhr. Sie ist längst abgelaufen, aber es hat nicht geklingelt. Das Dings ist wohl kaputt. Wo ist denn Kimbärli?

Es ist eigentlich gar keiner mehr zu sehen. Die dicke Frau neben mir ist unter ihrer brummenden Raumfahrerhaube eingepennt, der Stuhl links neben mir ist leer. Vorne an der Kasse ist niemand. Der Meister selbst ist auch nicht zu sehen, nur Milara-Joline kommt gerade durch den schwarzen Vorhang aus dem hinteren Teil des Etablissements geschlurft.

„Wo ist denn die Kimberley?", frage ich etwas nervös, denn ich habe noch ihre Worte im Ohr, dass man die Pampe nicht zu lange drauf lassen sollte, weil sonst ...

„Ischkuck ma", sind die ersten Worte, die Milara-Joline bisher gesagt hat. Sie kann also reden und verschwindet wieder hinter dem Vorhang, hinter dem ich eindeutig Kimbärlis Stimme hören kann. Sie lacht und es scheint ihr gut zu gehen.

Schön.

Milara-Joline erscheint wieder und macht mit abgespreiztem Daumen und kleinem Finger am Ohr das bekannte Zeichen für Telefonieren. Ja, und? Ich muss hier befreit werden. Die Pampe muss runter.

„Und wo ist Herr Kaiser?"

„Mittach!", sagt sie und ist dann auch raus.

„Kimbäärliii!", rufe ich nach hinten, doch sie scheint mich nicht zu hören und geiert in ihr Telefon. Scheint ein wichtiges Gespräch zu sein. „Kimbäärliii!" Nix.

Ja, dann muss ich eben selbst ... Ich versuche, mich vom Stuhl zu erheben, doch der Werkstattwagen lässt sich nicht mal eben so wegschieben, weil ich mit meinem Talar auch noch an den Fußpedalen des Stuhls hängenbleibe. „Kimbäärliii!" Dann schaffe ich es doch, mich zu befreien und Richtung Vorhang zu bewegen, ihn zur Seite zu schieben, und da habe ich sie direkt vor mir.

„Huäh!" Sie weicht zu Tode erschrocken zurück und lässt vor lauter Panik das Handy fallen.

„Wie seh'n Sie denn aus?", fragt sie entsetzt.

Was für eine Frage? Wer hat mich denn so zugerichtet?

„Kimbärli, die Eieruhr ist kaputt."

„Wat?"

„Naja, es hat nicht geklingelt, die Zeit ist um!"

„Ach du Scheiße", sagt sie jetzt und hebt ihr Handy wieder auf, sagt: „Ruf dich später an!", und dann zu mir: „Vierzig Minuten! Oh, oh, oh."

Ja, so lange war ich wohl in mein schönes Buch vertieft.

„Hier, setz'n Se sich. Dat krieng we schon", sagt sie und ich frage mich, was wir denn da jetzt kriegen wollen. Ist denn schon was schiefgelaufen? Wahrscheinlich.

Und dann drückt sie mich in einen anderen Stuhl hier im hinteren Teil des Frisörladens, reißt meinen Kopf nach hinten in ein kleines schwarzes Porzellanbecken und lässt heißes Wasser drüber laufen. Viel zu heiß.

„Isset gut so?"

„Nein, zu heiß!"

„Oh."

Sie dreht die Temperatur herunter und bearbeitet meinen Schädel, als ginge es darum, sämtliche Haare samt Wurzeln herauszukneten und irgendwie alles wieder auf Null zu stellen.

„Isset gut so?"

Ich antworte gar nicht mehr. Sie schrubbt und wäscht und reißt und rubbelt, als wolle sie Leben retten. Meins oder ihres, das ist noch nicht klar. Vielleicht bringe ich sie ja hinterher doch noch um. Immer wieder sieht sie mich beruhigend lächelnd an, obwohl sie schwer verunsichert ist, das sehe ich, nickt dazu und schrubbt und reibt dann mutig weiter. Spült alles wieder raus und schaut immer wieder kritisch auf ihr Werk.

Und weiter. Kneten, schrubben, reißen. Als sie merkt, dass ich leicht unruhig werde, lächelt sie wieder und sagt: „Dat sieht schon richtig gut aus, Herr Knippschild. Sie werd'n sich wundern."

Na, ich hoffe nicht. Dann holt sie verschiedene Fläschchen mit Lotionen, Spülungen und Packungen und was weiß ich noch alles aus einem Schrank hervor.

„Soll'n we auch noch wat Glanz und Fülle und Volum'n drauf mach'n?", fragt sie, wartet meine Antwort aber gar nicht ab und schon hab ich den Inhalt der nächsten Pulle auf meinem Kopf.

Reiben, kneten, rubbeln.

„Woll'n Se auch Kopfmassage?"

„Nein!"

„Na gut." Sie scheint etwas enttäuscht, weil das vielleicht ihre erste Disziplin ist. „Och", sagt sie dann aber und redet sich selbst gut zu. „Dat sieht aber gut aus. Ham schön de Farbe angenommen, Ihre Haare. Super."

So, jetzt reicht es mir dann auch und ich will selber mal was sehen.

„Kimberley, es ist jetzt gut. Bitte, hören Sie auf damit."

„Jaja, gleich sind we durch."

Dann reibt sie mir den Kopf mit einem Frotteehandtuch ab, bindet dann das Ganze wie einen Turban um meinen Kopf, dass ich jetzt in dem schwarzen Kittel aussehe wie ein böser Mullah, der soeben wieder Hinrichtungsbefehle ausgestellt hat, und ich schreite mit dem letzten Rest verbliebener Würde durch den jetzt wieder gut gefüllten Salon. Die Mittagspause scheint vorbei und auch einige neue Kundinnen sind zu ihren lebensverändernden Maßnahmen angetreten.

Kimbärli geht voran, als wolle sie Blumen für mich streuen, und ich, als der böse Ayatollah, hinterher.

Die Blicke der Salonbesatzung prallen an mir ab. Ich spende etwas gnädigen Segen nach rechts und links, bis ich dann wieder in meinem Stuhl von vorhin versinken darf. Ich kann leider nur einen ganz kurzen Blick in den Spiegel werfen, weil Kimbärli sich direkt vor mir aufbaut und einen Fön schwingt. Aber ich meine, im Spiegel kurz ein wildes schwarzes wuschiges Tier gesehen zu haben, aber vielleicht habe ich mich ja getäuscht.

Der Turban wird endlich gelöst und Kimbärli bedroht mich jetzt direkt von vorne mit der Heißluftpistole. Rechts und links, unter und über meinem Haar heiße Luft und immer wieder diese runde Bürste, die Kimbärli mir in die Haare dreht und windet und föhnt, bis sie dann endlich „So!" sagt und einen Schritt zurücktritt.

Es ist vollbracht.

Der Blick in den Spiegel ist jetzt frei. Und das wilde Tier ist noch da. Ein schönes wildes schwarzhaariges Tier, das man nicht reizen sollte.

Einen kleinen, winzigen Moment steht die Welt still.

Das Leben um mich herum verstummt und man hält ehrfürchtig die Luft an. Das neue Leben des Alex Knippschild beginnt in genau diesem Moment.

Vielleicht ist es aber auch ein Zeugenschutzprogramm, in das ich versehentlich hineingerutscht bin. Neue Identität, völlig neues Aussehen und wahrscheinlich bekomme ich beim Verlassen des Ladens von Meister Kaiser auch neue Papiere. Ich kann noch mal ganz von vorne anfangen, werde neue Bekanntschaften schließen, schließen müssen, denn aus meinem alten Leben wird mich niemand mehr erkennen.

Ich werde also sicherlich auch wieder um meine Steffi werben müssen, weil auch sie mich so auf keinen Fall wiedererkennen wird. Aber ob sie mich wohl noch mal heiratet? Diesen ganz neuen Alex? Werde ich denn selbst überhaupt noch mit mir klarkommen, so, wie ich jetzt aussehe?

Aus dem Spiegel starrt mich unter pechschwarzen buschigen Augenbrauen, wie zu hoch gerutschte schwarze Balken auf einem Polizeifoto, ein völlig verstörter mittelalter Mann an, den man mit einer komplett schwarzen Perücke verhöhnt hat, die wahrscheinlich aus irgendeinem Theaterfundus gestohlen wurde.

Othello? Charleys Tante? Die wilden Weiber von Windsor? Über den Ohren an den Seiten rechts und links hat dieser schwarze wuchernde Busch zwei große lockige Wellen, die meinen Kopf gewaltig in die Breite ziehen und dicke Backen machen. In der Mitte oben über der Stirn hat es Kimbärli trotz des recht dünnen Haupthaars geschafft, eine weitere leicht schräge Welle zu formen, die das gewagte Bauwerk von Frisur auch nach oben hin beträchtlich erhöht, und im Nacken finde ich eine perfekte etwas zuppelige Außenrolle.

Also doch ein wenig Buffalo Bill. Na bitte. Aber auch eine gehörige Portion Zigeunerin ist drin. Aus den Strähnchen in Dark Brown ist zwar nichts geworden, es ist alles tiefschwarz, aber sonst ... fast alles wie bestellt.

Da kann man nicht meckern.

Mich erinnert dieses Fabelwesen im Spiegel an den Grafen Dracula in dieser neueren besonders echten und realistischen Verfilmung oder an einen bösen Waldmenschen aus irgendeinem rumänischen C-Movie. Vielleicht kenne ich diesen Menschen mit diesen Wucherungen auf dem Kopf aber auch als Alien aus einer dieser Science-Fiction-Fernsehserien. Ich weiß es nicht genau. Auf jeden Fall hat man Angst vor ihm. Ich sehe aus wie ein stark überschminkter Massenmörder in einer Laientheateraufführung.

Oder eben wie ein wildes Tier.

Erstaunlich. Das ist Frisörkunst. Da weiß man, warum die Mädchen eine lange, harte Lehrzeit absolvieren müssen, bis sie zu so was imstande sind. Donnerwetter. Ich weiß gar nicht, was ich zu dieser kreativen Leistung sagen soll. Auch der Rest des Ladens ist immer noch zu keiner Äußerung fähig. Man könnte ein Büschel Haare fallen hören, so still ist es geworden.

„Kimbäärliii!", durchbreche ich die unheilvolle Stille und nach einer Weile höre ich das dünne Stimmchen von Milara-Joline aus der trügerischen Sicherheit hinter dem Vorhang.

„Mittach."

Ich kann kaum den Blick abwenden von dieser geheimnisvollen Erscheinung, zu der ich nun geworden bin, erhebe mich in stiller Bewunderung und Ehrfurcht und lege in Slow Motion und voller Würde mein Dracula-Cape ab. Noch ein letztes Mal fletsche ich die Zähne, um meine Macht zu demonstrieren, und versetze mein Publikum in einen kurzen, aber überaus heftigen Moment des blanken Horrors.

Dann schlendere ich gelassen und gänzlich entrückt zur Kasse, wo Meister Kaiser schon deutlich verunsichert auf mich wartet.

„Ich hoffe, du bist zufrieden, Herr Knippschild, und hasses dir so vorgestellt!", sagt der Meister. „Dreiunfuffzichachtzich."

Ja, genau so habe ich es mir vorgestellt. Danke. Danke.

Ich schiebe ihm sechzig Euro über die Theke, sage: „Stimmt so", und lasse mir von ihm mit demselben Zaubertrick wie am Anfang meine Jacke überstreifen. Dann werfe ich einen Blick aus dem Fenster, freue mich schon auf die Panik, die ich da draußen gleich auslösen werde ... und sehe Steffi direkt an der Scheibe stehen, die einen entsetzten Blick auf mich wirft.

Verstehe ich nicht. Sie hat mich ja schließlich hier herge-schickt. Jetzt muss sie auch mit den Folgen leben. Also mit mir. Aber: Sie scheint mich trotz allem erkannt zu haben.

„Schönen Tach noch!", rufe ich hämisch grinsend in den La-den und bin raus.

Steffi steht da wie angewurzelt und starrt mich fassungslos an. Ich fletsche für sie noch mal kurz die Zähne und sie zuckt ein wenig zurück. Aber dann sagt sie: „Toll. Man kann schon was machen!"

Die ersten Leute um uns herum bleiben stehen.

„Na, wie sehe ich aus?", frage ich und erwarte ihr gerechtes Urteil.

„Wie 'ne Omma", sagt sie, „nur jünger. Und so böse irgend-wie."

Und dann brechen wir beide in erlösendes Gelächter aus, ge-hen in den nächsten Laden, kaufen eine Wollmütze, eine Son-nenbrille und eine Dose Nivea.

Tja, ich glaube, jetzt ist erst mal 'ne Weile gut mit Frisör.

Zweite Sauerländer Weisheit:

Willze ein' auf Styling machen,
kannet sein, dat alle lachen.

Das dritte Abenteuer

Die Gartensklaven

„Es explodiert alles", jammert Steffi, als sie aus der Terrassentür in unseren Garten schaut. Max und ich blicken erstaunt auf, weil sie uns mitten in einer wichtigen DMAX-Sendung erwischt und mit dieser verstörenden Meldung einigermaßen neugierig gemacht hat. Denn bei DMAX explodiert auch immer so einiges.

Max hat Ferien, er langweilt sich etwas und hatte bis eben noch schwer schlechte Laune, weil das Wetter nicht so besonders ist und es außerdem noch nicht sicher ist, ob ich auch genügend Urlaub in der Redaktion nehmen kann, damit wir gemeinsam etwas Schönes unternehmen können. Eine kleine Urlaubsreise vielleicht. Holland? Alpen? Nordsee? Ich hab erst mal nur die nächsten Tage frei. Und bei schlechter Laune hilft auf jeden Fall DMAX.

Es geht momentan in dieser Folge von *FAST N' LOUD* darum, wie Richard und Aaron, die beiden Helden dieser Schrauber-Serie, es schaffen, in einen schicken alten Chevrolet einen Tausend-PS-Motor einzubauen. Tolle Sache. Der Motor hat gar keinen Platz unter der riesigen Haube, so dass ein großer Teil des zwölfzylindrigen Ungetüms oben aus ihr herausragt. Verchromt, versteht sich.

Max findet's super und ich natürlich auch und so verfolgen wir gespannt das dramatische Geschehen auf der Mattscheibe. „Hey, ich bin heiß auf 'n Rennen!", sagt Richard und Aaron antwortet: „Du forderst mich raus? Machen wir's, Alter. Los geht's!" Ja, das sind Dialoge nach dem Herzen zweier Männer wie wir.

Max und ich. „Hey Max, abgefahren was?" „Jo, Bro!"

Das alte Auto wird richtig abgehen. Wir freuen uns schon mächtig auf einen rasanten Start, vielleicht mit Funken, Feuer oder eben Explosionen. Dieser Sender ist genau das Richtige für uns. Er wirbt schließlich auch mit dem Motto: Für die tollsten Menschen der Welt: Männer. Na, bitte. Das gefällt uns.

Und Steffi interessiert sich sowieso nicht für das reichhaltige und sehr abwechslungsreiche Angebot dieses Senders. Sie guckt lieber Kochsendungen, was mit Mode oder Talkshows. Aber Max und ich sehen ganz gerne mal, wie Reifen und Motoren qualmen oder explodieren, wie harte Männer Alaska umsegeln oder amerikanische Gesetzeshüter streng und gnadenlos gegen brutale Wilderer, geldgierige Tierhändler oder mit der Machete gegen den Dschungel vorgehen.

„Die Bäume kommen näher!", sagt Steffi jetzt mit einer gewissen dunklen Angst in der Stimme und sie weicht auch unmerklich ein paar Zentimeter von der Terrassentür zurück, als ob sich da wirklich eine hölzerne, grüne Gefahr näherte.

Ich muss an Macbeth denken, dem die drei Hexen seinerzeit ja prophezeit hatten, dass er erst etwas zu befürchten hätte, wenn der Wald von Birnam auf seine Burg zukommt. Da war er erst mal recht beruhigt. Aber was Macbeth ja nicht wissen konnte, war, dass schon bald die Truppen des Macduff mit abgehackten Büschen und Bäumen als Tarnung zur Burg vorrücken würden, um ihn zu erledigen.

Unsere Bäume rücken also angeblich auch näher.

Max und ich sehen uns fragend an und verstehen nicht so ganz.

„Wie meinst du das, Steffi, *die Bäume kommen näher?"*

„Na, es wächst alles zu. Seht euch das doch mal an. Es wuchert und wächst und rankt und sprießt, es explodiert alles ... das Grün kommt näher."

Sie sagt das mit so einem Horrortimbre in der Stimme, fast wie eine Darstellerin aus einem sehr schlechten Science-Fiction-Film, die von blutgierigen Pflanzen bedroht wird. Und weil billige Science-Fiction-Filme mich schon immer interessiert haben und meine Frau nicht bedroht werden soll – von wem auch immer –, stehe ich also auf, verpasse leider den Raketenstart unseres Chevys und sehe dann auch mal aus dem Fenster auf das, was uns da bedrohen soll.

Tatsächlich. Es ist wirklich alles ganz schön grün geworden da draußen in unserem Garten. Wie lange hab ich schon nicht mehr rausgeguckt? Kann mich nicht erinnern. Na, bei dem Wetter lohnt es sich ja auch kaum. Aber war das nicht schon immer so grün von allen Seiten? Die dicke Eiche hat ast- und blättermäßig auch ganz schön zugelegt, stelle ich fest. Fast kein Licht mehr auf der Terrasse. Jaja.

„Da! Es kommt näher", sagt Steffi mit dieser Angststimme und zeigt auf die zwischen den Terrassenplatten aufgeschossenen Grasbüschel, die tatsächlich schon ziemlich nahe zur Tür vorgerückt sind. Ist die Tür abgeschlossen?

Naja, vielleicht merkt man ja auch gar nicht, wie alles wächst und wuchert, wenn man einfach nur mal an den vier Sonnentagen, die das Jahr uns in diesen Breiten genehmigt, im Garten sitzt und dann eben den Grill anwirft, die Würste im Auge hat und keinen Blick für heranrückende Büsche und Sträucher.

„Siehst du nicht, wie das alles gewachsen ist, Alex? Die Natur schlägt zurück!" Stimme, jetzt fast apokalyptisch.

„Ja, Steffi, jetzt mal nicht so dramatisch. Es ist halt einigermaßen warm und es regnet andauernd. Da wächst natürlich alles, ist ja klar. Wie im Regenwald", sage ich ganz munter, als würde ich es sogar schön finden, wie die wilde, freie Natur da so um uns herumwuchert.

Aber Steffi hat recht, es sieht schon etwas beängstigend aus.

Die Fichten werden immer höher, die Büsche immer dichter und breiter, das Efeu rankt schon an einigen Stellen durch die Fenster, das Gras wächst ... man müsste mal was machen.

„Tja, dann müssen wir da eben bald mal was abschnippeln", sage ich so leichthin und ganz guter Dinge, weil dieses bald noch etwas weiter in der Zukunft liegen könnte. Ich sehe nämlich, dass sich gerade schon wieder eine dicke schwarze Wolke nähert, die der soeben geplanten gärtnerischen Aktivität einen platschnassen Strich durch die Rechnung machen wird.

„Heute aber nicht mehr. Du siehst ja, es regnet gleich", sage ich also abschließend zur grünen Hölle unseres Gartens und gehe wieder zurück zu Max und DMAX.

Heimlich und mit dem düsteren Unbehagen einer bevorstehenden, möglicherweise schweren, ungewohnten Arbeit sehe ich schnell mal im Handy nach, wie das Wetter in den nächsten Tagen werden könnte, denn ich spüre bei Steffi so einen unbändigen Tatendrang, der sich eventuell von ein paar Regentropfen gar nicht aufhalten lässt. Morgen nass mit trockenen Abschnitten. Oh. Trockene Abschnitte. Mist. Das könnte reichen.

Das mit dem augenblicklich drohenden Schlechtwetter sieht Steffi aber glücklicherweise ein, nachdem sie die schwarze Wolke jetzt auch entdeckt hat, und nickt zögerlich zustimmend, aber nachdenklich. Ja, ich sehe es, da ist dieser Wille, die Natur zu besiegen. Der Mensch will sich seinen Lebensraum zurückerobern. Jedenfalls der Mensch Steffi Knippschild.

„Aber morgen dann!", sagt sie mit fester Stimme, die sogar den dröhnenden Motor des Chevys übertönt, „morgen gehen wir *alle* ...", dabei lächelt sie jetzt besonders Max überfreundlich an, „... in den Garten und kämpfen gegen diesen Urwald."

Steffi übertreibt natürlich mit dem Urwald. So schlimm ist es meiner Meinung nach noch lange nicht, aber gut, ein bisschen nach Dschungel sieht es tatsächlich aus. Wenn ich unser Gartenhaus suche, das ich dann von Efeu und Schlinggewächsen fast erdrückt in der hinteren Ecke des Gartens finde, muss ich zugeben, dass das Ganze ein bisschen was von überwucherten Inkatempeln hat, die erst nach Jahrhunderten im Dschungel entdeckt worden sind, weil die Natur sie einfach verschluckt hatte.

Vielleicht wird man eines Tages, in ein paar Jahrhunderten, auch die Familie Knippschild von Ranken erwürgt und mumifiziert in diesem Sauerlanddschungel entdecken und anhand dieser Funde das ganz normale Leben in dieser ländlichen Region zu rekonstruieren versuchen. Wie haben die Menschen damals gelebt in dieser Regenwaldhölle? Offensichtlich haben sie den Kampf gegen die Natur aber verloren. Schrecklich! Familien und geführte Reisegruppen werden durch unseren ehemaligen Garten und durchs ehemalige Haus gehen und nur noch Reste der knippschildschen Zivilisation vorfinden.

Also gut, dann gehen wir eben morgen *alle* mal in unseren Garten und schnippeln ein bisschen an den Zweiglein und Ästchen herum, die zu weit vorstehen, damit es nicht so weit kommen kann.

Kann ja kein Problem sein und lange kann das auch nicht dauern, denke ich, weil ich jetzt am Wochenende und an den nächsten paar freien Tagen ganz gerne an meinem zweiten Buch weiterschreiben würde. Das erste, das den Titel *Mörder, Möpse und Millionen* trägt und ein spannender, unterhaltsamer Krimi geworden ist, hat sich in einer Ecke der Buchhandlung Kohle immerhin fast zweihundertmal verkauft (und von mir persönlich verschenkt natürlich) und hat mich darin bestärkt, dass ich wenigstens hier im Ort ein gefragter und vielgelesener Bestseller-Autor bin und auf jeden Fall ein zweites Buch schreiben sollte. „Ich hab Ihr Buch gelesen, Herr Knippschild. Hab's mir schlimmer vorgestellt." Na bitte. Das sind Kritiken, die man sich wünscht.

Wieder einen Krimi, dachte ich so. *Warum nicht?* Ich lese sie selber gerne, und was man selbst gerne liest, sollte man als Autor auch schreiben.

Das Buch hat auch schon einen Titel. Der ist mir als erster eingefallen, nachdem vor Kurzem der alte Heinz Potthoff gestorben ist. „Totgesoffen!", sagten die Leute da hinter vorgehaltener Hand und so soll das Buch auch heißen. Das gefällt mir. Aber mit der Handlung bin ich mir noch nicht so ganz im Klaren. Das Ganze soll auf dem Dorf spielen, es wird einen Toten geben, einen dorfbekannten Säufer, der eines Tages mit einer Flasche Schnaps in der Hand eben tot aufgefunden wird. Mord muss ja sein, sonst ist es kein richtiger Krimi. Es stellt sich aber dann heraus, dass in der Schnapsflasche ein Pflanzengift war … naja, und so weiter. Ich weiß es noch nicht so genau.

War der Gärtner der Mörder? Daran muss ich also noch arbeiten. Und wenn wir morgen dann mit der Schnippelei im Garten fertig sind, dann geht es weiter mit meinem Manuskript. Ich freue mich schon drauf.

„Garten?", fragt Max mit reichlich angeödeter Miene und hat mein vollstes Verständnis. Ich bin auch nicht so der Gartentyp, wenn es um dessen Pflege und Hege geht. Ich besitze zwar alle Geräte, die nötig sind, um der Sache *Garten* theoretisch Herr zu werden, aber ich gestehe, dass ich sie bis jetzt nur sehr selten oder gar nicht eingesetzt habe. Ich sitze lieber in einem Liegestuhl mittendrin im Garten und lese oder döse – an den bereits genannten vier Sonnentagen.

Natürlich freue auch ich mich, wenn es um mich herum blüht und sprießt, sieht ja auch sehr schön aus, aber das muss nicht unbedingt sein. Es geht auch ohne Blühen und Sprießen. Einfach nur rumsitzen und lesen. Oder essen und trinken. Grillen zum Beispiel.

Also, ich würde jetzt nie auf die Idee kommen, ein Blumenbeet anzulegen, weil ich Blüten und Bienen und so was brauche. Steffi sagt so oft Sachen wie „Schau mal, die Hortensie ist wieder gekommen!" und freut sich. Ich freue mich dann natürlich auch, weil es wirklich toll ist, dass die Hortensie wieder da ist, und auch sehr schön aussieht, sage aber nur: „Ja, schön", und lese weiter.

Und diese Blumen dann auch noch zu pflegen oder womöglich sogar das Unkraut aus den Beeten zu zuppeln. Nein, nein. Das geht zu weit. Das muss wirklich nicht sein. Bisschen Wiese, bisschen Busch und Baum. Das reicht mir vollkommen. Und dann einfach wachsen lassen! Fertig.

Ich kann mich noch sehr gut an meine Kindheit erinnern, in der ich oft genug mit entsprechender Strenge im Garten zum Unkrautjäten verurteilt wurde, obwohl ich gar nichts angestellt hatte, während die anderen Jungs draußen in Freiheit waren und allerlei Unsinn anstellen konnten. Aber ich saß knurrig zwischen unreifen Erdbeeren und sprießenden Porreestängeln und hab das verdammte Unkraut dazwischen rausgepopelt.

Ich habe es gehasst und mir geschworen, so etwas meinen Kindern niemals anzutun. Das verfolgt einen bis ins hohe Alter, das beeinflusst die persönliche Entwicklung, das Sozialverhalten, die Einstellung zu Obst und Gemüse und vielleicht auch das spätere Sexualgebaren.

Weiß man's? Könnte doch sein. Ich weiß zwar nicht wie, aber ich bin mir sicher, dass man da eine Menge verkehrt machen kann, wenn man Kinder zu solchen Arbeiten abrichtet – und das will ich nicht. Max soll frei von Unkraut aufwachsen.

Aber morgen soll er mal mit ran. Na gut. Einmal. Es geht ja sicher ganz schnell.

Hätte ich früher mehr Fußball mit den Jungs gespielt und auf der Straße rumgelungert, hätte sich vielleicht später plötzlich ein starker Gartentrieb bei mir entwickelt. Wer weiß. Könnte ja sein.

Dann würde ich jetzt vielleicht Rosen und Tulpen züchten, ich wäre im Kleingärtnerclub, würde meine Rosen auf Ausstellungen präsentieren und mit den dicksten Kürbissen und Kartoffeln angeben. Ich würde mit dem Nachbarn über den Zaun die Erdbeer- und die Kartoffelernte diskutieren und Mehltau und Rote Spinne als bösartige Feinde des Gärtnertums verfluchen. Wir würden uns austauschen über Giftmischungen und den richtigen Einsatz der wirksamsten Pestizide. Ich hätte *Mein schöner Garten* abonniert, bekäme monatlich die *Siedler-Zeitung* und rückte so bestens informiert dem Maulwurf mit dem Solar-Maulwurfschreck zu Leibe. Ich würde Ultraschallabwehr gegen den Wildhasen auffahren, der meine zarten, hilflosen Setzlinge abknabbert. Ich würde Schussfallen gegen die Wühlmäuse vergraben – ja, die werden unterirdisch erschossen. Peng. Ich würde Zäune setzen. Vielleicht elektrisch. Natodraht. Mein Garten wäre ein einziges militärisches Sperrgebiet – aber vorbildlich. Keine Gartenfeinde, kein Unkraut, alles blüht, alles wächst – aber so, wie ich es will.

Doch zum Glück ist es eben alles ganz anders gekommen. Und dafür bin ich meinen Eltern dann doch im Rückblick sehr dankbar.

Ich kümmere mich nicht um den Garten. Er ist einfach da und ich liege und sitze eben manchmal drin. Mehr nicht. Gut, der Rasen, also eher die wilde Wiese, wird ab und zu gemäht, okay. Aber dann muss es auch gut sein.

Ich will doch nicht der Sklave meines Gartens werden, so, wie meine Schwiegereltern zum Beispiel. Bei Alfred und Helga sieht der Garten aus wie ein botanischer Setzkasten, wie ein florales Panoptikum. Da sind die Blumen ausgerichtet und die Büsche gestutzt wie von einem fundamentalistischen Frisörmeister.

Der Rasen hat sogar Kanten. Rasenkanten! Kennen Sie so was? Hatten meine Eltern auch. Da werden die Kanten des Rasens in mühevoller Zentimeterarbeit mit dem Spaten brutal abgestochen, bis er dann aussieht wie ein grüner Teppich. Erst dann sind Schwiegerpapa Alfred und der Rest der Rasenkantenstecherarmee zufrieden. Und sobald im grünen Teppich, der ja vielleicht sogar von Schwiegermama Helga abgesaugt wird, wenn ein paar Blättchen darauf fallen, dann die ersten Grashalme es wagen, wieder über die genehmigte Länge von vier Zentimetern hinauszuwachsen, kommt augenblicklich der geschärfte Rasenmäher zum Einsatz, mit dem Alfred dann unter den strengen Augen seiner Helga verbissen seine Runden zieht.

Manchmal Achten, manchmal Ovale und manchmal, wenn er ganz gute Laune hat, schafft er es sogar, ein Muster in den Rasen zu mähen wie auf dem Fußballplatz. Man muss dann nur immer die Richtung des Mähers ändern, damit dieses Muster entstehen kann. Mein Lieber!

„Hey Max, krass, Alter, was? Bock auf 'ne Challenge im Garten morgen? Ich fordere dich heraus!"

Ja, das kommt nicht so gut an und unser Sohn vertieft sich mit angewidertem Blick wieder in den nächsten DMAX-Beitrag, in dem es diesmal um eine Familie geht, die in den Wäldern von Alaska, also mitten in der Wildnis, lebt. Und sogar überlebt. Dann schaltet er aus und geht in sein Zimmer.

***

Am nächsten Morgen spüren wir beide, Max und ich, eine gewisse Unruhe bei Steffi. Es geht alles etwas hektisch zu beim samstäglichen Frühstück. So, als ob uns die Zeit wegrenne. Steffi schlingt alles hinunter und das ist doch nicht gesund und sehr ungemütlich.

„Was ist denn los, Steffi? Haben wir's eilig?"

„Ja. Ab Mittag sind wieder Schauer angesagt."

„Ja und?"

„Wie? Ja und? Wir gehen heute in den *Garten*", singt sie. „Wisst ihr doch. Haben wir doch so ausgemacht."

Ja, wir hätten es zwar lieber vergessen, aber ja ... so war der Plan. Steffis Plan. Sie hat es so ausgemacht.

„Ich hab euch hier schon mal die alten Klamotten rausgelegt und dann geht's gleich los." Steffi scheint richtige Freude an dieser bevorstehenden Aktion zu haben. Naja, es wird ja nicht lange dauern.

„Boah, echt?", fragt Max noch mal unnötigerweise. „Lukas wollte mich heute abholen, wir wollten zusammen ins Dorf ..."

Ach, da haben wir es wieder. Meine ganze schwere Kindheit holt mich in diesem Moment ein und ich werde nachdenklich. Zwing den Jungen nicht! Mach es nicht! Gib ihm seine Freiheit! Er braucht das. Er kann doch nichts dafür! Er muss unkrautfrei aufwachsen können!

„Max", *(räusper, räusper)*, „heute gehen wir erst mal in den Garten! Kannst ruhig mal mitarbeiten und was für die Familie tun." Diese Worte sind mir wirklich nicht leicht gefallen und er tut mir jetzt schon leid, der Arme. „Wann kommt Lukas denn?"

„Um drei."

„Oooch, bis dahin sind wir lange fertig", flöte ich fröhlich und tue so, als ob auch ich mich schon ein wenig auf meinen Einsatz an der grünen Front freue. Und außerdem sind ja ab Mittag Schauer angesagt. Läuft also.

Traurig schlüpft Max in seine alten Jeans mit den Fahrradschmierflecken und zieht wiederwillig eine Jacke an, die ihm nicht mehr ganz passt. Auch ich zerre mir das Lumpenzeugs über, das Steffi uns rausgelegt hat, und da stehen wir nun. Bereit, die Schmach der Sklaverei anzutreten.

Steffi ist nicht mehr zu sehen. Sie steht schon zwischen den Kirschlorbeerbüschen und schnippelt fleißig. Sie schwitzt sogar schon, weil doch tatsächlich die blöde Sonne rausgekommen ist. Na, ob das mal gut geht mit den versprochenen Schauern heute Mittag.

Steffi schneidet die ersten vorwitzigen Zweige ab und legt sie sorgfältig auf einen Haufen.

„Max, du kannst das schon mal in die Schubkarre packen!"

„Wo ist die denn?", fragt er und auch ich muss nachdenken. Es ist doch schon eine ganze Weile her, dass wir dieses seltene Schiebegefährt mal benutzt haben.

„Am Kompost", antwortet Steffi, und bevor Max jetzt fragt, wo denn der Kompost ist, nehme ich ihn beiseite und wir gehen gemeinsam die Schubkarre holen. Ich habe den Komposthaufen schon mal gesehen. Er müsste irgendwo da hinten sein. Ah ja, da ist er ja. Leider ist der Reifen der Schubkarre platt und ich muss überlegen, wo jetzt diese Luftpumpe ist.

„Wo bleibt denn die Schubkarre?!", ruft Steffi und ich rufe zurück: „Wo ist denn die Luftpumpe?", und höre nur, wie Steffi stöhnt und so was sagt wie: „Immer dasselbe, wenn man's braucht, ist alles kaputt."

Ich erinnere mich aber dann, dass die Pumpe in der Garage liegen müsste, und kann sie dann auch unter einer dicken Schicht Spinnweben herausarbeiten. Was Spinnen doch für tolle, total symmetrische und außerordentlich widerstandsfähige Gebilde bauen können!

Dann steht die Schubkarre endlich an ihrem Platz.

„Na los, einladen!", ordnet Steffi etwas ungeduldig an und Max verrichtet murrend seine Fronarbeit. Dass sie bereits einen ganzen kleinen Berg von Ästchen abgeschnitten hat, kann man dem Busch überhaupt nicht ansehen. Er sieht eigentlich aus wie immer. So wird das nichts, denke ich. Da müssen ganz andere Geräte her. Da muss man in ganz anderen Dimensionen denken. Größer.

„Warum schneidest du denn die kleinen Äste mit der Nagelschere ab?", frage ich also, denn ich kann mich erinnern, dass ich da mal weitaus effektiveres Werkzeug gekauft habe.

„Das hab ich gerne! Noch keinen Handschlag getan, aber schon klugscheißern. Das ist eine Rosenschere", sagt sie und schneidet verbissen weiter.

Ich schüttele nur den Kopf und verlasse sie erst einmal Richtung Schuppen. Rosenschere. Phh.

„Wo gehst du denn hin? Wir müssen hier ..."

Jaja, denke ich nur. Mach du mal mit deiner Rosenschere, ich bin gleich zurück und dann wirst du dich aber wundern.

Ich finde die Heckenschere nicht gleich, aber hinter den Fahrrädern und neben der alten Autobatterie liegt sie dann. Leicht angerostet, aber das tut ja nichts zur Sache. So ein Spezialwerkzeug wird eben nicht oft gebraucht. Auch eine Astschere entdecke ich nicht weit davon im Dreck. Ja genau, die haben wir ja auch! Ich probiere sie kurz aus und bewundere ihren mächtigen Eisenschnabel, der die Äste kaltblütig abhacken wird, und nehme auch sie vorsorglich mit, denn mit einer Rosenschere kommen wir nicht weit.

Und da fällt mir die *elektrische* Heckenschere ein, die ich ja auch mal gekauft habe. Ja. Die war ein absolutes Sonderangebot im Baumarkt und hat mir sehr gut gefallen. Leider ist sie noch nie zum Einsatz gekommen und fristet ihr nutzloses Dasein bis jetzt ... ja, wo denn eigentlich?

Es vergeht noch ungefähr eine Viertelstunde, bis ich sie gefunden habe, aber dann komme ich bestens ausgerüstet und bis an die Zähne bewaffnet wieder zurück an den Ort des Geschehens.

Steffi empfängt mich mit einem niedergeschlagenen Kopfschütteln und stöhnt, als sie mein Waffenarsenal sieht. Ich übersehe das einfach mal und rolle meinerseits jetzt das Kabel von der Kabeltrommel ab, damit wir mit Watt und Volt und der Technik von heute gegen die grüne Pest vorgehen können.

Steffi hat sich bei meiner Rückkehr dann auch schon die Finger geklemmt, weil selbst die Arbeit mit einer Rosenschere geübt sein will. Na, sie macht das ja schließlich auch nicht jeden Tag. Es bildet sich eine Blutblase und ich bedauere sie. „Pflaster?" „Ach was." Steffi ist ein harter Knochen. Max nutzt die kurze Unaufmerksamkeit seiner Wärterin und fingert kurz an seinem Handy herum. Die Sonne scheint noch immer.

„So", sage ich zufrieden, als die elektrische Zerstörungsmaschinerie ihre ersten bedrohlichen Rasselgeräusche von sich gibt, und Steffi weicht erschrocken zurück.

„Willst du etwa mit dem Ding da …"

„Natürlich", sage ich, „das Zeugs muss doch ab, oder? Und ein bisschen Technik hat noch nie geschadet im nackten Kampf ums Überleben."

„Ja, aber …", höre ich noch, aber da rasselt die elektrische Vernichtungsschere schon mitten durch den Busch, dass es nur so spritzt und fetzt vor lauter grünen abgehackten Zweigen und Blättern. Ich wüte mich wie mit einer automatischen Machete durch unseren Dschungel und höre nicht, wie Steffi versucht, mich einzubremsen. Indiana Jones.

„Hör auf damit. Das sieht ja furchtbar aus! Du veranstaltest ein Gemetzel", jammert sie.

Doch ich kenne keine Gnade. Bin nicht mehr aufzuhalten. Auch nicht von meiner Frau. Da ist etwas ausgelöst in mir, das verborgene, unbekannte Kräfte freisetzt. Ich lasse mir doch meinen Lebensraum nicht von der grünen Hölle vor unserer Tür wegnehmen. Ich lasse doch mich und meine Familie nicht von Kirschlorbeer und Fichten aus dem Paradies vertreiben.

Endlich bin ich quasi durch den Busch durch und komme draußen am Weg wieder an. Ein paar in den Busch eingewachsene Brombeerranken haben mich ein wenig zerfetzt, ich blute etwas, aber das kann einen Mann, der DMAX gewohnt ist, nicht erschüttern. Ich bin auch ein harter Knochen.

„Das sieht AUS!", jammert Steffi und hat die süße Rosenschere noch immer in der Hand. „Der schöne Busch!"

„Ach, auf einmal ist es der *schöne* Busch, ja? Und eben hat er noch unser Leben bedroht, oder wie?"

„Ja, man muss doch nicht gleich den ganzen Busch abhacken, wenn man nur ein wenig Luft …"

Ach, das versteht Steffi einfach nicht. Ganz oder gar nicht. Duschen, ohne nass zu werden, geht eben nicht. Und wenn der Vernichtungsreplikant Alex Knippschild erst mal aktiviert ist, dann muss er auch töten.

„Das muss doch alles weg", sage ich und schon rasselt die Elektroschere wieder. Mit blinder Wut – ja, man braucht auch Wut für derartige Arbeiten – gehe ich an den nächsten verdammten Busch, mähe dabei mitten in der Schlacht auch ein paar von den Hortensien und Forsythien nieder, aber wo gehobelt wird …

„ALEX!"

Max grinst und genießt eine weitere kleine Pause. Er schaut ab und zu mal nach oben, ob denn die versprochene Wolke endlich kommt. Nein, noch nichts zu sehen. Aber momentan ist es ja sogar wieder mal richtig aufregend und witzig mit den Alten.

Ich mähe mich weiter durch den Privatdschungel, der zweite Busch ist schon fast niedergerungen, der nächste zittert schon, bis ich dann endlich mit dem erbarmungslosen Mähwerk der Elektroschere das Kabel erwische und die Todesmaschine schweigt.

Eine unheilvolle Stille legt sich augenblicklich über unseren Garten und die Menschen, die darin stehen und doch nichts als überleben wollen.

„So", sagt Steffi, „das war's ja dann wohl. Endlich kaputt."

Und ich muss ihr recht geben. Ja, ohne Strom geht's dann leider nicht weiter.

„Ja", sage ich resigniert, „dann muss ich wohl erst mal das Kabel flicken."

„Nix da! Jetzt nimm dir von mir aus diese verdammte dicke Schere da", damit zeigt sie auf die manuelle Heckenschere, die ja noch aus der industriellen Vorzeit stammt, mit reiner Muskelkraft betrieben werden muss und die ich eigentlich nur im absoluten Notfall einsetzen wollte, „und dann schneidest du das ab, was ich dir zeige."

Max grinst wieder und wird von Steffi dabei erwischt. „Und du, steh hier nicht rum und mach was. Da. Äste sammeln. Schubkarre. Ab!"

Ich schneide jetzt also mürrisch knurrend und reichlich unterdrückt nach Steffis Anweisungen mal hier und mal dort ein paar Äste ab, eigentlich nur die kleinen, darf einmal mit der Astschere sogar einem etwas dickeren Ast zu Leibe rücken und dann darf ich sogar die große Bügelsäge holen, an die ich mich noch dunkel erinnern kann und die irgendwo ganz hinten … Ach, ich werde sie schon finden. Damit wird dann der dicke Ast abgesemmelt, der mir beim Runterfallen doch glatt auf den Kopf fällt und möglicherweise eine Schramme an der Stirn hinterlässt. Aua. Ach was. Lächerlich. Da sehen wir gar nicht erst nach.

Aber trotzdem, für mein Gefühl kommen wir nicht so recht weiter. Der Dschungel steht noch immer wie eh und je.

Max kommt gerade wieder mit der leeren Schubkarre vom Komposthaufen zurück, der immer höher wächst und uns jetzt leider die Aussicht auf die schönen weiten Wiesen dahinter verdeckt, die ich immer so geliebt habe. Er sieht nach oben.

Noch immer keine Wolke zu sehen. Es geht also weiter mit der Sklaverei. Max sieht mich reichlich vorwurfsvoll an und murmelt: „Dauert nicht lange, was?"

Auch ich schiele jetzt immer öfter mal auf meine Armbanduhr, denn der versprochene Regen könnte jetzt wirklich langsam mal einsetzen. Mir tun die Hände weh, ab und zu verkrampfen sie, Schweiß läuft mir in die Augen, ich hab blutige Kratzer an den Armen, eine Kopfverletzung, mir ist heiß, ich hab Durst, ich will nicht mehr …

„Da, jetzt den da!", befiehlt Steffi und zeigt auf das nächste Ästlein, das ich abzwacken darf. Sie steht jetzt nur noch in der Mitte des Gartens und gibt Befehle. Das gefällt weder Max noch mir. Wir leiden momentan doch sehr unter der Knute der Tyrannin und ein gewisser Revolutionsgeist wächst in uns. Wir sind das Volk!

Und ihre Befehle sind unsinnig.

„Steffi, das bringt doch nichts. Hier und da mal ein Ästchen, so kommen wir doch nicht weiter. Sieh dir doch mal an, wie das alles hier explodiiiert!"

Doch sie lässt sich nicht beirren und verfolgt weiter ihre Strategie der kleinen Schnitte. Ganze drei Stunden haben wir jetzt schon in dieser grünen Hölle verbracht und ich schiele ab und zu mal sehnsüchtig zum Liegestuhl hinüber. Heute hätten wir wirklich mal tolles Wetter zum Lesen, Abhängen, Grillen …

Steffi greift jetzt doch wieder aktiv in das Geschehen ein und versucht gerade, eine der dicken Schlingpflanzen vom Gartenhaus zu lösen, als wir sie plötzlich „Au!" rufen hören.

„Was ist?", fragen wir beide gleichzeitig und stehen schon neben ihr, um irgendwie zu helfen.

„Ach, weiß nicht. Was gestochen. Egal", sagt sie und zerrt weiter wütend und ohne Erfolg an den dicken Ranken aus dem versunkenen Inkareich.

Dann kommt der erste Tropfen. Na endlich.

„Es regnet, es regnet", verkündet Max voller Erlöserfreude, als ob wir das nicht selbst bemerkt hätten.

Und dann steht Max' Freund Lukas plötzlich vor uns. Viel zu

früh, aber er ist da. Er starrt auf Max, wie der gerade Unkraut und Äste in die Schubkarre wirft.

„Wie uncool", sagt Lukas, „Gartenarbeit."

Natürlich ist Max das peinlich und er hört sofort mit seiner Arbeit auf.

„Hallo Lukas", sage ich, „schon da?"

Er starrt immer noch angewidert auf die Gartengeräte und auf die Menschen, die sie bedienen.

„Ja, Max hat uns heute mal etwas geholfen. Musst du das nicht auch manchmal?"

Lukas schüttelt nur den Kopf, als wäre schon die Frage eine Zumutung.

„Nä!"

Naja, vielleicht wird er später mal der erste Vorsitzende des Kleingärtnervereins und züchtet die dicksten Kartoffeln.

Der Regen wird stärker und ich sage mit einem Blick nach oben und ernster, endgültiger Stimme: „Also gut, das war's dann", und werfe auch mein Joch ab. Alle Werkzeuge in die Schubkarre und ab in die Garage damit. Eine dicke Blase wächst an meinem Handballen. Es sind halt nur zarte Schreiberlingfinger und keine schwieligen Mörderhände.

Steffi wirft noch einen letzten unsicheren Blick auf unser Vormittagswerk und scheint mit allem nicht so recht zufrieden zu sein. Ich auch nicht. Dann flüchten wir alle gemeinsam ins Haus, die Tropfen werden dicker und kommen schneller.

Der Regen ist jetzt richtig heftig geworden und ich wünsche mir, dass er eine ganze Woche lang anhält.

„Bin gleich fertig", sagt Max zu Lukas und verschwindet schnell nach oben, um sich umzuziehen.

„Ihr wollt doch jetzt nicht mit den Fahrrädern los", sagt Steffi, aber Max meint nur: „Ach, die paar Tropfen", und nach ein paar

Minuten ist er wieder da, sagt: „Tschüss!", und ist dann mit Lukas weg. Irgendwann wird er mal ganz aus dem Haus sein.

Und dann sehen wir uns traurig an, unser Leben zieht an uns vorüber und wir beginnen, unsere Wunden zu lecken. Ich bekomme trotz heftiger Weigerung von Steffi ein paar Pflaster auf die blutigen Stellen am Arm, sie sticht mir entschlossen die Blase am Handballen auf und entfernt mir eine ganze Menge Brombeerstacheln aus dem Arm. Die blutige Schramme an der Stirn bekommt sogar ein kleines Mullpolster mit einem sehr großen Pflaster.

„Steffi, hör auf damit. Das ist doch völlig übertrieben!"

Aber sie lässt sich nicht aufhalten. „Das kann sich entzünden", sagt sie. Früher, als Kinder, hätten wir so eine blutige Macke als *Loch im Kopp* bezeichnet. Das war so ziemlich das Schlimmste, was einem Achtjährigen passieren konnte. *Der Alex hat 'n Loch im Kopp!* Mit solchen Sensationsmeldungen wurde man dann von der ganzen Kinderbande zuhause bei den entsetzten Eltern blutüberströmt abgeliefert.

Ich lasse es also geschehen, muss schon wieder lächeln und freue mich, dass ich so eine fürsorgliche, liebe Frau habe.

Während sie mich also sehr professionell und gewissenhaft verarztet, entdecke ich dafür bei ihr eine erstaunliche Menge Mücken- und sogar Bremsenstiche. Ihr ganzer Arm ist voller roter, teilweise von ihr schon aufgekratzter dicker Hügel. Einer, der ziemlich gefährlich aussieht, sitzt direkt neben der Blutblase am Daumen. Die Schwellung hat die Hand bereits unappetitlich verformt und sieht gar nicht gut aus. Da spielt ihr verbeulter Arm schon fast keine Rolle mehr.

Und dann entdecke ich noch etwas sehr Interessantes an ihr.

„Oh, da sitzt eine Zecke", stelle ich mit Erschrecken, aber auch so was wie dem begeisterten Interesse eines Insektologen fest. „Da, in der Armbeuge, siehst du? Der kleine schwarze Punkt da. Das ist eine Zecke. Die hat sich da festgebissen. Am liebsten gehen sie in Armbeugen oder Achselhöhlen. Sie suchen die Wärme, weißt du. Das dauert jetzt ein paar Tage und dann ist sie groß wie ein Sahnebonbon, weil sie sich ..."

Doch Steffi ist schon aufgestanden und zieht sich die Regenjacke an.

Der Arzt in der Notaufnahme des Mescheder Krankenhauses kann uns aber weitgehend beruhigen. Das an der Hand war sicher eine Hornisse – Steffi reißt bei dieser Insektenbenennung die Augen auf und droht fast, vom Behandlungsstuhl zu kippen.

„Nicht schlimm", sagt der Arzt aber, und die Zecke ist auch schnell entfernt. Und ob das mit dem Zeckenbiss jetzt tatsächlich zu einer Borreliose, so mit Hirnhautentzündung, Herz- oder Gehirnbefall und Nervenlähmungen, führt, das kann man erst in ein paar Tagen oder auch Wochen sagen. Dabei lächelt der Herr Doktor uns beruhigend an und macht uns noch ein wenig Mut.

Abends wagen wir dann noch mal einen gemeinsamen Blick durch die fest verschlossene Terrassentür und den prasselnden Regen in unseren finsteren Dschungel, an dem sich bis jetzt eigentlich noch nichts sichtbar verändert hat, und ein Gefühl der Machtlosigkeit überkommt uns. Schaffen wir es wirklich nicht, der grünen Hölle Herr zu werden? Wird das Grün uns letztlich erledigen? Kommt der Wald näher?

Macbeth?

„Schürmann!", sage ich mit entschlossenem Blick in den Garten.

„Was?", fragt Steffi, die mit ihrem dicken Verband an der Hand und den düsteren Prophezeiungen einer möglicherweise sehr ungesunden Zukunft sowieso keine Rosenschere mehr führen könnte. Vielleicht nie mehr.

„Wir rufen Schürmann an, den Gärtner."

Steffi nickt geradezu dankbar.

***

Die Männer sind schon ziemlich früh am Morgen da, werfen lachend ihre Zigarettenkippen in unsere Hortensien, nachdem sie aus dem Lieferwagen der Gärtnerei Schürmann ausgestiegen sind, und klopfen sich gegenseitig krachend auf die Schultern. Sie scheinen uns gar nicht zu bemerken, sind aber voller Tatendrang und guter Dinge. So sieht es jedenfalls aus. Sie machen einen recht munteren Eindruck. Solche Männer brauchen wir. DMAX.

Herr Schürmann, der Anführer dieser wilden Horde, nähert sich uns, kann uns leider wegen unserer Verletzungen nicht die Hände schütteln und nickt uns daher einfach möglichst vertrauenerweckend zu.

„Moang!", sagt er mit tiefer, brummiger Stimme, zieht an seiner Zigarette und wartet anscheinend auf einen Plan. „Wat sommwe machen?"

Steffi wird das Briefing übernehmen. Das haben wir so besprochen. Sie hat ja schließlich auch mit der ganzen Sache angefangen. Ich werde in diese strategische Planung nur im Notfall eingreifen, wenn zum Beispiel die Idee aufkommen sollte, den Rasen umzuackern und Kartoffeln anzupflanzen und damit die Stellmöglichkeiten für unsere Liegestühle dramatisch zu minimieren, oder so was. Das käme nicht in Frage.

„Herr Schürmann", beginnt Steffi also feierlich, „Sie sehen ja selbst. Hier müsste alles mal ein bisschen …"

Schürmann nickt. Er sieht selbst. Totale Verwilderung.

Er schickt seinen grünen Kennerblick über den Regenwald und dann sieht er wieder uns an. Er sagt noch nichts, aber ich spüre, dass er sich fragt, wie man denn hier überhaupt noch leben kann. Es ist der Blick eines Mannes vom Putztrupp, der vor dem Chaos einer vermüllten Messiewohnung steht.

„Wissen Sie, Herr Schürmann", fährt Steffi fort, „wir hätten es gerne ein wenig luftiger, vielleicht hier und da ein paar Zweige ab, diesen Busch da, eventuell auch den Baum etwas einkürzen, er nimmt uns ein wenig das Licht, da dieser Ast und da diese Ranken ..."

Schürmann nickt ernst und wirft jetzt auch entschlossen seine Zigarette weg – in einen wild austreibenden, ehemals ballrunden Buxbaum. Er hat verstanden. Voll und ganz.

„Aas klar!"

„Wollen Sie Kaffee?", fragt Steffi dann in die Runde und ein allgemeines zufriedenes Brummen und Kopfnicken geht durch die Horde der tatendurstigen Männer. Ja, warum nicht? Fangen wir doch erst mal mit einer kleinen Kaffeepause an.

„Jou! Wa?"

Steffi lächelt also verständnisvoll und geht dann rein, um Kaffee für alle zu machen. Sicherlich wird sie auch noch Plätzchen und Kekse auftreiben, um es den Männern so schön wie möglich zu machen. Schließlich weiß sie wie ich um die Härte dieses Berufes.

Als Steffi verschwunden ist, bekomme ich nur noch mit, wie Schürmann mit wuchtigen, breitbeinigen Schritten zu seinen Männern stampft und immer wieder in die Runde unseres Gartens zeigt. Mal hierhin, mal dorthin, mal auf diesen Busch, mal auf jenen Baum und die Befehle „Ab!", „Ab!", „Wech!", „Raus!" ausgibt. Die Männer nicken stumm. Auch sie haben verstanden.

Nach der Kaffeepause mit Gebäck soll es dann losgehen.

„Dann wommwema!", sagt einer der rauen Burschen.

Dann wommwema!, das ja eigentlich *Dann wollen wir mal!* heißt (das Verb *loslegen* oder ein ähnliches wird hier still ergänzt), kommt aus der sauerländischen Sprachfamilie der Aufforderungsformeln. Genauer gesagt aus der Dreiergruppe *Wommwema – Sommwema? – Lasswema!*. Wobei *Wommwema* der positiv aktivierende und sogar gute Laune verbreitende Startschuss eines bereits feststehenden Vorhabens darstellt. *Sommwema?* meint im Grunde das Gleiche, ist aber, leicht ironisch, als Frage formuliert. Natürlich geht es jetzt los, aber man tut so, als gebe es da noch eine Entscheidungsmöglichkeit für die lieben Kollegen. Und *Lasswema!* ist eindeutig die stärkste Formel dieser Gruppe, weil man sie einsetzen muss, wenn eventuell die Befürchtung besteht, dass einige der Mitarbeiter noch abspringen könnten. *Und dat geht ja nich! De Aabeit muss ja gemacht werd'n.*

Ja, so geht Sauerländisch.

Der Lieferwagen wird also ausgeladen – *Wommwema* hat gereicht – und wird dann mit zweien der Männer noch mal weggeschickt.

„Un' drückt auffe Tube, ihr Heiopeis!"

Der verbliebene Rest der Männer beginnt schon mal, die eindrucksvollen und vielzähligen Gerätschaften in Stellung zu bringen. Toll. Das sind Maschinen!

Ich habe mir einen gemütlichen Platz hinter der Terrassentür gesucht und meinen Sessel da hingeschoben, um alles beobachten und kontrollieren zu können. Max holt sich den zweiten Sessel und setzt sich neben mich. Das könnte besser werden als DMAX.

Es regnet heute tatsächlich nicht. Ein schöner Tag, um ein wenig im Garten zu arbeiten.

Die Schlacht beginnt mit einer Kettensäge. Wrooouuum! Ein tolles Geräusch, das uns beiden sehr imponiert. Ich sollte bei meinem nächsten Baumarktbesuch unbedingt mal auf die Angebote im Kettensägensegment achten. Das gefällt mir. Das ist ja mal etwas ganz anderes als meine mickrige elektrische Heckenschere, die ja auch schon ein wenig Kahlschlag anrichten konnte. Aber mit solch einer Mördersäge … Ich hoffe, ich habe die Elektrische auch wieder gut weggepackt, so dass keiner dieser Männer sie irgendwo entdeckt und darüber herzlich lachen kann. Der Busch, den ich vorgestern schon fast niedergerungen hatte, hat als erster verspielt. Wrooouuum! Wrooouuum! Alles ab. Der verbliebene Wurzelstumpf wird mit ein, zwei wuchtigen Spatentritten ausgegraben und wir haben an dieser Stelle schon eine Menge Platz gewonnen. Ich sehe den Weg nach draußen, die Freiheit. Auch Max zeigt sich beeindruckt. Ein tolles Schauspiel. Dann kommt der nächste Busch.

Steffi gesellt sich jetzt, aufgeschreckt durch die ungewohnten, beängstigenden Geräusche zu uns, steht neben meinem Sessel und hält sich die Hände vor den Mund.

„Was machen die denn da?", fragt sie entsetzt und will sofort rauslaufen, um den Männern Einhalt zu gebieten.

„Lass die doch mal, Steffi. Die wissen schon, was sie tun. Das sind schließlich Fachkräfte. Und du hast ihnen doch eindeutig gesagt, was gemacht werden soll, oder? Exaktes Briefing, wie ich dich kenne."

Steffi ist etwas verunsichert und wirkt eingeschüchtert.

„Sieh doch mal, Steffi, da, wo vorgestern noch dieser Busch war, ist jetzt freie Sicht nach draußen. Das ist doch schon mal sehr schön. Wir werden wieder atmen können, neue Aussichten haben, ein neues Leben anfangen."

Sie zuckt zusammen, als gerade eine zweite Kettensäge anspringt und einer der Männer sich auf einer langen Leiter an einem besonders dicken Ast der Eiche zu schaffen macht. Er balanciert ganz oben auf dem wackeligen Ding und hält sich noch nicht einmal fest.

„Pass bloß auf, du Tuppes da oben!" und „Schnauze!", ruft man sich fröhlich zu. Ja, so macht die Arbeit Spaß.

Max zeigt voller Begeisterung auf diesen todesmutigen Mann im Baum. Steffi jedoch scheint noch nicht so recht an eine Verbesserung ihrer Lebensqualität durch marodierende, wilde Männer zu glauben. Der Ast fällt krachend auf den Rasen, den ich auch mal wieder mähen müsste.

„Siehst du, Steffi? Licht! Luft! Das wolltest du doch."

Sie zieht sich nachdenklich in die Küche zurück.

Dann kommt ein Lastwagen der Firma Schürmann, der einen Hubwagen zieht. Er muss leider über die Ecke mit den Forsythien fahren, weil er sonst nicht aufs Gelände kommt. Na gut. Der gewaltige Schredder steht noch auf der Ladefläche und ein kleiner Bagger rollt gerade herunter. Toll. *Wat 'n Apparillo!*, wie der Sauerländer sagen würde. Was die alles haben! Ich hole mir jetzt auch einen Kaffee, bringe Max eine Cola Zero mit und wir sind gespannt, wie es weitergeht.

Mit dem Hubwagen, der tiefe Spuren im Rasen hinterlässt und ein paar Terrassenplatten zum Platzen bringt, ist es ganz einfach, die obersten Äste der alten Eiche zu erreichen und mühelos abzusägen. Auch sie landen krachend auf dem Rest des Rasens, der sich langsam in eine Art Kraterlandschaft verwandelt. Vielleicht muss ich ihn nie wieder mähen. Einer der Männer sieht sich den soeben abgesägten Stumpf an und schüttelt den Kopf. Was mag das zu bedeuten haben? Die anderen aber haben ihren Spaß und Schürmann brüllt Befehle über den Schlachtenlärm.

„Haut wech, die Scheiße!"

Steffi wagt noch einen letzten scheuen Blick aus der Küche, weil sie das Krachen, Stechen, Hauen und Gebrülle nicht mehr überhören kann, und sie tut mir wirklich leid.

„Steffi, Max", sage ich und erhebe mich aus dem Sessel, „lasst uns mal einen schönen langen Spaziergang machen. Hmm? Was haltet ihr davon?"

Max hält nichts davon und will auf jeden Fall bleiben, aber Steffi nickt still. Wir ziehen uns also ein paar wetterfeste Sachen an und gehen los, ohne uns noch ein einziges Mal umzudrehen. Das Heulen, Brüllen, Kreischen und Ächzen lassen wir einfach hinter uns.

Der Wald hat was. Ja, das habe ich immer gesagt, es ist wunderschön in so einem Wald. Dieser Wald, der recht nah an unserem Haus wächst, ist fast ein richtiger Urwald. Hier wird nicht viel gemacht. Eigentlich nichts. Ein schmaler, verträumter Weg führt uns an abgebrochenen Ästen und umgestürzten Bäumen vorbei in eine Zauberwelt aus Grün und Braun. Vögel singen und andere krächzen, es raschelt im Gebüsch und sogar zwei Rehe können wir zwischen den Bäumen flüchten sehen. Hier kommt die Seele wieder ins Gleichgewicht. Das ist Natur, wie wir sie lieben. Ja!

Auch Steffi ist schon nach kurzer Zeit einigermaßen erholt und wirkt schon viel gefasster. Wir gehen noch ein, zwei Kilometer weiter, bis sie dann doch wieder etwas unruhig wird und sagt: „Lass uns mal wieder zurückgehen, Alex, sonst reißen die auch noch das Haus ab."

Aber sie kann schon wieder lächeln. Also wollen wir doch mal nachsehen, wie weit die Männer sind.

Als wir unsere Besitzung erreichen, hat das Wüten und Morden aufgehört. Es ist relativ still und nur der riesengroße Häcksler tut seine vernichtende Arbeit. Die Männer stopfen lachend und rauchend Äste und Gehölz in ihn hinein, und oben heraus kommt feines Sägemehl, das direkt auf die Ladefläche des Lasters befördert wird.

Wir sehen uns ungläubig um, und wenn wir nicht unser Haus, Herrn Schürmann und auch Max wiedererkennen würden, der jetzt hier mitten unter den harten Männern steht und mit ihnen lacht, aber zum Glück nicht raucht, dann würden wir denken, wir sind hier auf der falschen Baustelle.

Das ist nicht mehr unser Garten.

Der Rasen ist völlig verschwunden, er ist nur noch ein

schlammbrauner Acker, weil man ihn mit einem Vertikutierer völlig umgewühlt hat.

„Damit dat Moos rauskommt, un' datter wieder atmen kann, ja?", sagt Herr Schürmann dazu.

Ah so. Dat Moos. Aas klar. Die Kirschlorbeerbüsche sind gar nicht mehr vorhanden.

„Die wuchern ja nur alles zu. Dat blöde Kraut. Bringt ja nix." Zwei Fichten fehlen, keine Spur mehr von irgendwelchen Blumen ... und die dicke Eiche ist gefallen.

„War innen total verfault. Schrott!", sagt Herr Schürmann dazu. „Die wär Ihn'n spätestens in ei'm Jahr aufs Haus gefallen."

Ah ja. Na, dann: Weg damit! Danke auch.

Und der kleine Bagger hat ein recht tiefes nierenförmiges Loch mitten in unseren Garten gegraben, das sich schon langsam mit etwas Grundwasser füllt.

„War nur sonne Idee von mir, ja", sagt Schürmann, „bin ja auch Garten*gestalter*, ja? Könnte doch 'n schöner Teich werd'n, woll? So 'ne größere Pfütze. Da stehder doch alle drauf, oder? Die Leute sin' verrückt nach Teiche."

Jaja, stimmt. Gute Idee eigentlich.

„Könn 'we aber auch wieder zuschütt'n, den Tümpel, wenn Se woll'n."

Ich weiß es nicht. Teich?

Steffi und ich sehen uns an und können noch immer nicht begreifen, wie an einem halben Tag sich im Leben so viel verändern kann.

Steffi hat, glaube ich, ein paar Tränen in den Augen – das kann aber auch vom Sägemehl kommen – und sie scheint zutiefst zu bereuen. Alles.

Als Schürmann bemerkt, dass unsere Stimmung momentan alles andere als euphorisch oder sogar voller Dankbarkeit ist, wie er es vielleicht erwartet hätte, sagt er nur: „Ach, dat sieht im Moment alles bisken wild aus, aber spätestens in eim' Jahr is' alles widder so wie vorhär. Glaum Se mir."

Alles so wie vorher. Ja, dann hat es sich doch gelohnt. Vielen Dank, Herr Schürmann!

Dritte Sauerländer Weisheit:

Is' dat Grüne ers' ma' hin,
macht der Garten wenig Sinn.

Das vierte Abenteuer

Ofenrohr Set

„Jetzt reicht's, Alex, Max! Das ist nicht mehr lustig", zischt Steffi durch fast geschlossene Lippen und reißt die ganze schöne Buchstabenformation, die den Kaminsims der Familie Knippschild seit einigen Tagen verschönert, mit einem gewaltigen Wisch und viel echter Wut herunter. Max erschreckt sich und sieht sie reichlich entsetzt an. So hat er seine liebe Mutter selten erlebt.

Ein O landet direkt vor meinen Füßen, rollt und eiert noch einmal kurz um meinen rechten Fuß herum und bleibt dann verschüchtert vor dem dicken Zeh liegen. Steffi scheint also wirklich wütend zu sein. Aber so richtig. Dabei haben wir doch nur ...

„Das war's! Ich hab keine Lust mehr! Dann macht doch den ganzen Mist alleine! Ich bin raus!", stellt sie abschließend und laut schnaubend fest.

Was war?

Also, es war so: Steffi hat vor einigen Tagen diese elfenbeinfarbenen, kunstvoll verzierten Aufstellbuchstaben auf unserem Kaminsims liebevoll hintereinander gereiht, und so, in der richtigen Reihenfolge, verkünden sie Max, mir und unseren gelegentlichen Besuchern „FROHE OSTERN!". Denn das soll ja in ein paar Wochen schon stattfinden. So weit, so gut. Kann man nichts gegen haben.

Es machte sich sehr gut auf unserem Kaminsims. Auch das muss man sagen. Jaja, es hat mir schon irgendwie gefallen, obwohl ich selbst niemals auf die Idee gekommen wäre, so etwas da aufzubauen. Aber so sind die Frauen eben. Verspielt, verträumt, fantasievoll, liebenswert … und dekorationswütig.

Nein.

Das kann man so nicht sagen und ich bin froh, dass Steffi das jetzt auch nicht mitbekommen hat. Nein, nein, so war es ja nicht gemeint, aber sie dekoriert halt nun mal gerne. Und natürlich sieht es auch immer schön aus. Ja klar. Auch wenn man manchmal etwas Tischdekoration zur Seite schieben muss, um sein Essen einnehmen zu können oder die Zeitung am Tisch zu lesen. Dabei muss man aber immer sehr behutsam vorgehen, weil Steffi sich eben was dabei denkt, so wie sie die Dinge aufstellt. Da darf man nicht einfach was verrücken.

Selbst in unserem Garten hat sie schon sehr schöne Arrangements zustande gebracht. Richtige Szenen baut sie da aus Gartentischchen, Stühlen, vielleicht ein paar Hühnern aus Beton, einigen eisernen, geschmiedeten Lanzen, die man einfach senkrecht in die unschuldige Erde rammt und die oben dann schon mal ein nettes Ornament oder sogar eine eiserne französische Königslilie tragen. Alles vielleicht umrahmt von ein paar riesigen barocken Plastikzapfen, die wie verrostetes Schwermetall aussehen – und eventuell noch einen schmiedeeisernen Vogelkäfig und eine marokkanische Lampe dazu. Fertig. Das hat was. Das sieht toll aus. Natürlich.

Es wirkt fast wie ein Szenenbild eines englischen Films. Gleich werden zwei ältere, gut gekleidete Herrschaften ins Bild kommen, der Regisseur ruft: „Action!", und sie werden auf den Stühlen Platz nehmen, Tee trinken und über das Wetter, den schönen Garten oder den Mord reden, der soeben in diesem schrecklichen Hause passiert ist. Ja, Steffi hat eine Menge Fantasie und Ideen. Ideen, auf die ich niemals kommen würde. Aber schön.

Ich meine, wie oft stehen wir in der Gemüseecke bei Edeka

und sie sieht mich an und fragt: „Kohlrabi?", und ich kann nur hilflos mit den Schultern zucken. Meine Fantasie reicht einfach nicht aus, um etwas damit anzufangen. Kohlrabi?! Was macht man damit? Am Ende essen. Klar. Also warum nicht Kohlrabi? Nur: Auch auf diese Idee wäre ich nie gekommen. Aber so ist das eben. Der eine hat die Ideen und der andere wundert sich.

Wenn man Steffi heimlich beobachtet, stellt man schnell fest, dass sie beim Szenenbau, Dekorieren und Schmücken meistens nach demselben Handlungsmuster vorgeht. Sie stellt hier was hin oder dort, tritt einen Schritt zurück, um es mit leicht schrägem Kopf zu betrachten und dann wieder woanders hinzustellen, wo es sich einfach besser macht.

Also, ich rede zum Beispiel von Kerzen samt verchromten und manchmal auch chic rostigen Ständern, Vasen samt Blumen, barocken Porzellanengeln, Windlichtern und noch mal Kerzen mit anderen Ständern – vielleicht diesmal aus Holz. Ich rede von Symbolen und Figuren je nach Jahreszeit, also Kugeln, Sternen und scheuen Rehen zu Weihnachten, auch schon mal einem goldenen Hirsch aus gegossenem glänzendem Leichtmetall oder auch nur einem Hirschgeweih aus edlem Plastik. Wird immer sehr gerne genommen. Pilze, Vögel, Zapfen und Dolden … und immer wieder Engel und Kerzen … samt Ständern … oder eben Hasen.

Zu Ostern. Klar. Hasen!

Und so findet man auch jetzt im ganzen Haus, manchmal gut versteckt wie die späteren Ostereier, oft auch ganz offensichtlich an herausragender Stelle angebracht, den einen oder anderen österlichen Hinweis, um das tolle Fest so stimmungsvoll wie möglich anzukündigen und angemessen zu begleiten. Ostern ist ja schließlich eine große Sache, da ist ja der arme Herr Jesus überraschenderweise … naja, Sie kennen ja die Geschichte.

Ostern. Ja gut. Ich bin dabei.

Und warum jetzt Eier?, frag ich mich da gerade. Wie war das noch mit den Eiern? Ich muss zugeben, ich hab momentan keine Ahnung. Da müsste ich doch glatt mal nachsehen … Oder nein, nicht gleich googeln, man muss auch mal wieder selber denken … und da fällt es mir auch wieder ein. Es hat mit neuem Leben und Fruchtbarkeit zu tun. Genau, so war's. Das Ei ist das Symbol dafür. Hat der Hase jetzt auch damit zu tun? Fruchtbarkeit? Der alte Rammler? Könnte sein. Ich muss doch mal nachsehen. Alles kann man ja nicht wissen. Und wahrscheinlich wissen das Millionen andere auch nicht.

Und dieser Osterhase versteckt dann die Eier, die die Kinder suchen müssen. Eine ziemlich hanebüchene, verworrene Geschichte. Wer sich das alles ausgedacht hat!

Aber egal. Ostern ist ja immer ganz schön, es gibt was Tolles zu essen, meistens gibt's auch Besuch und oft sogar recht gutes Wetter. Ein paarmal haben wir Max allerdings auch mit Regencape und Gummistiefeln rausgeschickt, um die verdammten Eier zu suchen, die Steffi und ich vorher überall im Garten ebenfalls mit Gummistiefeln und wetterfester Kleidung ausgelegt hatten.

„Steffi, können wir bei dem Wetter nicht mal drauf verzichten. Der arme Junge!" Ich muss aber zugeben, dass eher *ich* einfach keine Lust auf dieses nasse Theater hatte.

Doch Steffi brauchte dann nie etwas zu sagen, ihr Blick genügte.

Ostern ohne Eiersuchen! Also wirklich! Steffi ist da sehr traditionell und konservativ, und das ist ja auch gut so. Einer muss ja schließlich die alten Bräuche pflegen. Bei mir geriete so was wahrscheinlich einfach in Vergessenheit und Ostern wäre, wenn ich überhaupt daran denken würde, ein trauriges Fest ohne Eier, ohne Besuch, ohne Essen – aber mit Regen.

Und damit es dazu gar nicht erst kommt, hängt meine liebe

Frau schon viele Wochen vorher überall bunte Eier an Fenster- und Türgriffe, dass man das Haus weder betreten noch verlassen kann, ohne ein Ei an der Hand zu haben. Manchmal fällt auch schon mal eins runter. Tja, was will man machen?

Sie schlägt hier und da – in meiner Abwesenheit natürlich – kleine Nägelchen ein, wo sich keine praktischen Griffe oder Aufhängemöglichkeiten befinden, um auch da ein paar Eier anzubringen. Auch eine Menge goldene, glänzende oder porzellanene Osterhäschen überraschen einen immer wieder auf Fensterbänken, Beistelltischchen oder auf Ablageflächen, die bisher nie bemerkt oder benutzt worden sind. Jedenfalls nicht von mir. Überall hoppelt und eiert es also dann schon mindestens vier Wochen vor Ostern. Und alle Dekomöglichkeiten werden voll ausgenutzt.

So auch der Kaminsims. Der ist praktisch der Altar von Steffis Dekorationskünsten. Da wird das Schönste und Wichtigste geopfert – manchmal auch der häusliche Frieden.

Und in diesem Jahr ist es wie jedes Jahr diese bedeutungsvolle Buchstabenkombination, die wir so – am Wochenende den ganzen Tag und auf jeden Fall abends vor dem Fernseher während der Tagesschau oder dem *Tatort* – bewundern und lesen dürfen. FROHE OSTERN!

Nun sind natürlich frei aufstellbare und beliebig kombinierbare Buchstaben für mich, einen Mann der Worte, eine recht reizvolle Herausforderung. Schließlich bin ich Chefredakteur einer kleinen, aber nicht ganz unwichtigen Sauerländer Zeitung. Da sind Buchstaben und Worte praktisch mein Leben. Mein täglich Brot. Ich ringe den ganzen Tag damit, sie in die richtigen Reihenfolgen zu bringen, damit sie Sinn ergeben und für die Leser meiner Zeitung auch noch einen gewissen Informationswert haben. Man kann eine Menge mit Buchstaben machen.

Also habe ich vor ein paar Tagen einfach mal ein erstes Anagramm versucht – ich konnte einfach nicht anders – und aus FROHE OSTERN wurde im Handumdrehen FROHER OSTEN, als Steffi gerade mal nicht im Wohnzimmer war. Das war einfach und schon ganz nett, aber noch nichts Besonderes. Es handelte sich ja nur um einen einzigen umgestellten Buchstaben, der aber dem Ganzen etwas radikal Neues, Anderes gab. Die Botschaft hatte sich grundsätzlich verändert, aber es war ja noch immer eine frohe Botschaft.

Und es hat erstaunlicherweise ziemlich lange gedauert, bis überhaupt ein Mitglied meiner kleinen Familie diese winzige Korrektur bemerkt hatte. Diese Zeit des Wartens hat etwas Spannendes, Geheimnisvolles, Aufregendes.

Max war der Erste. Als er es entdeckt hatte, sah er mich recht hinterhältig grinsend an, sagte aber nichts und kniff mir dafür verschwörerisch ein Auge. Nicht schlecht, du alter Anarchist, sollte das wohl heißen oder so. Er fand's anscheinend gut. Klar, er ist vierzehn und immer noch verdammt albern. Natürlich haben wir dann gemeinsam voller Spannung gewartet, bis Steffi diese fast nicht sichtbare Veränderung bemerken würde. Max war sogar bereit, sich dafür mit mir die Tagesschau anzusehen.

Es war dann mittendrin in der Tagesschau, der Ätna hatte gerade wieder mal Feuer gespuckt und Steffi hat nur ganz leise geknurrt, vielleicht auch sogar noch etwas gezwungen gelächelt, dann aber ohne weitere Bemerkungen ihre fröhliche Osterbotschaft einfach wieder neu aufgestellt. Max und ich haben uns voller geheimer Freude angesehen, waren aber auch etwas enttäuscht. Da müsste noch mehr kommen. Buchstäblich und auch reaktionsmäßig.

Das Spiel war damit eröffnet. Jetzt könnte es interessant werden, dachte ich so und grübelte über neue Anagramme. Doch am nächsten Tag war dann in der Redaktion eine Menge los. Der Milchpreis sollte wieder sinken und ein neuer Radweg neben der

Bundesstraße war vom Rat abgelehnt und auf der Leckeder Hauptstraße ein Loch entdeckt worden, so dass ich kaum Zeit hatte, intensiv und dem Ereignis angemessen über ein neues Anagramm für unseren Kaminsims nachzudenken.

Als ich dann abends müde und erschöpft aufs Sofa sackte, sah ich, dass Max wohl schon kreativ tätig gewesen war. Seine frohe Botschaft an diesem Abend lautete HOEREN FROST. Mmh. *Gar nicht so schlecht,* dachte ich so, als ich mit leicht schräg gehaltenem Kopf sein Werk betrachtete. Ja, ich fand's ganz gut.

Steffi nicht. Zum Knurren kam diesmal auch ein böser Blick und: Elfenbeinbuchstaben wieder zurück auf Null. FROHE OS-TERN!, verdammt noch mal! Ich war's nicht, Steffi!

Aber ich hatte schon etwas Neues, eine plötzliche Idee, die ich mir aber für den nächsten Tag aufheben wollte. Nicht zu schnell alles verschießen. Bis Ostern sind ja schließlich noch ein paar schöne Tage. Den ganzen nächsten Tag über freute ich mich auf HERREN FOTOS. Das war richtig gut, das müsste auch Max zugeben.

Es hielt aber nur etwa eine Viertelstunde. Beim Wetterbericht, als ich aus der Küche mit einem leckeren Glas Wein zurückkam, war die fröhliche Osterbotschaft schon wieder rekonstruiert worden. Steffi sprach nicht einmal darüber und sah mich auch nicht mehr an. Eine ganze Weile. Ich hätte also da schon merken müssen, dass es ernst wurde.

Schon einen Tag später aber hatte Max wieder buchstäblich etwas sehr Schönes gebastelt. Ich weiß ja nicht, wie lange er darüber nachgedacht hatte und ich hoffte auch, dass seine schulischen Leistungen nicht darunter leiden würden, aber er hatte etwas richtig Gutes.

FERNOST OHRE hieß sein Tageswerk und wir warteten gespannt auf Steffis Reaktion. Wieder sah sich Max mit mir gemeinsam die langweilige Tagesschau an und musste dann auch noch die Hälfte eines kulturell sehr anspruchsvollen französischen Films auf Arte ertragen, bis Steffi es endlich sah. Fünfundvierzig Minuten! Sie sprach den ganzen Abend nicht mehr mit uns. Also mit mir. Max war nach der Entdeckung seiner buchstabigen Schöpfung einfach grinsend nach oben verschwunden.

Am nächsten Tag war ich wieder dran und erfand OHNE REST ORF. Das war zwar nicht so richtig gut, muss ich zugeben, hielt aber einen ganzen Samstagnachmittag. Dafür erfand Max am nächsten Tag etwas besonders Überraschendes aus dem ländlichen, sauerländischen Bereich, worüber ich mich sehr wunderte. Wir durften einen ganzen Abend über ERNTE SO FROH gibbeln, ohne dass Steffi es gemerkt hätte. Auch OH ROTER SENF hielt fast zwei Stunden bis in die Tagesthemen hinein.

Und bis eben stand da noch OFENROHR SET, mein Meisterstück. Und da ist sie einfach durchgedreht.

„Das war's! Ich bin raus!", sagt sie jetzt also, nachdem sie meine letzte wunderbare Buchstabenidee wütend zerstört hat, würdigt weder mich noch Max und schon gar nicht den Buchstabensalat zu unseren Füßen eines einzigen Blickes und verschwindet in einer gewaltigen Rauchwolke, die ein wenig nach Schwefel riecht, wie ich meine, stampfend und mit einem für Steffi sehr untypischen tieffrequenten Brummen auf der Treppe nach oben.

„Aber Steffi, wir haben doch nur …", rufe ich ihr hinterher. Doch sie ist schon weg.

Max und ich sehen uns erschrocken und recht beeindruckt an. Wir wollten zwar mehr Reaktion im Allgemeinen, ja, das stimmt schon, aber mit so einem spektakulären Abgang unserer Steffi haben wir jetzt nicht gerechnet. Es war doch alles nur Spaß! Anscheinend aber ein Spaß, den unsere Steffi nicht verstehen will. Irgendwie haben wir es wohl zu weit getrieben und sie ziemlich verärgert. Und das wollten wir doch nicht. Nein, auf keinen Fall! Seufzend sinke ich auf meinen Stuhl und starre leer und blöde auf die Platte des dunklen Eichenesstisches, der auch mal wieder lackiert werden müsste. Ich fummle ein paar lose Klarlackteilchen ab und zerreibe sie zwischen meinen Fingern. Der Film, der gerade begonnen hat und den Abend so richtig gemütlich gemacht hätte, interessiert mich nicht mehr. Es gilt jetzt, eine Ehe zu kitten.

Max verschwindet feige nach oben in sein Zimmer, sagt aber vorher noch mal erschüttert: „Alter!"

Steffi beleidigt. Ich ratlos. War es das wert?

Nein, natürlich nicht. Aber dass sie dann gleich so aufdreht und wirklich echt wütend wird. Sie ist doch sonst nicht so empfindlich.

Ja gut, es gab natürlich immer wieder mal kleinere Scharmützel und auch schon mal richtig feurige Gefechte zwischen den ansonsten sehr harmonischen Knippschild-Ehepartnern bei Fragen der Dekoration und Verschönerung unseres gemeinsamen Lebensraumes. Aber eigentlich nur dabei.

Ja, beim Thema Dekoration und Ausschmückung der eigenen vier Wände können schon mal verschiedene Ansichten miteinander konkurrieren. Aber wir sind ja schließlich eine demokratisch lebende und denkende moderne Familie, und da darf man doch auch mal was sagen, wenn man vielleicht mal nicht mit Form und Position eines Kerzenständers oder eines Zapfens auf dem Esstisch einverstanden ist, oder? Da, wo der Zapfen oder die Kerze den persönlichen Lebensraum einschränken.

Ich erinnere mich jetzt auch etwas schmerzhaft an die Zeiten, in denen Steffi dem verführerischen Zauber der Schablonen erlegen war. Da hatten wir unsere kleine, naja, fast schon ernste Schablonenaffäre.

Steffi und ich hatten damals gerade alles ohne teure Handwerker selbst wunderschön neu tapeziert und angestrichen, nachdem die Diskussion über die Farben der einzelnen Räume, der Türen und Türrahmen, der Fußleisten und so weiter relativ harmonisch abgelaufen war. Im Grunde sind wir uns da doch immer schnell einig. Das Grün im Bad ist nicht unbedingt meine Farbe, aber Grün ist auch schwer und in unserem Fall nicht besonders gut gelungen, finde ich. Aber ich bekomme früh am Morgen sowieso noch nicht allzu viel davon mit, und inzwischen habe ich mich auch daran gewöhnt.

Wir hatten nach vielen Tagen harter Arbeit ein sehr schönes Heim, fand ich, als ich eines Morgens vor dem Frühstück noch mal voller Stolz unser schweißtreibendes Werk betrachtete und durch alle Zimmer ging. Ja, es war wirklich sehr schön geworden und das sollte es jetzt erst mal für eine ganze Weile bleiben. Es musste nichts mehr daran geändert werden.

Es war perfekt – dachte ich.

Ich hatte mir ganz besondere Mühe gegeben, sorgfältig zu arbeiten. *Lackieren ohne Tränen* heißt die Parole des guten Anstreichers, und das ist mir auch weitgehend gelungen. Ich habe weder beim Anstreichen geheult noch hatten die Anstriche heruntergelaufene, hässliche Farbtropfen. Es sah alles sehr professionell aus. Wie vom Meister selbst gemacht. Auch die Kanten waren sauber gezogen, die Farben scharf voneinander getrennt, ich war sehr zufrieden mit meinem Werk. Und so ging ich auch an diesem Tag, der dann später noch sehr bemerkenswert wurde, beschwingt zur Arbeit.

Als ich dann abends voller Vorfreude unser neu gestaltetes Heim betrat und mich schon ein wenig selbstzufrieden umsah, entdeckte ich als Erstes an der neulackierten Wohnzimmertür unten ein paar Kleckse, die sich bei näherer Betrachtung als goldene Sternchen entpuppten.

Sternchen? Wo kommen die her? Die waren nicht von uns. Also, nicht von mir. *Wer hat die denn ...?* Und auch auf der Tür zum Schlafzimmer sah ich sie. Locker und betont unsymmetrisch angeordnet, wie mit göttlicher Hand einfach so dahingeworfen, zierten goldene Sternchen den Eingang zu unserer nächtlichen Ruhestätte.

Mitten auf dem neuen Lack. Das wollte erst mal verdaut werden.

Auf dem Weg zur Toilette begleitete mich dann eine ganze Karawane süßer, kleiner goldener Elefanten auf der Fußleiste im Flur bis zur Toilettentür, und als ich dann erschöpft auf die Porzellanschüssel sank, war ich von goldenen französischen Königslilien umrahmt. Dass an der Decke des kleinen Raumes Engelchen herumflogen und einem beim Verrichten zusahen und beschützten, bemerkte ich erst einen Tag später.

„Steffi!", rief ich entsetzt und war zur Blasen- und Darmentleerung nicht mehr fähig. „Was soll das?"

„Ich dachte, es gefällt dir", antwortete sie nur ganz unschuldig, als ich unverrichteter Dinge und einigermaßen verstimmt die Toilette wieder verließ.

„Nein!", war meine unwiderrufliche Antwort.

Aber es war zu spät.

Sterne, Engel, Elefanten und Königslilien waren schon da. Alles in Gold. Steffi hatte im Bastelladen im Dorf, der sich etwas überheblich *Kunst & Kreativ* nannte (ich werde wahrscheinlich nie verstehen, wie man aus einem Adjektiv einfach durch Großschreibung versuchen kann, ein Substantiv zu machen), diese Schablonen entdeckt und dazu dann auch gleich das goldene Töpfchen Farbe gekauft und einen kleinen Schwamm dazu, mit dem man die Farbe dann ganz einfach und problemlos durch die Schablone überall hintupfen kann, wo man es für richtig hält und wo es noch fehlt. *Sie werden begeistert sein, Frau Knippschild!*

Sie vielleicht. Ich nicht.

Und es fehlte nach Steffis Meinung überall. Jeder Tag war eine aufregende Entdeckungsreise zu neuen Engelchen, Elefanten, Sternchen oder Königslilien. Im Schlafzimmer unter der Decke frohlockten Engel, die einen um den verdienten Schlaf brachten, im Flur wurden täglich neue Sternenfomationen entdeckt, sogar mein Arbeitszimmer musste ich mit einer Herde wilder Elefanten teilen ...

Es war einfach zu viel. Für mich. Steffi gefiel es und Max schüttelte nur hin und wieder den Kopf. Er dachte in Dekorationsdingen ähnlich wie ich und schloss ab diesen Tagen sein Zimmer einfach sorgfältig ab, wenn er es verließ.

Und so ging unser Leben zwischen goldenen Sternchen, Engelchen, Elefanten und Königslilien irgendwie weiter, aber es hatte einen kleinen Knacks bekommen. Also ganz winzig, nicht der Rede wert eigentlich, man konnte den Knacks auch gar nicht sehen, wenn man es nicht wusste. Aber er war da und ich hätte wissen müssen, dass Fragen der Dekoration zwischen uns ein heikles Thema sind und immer bleiben werden.

Aber auch Steffi hätte das wissen müssen. Spätestens seit der Schablonenaffäre. Und es ist ja nun nicht so, dass ich jetzt grundsätzlich gegen goldene Sternchen und so weiter bin. Nein, nein, das kann ja sehr schön aussehen ... wenn man es nicht übertreibt. Aber ich möchte gefragt werden, welche Teile unseres Lebens und unseres Hauses sie beherrschen dürfen. Alle? Und außerdem hatte Steffi nicht sauber gearbeitet. Manche der Elefanten hatten Tränen.

Nun ja, das war die dunkle Zeit, als der Fluch der Schablonen schwer auf uns lastete.

Ich erhebe mich von meinem Stuhl und beginne, die elfenbeinernen Buchstaben wieder einzusammeln. Ich muss wieder Ordnung in mein Leben bekommen und fange mal mit der Ordnung auf dem Kaminsims an. Wie hieß noch der Spruch? Ach ja, FROHE OSTERN!.

Wegen ein paar Buchstaben so einen Aufstand zu machen. Phh. Ich sehe schon die imaginäre Schlagzeile Wenn Buchstaben töten – Mann von tobender Ehefrau mit einem „O" erschlagen. Jaja, ist natürlich übertrieben, aber Steffi übertreibt ja auch. Aber vielleicht war es heute der berühmte Tropfen, der das Fass ... Sie wissen schon.

Doch dann muss ich schon wieder leise in mich hineinkichern, als mir jetzt diese Sache mit den Duftkerzen einfällt. Ich hasse Duftkerzen, müssen Sie wissen. Sie sind unnatürlich. Ich will nicht, dass ein penetranter Geruch nach Lavendel, Patchouli, Nordischem Zauberwald oder sonst was mich ungefragt einlullt und umhüllt. So riecht es nicht in einem lebendigen Haus. Es soll einfach nur nach Bratkartoffeln, Haus und Menschen riechen.

Also habe ich einmal, ein einziges Mal, ihre geliebten, verdammten Duftkerzen in Alufolie eingepackt und mitten auf dem Tisch wieder sauber aufgestellt. Ich konnte den süßlichen Geruch einfach nicht mehr ertragen. Das war einigermaßen kreativ, aber auch ziemlich boshaft, muss ich zugeben und hat mir mindestens einen Tag stures, unversöhnliches Schweigen von Steffi eingebracht. Aber sie muss auch mal einsehen, dass es nicht immer nur nach ihrer Nase geht.

Sie stellt auch gerne um. Möbel in erster Linie.

Wenn ich meine, alles hat jetzt seine endgültige Position eingenommen und kann von mir aus für immer so stehen bleiben, weil es so einfach perfekt steht, dann hat Steffi immer noch ein paar Ideen, alles doch wieder anders zu stellen. „Wir könnten doch mal den Schrank hinter das Sofa und das Fernsehen in den anderen Schrank ..." Boah! Es handelt sich immerhin jeweils um Dinge mit einem gewissen Gewicht.

Ich musste sogar mehrmals meinen geliebten Fernsehsessel, in dem ich schon so viele angenehme Jahre verbracht habe, wieder so hinschieben, dass man auch daran vorbeikommt, ohne das neue Arrangement mit Holztischchen und troddeliger Lampe umzuwerfen, das Steffi auf einem Flohmarkt erstanden hatte und dort seit einiger Zeit aufgebaut war. Der Sessel hat schon ein paarmal durch Steffis spontane Umstellideen seine angestammte, über Generationen gefestigte Position wechseln müssen, damit die troddelige Lampe besser zur Geltung kommt.

Nein! Nicht mit mir.

Und dass ich dann aus diesem verschobenen Sessel nur etwa zwei Drittel des Fernsehbildes sehe, wenn ich mich ganz nach rechts beuge, um an der Lampe vorbeizuschauen, scheint ihr einfach egal zu sein. Schönheit vor Zweck. Bei mir nicht. Ich lasse mir von ihr nicht mein ganzes Weltbild verschieben.

Auch der Kronleuchter im Flur musste immer wieder auf eine goldene Glaskugel verzichten, die Steffi unten an das glitzernde Kristallteil gehängt hatte, weil diese Kugel dann eben viel zu tief hing und ich immer wieder mit dem Kopf dagegen stieß, wenn ich mir darunter meine Jacke anzog. Und das ist nun mal genau die Stelle, wo ich mir meine Jacke anziehe.

„Steffi, ich bin einsfünfundachtzig und nicht einssiebzig wie du. Das sind fünfzehn Zentimeter Unterschied, und die sind entscheidend für die Anbringungshöhe einer Kugel mitten in einem geschlossenen Raum. Und du kannst doch nicht verlangen, dass ich hier gefährliche Kurven an der Kugel vorbei drehe, damit ich einfach nur aus der Haustür komme, ohne mir eine Kopfverletzung zuzuziehen."

„Blödmann! Klugscheißer!" Kugel wieder dran.

Also musste die blöde Kugel leider eines Tages unglücklicherweise runterfallen. Zack. Klirr. Oh, wie schade! Ja, ich bin so gemein und widerlich! Eine Woche Funkstille zwischen den

Eheleuten Knippschild.

Ach ja, es flammen immer wieder hier und da mal gewisse Kleinkriege auf, die aber doch ganz normal sind und eher was Lustiges haben und unsere Beziehung in keiner Weise beeinträchtigen. Oder etwa doch? Ist es diesmal vielleicht ernster, als ich denke?

Max kommt die Treppe runter. Er sieht mich an und sagt erst mal einfach nichts.

„Was ist los, Max. Was ist mit Mama? Hat sie sich wieder abgeregt?"

Und dann sagt er etwas, das ich nicht so recht verstehe.

„Ich glaube, die haut ab."

„Was?"

Er nickt nur und zeigt nach oben, was wohl so viel bedeuten soll wie *Sieh doch selbst mal nach.*

Ach, so ein Quatsch. So weit sind wir doch noch nicht. Oder? Ich steige also schwer seufzend auf in die Höhle der Löwin.

„Was machst du denn da, Steffi?", frage ich, als ich die karierte offene Reisetasche auf dem Bett stehen sehe, die wohl auch Max gesehen hat. Sie schaut mich an, als verstehe sie nicht so recht.

„Naja, ich meine …", sage ich und zeige dabei auf die noch leere Reisetasche, die ja nicht ohne Grund genau diesen beängstigenden Namen hat. Und erst da scheint sie zu bemerken, was meine Frage bedeuten könnte, und ein kleines, nettes Lächeln huscht über ihr Gesicht, das mich verwirrt, aber auch irgendwie beruhigt.

„Ach, die Tasche. Hab ich nur aus dem Schrank geholt, weil ich da was gesucht habe. Irgendwo muss doch noch dieser Sack mit der grünen Holzwolle liegen. Die brauchen wir ja bald."

Oh, ja, die grüne Holzwolle. Ostern sei Dank! Das Buchstaben-Watergate scheint schon wieder vergessen. Ich bin sehr froh, dass das große Fest also dann wohl doch mit der gesamten Familie stattfinden wird und es nur um die grüne Holzwolle geht und nicht um das, was eine offene Reisetasche auf dem Bett nach einer kleinen Auseinandersetzung auch bedeuten könnte.

„Ich helfe dir suchen!"

Und dann kommt der große Tag. Es ist endlich Ostern! Und die Sonne scheint. Man glaubt es nicht. Das heißt, sie scheint noch nicht so richtig, weil sie ja gerade erst aufgegangen ist. Wir haben uns nämlich den Wecker heute mal extra auf halb sechs gestellt, um dieses wunderbare Schauspiel live mitzuerleben. Naja, eigentlich mehr, um früh genug auf den Beinen zu sein, bevor Max aufwacht. Denn dann müssen die Eier ja bereits versteckt sein. *Max, der Osterhase war da. Geh mal schön Eier suchen!*

Ich hab Steffi zwar ein paarmal vorsichtig darauf hinzuweisen versucht, dass unser vierzehnjähriger Sohn erst mal natürlich sehr spät aufsteht und außerdem vielleicht auch nicht mehr genügend kindliches Ostergefühl aufbringen könnte, um das Eiersuchritual angemessen und zu unserer Zufriedenheit auszuführen. Aber es hatte keinen Sinn. Wieder nur dieser fassungslose Blick und ein kleines verständnisloses Kopfschütteln von Steffi. Alex, es ist Ostern! Da sucht man Eier! Ja, natürlich.

Also habe ich mich nach dem brutalen Weckerklingeln brav aus dem Bett gewälzt und dann mit Steffi die „Eier" aus dem Schlafzimmerschrank geholt, wo sie seit einiger Zeit schon gut versteckt sind.

Natürlich sind es nicht wirklich Eier. *Auch* Eier, aber natürlich nicht nur. Max ist schließlich schon vierzehn, da hat Schokolade in Eier- oder Hasenform zwar immer noch eine gewisse Attraktivität, aber es gibt Erstrebenwerteres für so einen jungen Mann.

Seine Interessen liegen inzwischen auf ganz anderen Gebieten. Da darf es ruhig schon mal ein hübsches iPad oder neues Handy sein, das da sorgsam eingebettet in der grünen Holzwolle auf leuchtende „Kinder"-Augen wartet.

Bei uns ist es diesmal ein neues Handy, weil sein jetziges ja schon so alt ist. Ja, ich weiß, total übertrieben: Steffi hat gefragt, ob ich sie noch alle hätte. „Ach, Steffi, ist doch nur das kleine Modell und kostet ja nur einen Euro." „Ja, aber monatlich …?!" „Ganz günstig mit Superflat und Wochenende!" Also, er bekommt ein neues Handy und wir wissen beide, dass er sich darüber riesig freuen wird. Naja, das ist aber noch nicht alles. Er bekommt (neben den Schokoladeneiern) noch eine schicke Armbanduhr. Hat Steffi besorgt. Supergünstig, aber sehr schön, wie sie meint. Für mich wäre sie nichts, weil sie keine Zahlen und kein Zifferblatt hat, aber vielleicht bin ich einfach schon zu alt.

So, dann reicht es aber wirklich für den Jungen.

„Steffi, es ist doch bloß Ostern. Da müssen wir ihn doch nicht so mit Geschenken …" Aber Steffi griff in unserer Einkaufspassage dann noch schnell zwei Paar Calvin-Klein-Unterhosen ab. Ich hab nur den Kopf geschüttelt. Unterhosen? Aber sie meinte, ich solle mich da mal schön raushalten. Ja dann.

Dann waren wir noch kurz in Kohles Buchladen, auf dessen Besuch ich gedrängt hatte, weil ich gerne noch ein schönes Buch für unseren Sohn kaufen wollte. „Aber er liest doch gar nicht … wenigstens zurzeit nicht." „Na, dann soll er eben wieder damit anfangen!" Das Herrenmagazin, das unseren Max sicherlich wieder zum Lesen gebracht und eine Weile gefesselt hätte, nahm Steffi mir mit spitzen Fingern wieder aus der Hand. „Das hätte er gelesen!"

Ich entschied mich dann für eine Ausgabe von *Eine Billion Dollar* von Andreas Eschbach. Das ist was für Max, da war ich mir sicher, ein tolles, spannendes überraschendes Buch. Und als Steffi dann noch weiter in der Ecke mit den Zeitschriften stöberte, hab ich schnell noch einen schwedischen Schriftsteller für sie eingekauft. Die mag sie besonders.

Ach ja, ich kaufe immer Bücher. Ich weiß. Aber was soll man sonst kaufen? Das ist doch das Sinnvollste überhaupt. Bücher. Lesen. Geschichten. Und irgendwas muss ich für Steffi unbedingt zum österlichen Großereignis verstecken, denn ich wette, sie hat auch was für mich.

Wir gehen also jetzt am noch sehr jungen Morgen des heutigen Ostersonntags gemeinsam bepackt mit all den Gaben und einem Sack grüner Holzwolle in den Garten. Steffi hat sogar noch ein paar niedliche kleine Nester gefunden, über die ich allerdings die Nase gerümpft habe. Was soll Max dazu sagen? Diese Nester hat es schon in seiner Kindergartenzeit gegeben und er wird sie wiedererkennen. Aber gut, wenn das richtige Handy darin liegt, wird er wohl darüber hinwegsehen können.

Außerdem lässt Steffi es sich nie nehmen, auch echte, hartgekochte Hühnereier zu färben und dann mit in die Nester zu legen.

„Steffi, was soll denn Max mit echten hartgekochten, gefärbten Hühnereiern anfangen?" Aber sie zuckt nur mit den Schultern, weil das anscheinend eine blöde Frage ist, denn echte hartgekochte, gefärbte Hühnereier gehören wohl dazu. Jedes Jahr. Da kann man nichts machen.

„Ich leg mal da was hin!", sagt Steffi und enteilt schon über den Rasen zu einem der Rhododendronbüsche.

„Halt!", rufe ich ihr hinterher. „Du kannst doch nicht einfach so ohne Plan ... das finden wir doch nie wieder."

„Ach, Alex", sagt sie nur und macht weiter. Sie macht mich ganz nervös. Das wird so nichts. *Ich* kann mir das jedenfalls alles nicht merken. Und wenn Max nicht alles findet … das kenne ich doch. Wie oft haben wir schon echte hartgekochte, gefärbte Hühnereier aus dem Vorjahr zwischen den Büschen gefunden, die wir eben im Vorjahr *nicht* gefunden haben. Nur durch den Geruch hatten sie sich verraten. Also lasse ich Steffi für einen kurzen Moment alleine und haste schnell noch mal rein, um einen Block und einen Stift zu holen.

„Wo hast du das erste Nest versteckt?", frage ich sie, doch sie scheint mich nicht zu hören oder nicht ernst zu nehmen. Ich habe es aber schon selbst gefunden. Vielen Dank, Steffi. Kurz skizziere ich also unseren Garten mit allen wichtigen und markanten Landmarken. Die Bäume und die Büsche werden darin verzeichnet, die Terrasse und auch der neue Teich, so dass man sich mühelos auf dieser groben Karte zurechtfinden kann und alles wiederfinden wird, was Steffi für meine Begriffe recht planlos versteckt.

Das erste Nest bekommt also sein Kreuz auf meiner Karte im Rhododendronbusch und es geht sofort weiter. Flieder, Hecke, Kirschlorbeer … Ich komme kaum nach, weil Steffi in einen regelrechten Versteckungsrausch verfällt. Sie eilt immer wieder zu wunderbaren, geheimnisvollen Orten in unserem Garten, die ich selbst noch nicht entdeckt habe, und platziert dort mit echter Hingabe grüne Holzwolle, eins der Geschenke rein, Schokoladeneier, echte hartgekochte, gefärbte Eier und vielleicht noch einen goldenen Hasen mit roter Schleife um den Hals. Einen halben Schritt zurück, Kopf schief, ja, sehr schön.

Okay, Stelle markiert. Weiter.

Und so sind dann bald alle Gaben gut versteckt, Steffi scheint sehr zufrieden und ich überprüfe noch mal die Skizze mit all meinen Kreuzen. Ja, ich müsste alles haben. Dann bin auch ich zufrieden und wir können das aufregende Versteckspiel beenden.

Den schwedischen Schriftsteller lege ich schnell noch in das echte grüne Gras direkt am Teich und dann gehen wir wieder rein.

„Steffi, sollen wir uns nicht noch mal hinlegen?", frage ich sie und ihr müder Blick verrät mir, dass das keine schlechte Idee ist.

„Wie spät ist es denn jetzt?", fragt sie.

„Viertel nach sechs. Max kommt sowieso nicht vor zehn runter."

„Also, gut, ein Viertelstündchen."

Und so lassen wir uns magnetisch von unseren Betten anziehen und sinken erschöpft, aber glücklich für ein oder zwei Viertelstündchen in die weichen Federn.

Eine Art Trommelgeräusch weckt uns fast gleichzeitig auf. Wir sehen uns an und jeder erkennt im Gesicht des anderen, dass gerade etwas Schlimmes passiert. Es regnet. Und wie!

Ach du lieber Himmel! Aus dunklen Wolken schüttet es auf den eben noch so österlichen, sonnendurchfluteten Garten herab und will das Osterfest brutal ersäufen. Steffi steht als Erste auf und rennt aus dem Schlafzimmer. Ich folge ihr noch leicht benommen, aber instinktiv. In solchen Situationen kann man sich ganz gut auf sie verlassen, denn sie ist meistens etwas schneller als ich und hat oft spontan die richtigen Ideen, was zu tun ist, während ich noch verschiedene Handlungsmöglichkeiten durchdenke.

Und schon steht sie mit Regenjacken und Gummistiefeln vor mir und hält mir alles hektisch hin, als Max sich schläfrig die Treppe herunterquält.

„MAX!", rufen wir beide gemeinsam und ganz überrascht, als hätten wir völlig vergessen, dass es ihn gibt. Auf jeden Fall hat er uns einen riesigen Schrecken eingejagt. „FROHE OSTERN!", rufen wir ihm dennoch schnell zu und Steffi reicht ihm schon seine Regenjacke, was ihn momentan etwas zu überfordern scheint.

„Hier, anziehen! Eier suchen! Los! Zack, zack!"

„Hä?" Max scheint nicht zu verstehen. Es ist gerade mal zehn vor zehn und er ist noch nicht so richtig da. Klar. Heute ist Sonntag. Aber es kann doch wohl nicht wahr sein, dass er vergessen hat, was für ein Sonntag heute ist, wo wir doch schon seit Wochen auf dieses Ereignis hinarbeiten.

„Ooostern!", trällere ich so fröhlich, wie es geht, versuche, dazu zu lächeln, mache aber mit der Hand schon ein paar ungeduldige Bewegungen, damit er endlich seine Jacke anzieht. „Los, wir müssen raus!"

Er scheint noch immer nicht zu verstehen, weil er uns fassungslos anstarrt und dann entrüstet durch das Glas der Terrassentür zeigt. „Es regnet. Schon gemerkt?"

Aber das spielt doch jetzt überhaupt keine Rolle. Da draußen befinden sich in grüner Holzwolle und strömendem Regen hochwertige, teure elektronische Geräte, anspruchsvolle Literatur, empfindliche Unterhosen und Schokoladeneier und -hasen, denen dieser verdammte Regen möglicherweise nicht besonders gut bekommt. Wir dürfen jetzt keine Zeit mehr mit Erklärungen und Diskussionen verlieren.

„Raus! Alle Mann!", donnere ich also durchs Wohnzimmer und gehe mutig und mit gutem Beispiel voran. In meiner Hosentasche krame ich nach der Gartenskizze mit den Kreuzen, und als ich sie in den Händen halte, schwenke ich sie mit einem leicht triumphierenden Blick vor Steffis Nase. *Siehst du, wenn wir die jetzt nicht hätten!*

Und dann geht es strategisch und straff organisiert weiter. Anders ist so eine Situation ja gar nicht zu bewältigen. Ich denke an Helmut Schmidt, der bei der Hamburger Hochwasserkatastrophe 1962 als „Herr der Flut" vierzigtausend Retter entschlossen und unbürokratisch kommandierte und dabei eine fast heldenhafte Figur abgegeben hat, nehme meine Position mitten auf der

Terrasse ein und gebe Anweisungen.

„Rhododendron! Flieder! Kirschlorbeer!"

Und so weiter. So muss das gehen, und es macht mir trotz strömenden Regens und unangenehmer Temperaturen Spaß, das Heft in der Hand zu haben. Meine beiden Lieblinge hetzen zielgenau zu den Punkten, wo ich sie haben will, kommen nach Auffinden des entsprechenden Osternestes zu mir zurückgelaufen, werfen Holzwolle samt Geschenk in den Eimer, den ich schnell noch hinter der Waschmaschine vorgeholt habe und schwärmen dann wieder aus. Für Max bleibt einfach keine Zeit, sich seine Geschenke anzusehen. Wahrscheinlich hat er noch kein einziges überhaupt in der Holzwolle entdeckt.

„Kiefer! Buchsbaum! Kompost!"

Es ist eine wahre Freude. So macht Ostern Spaß!

Und es dauert kaum fünf Minuten, bis wir alles zusammenhaben. Der Eimer ist voll und wir retten uns mit der fetten Beute ins trockene Wohnzimmer. Erst jetzt wird uns allen bewusst, welch strategische und logistische Meisterleistung hinter uns liegt, und wir sacken erschöpft und nass auf die Stühle am Esstisch.

„Frohe Ostern, Leute! Ihr habt wirklich 'n guten Job gemacht! Ich bin stolz auf euch", schmettere ich noch mal in bester Laune zu meiner tapferen Einsatztruppe und kippe unter den entsetzten Blicken der beiden den Inhalt des Eimers mitten auf dem Esstisch aus.

Und da liegt dann alles. Zwischen nasser grüner Holzwolle blickt uns ein reichlich zerdötschter goldener Hase an, der sich sein Osterfest auch anders vorgestellt hatte. Die Eier – Schokolade und echt – kullern über den Rand des Tisches, aber wir sind zu erschöpft, um uns nach ihnen zu bücken.

Auch Max, der sich jetzt wohl wieder erinnert, was Ostern eigentlich bedeutet und was für ein schönes Fest es doch ist, starrt noch immer fassungslos auf den grünen Haufen vor uns.

„Na, such!", sagt Steffi aufmunternd, schält sich aus der Regenjacke und streift die Gummistiefel von den Füßen.

Auch ich nicke Max aufmunternd zu, denn in dem grünen Haufen befinden sich ja noch technische Geräte, die das alles vielleicht gar nicht überlebt haben. Ich will es eigentlich nicht wissen. Aber Max wühlt sich brav durch die Holzwolle, findet noch eine Menge Eier, ein paar Hasen, nasse Unterhosen von Calvin Klein und schließlich auch das Handy.

Leider hatte ich es vorher aus der sicheren Verpackung genommen, weil es dann einfach schöner aussieht, und natürlich tropft es jetzt ein wenig. Doch Max wischt es einfach ab, drückt auf die richtigen Tasten und das Dings wird zum Leben erweckt. Es scheint also noch zu funktionieren. Na, ein Glück.

„Ey, super! Danke!", ist alles, was er hervorbringt, aber das reicht ja auch schon. Er freut sich wirklich und sucht dann auch nicht weiter. Es hätte sich auch nicht gelohnt, denn die Uhr, die Steffi noch schnell eben mitgenommen hat, hatte leider ihren Dienst wegen zu hoher Feuchtigkeit schon aufgegeben. War wohl dann doch zu billig.

Das Eschbach-Buch hat natürlich auch schwer gelitten, aber ich denke mal, dass es auf der Heizung wieder zu neuem Leben erwacht und dass Max es dann auch liest, wenn das Handy den ersten Reiz des Neuen ein wenig verloren hat.

Aber: Das Buch für Steffi. Der Schwede!

Ich springe auf und renne unter den erstaunten Blicken meiner Familie durch die Terrassentür in den immer noch wütenden Regen hinaus, wo ich den Schweden dann mit ausgebreiteten Seiten im Teich schwimmen sehe. Schade drum. Einfach abgesoffen.

Und als ich dann mit leeren Händen zurückkomme, überreicht Steffi mir sanft lächelnd einen handlichen Karton, der überraschenderweise vollständig trocken ist, weil er direkt aus dem Kleiderschrank kommt. Es ist ein Scrabble-Spiel. Oh, wie schön! Scrabble. Ganz viele Buchstaben mit Millionen Kombinationsmöglichkeiten. Danke, Steffi. Danke!

Und dann sehe ich meine kleine Familie an und spüre, wie Ostern in mir anfängt zu wirken. Ach, ist das schön. Mein Blick geht auch noch mal kurz zum Kaminsims.

HOERNER SOFT kann ich da lesen und muss milde lächeln.

Sag ich's doch: Ostern ist 'ne tolle Sache.

Vierte Sauerländer Weisheit:

Ostern komm' Geschenke rein.
Müssen nich' nur Eier sein.

Zu blöd für Tatort

„Was kommt denn heute?", fragt Steffi und sucht nach der Fernsehzeitung, die aus irgendeinem mysteriösen Grund immer verschwindet. Ich habe meine Frau schwer in Verdacht, sie auch diesmal einfach wieder weggeworfen zu haben, weil sie die nützliche Illustriertenbeilage für Werbung gehalten hat. Aber um ihr das zu beweisen, müsste ich jetzt in der Altpapierkiste suchen und dazu hab ich einfach keine Lust. Außerdem ist es ja klar.

„Heute ist Sonntag, Steffi", gebe ich ihr also als Antwort.

„Ja und?"

„Taaatooort!"

„Oh ja, gut. Mit wem denn?", fragt sie nun, denn der *Tatort* hängt schwer von den KomissaREN und -RINNEN ab. Ist immer gut, ja, aber mal mehr, mal weniger. Und da ich mit dieser Frage schon gerechnet und die entsprechende App auf dem Handy auch schon geöffnet habe, kann ich ihr jetzt auch eine schöne schlaue Antwort geben: „Batic und Leitmayr."

„Jaaa. Die sind gut."

Na wunderbar, der Abend ist also gerettet.

„Wo ist denn Max?", frage ich, denn den habe ich den ganzen Nachmittag noch nicht gesehen.

„Bei Lukas drüben. Ich hab gesagt, um neun muss er wieder

hier sein, weil morgen ja Schule ist."

„Mitten im *Tatort*", wende ich etwas vorwurfsvoll ein.

„Naja", sagt Steffi, „wir werden schon alles mitbekommen."

Mmh. Ich bin da nicht ganz so optimistisch, aber schau'n wir mal.

„Hast du Hunger?", fragt Steffi jetzt, aber bei mir ist es noch nicht so weit.

„Nö", sage ich also.

„Och, wir können uns ja nachher schnell ein paar Brote zwischendurch machen", meint meine liebe Frau da.

Mitten im *Tatort*?

„Soll ich dir schon mal sagen, um was es heute geht, Steffi?"

„Nein, bloß nicht. Dann ist ja die ganze Spannung weg."

Naja, von der ganzen Spannung wird auf jeden Fall immer noch genug übrig bleiben, auch wenn man mal eine kurze Einführung liest. Ich weiß immer ganz gerne, um was es geht, und lese daher öfter schon mal die Kurzfassung des Inhalts. Natürlich erfährt man da nur etwas über den Anfang, das Thema und die Schauplätze vielleicht. Zu viel verraten wird auch in meiner App noch nicht. Eben wegen der ganzen Spannung.

Aber es ist auch schon zu spät für eine kleine Vorbereitung auf das Thema des Abends und Claudia Kleinert verrät uns erst mal mit einem freundlichen Raubtierlächeln unter einer üppigen blonden Lockenpracht und in einem etwas zu engen und vor allem zu kurzen Lederrock, dass das Wetter morgen gar nicht mal so gut wird. Nichts Neues also. Danke trotzdem, Claudia.

„Guck mal, wie die da steht", meckert Steffi an ihr herum. „Die hat doch X-Beine. Und die Schuhe, viel zu groß. Meinst du, die hat solche Riesenfüße?"

Ich sehe erst Steffi und dann Claudia Kleinert etwas ratlos an. Ach, es ist mir doch ziemlich egal, was die Wetter-Claudia für eine Schuhgröße hat und nach welchem Buchstaben ihre Beine geformt sind, denn jetzt wird's nämlich augenblicklich spannend.

Tädää, tädää, tädää ... der leicht blutrünstige, einhundert Jahre alte Vorspann läuft. Das Auge, die Kreise, Verfolgung, Füße, die immer noch recht knackige Mucke von Klaus Doldinger und ich mache es mir behaglich stöhnend in meiner Sofaecke bequem. Kissen zurechtgerückt, Füße auf den kleinen niedrigen Tisch und alles passt. Steffi verschwindet Richtung Küche.

„Steffi, jetzt komm. Es geht los. Was machst du denn? Du weißt doch, dass die ersten Minuten die wichtigsten sind. Da passiert der Mord oder die Leiche wird gefunden. Das ist doch immer am schönsten."

Und am wichtigsten, denn man muss schon gleich da auf erste Hinweise achten und anfangen, alle Namen auswendig zu lernen, sonst kommt man hinterher einfach nicht mehr mit.

„Weißt du doch!", rufe ich ihr etwas ärgerlich in die Küche hinterher.

„Komme gleich!", ruft sie. „Und pass schön für mich *mit* auf!"

So, darauf hab ich ja nur gewartet. Jetzt hab ich also wieder die vielzitierte Arschkarte bekommen und darf nichts verpassen.

Pass mal schön für mich mit auf!

Einen gefährlicheren Auftrag hätte ich eigentlich nicht bekommen können. Denn wenn sie gleich aus der Küche kommt, ist sicher schon 'ne Menge Blut geflossen und ich weiß dann nicht, wie ich ihr das erklären soll und ob ich auch schon alle Namen kenne oder sogar eventuelle Verdachtsmomente melden kann. Ich hab's ja sowieso nicht so mit Namen und im *Tatort* kommen immer eine ganze Menge vor.

Okay, jetzt heißt es also aufpassen. Für Steffi *mit*. Ich bin bereit und gebe zögerlich und bedauernd meine bequeme Sonntagabendabschlaffposition auf, beuge mich knurrig etwas vor und konzentriere mich dann auf den Bildschirm wie eine Katze auf einen Maulwurfshügel oder ein Mauseloch. Ich achte auf alles, was sich bewegt, und bin bereit, sofort zuzuschlagen oder entsprechende Meldung an die Küche zu machen, wo Steffi ganz munter klappert und hantiert.

Der *Tatort* beginnt mit einer Frau, die in einem Keller herumwuselt, dann dieselbe Frau als Revolverheldin in einer Show. Irgendwie früher.

Mmh. Nix verstanden bis jetzt. Aber es ist sicher noch viel zu früh, um was zu verstehen. Erst mal einfach nur gut aufpassen, dass man nicht gleich am Anfang aus der Kurve fliegt. Außerdem trage ich ja jetzt Verantwortung für zwei Knippschilds. Dann kommt offensichtlich wieder ein Zeitsprung in die Gegenwart. Ich sehe eine alte Frau, ebenfalls Revolverheldin, aha, und dazwischen habe ich gerade ganz kurz den ehemaligen Staatschef Tito gesehen. Jugoslawien.

Oh, oh, das kann ja heiter werden. Mir ist schon jetzt ganz schwindelig. Das Glas Wein, das ich mir voller Vorfreude schon mal eingeschüttet habe, bleibt unberührt stehen. Das ist eindeutig ein Null-Promille-Film, da ist jeder Tropfen zu viel. Und wie soll ich Steffi das alles erklären? Bis jetzt ist da für mich noch kein Sinn in der ganzen Sache zu erkennen.

Dann rast Leitmayr durch München. So. Was macht er? Wohin? Man weiß es nicht. Vielleicht sollte ich umschalten auf den Sender, der das Ganze mit Untertiteln für Blinde macht. Nein, nicht mit Untertiteln, Quatsch, sondern mit Erklärungen, weil die Blinden ... is' schon klar. Aber vielleicht erfährt man da mehr. Vielleicht sagen sie da, wohin der Leitmayr jetzt fährt und warum. Aber bis ich diesen Sender gefunden habe ...

Und schon wieder ein Cowboy-Girl, und meine Befürchtung, einfach nicht mehr mitzukommen vor lauter Hin- und Hergehüpfe zwischen Szenen, Schauplätzen, Personen, Gegenwart und Vergangenheit. Das blockiert mir die Hirnsynapsen, die heute irgendwie nicht richtig einschnappen wollen. Viel Erhellendes wurde bis jetzt auch noch nicht gesprochen. Redet, Leute, redet. Erzählt mir, was ihr vorhabt. Sagt doch mal so was wie „Ich hasse den Wondratschek, ich könnte ihn umbringen!" oder so. Dann hat man schon mal einen Namen und einen Verdächtigen. Oh ja, heute muss man aufpassen, das merke ich schon.

Dann eine Baustelle, ein Bagger, ein paar Bauarbeiter und da: die Leiche. Siehste. Schon in den ersten Minuten. Verpasst, Steffi. Sag ich's doch. Der Bagger hat sie freigelegt, die Leiche. Und da liegt sie dann. In der Baugrube.

„Leiche!", melde ich lautstark in die Küche.

„Komme gleich!", tönt es fröhlich zurück. „Pass schön auf!"

Leicht gesagt. Auf was muss ich aufpassen?

Dann taucht auch die alte Graulocke Batic – endlich noch ein alter Bekannter – auf und die beiden Kommissare beginnen ihre Ermittlungen in der Familie des Toten. Ja, das wird meistens so gemacht. Das verstehe ich, das war schon immer so. Schön, dass es Dinge gibt, die sich offensichtlich auch in einem ganz modernen *Tatort* nicht ändern. Denn damit haben wir es eindeutig heute zu tun. Sehr, sehr modern! Schnell stellen die beiden sympathischen Schlaumeier fest, wer der Tote war, das war einfach, aber dann geht es erst mal richtig rund mit der ganz großen Verwirrung.

Junge, Junge, die haben aber auch ein Tempo. Ich verkrampfe schon leicht in meiner ganz ungewohnten Fernsehhaltung vorne auf der Kippe des Sofas. Leitmayr rast jetzt wieder durch München, dann kommt wieder Tito und dann sind wir in einem Imbiss. Was für ein Imbiss? Döner. Ist aber, glaube ich, egal. Puh, da muss man jetzt aber dranbleiben, sonst ist der Sonntagabend gründlich versaut. Steffi wird gleich alles wissen wollen. Da ist sie gnadenlos. Aber ich bin ja noch dran. Ihr hängt mich nicht ab, ihr völlig wahnsinnigen *Tatort*-Fritzen! Heute pass ich auf, aber euer Vorsprung wird schon wieder etwas größer.

„Steffi, wo bleibst du denn?"

„Pass *du* mal schön auf!"

Boah! Ich nehme jetzt doch hastig einen kleinen Schluck Wein, ohne den gehetzten Blick von der Mattscheibe zu lösen, und beim Abstellen des Glases schwappt dann auch etwas vom Wein aufs Tischchen und ich versuche, es mit dem Hemdsärmel notdürftig trocken zu wischen, ohne die Augen vom Bildschirm zu lassen.

Endlich erscheint dann Steffi auf der sonntagabendlichen Bildfläche und stolziert mit einem lockeren Lächeln und einem großen Teller Schnittchen mitten durchs Bild.

„Aber, Steffi, wir wollten doch nachher …", stammle ich nervös und hätte dadurch fast den Anschluss zur nächsten Szene verloren. Ich schwitze etwas, obwohl es gar nicht so warm ist bei uns.

„Och, ich hab nur schnell was zusammengezimmert. Nix Besonderes. Nur 'n paar Brote." Und dann stellt sie die entscheidende Frage: „Was ist denn bis jetzt passiert?", lässt sich gemütlich seufzend neben mir ins Sofa sinken und gießt sich auch ein Glas Wein ein.

Feierabend, Entspannung, *Tatort*. Sehr schön. Leiche verpasst, okay, aber der Mann hat ja aufgepasst. Tja, die hat's gut. Schmiert einfach in der entscheidenden Phase ein paar Schnittchen, aber der Angeschmierte bin doch jetzt ich. Das machen wir nächsten Sonntag anders, da komme ich einfach etwas zu spät und lasse sie dann berichten, was passiert ist.

Aber es hilft ja nichts, heute ist heute, ich bin der Doofe und jetzt kommt es also drauf an. Nimm dich zusammen, Alex. Was hast du gesehen? Berichte. Informiere mich in kurzen, aber eindeutigen Sätzen, heißt der Auftrag. Inhaltsangabe hieß das früher und hatte sehr strenge Vorgaben. Ich hab's nie gemocht und lieber immer ganz frei berichtet, was mir noch so einfiel.

„Also, pass auf", beginne ich sehr konzentriert und etwas nervös – das gebe ich gerne zu – und lasse das flackernde Fernsehbild dabei nicht einen Moment aus den Augen. Es könnte jeden Moment wieder etwas Entscheidendes passieren.

„Der eine ist tot", fange ich an.

„Wie, der eine?"

„Naja, dieser Mann, den sie in einer Baugrube gefunden haben."

„Was denn für eine Baugrube?", fragt sie und beißt noch recht entspannt in ihr Salamibrot.

„Ach ja, so 'ne ganz normale Baugrube eben. Der Bagger hat die Leiche gefunden."

„Hm!" Sie klingt schon leicht überfordert und gereizt. Ich muss also vorsichtig sein.

Natürlich läuft der *Tatort* inzwischen ungerührt weiter. Es weiß ja keiner in der Sendezentrale, dass es vielleicht angebracht wäre, den Film mal für ein paar Minuten anzuhalten, damit ich meiner Frau erklären kann, was da bis jetzt passiert ist.

„Es ist wahrscheinlich der Sohn dieser alten Cowboyfrau …"

„Was? Sag mal, spinnst du jetzt? Cowboy? Baugrube? Und wieso wahrscheinlich? Du weißt es also nicht genau?"

„Ach, Steffi, das kommt davon, wenn du nicht von Anfang an dabeisitzt. Jetzt kann ich dir die ganze Geschichte Szene für Szene erklären."

„Ja, das wäre ganz schön, aber das kannst du ja irgendwie nicht. Ich hab jedenfalls noch nichts verstanden."

„JA, DANN HÖR AUCH ZU!" Oh, so laut wollte ich eigentlich gar nicht werden.

„DANN ERZÄHL'S MIR AUCH RICHTIG!" Sie kann aber noch lauter. Und der Sonntagabend ist auf einmal gar nicht mehr so schön.

Der *Tatort* aber geht munter immer weiter, immer schneller, neue Personen tauchen auf und verschwinden wieder, um uns noch mehr zu verwirren und es gilt, sich ein paar wichtige neue Namen zu merken. Aber dazu komme ich natürlich nicht, weil Steffi ja noch auf ihre Inhaltsangabe wartet.

„Also gut, Steffi … Tito kommt auch immer wieder mal vor."

„Tito?"

„Ja, der war mal Staatschef des ehemaligen Jugoslawien."

„Weiß ich doch", bemerkt sie vorwurfsvoll, hat aber immer noch nichts verstanden. Ich aber auch nicht. Und sie hat schon recht. Was macht denn eigentlich der Tito da in unserem *Tatort*?

„Na, wahrscheinlich ist es so 'ne Vergangenheitsgeschichte, Krieg, Jugoslawien … ich weiß auch nicht …", füge ich ganz schnell hinzu, weil ich keine Zeit mit langen Erklärungen verplempern darf, da ich sonst nicht verstehe, was gesprochen wird – wenn mal gesprochen wird.

„Weil du mal wieder nicht richtig aufgepasst hast", wirft Steffi mir da sehr ärgerlich vor. „Da läuft der Film gerade mal zehn Minuten und du hast nichts mitbekommen. Leiche. Tot. Tito. Na super. Vielen Dank, Alex!"

„Also, Steffi, jetzt mach aber mal 'n Punkt. Dieser *Tatort* scheint eben irgendwie anders zu sein als die anderen. Irgendwie anspruchsvoller."

Damit habe ich mir natürlich selbst ein faules Ei ins Nest gelegt, denn sie hat jetzt berechtigten Grund zu der Annahme, ich wäre zu blöd für diesen *Tatort*. Vielleicht für jeden *Tatort*, aber das sagt sie zum Glück nicht. Zum Glück. Dass sie es denkt, da bin ich sicher.

Ich hab allerdings auch nirgendwo was von einem Mindestintelligenzquotienten gelesen, den man zum Ansehen eines *Tatortes* unbedingt braucht. Ist also scheinbar auch was für ganz Normalbegabte wie mich.

„Guck doch mal selbst, Steffi, wie schnell das alles geht. Zack, zack, Schnitt, neue Szene, Zeitsprung … einfach der Wahnsinn!"

Es geht wirklich rasend schnell und dabei tauchen immer weitere Personen auf, von denen ich noch nie gehört habe, nach denen Steffi mich jetzt aber inquisitorisch fragt.

„Wer ist das?" Für meinen Geschmack gibt es schon jetzt viel zu viele Leute in diesem Film. Ein verdammtes Gedränge ist das.

„Keine Ahnung. Ah, das da ist dieses Cowboy-Girl … siehst du?", werfe ich ganz aufgeregt ein, als ich doch tatsächlich eine Person aus den Anfangssequenzen wiedererkannt habe. „Es gibt ein altes und ein junges Cowboy-Mädchen, also … wie soll ich sagen?"

„Jaja, lass mal, ich pass schon selber auf", beendet sie meine peinliche Vorstellung und kneift jetzt energisch ihre Augen zusammen, damit sie das *Tatort*-Geflimmer wenigstens einigermaßen scharf sieht. Eigentlich hat sie eine Brille, die aber wieder mal irgendwo ist, nur nicht an diesem wichtigen Ort des rasanten Geschehens. Sie wird also schon aus diesem Grund nicht alles so richtig mitbekommen, weil sie als Blindfisch einfach die Personen nicht erkennen wird und dann doch wieder auf mich als Blindenhund angewiesen sein wird.

Aber soll sie's doch versuchen. Warum nicht? Dann soll sie eben selber aufpassen. Sie wird schon sehen, was sie davon hat. Dann mach ich mir jetzt eben auch 'n schönen Abend. Vielleicht guck ich auch gar nicht mehr hin.

Leitmayr sucht jetzt verbissen nach einer „gescheiten Milzwurst" und Steffi sagt: „Bäh! Milzwurst. Hast du gehört? Ist die schon mal vorgekommen? Spielt die irgendeine Rolle? Die spinnen doch, diese *Tatort*-Fritzen."

Sag ich ja. Die spinnen!

Aber vielleicht spielt diese Milzwurst ja später wirklich noch eine wichtige Rolle. Als Tatwaffe? Vergiftet? Man weiß nie. Hier ist alles möglich. Aber ich sag einfach gar nichts mehr und versuche nur noch so am Rande, trotzdem irgendwie dem Film hinterherzuhecheln. Ich kann es einfach nicht lassen, aber ich muss jetzt schwer aufpassen, so ganz auf mich alleine gestellt, denn Steffi darf ich auf keinen Fall mehr fragen. Den Triumph gönne ich ihr nicht, dass sie jetzt möglicherweise schon mehr weiß als ich, der ich ja wenigstens schon die Leiche gesehen habe.

Gelassener Biss ins Käsebrot, erster gemütlicher Schluck Wein. Nicht mal zum Trinken kommt man dabei. Das wird ja immer doller.

„Da ist ja wirklich ein Cowboy-Girl", bemerkt Steffi jetzt.

Sag ich doch.

„In welcher Beziehung stand die denn zu dem Toten?", fragt sie, wie es auch der graue Batic hätte fragen können.

„Welcher Tote?"

Ein Blick von Steffi genügt und ich halte meine Klappe. Wahrscheinlich für immer.

Noch mehr neue Leute tauchen auf, von denen man aber noch nicht weiß, ob man die sich jetzt auch merken muss, oder ob die nur zur allgemeinen Verwirrung auftreten. Außerdem habe ich persönlich noch immer keine richtige Handlung erkannt. Ich sehe immer nur Leute von einer Szene zur anderen hechten und Sachen machen, die bis jetzt für mich noch keinen rechten Sinn ergeben.

Ich bin doch zu blöd dafür. An welcher Stelle hab ich denn nicht aufgepasst? Ich war doch die ganze Zeit hier. Oh, dieser Film ist verdammt kompliziert. Tatsächlich ein echter Intelligenztest. Ich muss zugeben, dass ich mich etwas verkrampfe und das war für Sonntagabend eigentlich nicht geplant.

Mannomann, wie schön war das doch immer, als noch vor wenigen Jahren die Herren Derrick und der Alte oder Josef Matula ermittelten. Das war so schön entspannend … aber auch spannend. Ja gut, okay. Manchmal auch so richtig was für Blöde … na, ich sag's ja.

Aber schön war's.

Erst mal passierte immer ein schöner Mord. Wunderbar. Vielleicht Kehle durch, mit 'nem Stromkabel erwürgt oder einfach nur ein blutiges Loch im Kopf. So muss es sein. Jawoll. Dann sah man eine kopfschüttelnde entsetzte Familie, die sich alles gar nicht erklären konnte. Meist aus gehobenen Kreisen, das kommt am besten an. Dann Ermittlungen in einer tollen Villa, in die man privat und im richtigen Leben gar nicht reinkäme. Der Alte (also der *alte* Alte, diese Serie gibt's ja immer noch) zog nie seinen Mantel aus und Stefan Derrick sagte so was wie „Harry, wir fangen erst mal bei den Erben an". Dann gab es schon bald einen ersten Verdächtigen, einen zweiten, einen dritten … bis man so etwa vier bis fünf zusammenhatte. Das reichte dann aber auch, weil man uns arme Zuschauer ja auch nicht überfordern wollte.

Danke dafür. Danke!

Und dann durfte geraten werden. Ja, diese Krimis waren lustige Familienratespiele. *Na, wer war's wohl? Was meint ihr? Der feine Herr Doktor mit seiner Geliebten, der schmierige Barbesitzer oder überraschenderweise doch vielleicht mal der Gärtner mit dem Hinkebein? – Ich glaube, der mit der schiefen Fresse. – Nein!*, konnte man dann sagen. *Der isses nicht. Ganz bestimmt nicht. Ist doch erst Viertel nach neun, das ist einfach noch zu früh für den richtigen Mörder.* Und das stimmte auch. Erst in den letzten zehn Minuten ging das lustige Rätselraten dem Höhepunkt entgegen und dann war der Mörder plötzlich gestellt. Zack. *Siehste, sag ich's doch, der mit der schiefen Fresse. Na gut, dann eben doch.* Aber egal. Es war herrlich unterhaltsam und entspannend.

Sicher, es ging um Mord, ein Mensch nimmt einem anderen Menschen das Leben, manchmal sogar sehr grausam und blutig, vielleicht auch in kleine Stücke zerhackt … aber wenn es doch so nett gemacht ist.

Ja, und jetzt? So ein Gehechel. So ein Stress. So ein intellektueller Selbstzweifel, der da an einem nagt, ob man vielleicht doch lieber beim *Traumschiff* bleiben sollte. Das versteht man wenigstens IMMER.

„Äh, Steffi, Frau Lechtenbrink hat heute angerufen. Sie wollte wissen, ob …"

„Sag mal, hast du sie noch alle? Willst du dich jetzt etwa mit mir unterhalten? Spinnst du, Alex? Sei mal bloß ruhig jetzt, ich fange gerade an, alles zu verstehen, glaube ich", ereifert sich Steffi und wirft mir nur einen ganz kurzen, äußerst vorwurfsvollen Seitenblick mit fassungslosem Kopfschütteln zu. Ich bin ganz froh, dass sie nicht die Fernbedienung nach mir wirft.

Jaja, ist ja schon gut. Ach, ich glaube, ich bin raus. Sonntag muss auch ohne *Tatort* gehen. Das erste Glas Wein ist leer und es macht eigentlich jetzt überhaupt keinen Sinn mehr, Leitmayr und Batic hinterherzuhecheln. Die hol ich einfach nicht mehr ein.

Was denken sich die Herren und Damen Regisseure und Drehbuchschreiber eigentlich, warum man sonntagabends den Fernseher einschaltet? Um abzuschalten, meine Herrschaften! Ja, man will abschalten und die Füße hochlegen. Denken die denn, man hat Sonntagabend noch Lust, auf verschiedenen Ebenen und auf verschiedenen Zeitschienen und ein paarmal um die Ecke zu denken?

Nein, das hat man nicht. Jedenfalls ich nicht.

Ja, das wär dann eben große Kunst und nicht für alle gemacht, hört man dann oft sehr arrogant. Na toll. Und was nützt die große Kunst, wenn sie Kopfschmerzen macht, Stress bereitet, Familien auseinanderbringt und möglicherweise zu Tätlichkeiten oder sogar zum Gattenmord anregt – und uns vor allem an unsere Sofas festnagelt. Denn zum Beispiel während eines *Tatorts* zum Kühlschrank oder zur Toilette zu gehen, kann man sich doch völlig verdrücken. Danach kommt man nie mehr rein.

„Was macht denn jetzt der Leitmayr da?"

Ach, Steffi, frag mich doch nicht. Ich bin diesem Tatort intellektuell schon lange nicht mehr gewachsen, glaube ich, und es tut richtig gut, sich das auch einfach mal mutig einzugestehen und mit seiner eigenen kleinen Beschränktheit zufrieden zu sein.

„Ich bin blöd!"

Vielleicht weiß aber Leitmayr selbst nicht, was er da macht und er tut es nur, weil es so in diesem verqueren Drehbuch eines durchgeknallten Autors steht, und ist froh, wenn es endlich vorbei ist. Ich schaue auch schon mal auf die Uhr.

„Ich wette, Leitmayr und Batic verstehen den Film auch nicht."

„Mensch, jetzt halt mal deine Klappe!", befiehlt Steffi.

Jaja.

Der Kameramann oder die Kamerafrau scheint auch was von dem Zeugs geraucht zu haben, das der Regisseur und der Drehbuchautor hatten. Schnelle Schnitte, ratzfatz, Kameraschwenks zum Schwindligwerden, Fahrten und dann wieder Farben, die in unserer schönen bunten Natur überhaupt nicht vorkommen. Unsere Welt ist doch eigentlich viel schöner. Alles ist so dunkel in diesem Film, fast schwarz-weiß, böse, deprimierend. Ich will das nicht. Nicht am Sonntagabend. Ich hab das Interesse jetzt endgültig verloren und liebäugele mit dem verbliebenen Salamischnittchen und dem benachbarten Käsebrot. Sieht beides sehr gut aus.

Wenn wenigstens nach so einer Höllenfahrt von sogenanntem Krimi um Viertel vor zehn dann eine Erklärung für Doofe käme. EKD hieße die dann vielleicht. Wenn man weiß, dass die hinterher kommt, dann könnte man beruhigt auch mal zwischendurch zum Klo oder an den Kühlschrank gehen oder sich sogar ein wenig dabei unterhalten. Ja, das ginge dann.

Sozial und innerfamiliär geht ja alles vor die Hunde, weil man eben aufpassen muss. Bei der EKD bekäme man hinterher noch mal alles schön erklärt. Nach dem Abspann käme dann zum Beispiel Claudia Kleinert oder Jens Riewa und erklärte den Doofen – und ich weiß, dass ich da nicht der Einzige bin –, worum es denn überhaupt ging bei diesem rasanten Bilderrennen. Ich bin sicher, dass die halbe Nation dankbar dafür wäre, auch wenn es wahrscheinlich keiner zugeben würde. EKD. Das wär's.

„Wer ist *das* denn?", rutscht es mir so heraus, als wieder ein neuer Name genannt wird, und Steffi zuckt nur erschöpft und ausgemergelt mit den Achseln. Ihre große Klappe ist schon wieder geschrumpft. So richtig drin ist sie also auch nicht mehr oder eben nie gewesen. Das beruhigt mich dann doch ein wenig. Zu großes intellektuelles Gefälle in einer Ehe ist nicht gut.

„Keine Ahnung", stöhnt sie resigniert und nimmt sich jetzt das Käsebrot, um wenigstens daraus ein wenig Freude zu schöpfen. Camembert. Lecker. Aber ich stelle fest, dass sie doch etwas mehr Biss hat als ich, sie will nicht aufgeben. Das spüre ich. Noch nicht.

Tja, sollen wir es denn wirklich noch mal versuchen?

„Vielleicht sollten wir unser Wissen zusammenwerfen, Steffi."

War eigentlich mehr so als Witz gedacht, aber sie sieht mich fast schon ein wenig hoffnungsvoll an. Die Gedanken an eventuelle Tätlichkeiten mir gegenüber scheinen total verschwunden zu sein. Vielleicht bringt dieser Gedanke uns als Team ja doch wieder zusammen. Es muss doch möglich sein, auch diesen verdammten *Tatort* zu verstehen.

„Warte mal eben", stoppt mich Steffi mit einer energischen Handbewegung. „Wer ist das denn jetzt schon wieder?"

„Das ist Tito", antworte ich ihr. „Das ist der ehemalige … "

„Ja, das weiß ich doch. Aber wer ist Kovacz?"

„Mich darfst du nicht fragen, Steffi. Wahrscheinlich der Mörder. Hört sich jedenfalls so an."

Ich hab gerade nicht hingeguckt, weil ich eine Fliege von der Salami gejagt habe. Fliegen im Winter? Vielleicht hängt das mit der Klimakatastrophe zusammen ... ich müsste die Wand hinter dem Kamin mal wieder streichen ... und die Heizung macht auch immer so Geräusche ...

„Mensch, wie hieß denn der eine noch, Alex?"

„Der eine, der andere ..." Ich zucke nur mit den Achseln und es tut gut, dass einem plötzlich alles so egal ist. Einfach mal loslassen.

Vielleicht sollte man anregen, dass die Schauspieler auch solche Namensschilder tragen, wie die Verkäuferinnen im Supermarkt zum Beispiel. Dann könnte man sich doch die Gesichter viel besser mit den Namen zusammen einprägen und man wüsste sofort, wer gemeint ist, wenn mal wieder einer dieser ominösen Namen fällt. *Wie heißt der denn jetzt noch? – Dragan, Schatz, steht doch dran. Setz deine Brille auf!*

Ja, das wäre schön und störte ja auch fast gar nicht. Nur so kleine Schildchen ans Hemd oder an die Bluse geheftet oder elektronisch als so eine Art Untertitel eingeblendet. Ich fänd's gut.

Was bilden sich denn diese arroganten Filmleute eigentlich ein? Dass man sich all die verdammten Namen wirklich merkt, wenn sie nur einmal irgendwo ganz nebenbei gefallen sind? Klar, die Filmfritzen kennen ja ihre Leute. Die haben sie ja selber ausgesucht und ihnen diese Namen gegeben. Aber wir sehen sie doch zum ersten Mal. Das ist eindeutig zu viel verlangt, meine Damen und Herren! Und so wichtig ist der *Tatort* nun auch wieder nicht.

Glaubt ihr nicht, nä? Doch! Ich will am Sonntagabend schließlich kein Gedächtnistraining machen, sondern unterhalten werden. Ist das denn so schwer zu verstehen? Bloß Unterhaltung. Das ist euer Job.

Ich könnte mir allerdings beim nächsten Mal auch von der ersten *Tatort*-Sekunde an eine Liste mit all den Personen machen, die mitspielen, vielleicht die markantesten Merkmale dazu notieren oder eine kleine Zeichnung von denen anfertigen und dann direkt Anmerkungen dazu, was eventuelle Verdachtsmomente und Verbindungen untereinander angeht. Dann hätte man eventuell eine reelle Chance dranzubleiben.

Ich höre die Haustür knallen. Max kommt rein. Ah ja. Schön.

„Hallo, bin wieder da!", ruft unser vierzehnjähriger Sohn in die etwas angespannt wirkende Sofaecke. Er sieht dort nur zwei hilflose Personen, eine möglicherweise zerstörte Ehe, auf jeden Fall zwei Menschen, die sich nichts mehr zu sagen haben. Der eine Mensch hat schon resigniert und scheint vielleicht gerade deshalb etwas besser drauf zu sein, und der andere starrt wie ein hypnotisiertes Karnickel auf den Fernseher.

„Hallo Max!", begrüße ich freudig meinen Sohn. Dankbar für die Abwechslung am sonst immer so gemütlichen Sonntagabend. „Na, alles gut?"

„Hi, Alter! Läuft", sagt er und ich überhöre das Alter einfach mal. So begrüßt man sich eben heute. Ist modern und cool. Ich bin eben *der Alte* – wie der ehemalige Fernsehkommissar. Der *alte* Alte. Einverstanden.

Dann wartet Max berechtigterweise auch auf ein Lebenszeichen von seiner lieben, zurzeit etwas komatös wirkenden Mutter. Aber da kommt nichts.

„Was hat *die* denn?", fragt er mich. Ich winke nur ab und sage leise und in der Hoffnung, das würde alles erklären: „*Tatort!*"

Das beeindruckt ihn aber gar nicht. Er hat keinerlei Respekt vor der Tradition des sonntäglichen Krimirituals und ruft laut: „Haalloo! Bin wieder daaa! Mamaaa!"

„Ja, Max, schön, jetzt nicht … Moment", stammelt Steffi abwesend, fast schizoid, mit glasigen Augen, wie fantasierend aus fernen Welten zu uns sprechend, wedelt mit der rechten Hand ab und kann ihren Blick nicht von der Mattscheibe lösen, weil schon wieder neue Personen auftauchen, die bisher noch gar nicht auf dem Zettel standen.

Max guckt jetzt auch ganz interessiert auf das geheimnisvolle *Tatort*-Geflimmer. Natürlich genau in dem Moment, als eine recht freizügige Nacktszene beginnt. War ja klar. Dafür hat unser fröhlich vor sich hin pubertierender Max ein sicheres Händchen. Der riecht so was. Das junge Cowboy-Girl lässt sich gerade von einer mir natürlich völlig unbekannten Person ausziehen und ablecken. Na super!

„Max, in der Küche ist noch frisches Brot. Komm, wir machen uns schnell was", sage ich wie beiläufig zu unserem Sohn, denn der Schnittchenteller ist jetzt leer und Max wäre dann wenigstens für einen Moment weg von der Nacktszene, die anscheinend überhaupt nicht enden will.

„Keinen Hunger", sagt er aber aus verständlichen Gründen und somit klebt auch er jetzt fasziniert an der Mattscheibe und wartet auf die weitere interessante Entwicklung dieser schönen Szene. Ich verliere meine Familie.

Der Unbekannte fummelt ziemlich ordinär und auf jeden Fall längst nicht mehr jugendfrei an der Dame herum, die jetzt auch schon fast nichts mehr anhat. Man kann ihre Brüste sehen, die recht voluminös und spektakulär ins Full-HD-Bild ragen.

Aaach, das ist doch alles noch nichts für unseren Max. Wo sind denn jetzt eure unscharfen Bilder und rasenden Schwenks, die schnellen Schnitte und Szenenwechsel, die bloß vagen Andeutungen tatsächlicher Bilder, ihr tollen *Tatort*-Macher? Na, wo sind sie denn, wenn man sie wirklich mal braucht? Nächste Szene, bitte!

Steffi scheint gar nichts dabei zu finden, dass unser Sohn auf diese sehr anschauliche Art und Weise eine Menge interessantes Material zum Thema zwischenmenschliche Annäherung geboten bekommt. Wahrscheinlich hat sie ihn einfach vergessen.

Dann ist die Szene gnädigerweise vorbei und Graulocke Batic stiefelt wieder ratlos und kopfschüttelnd durchs Bild. Das interessiert Max weniger und ich nutze die Chance, um ihn in die Küche zu bugsieren. Weg von dem familienzerstörenden *Tatort*.

„Komm, wir machen uns was zu essen.“

Er versucht es noch einmal mit einem zaghaften „Mama?“, aber da ist nichts mehr zu machen. Steffi ist zurzeit nicht erreichbar. Bitte hinterlassen Sie eine Nachricht auf einem Zettel neben der Fernbedienung.

„Wie war's denn bei Lukas?“, frage ich dann meinen Sohn und gieße ihm ein Glas Apfelsaft dazu ein und mir noch ein kleines Weinchen. „Was habt ihr gemacht?“

„*Tatort* geguckt“, sagt er und verschluckt sich fast dabei, weil seine Technik, zu essen und gleichzeitig zu sprechen, immer noch nicht ausgereift ist. Und ich verschlucke mich auch fast. „*Tatort?*“, frage ich höchst erstaunt. „Diesen da?“ Und weise dabei angewidert zur Fernsehecke, in der ich meine geliebte Frau und er seine liebe Mutter verloren hat, die nur noch so dahinvegetiert, bloß vom flackernden TV-Gerät am Leben gehalten wird. Aber es ist trotzdem noch zu früh, die Maschine abzustellen.

„Ja, den da. Fand ich aber blöd. Rentner-Krimi.“

Na, also ...

„Und Lukas' Eltern haben überhaupt nichts kapiert“, sagt Max und amüsiert sich köstlich. „Also, seine Mutter schon eher. Die hat sich sogar Notizen dabei gemacht.“

Siehste.

„Aber dann haben die richtig Streit bekommen, seine Eltern,

weil Lukas' Papa immer so Sachen sagte wie ‚Wer is' dat denn?‘ und ‚Den Typen hab ich ja noch nie geseh'n.‘, ‚Wat machen denn die blöden Cowboy-Girls da? Da wirsse doch rammdösich!‘ und so was. Und Lukas' Mutter hat ihm dann irgendwann gesagt, er soll endlich seine Schnauze halten."

„Waaas?"

„Ja, hat sie gesagt. ‚Halt deine schnäbbelige Schnauze, Gerd!‘", erwidert Max trotzig und ahmt Lukas' Mutter ganz gut nach. „Und da war er, der Gerd, dann total sauer und hat sich tierisch aufgeregt. War echt super lustig."

Naja.

„Ich glaube, Lukas' Papa hat überhaupt nichts von dem Film kapiert. Der scheint echt viel blöder zu sein als Lukas' Mutter."

Soso.

Ich kenne Lukas' Papa, Gerd Freitag, den Rektor des Franz-Stock-Gymnasiums in Arnsberg, zwar nicht so richtig gut, nur so von einigen Gesprächen über die lieben Kinder, Lokalpolitik und Gartenbau, aber dass er jetzt so richtig blöde ist, kann ich gar nicht glauben. Deshalb verteidige ich ihn auch jetzt.

„Naja, vielleicht wollte Herr Freitag ja auch einfach nur mal entspannen nach einer harten Woche in der Schule. Kann ja sein. Du hast ja keine Ahnung, wie anstrengend so ein *Tatort* sein kann. Guck dir doch mal einen an."

„Durfte ich ja noch nie", sagt Max da und da hat er recht. Wir fanden bisher eigentlich, dass es noch zu früh sei, ihn mit den hochkomplizierten Zusammenhängen, Hintergründen und in-tellektuellen Anforderungen eines solchen Krimis zu überfor-dern. Von den gelegentlichen tieferen sexuellen Einblicken ganz zu schweigen.

„Du hast ja keine Ahnung, was da in wenigen Minuten alles passieren kann in so einem *Tatort*", setze ich mein Plädoyer für den verblödeten Papa von Lukas fort. „Jeden Moment kann da die Hölle losgehen. Man muss ständig aufpassen. Da ist es nicht immer ganz einfach dranzubleiben. Hat mit Blödsein gar nichts zu tun!"

Max sieht mich mit einem seiner schiefen Blicke an, als ob er nicht ganz verstünde, und da fällt plötzlich ein krachender Schuss in der Sofaecke. Wir fahren erschrocken herum und Steffi ruft mit aufrichtiger Begeisterung „Ha, Leiche!" zu uns herüber. „Siehste", sage ich, „schon wieder was passiert. Das ist kein Ponyhof, so 'n *Tatort.*"

Max zuckt nur mit den Schultern, es scheint ihm wohl egal zu sein und er schneidet sich ein Stück Camembert ab.

„Willst du nicht auch 'n Brot dazu?"

„Nö."

„Und ... was habt ihr dann gemacht?", frage ich unverfänglich, aber doch zugegebenermaßen sehr interessiert am weiteren Verlauf des anscheinend sehr bewegten Abends bei den lieben Nachbarn. So was kriegt man ja beim Gespräch am Gartenzaun nie mit.

„Na, ich und Lukas ..."

„Lukas und ich!"

„Jaja ... wir waren ganz still und haben gewartet, wie's dann weiterging zwischen den beiden. Denn jetzt wurd's ja erst richtig interessant."

Ja, das hatte ich gehofft.

„Der Vater von Lukas hat sich das natürlich von Lukas' Mutter nicht gefallen lassen und hat ordentlich zurückgebölkt. Hat gesagt, Lukas' Mutter wär 'ne olle Hippe und ihr scheiß *Tatort* wäre ihm so was von egal. Und Batic und Leitmayr könnten ihn mal so richtig am Arsch lecken ..."

„Max!"

„Naja, das hat er gesagt. War auch schon 'n bisschen betrunken, der olle Freitag. Einen Wein nach dem anderen hat der gekippt.“

Ich schiebe mein Weinglas etwas weiter hinter die Kaffeemaschine.

„Naja, und da war Lukas' Mutter natürlich völlig sauer, weil sie jetzt auch nichts mehr von ihrem *Tatort* mitbekommen hatte, weil der olle Freitag so rumschimpfte. Und Batic und Leitmayr wären schließlich ihre Lieblingskommissare, hat sie zurückgebollert, und er wäre ein alter versoffener Kackspecht und sogar zu blöde für einen einfachen *Tatort*. Und dann hat sie sogar die Fernbedienung nach ihm geworfen.“ Max lacht und schüttelt den Kopf. „War echt super lustig. Die hatten völlig vergessen, dass ich und Lukas …“

„Lukas und ich!“

„Jaja … Lukas und ich ja auch noch da waren.“

Ja, das scheint mir auch so.

„Hat ihn aber nicht getroffen, nur die Fernbedienung war kaputt, in tausend Teile, und hat den Fernseher dabei ausgeschaltet.“

Mein Gott, was für ein Drama hat der Junge denn da erlebt? Gleich nebenan im Nachbarhaus spielen sich solche Tragödien ab?!

„War echt richtig was los! Lukas' Vater hat dann furchtbar lachen müssen, wie Lukas' Mutter versucht hat, die Fernbedienung wieder zusammenzusetzen und den Kasten wieder in Gang zu kriegen, weil es wohl gerade so richtig spannend wurde. Hat natürlich nicht geklappt und da hat sie die Fernbedienung auf den Teppich geworfen und draufgetreten.“

„Ja, und dann?“, frage ich höchst interessiert und voller Erwartung, wie diese brutale Szene ausgegangen ist. Diese armen Menschen werden ja wahrscheinlich nie wieder fernsehen können.

„Naja, Lukas' Mutter ist dann abgezischt nach oben, und

dann war's ja leider auch schon kurz vor neun und ich musste abhau'n."

„Schade", rutscht es mir so raus.

„Was?", fragt Max.

„Ach, äh ... Quatsch, ich meine nur, das ist ja alles ganz furchtbar."

Dann schweigen wir eine Weile. Lukas grinst noch still in sich hinein und ich bin, geradezu entsetzt und schockiert, in düstere Gedanken versunken.

Meine Güte, wie so ein gemütlicher Fernsehabend doch manchmal enden kann. Wozu diese Fernsehmacher fähig sind. Sie stürzen ganze Familien ins Unglück. Wie froh muss man sein, einen solchen Sonntagabend lebend zu überstehen?

Ich schaue vorsichtig zur Sofaecke rüber und sehe erleichtert und auch verwundert, wie Steffi inzwischen die Füße hochgelegt hat und sich ganz entspannt ihrem Wein und dem Fernsehgeschehen widmet. Ganz entspannt. Wie ist das möglich? Hat der Film sich also plötzlich gewandelt oder ist der Mörder schon gefangen und die ganzen verdammten Fragezeichen sind verschwunden? Hat sie jetzt endlich alles verstanden oder hat sie einfach Frieden geschlossen mit diesem schrecklichen *Tatort*? Ich würde es ihr so sehr wünschen.

„Komm, Max, wir gehen mal zu deiner Mutter, den Rest vom *Tatort* ansehen."

Max zuckt wieder recht gleichgültig mit den Schultern, ist aber ansonsten einverstanden und wir nähern uns der Fernsehecke und lassen uns in Sessel und Sofa fallen. Ich lächle meiner Frau liebevoll zu und sie findet mit Leichtigkeit Zeit zurückzulächeln.

Wie ist das möglich bei diesem Film, der doch bisher keine Sekunde Aufmerksamkeitsverlust geduldet hat?

Ich schaue jetzt auch mal wieder auf das erstaunlich gestochen scharfe Fernsehbild – ja, gestochen scharf, vorbei also die Zeiten mit den rasenden Schwenks und den unscharfen Andeutungen. Schöne Bilder empfangen uns da plötzlich. Herrliche Farben, eine gütige Sonne scheint durch … ja, genau, durch sanft schwankende Palmen, und ein großes weißes Schiff gleitet zu bewegender, großartiger Musik durch – wahrscheinlich karibische – Wellen. Gut aussehende gebräunte Menschen lachen, freuen und umarmen sich, küssen sich, sind einfach fröhlich.

„Wo sind denn Batic und Leitmayr?", frage ich ganz erstaunt, aber auch sehr erfreut über die überraschende Wendung dieses *Tatorts* zum absolut Positiven.

„Am Arsch!", sagt Steffi und ich verstehe nicht so recht. „Batic und Leitmayr können mich mal. Das da ist *Traumschiff*."

Ah, oh, ja, *Das Traumschiff*. Dumm, dämlich, farbig, bunt, einfach … und schön. Ja, das isses doch! Beschränkten-TV! Genau das Richtige für den Sonntagabend. Und für uns. Max sieht mich mit offenem Mund an und zuckt aber dann noch mal mit den Schultern. Ihm scheint es also egal, Hauptsache, er kann noch ein wenig sitzen und mit seiner völlig unzerstrittenen, harmonischen Familie zusammen sein.

Und ich freue mich sehr. Meine Familie hat überlebt. Blöd, etwas einfach, ohne zweite Ebene und verschiedene Handlungsstränge, ohne Rückblenden und Zeitsprünge, ohne um die Ecke zu denken und ohne offene Fragen – aber glücklich.

Ja, das ist Sonntagabend, Leute! Danke.

Fünfte Sauerländer Weisheit:

Inne Birne alles fit,
doch manchmal kommsse nich' mehr mit.

In der Herrenwelt

„Kommst du eben mit rein?", fragt Steffi, als wir vor der gläsernen Pforte des Einkaufsparadieses H&M in Dortmund stehen.

Ja, wir sind heute mal etwas weiter gefahren, um ein wenig Großstadtluft zu schnuppern und einfach mal was anderes zu sehen. Man muss ja auch mal raus. Und es ist auch gar nicht so weit. Das Dortmund. Über die A 445 und die A 44 ist man ja schnell da.

Unser schlaues Navi hat uns auch direkt ins Parkhaus Westenhellweg gebracht. Ich habe nach ein paar heißen Runden mit quietschenden Reifen wie im Krimi dann endlich eine kleine Lücke gefunden, in die unser Volvo ganz gut passte, wenn man sich beim Aussteigen etwas dünnmacht. Das mit den quietschenden Reifen hat sehr viel Spaß gemacht, mir aber auch ein paar vorwurfsvolle Blicke von Steffi eingebracht.

Wer hebt die Parkkarte auf, die ich bis jetzt tapfer zwischen den Zähnen gehalten habe?

„Ich nehm sie!", sage ich, weil ich weiß, dass sich immer etwas Nervosität breitmacht, wenn Steffi diese Karte dann vor dem Kassenautomaten in den Tiefen ihrer zweimannzeltgroßen Tasche suchen muss. Hinter uns eine unruhig scharrende Warteschlange – zu allem bereit.

Aber da ich noch mit dem zielgenauen Einparken zu tun habe, reißt sie mir die Karte zwischen den Zähnen weg und lässt sie dann doch im Sumpf ihrer Bermudadreieckstasche verschwinden.

Tja, und schon sind wir mittendrin im pulsierenden Leben einer richtigen großen Ruhrgebietsstadt. Nicht so weit entfernt, aber doch ganz weit weg vom Sauerland – irgendwie.

„Der Westenhellweg folgt ja der mittelalterlichen Heer- und Handelsstraße *Hellweg*, Steffi, ich weiß nicht, ob du das überhaupt wusstest", sage ich so ganz nebenbei und zugegeben ein wenig klugscheißerisch, weil ich es gestern bei Wikipedia extra nachgelesen habe. Schließlich will man doch informiert sein, wohin der Weg einen führt, finde ich.

Und es ist ja auch interessant, sich vorzustellen, dass hier vor hunderten von Jahren wilde Krieger und Händler entlangzogen, wo heute ... Naja, wenn ich mir diese Menschenmassen hier ansehe, die uns teilweise recht mordlustig und eroberungswütig entgegenkommen, denke ich, dass es heute vielleicht immer noch wilde Krieger, Eroberer oder Händler sind, die Böses oder uns zumindest übers Ohr hauen wollen.

Steffi sieht mich an, als würde sie hoffen, dass diese kleine Bemerkung über den mittelalterlichen Hellweg wirklich nur ein dummer kleiner Ausrutscher war und ich nicht beabsichtige, den aufregenden, lange geplanten Dortmund-Besuch mit geschichtlichen Erklärungen zu versauen.

„Nä, weiß ich nicht", sagt sie daher auch nur kurz und bündig und glaubt, dass die Sache damit erledigt ist.

„Naja, ich mein ja nur", antworte ich ganz locker und souverän und auch gar nicht beleidigt, weil ich mir schon gedacht hatte, dass sie es nicht wusste (ich weiß es ja selber erst seit gestern). Ich hatte allerdings auch befürchtet, dass es sie nicht sonderlich interessiert. Ihre Interessen liegen, was eine Stadt wie Dortmund angeht, auf einem ganz anderen Gebiet. Das weiß ich auch.

Na gut. So isses.

Wir lassen uns treiben im Strom der unzähligen Krieger,

Händler und Mörder, die alle auf der Suche nach etwas zu sein scheinen. Nach Opfern oder Eroberungen.

Das gute Wetter hat heute eine ganze Menge kriegs- und handlungswilliger Menschen auf diesen mittelalterlichen Weg getrieben. Der Westenhellweg ist mit zwölftausendneunhundertundfünfzig Besuchern pro Stunde die meistbesuchte Einkaufsmeile Deutschlands! (Ebenfalls Wikipedia.) Das hatte ich zum Beispiel auch nicht gewusst, aber wo ich das jetzt so sehe ... könnte hinkommen.

Warum Dortmund? Warum ausgerechnet hier so viele Menschen? Wieso nicht München, Hamburg oder Berlin?

Also, ich könnte mir denken, dass es sich bei diesen über zwölftausend Besuchern größtenteils um Sauerländer handelt, die einfach mal raus wollen. Oder? Könnte doch sein. Und im Sauerland wohnen fast eine Million Menschen. Ob die jetzt alle hier sind? Oder fast alle? Ob die alle was kaufen werden? Ich glaube wohl eher nicht. Obwohl, wenn man sich so die riesigen Tüten und Säcke in den Händen dieser Menschen betrachtet, dann scheinen sie doch alle was erobert oder gekauft zu haben.

Oder sie wollen etwas umtauschen. So wie wir.

„Das da ist die Reinoldikirche", berichte ich Steffi souverän lächelnd, um noch ein wenig Zeit zu gewinnen, bevor uns H&M verschlingt, und zeige auf den spitzen dünnen Zwiebelturm, der von weit hinten über die ganze Straße und ihre emsig schwirrenden Menschen wacht. „Da könnten wir doch mal ..."

„Ja, später vielleicht, Alex, jetzt lass uns erst mal hier schnell was erledigen." Und schon hat sie mich an der Hand und wir fließen im Strom der Krieger und Händler mit, bis wir dann vor H&M stehen.

Hennes & Mauritz, Tünnes und Schäl, Dick und Doof. Quatsch, fällt mir nur so ein. Ich glaube, H&M sind zwei Schweden.

Ein prachtvolles Entree. Glas, Glas, Glas, Chrom, Chrom, Chrom und darüber die erhabenen, aber recht fetzigen roten, schrägen Buchstaben dieser weitverbreiteten und beliebten Klamottenkette aus dem Smørrebrødland.

„Hier in Dortmund gibt's auch ein Fußballmuseum!"

„Alex! Hör bitte auf damit. Kommst du jetzt mit rein oder nicht?"

Entscheidung, bitte jetzt sofort.

„Tja ... ich weiß nicht ... ich könnte ja auch auf dich warten ...", stottere ich noch etwas unsicher herum.

„Ach, komm doch eben mit, Alex. Ich muss ja nur schnell was umtauschen", schlägt Steffi nun einen ganz anderen, eher lockenden, fast verführerischen Ton an und versucht, meine Bedenken zu zerstreuen, was das aktive Betreten eines solchen Ladens betrifft.

Ich habe da von Günter Netzer mal einen sehr schlauen Satz gehört, der „Einkaufen lehne ich ab!" lautete. Das hat mir gefallen und so sehe ich es eigentlich auch. „Meine Frau legt mir alles raus", hat er auch noch gesagt. Wie meine. Und meine kauft mir auch alles ein. „Sieh mal, was ich dir für ein schönes Hemd mitgebracht habe. Hose müsste auch passen." Und ich bin immer zufrieden. Was will man mehr?

Normalerweise lasse ich mich nur unter Protest in solch ein Geschäft hineinzerren, weil ich es nur zu oft erlebt habe, dass ich nicht mehr heil herausgekommen bin. Heil heißt in diesem Falle, ohne die Hände voller großflächiger Tüten mit buntem Tuch und allerlei modischem Geschmücke oder sogar Herrenausstattung für mich selbst. Ich bin kein *Herr* und *ausgestattet* will ich gar nicht werden

Ich gehe auch schon mal ganz gerne eine Weile ins Straßencafé und betrachte bei einem schönen Cappuccino das Auf und Ab der getriebenen, hetzenden und letztlich unglücklichen Menschen, weil sie noch immer nicht gefunden haben, wonach sie suchen, während Steffi im Inneren der Modehäuser vor den Spiegeln in Selbstzweifeln zerfällt, weil auch sie nicht weiß, ob sie jetzt dieses oder jenes oder gar keins oder doch das teure Teil nehmen soll.

Und ich kann ihr da auch gar keine Hilfe sein, denn sie fragt zwar immer nach meiner Meinung, wenn ich mal dabei bin, aber sie nimmt sie nie ernst und nimmt dann doch das, was sie für richtig hält – um es dann eine Woche später wieder umzutauschen.

Ich persönlich hab es da wesentlich einfacher. Ich besitze mehrere Hemden, die mir gefallen und gut passen. Fertig. Manche werden ab und zu mal etwas eng, aber da kann man ja mal eine Woche nur Joghurt essen oder einfach die Luft anhalten. Ich habe ein paar Hosen, die mir ebenfalls passen, die mir auch gefallen, die tipptopp in Ordnung sind und bei denen ich keinen Grund sehe, sie gegen andere Hosen, die mir ebenfalls passen, vielleicht auch gefallen und in Ordnung sind, auszutauschen. Das gleiche gilt für Jacken, Sakkos und Mäntel. Ich bin eine einzige Katastrophe für jeden Herrenausstatter – ich brauche nichts!

Und ich muss eben sehr vorsichtig sein. Schon ein paarmal hat Steffi mich geradezu hinterhältig reingelegt, unter irgendeinem Vorwand in einen dieser Läden gelockt und plötzlich stand ich schweißüberströmt in Unterhosen in einer engen Kabine und musste eine Hose nach der anderen anprobieren und durfte erst wieder rauskommen, als ich mich dann auch voller Verzweiflung und leicht gereizt für eine entschieden hatte – obwohl ich keine brauchte! So was soll nie wieder vorkommen.

Trotzdem bin ich ja heute extra mit Steffi den Weg hierher gefahren, um etwas Schönes, Gemeinsames zu erleben. Max ist auf einem Schulausflug und da sind wir beide ganz frei. Schön. So wie früher.

Und wenn es in dieser kleinen eintägigen Freiheit auch nicht gleich der Besuch eines historischen Gebäudes, eines interessanten Museums, des Zoologischen Gartens oder eines schönen Parks ist oder das sofortige Essen in einem netten Lokal, sollte ich trotzdem nicht einfach alles andere ablehnen. Außerdem hat sie ja gesagt, es ginge nur um einen Umtausch. Das könnte ja recht schnell gehen und für mich völlig ungefährlich ablaufen.

Also gut. „Ich komme eben mit rein!"

Zack. Entscheidung. Ich mach's. Egal jetzt.

Steffi ist zufrieden, sie lächelt und nimmt mich wieder an die Hand, dass ich ihr auch nicht verloren gehe in dem Gewusel des riesigen Ladens – oder einfach weglaufe.

Hinter dem Glas und Chrom der Eingangspforte empfängt uns recht unfreundlich der kalte Hauch der Klimaanlage. Erst ein echter Schock, weil es draußen so schön warm ist, aber dann fühlt es sich doch ganz angenehm kühl an hier drinnen.

Leichte, flockig dahinplätschernde Musik aus sehr unaufgeregten Tönen ohne Anfang, Ende, Gesang oder Akkordwechsel und ohne Sinn berieselt uns aus versteckten, geheimen Lautsprechern und will Kaufstimmung erzeugen. Kennt man ja. Hypnotisch. Dann bleibt man etwas länger, weil man sich so wohlfühlt oder auf einen Akkordwechsel wartet, schaut mal hier, mal da und, zack, am Ende nimmt man auch tatsächlich etwas mit. Weil die Musik so schön war – oder langweilig. Ich weiß auch nicht. Aber so was wird von raffinierten Psychologen erdacht und wahrscheinlich auch gleich komponiert. Hier kommt keiner wieder raus, ohne was gekauft zu haben!

Mir ist etwas unwohl bei diesem Gedanken, möglicherweise nicht mehr Herr meiner eigenen Sinne und meines Willens zu sein, aber Steffi ist guter Dinge und wir bewegen uns weiter zu dem Ziel, das sie offensichtlich hat.

Vorbei an den Tischen mit den Sonderangeboten, wo schon

die ersten Verletzten und Verlierer im Kampf um die ganz großen Schnäppchen noch zuckend im eigenen Blut herumliegen, geht es zielstrebig und überaus wendig zur Rolltreppe, die uns in die erste Etage führt. Damenabteilung.

Auf der Rolltreppe kontrolliere ich kurz, ob man das rollende Gummigeländer, an dem sich alle Rolltreppenfahrer festhalten, bewegen kann, indem man mit einem Ruck fest daran zieht. Das haben wir als Kinder öfter im Kaufhaus Dierkes gemacht, da ging es, und manchmal ging es auch bei Hertie. Und es sah immer total lustig aus, wenn plötzlich allen Rolltrepplern der Festhaltearm ruckartig nach hinten ging. Naja, Alberei natürlich. Steffi sieht mich ermahnend an, das jetzt bitte nicht zu probieren, weil sie schon mitbekommen hat, wie ich an dem Gummigeländer herumruckele. Ja, sie kennt mich ziemlich gut.

Der Umtausch ist relativ schnell erledigt. Die Schlange hält sich in erträglichen Grenzen, und während ich geduldig warte, bis Steffi fertig ist, sehe ich, wie ein kleiner, kräftiger Rotzlöffel am Gummigeländer zieht, das allen Leuten den Festhaltearm nach hinten reißt, und sie sich echt supertoll dabei erschrecken. Es klappt also immer noch. Schön, dass Sachen auch mal bleiben, wie sie waren. Ich muss grinsen und höre, wie die Leute über den unverschämten kleinen Kerl schimpfen und ihn von der Rolltreppe jagen.

Toller Bursche!

„Hau bloß ab, du blödes Blaach!" „Dreckesköttel!" „Lappes!" *Blaach. Dreckesköttel. Lappes.* Sehr schön. Lange nicht gehört. Dortmund ist auch Sauerland.

Steffi ist jetzt fertig und hat den Umtauschbon in der Hand. Gut, dann können wir ja jetzt wieder … Museum, Park, Restaurant?

Nein, noch nicht.

„Ich muss nur noch mal schnell eben hier …" Und schon

stiefelt sie los zu einem anderen Ziel, als ob sie in diesem Laden wohnen würde, und ich muss hinterher, denn sonst werden wir uns niemals wiedersehen.

Geschickt schippert sie durch die ganze Etage vorbei an Ständern mit Blusen, T-Shirts, klassischem Strick. „Schau mal! Ganz schön, oder?" „Jaja, sicher." Sie fasst alles an und prüft die Qualität. Sehr gut, man darf sich ja nicht reinlegen lassen mit billiger Ware, aber *warum* sieht sie sich das alles an?

Weiter geht es vorbei an Hoodies, Sweatshirts, Jumpsuits, Lingerie, Loungewear, Casual … meine Güte, was es da alles gibt! Wann war ich eigentlich das letzte Mal in so einem Laden? Ich weiß es nicht mehr. War das zusammen mit meinen Eltern, als ich zur Konfirmation unbedingt diese schlabberigen Hosen mit den albernen Bundfalten haben wollte?

Dann ist die Etage abgegrast. Steffi ist etwas unzufrieden, aber es geht weiter. Und schon stehen wir wieder auf der Rolltreppe, aber die fährt *nicht* nach unten!

Dritte Etage – Herrenwelt.

Oh, jetzt muss ich aufpassen. Was machen wir hier? Für Steffi gibt es auf dieser Etage eindeutig keinerlei Angebote und andere sogenannte Herren als mich gibt es zurzeit in ihrer Umgebung auch nicht.

Kaum haben wir uns dem ersten Ständer genähert, nachdem sie mit mir im Schlepptau geschickt erst mal einige irrende und verwirrende Kreise und Wege durch das Gelände gedreht hat, hält sie mir schon ein kariertes Hemd unters Kinn. „Angebot!", sagt sie und geht dann, so weit es ihr ausgestreckter Arm zulässt, einen Schritt zurück und verzieht recht kritisch ihren Mund. „Nicht schlecht, oder?"

Ich kann gar nichts sehen, weil das Hemd ja an mir dran klebt, und zucke also nur mit den Schultern. „Oder das!" Und da hab ich schon wieder das nächste Hemd, diesmal braun und längsgestreift, unter der Nase. „Gibt's aber nicht in XL. Das passt dir besser."

Ich weiß gar nicht, ob ich jetzt eine kleine Diskussion anfangen sollte darüber, dass ich ja immer noch sehr gut in L oder M reinkomme, oder ob ich sie fragen soll, warum wir jetzt überhaupt über ein Hemd reden, das ich ja gar nicht brauche. Aber Steffi ist schon weiter als ich, und bevor ich überhaupt etwas sagen kann, habe ich einen blauen Pullover vor der Brust. „Wolle. Gar nicht teuer", sagt sie und das ist ja auch klar, denn es ist Sommer. Wer kauft jetzt einen Pullover?

Ich bin etwas hilflos und zerrissen, denn ich will jetzt nicht gleich alles ablehnen und panisch aus dem Laden rennen, weil dann der Tag sicherlich schon gelaufen wäre und wir den Park, das Museum oder das Essen vergessen könnten.

Also sage ich: „Jo, geht ", was ihr aber nicht reicht. Sie verzieht schon leicht säuerlich das Gesicht und ich sehe, dass ich wesentlich konkreter werden muss. Also nehme ich all meine Freundlichkeit zusammen und sage: „Sehr schön, Steffi, aber ich *habe* ja einen Pullover und es ist auch gar nicht kalt."

Das ist leider auch nicht besser. Nein, nein, das Argument „Ich habe doch schon …" zählt ja nun gar nicht. Jedenfalls nicht bei Steffi. Noch ein unterkühlter Blick also, Pullover leise schnaufend wieder weggehängt und weiter.

Und da passiert es – ich hatte ja fast schon damit gerechnet, weil man bei Steffi immer mit allem rechnen muss – wir sind in der Hosenabteilung. So! Jetzt wird's aber wirklich ernst. Hosen! Sollte sie denn tatsächlich vorhaben …?

Ja. Sie hat.

Sie stellt mich vor einen langen Chromständer mit Jeans – in allen Formen. Jaja, es gibt nicht einfach nur Jeans, nein, es gibt loose fit, baggy, slim fit, bootcut, high waist, Röhre, french cut … und das auch noch in fast allen Farben dieser Welt.

Och, lasst mich doch in Ruhe!

Wir sind umzingelt von Millionen Hosen. Aber ich nehme mich trotz der unfairen Übermacht zusammen und lächle Steffi verwegen an. Hose also. Verstehe!

„Zieh die mal an!", sagt sie, ohne die Tatsache, dass ich unverschuldet plötzlich mitten in einem Meer von Hosen schwimme, überhaupt zu erwähnen. Sie hat kein Mitleid. Die Schlacht ist also eröffnet.

„Och, Steffi ... ich brauche doch keine ...!" Erst mal defensiv beginnen. Aber dass dieses Argument nicht zieht, wusste ich ja.

Ich wusste es ja von Anfang an. Es war alles eine großangelegte Taktik. *Umtausch. Nur mal schnell eben mit rein.* Jaja. Alles ein geschicktes Ablenkungsmanöver.

Sie drückt mir eine der blauen Arbeiterhosen in die Hand und hat schon ihre rechte Hand in meinem Rücken, um mich sanft, aber bestimmt in die Ecke mit den Kabinen zu drücken. Natürlich hat sie sie schon erspäht und ich habe jetzt die absolute Gewissheit, dass das alles nach einem perfiden Plan von ihr ausgearbeitet wurde. Vielleicht schon gestern oder seit Wochen. Und sie kennt mich. Deswegen der Plan. Da muss jeder Handgriff sitzen, sonst springt mir der Mann von der Schüppe.

Sie weiß genau, dass ich länger als etwa eine halbe Stunde (vielleicht mal fünf Minuten mehr) nicht in so einer Umgebung überleben kann. Da geht mir die Luft zum Atmen aus, da verliere ich die Lust am Leben. Da muss ich dann einfach raus – wenn ich den Ausgang finde. Das ist ja auch nicht immer ganz einfach in diesen Modelabyrinthen. Alles Absicht natürlich. *Du kommst hier nicht raus!* Aus all diesen Gründen ist natürlich eine gewisse Eile geboten, mich durch ihr Programm zu schleusen, sonst ist die Zeit einfach abgelaufen.

Das ist wie bei James Bond, wenn die Uhr mit dem Zeitzünder der Bombe runterläuft. Es gilt dann, schnell noch wenigstens ein Menschenleben zu retten, das hieße in meinem Fall, eine Hose zu kaufen, oder es zu schaffen, die Uhr anzuhalten. Aber das wird sie bei mir nicht schaffen. Die Uhr tickt. Halbe Stunde! Zehn Minuten sind wir schon hier drin. Aber die Uhr tickt natürlich fairerweise erst seit dem Zeitpunkt der akuten Bedrohung durch die erste vorgehaltene Hose. Also ab jetzt.

„Aber, Steffi, du bringst mir doch sonst immer …"

„Ach, jetzt probier doch mal an!", sagt sie, als wäre es nur eine ganz unwichtige Nebensache, die ja vielleicht auch noch Spaß machen könnte. Nein, mir nicht.

Aber gut. Ergeben in mein Schicksal und mit gesenktem Haupt lasse ich mich von ihr in diese Ecke abführen. Sie schiebt mich in eine freie Kabine und zieht beherzt den Vorhang zu, als hätte sie mich gefangen.

„Na? Passt?"

Ja, Moment! Ich weiß ja nicht, wie schnell ihr Frauen dabei seid. Ja, viel schneller natürlich, weil ihr in einen An- und Ausziehrausch verfallt, weil ihr ja einfach ALLES anprobieren wollt, was der Laden zu bieten hat. Diesen Druck habe ich nicht. Und bei mir dauert es schon etwas länger.

Erst mal die Schuhe aus, die Hose runter, also die alte, fiese, in der ich gerade drin stecke und die es nicht wert ist, auch nur noch einen einzigen weiteren Tag getragen zu werden. Wie konnte man nur bis jetzt überhaupt in so einer Hose überleben, ernstgenommen werden und gesellschaftlich akzeptiert sein. Man muss doch froh sein, dass man mit diesem schäbigen Fetzen nicht überall rausgeschmissen und vom Hof gejagt wurde. „Tut mir echt leid, Herr Knippschild, aber mit där Hose komm' Se hier nich rein."

Naja, jetzt gibt's also vielleicht eine neue, mit der ich überall reinkomme. Will ich denn überall rein? Also runter mit der alten!

Der Ganzkörperspiegel, mein augenblickliches einziges Gegenüber in der Enge dieser Zelle, ist gnadenlos, das Licht in der Kabine ist das aus dem Obduktionssaal der Gerichtsmedizin eines bösen Kriminalfilms. Es macht mich alt. Und irgendwie dick. Auch wenn ich den Bauch einziehe, kann man immer noch sehen, dass er da ist. Um die Hüften herum ist viel zu viel Gewebe. Das müsste weg. Aber wie? Joggen? Radfahren? Weniger essen? Oder trinken?

„Und? Passt?", ruft Steffi wieder.

„Moment!", rufe ich ärgerlich zurück, bin aber ganz froh, dass Steffi mich aus dieser recht fatalistischen, ausweglosen Betrachtung meines alternden Körpers erst mal wieder wegholt. Aus dem Sinnieren über mein verpfuschtes Leben. Ich lebe verkehrt! Ich muss gesünder leben! Vielleicht sollte ich das ganze Weißbrot weglassen. Und den Kaffee. Kohlenhydrate! Sehr gefährlich.

Auch andere Frauen haben es geschafft, ihre Männer in die Kabinen der Herrenwelt zu zerren. „Na, kommsse klar, Heinz-Dieter?", höre ich eine der Männerentführerinnen auf dem Gang vor den Kabinen dröhnen und eine schwache männliche Stimme röchelt hinter den Vorhängen ein ermattetes „Jaja!". Und dann etwas leiser: „Immer dat scheiß Gefuckel!"

Auch schön. *Gefuckel.* Wenn's nicht so richtig flutscht. Ein fast vergessenes Kleinod der sauerländischen Sprache.

Warum trage ich eigentlich immer noch diese Dreiecksunterhosen? Warum trage ich keine Boxershorts wie die übrige stylische Männerwelt aus der Unterwäschewerbung? Ich habe noch nicht einmal ein Tattoo! Bin ich wieder mal total von gestern?

Nein, ich weiß es. Wenigstens das mit den Dreiecksunterhosen. Das hat einen Grund. Diese Boxershorts haben einfach zu viel Stoff, den man irgendwie in der Hose noch unterbringen muss – zusätzlich zu seinem Körper. Und das ist das Problem. Oder ist es der Körper?

„Alex?!" Und da ist der Vorhang auch schon auf und Steffi guckt unverschämt und ungeduldig rein.

„Ach, Alex, jetzt mach doch mal! Zieh die Hose doch endlich mal an!"

Jaja. Ich versuche also dann auf einem Bein stehend, was ich noch nie so richtig gut konnte, mit dem anderen in diese Röhre zu rutschen, was nicht sofort gelingt. Ich kippe etwas und Steffi greift direkt wie eine geschulte Erste-Hilfe-Helferin fest zu, hält mich so in der Aufrechten und zerrt mit der linken Hand an der neuen Hose rum, um sie endlich an die Beine zu kriegen.

„Steffi, jetzt lass das doch mal. Nimm doch mal die Finger weg. Und hör auf, da rumzufummeln!"

Eine der Verkäuferinnen schielt zu uns in die offene Kabine herüber, weil sie einfach interessiert zu sein scheint, was da gerade so abgeht zwischen dem Mann in der Unterhose und der attraktiven Frau, die da so beherzt zugreift. Die Verkäuferin muss sicherlich ja auch darüber wachen, dass hier alles mit rechten Dingen zugeht, dass da nichts passiert in ihren Kabinen, was da nicht passieren darf. Aber als sie dann sieht, dass es nur darum geht, einen älteren wackeligen Menschen zu stützen, dreht sie sich wieder weg.

Leicht kopfschüttelnd? Ich hoffe nicht.

Und dann stopfen wir mich gemeinsam in diese blaue Röhre von Hose, indem ich versuche hineinzutauchen und Steffi den blauen Stoff nach oben Richtung Bauch zerrt. Das gelingt auch nach einigen Versuchen. Das blaue Dings klebt an mir dran wie eine zweite, viel zu enge Haut, aber ich krieg den Knopf nicht zu.

„Luft anhalten!", befiehlt Steffi und zieht den Reißverschluss brutal nach oben, knapp an wichtigen primären Geschlechtsmerkmalen vorbei.

„Steffi! Bist du verrückt?"

„Sitzt!", sagt sie stattdessen und geht wieder einen Schritt zurück, um sich das Gesamtkunstwerk *Knippschild in neuer Hose* zu betrachten.

Sitzt!? Also wirklich. Das kann man ja nun echt nicht behaupten. Ich hab das Dings zwar irgendwie an, aber wie fühle ich mich denn dabei? Das scheint Steffi mal wieder gar nicht zu berücksichtigen. Aber darum geht es doch! Man muss sich doch wohlfühlen in seiner Kleidung, man muss doch das Gefühl von Sicherheit und Unverletzlichkeit darin spüren. Ja, man muss sich doch sicher fühlen darin. Und das kann ich nun wirklich nicht behaupten. Das Dings kneift und drückt, ich bekomme kaum Luft, es quetscht mir alles ab, es nimmt mir meinen Lebensraum … und sieht völlig scheiße aus.

„Das hat man jetzt so", sagt Steffi, als sie bemerkt, dass es mit diesem Kleidungsstück für mich noch immer einige grundlegende, auch ästhetische Probleme zu lösen gibt, scheint aber selbst immer noch recht zufrieden mit dieser verdammten Pelle von Hose an mir dran.

„Guck mal, wie ich aussehe!", versuche ich, an ihre Vernunft, ihr Harmoniegefühl und letztlich an ihre Menschlichkeit zu appellieren, aber es nützt nichts.

„Nicht schlecht", sagt sie trotzig, aber da bin ich schon wieder aus dem Dings raus. Raus geht schneller als rein. Ich lasse mich einfach auf den kleinen Hocker sacken, der hier für erschöpfte Menschen wie mich aufgestellt wurde, und zerre mir die Röhre vom Leib, der schon langsam beginnt, etwas zu schwitzen. Trotz Klimaanlage.

„Nä!", sage ich entrüstet und endgültig. Die nicht!"

„Das ist Stretch", sagt Steffi, setzt etwas vorwurfsvoll hinzu: „Passt eigentlich immer", und nimmt den blauen Lappen, der jetzt völlig auf links gedreht ist, etwas enttäuscht wieder entgegen.

„Und sieht furchtbar aus!", ergänze ich noch, falls sie das vielleicht nicht bemerkt haben sollte. „Nicht mit mir."

Okay, da kann sie nun mal nichts machen. Wenn ich „Nein!" sage, dann meine ich das auch so. Und sie weiß, dass ihre Zeit abläuft und dass sie vorsichtig sein muss mit mir. Es besteht immer die latente Gefahr, dass ich einfach in meiner fiesen, alten Pennerhose diesen Laden mit großen entschlossenen Schritten und einer kleinen Rauchwolke über dem Kopf wieder verlasse – ohne mich nach ihr umzudrehen. Ich müsste dann nur eben am Auto warten, weil sie ja die Parkkarte hat. Wenn ich das Parkhaus überhaupt finde.

„Probier mal die", sagt sie jetzt und knallt mir ein weiteres, diesmal schwarzes Teil vor den Bauch, das sie weitsichtig schon mal aus den Milliarden Hosen von einem Ständer gezogen hat. *Hauptgewinn: Das ist Ihre Hose!* Bravo!

Ich nehme den schwarzen Stoff skeptisch an und betrachte ihn erst mal aufgefaltet etwas genauer. Alles lasse ich mir ja nun auch nicht andrehen. *Hm,* denke ich, *geht so.* Und dann kommt wieder die Prozedur mit dem einen Bein und dem Beinahe-Umkippen. Aber diesmal ziehe ich den Vorhang schwungvoll wieder zu. Etwas Privatsphäre muss einfach bleiben, wenn man in diesen erniedrigenden Positionen sein Leben zu meistern versucht. Ich mache es einfach wieder mit dem Hocker.

„Und? Passt?"

„Steffi!"

Ich hab ja gerade mal einen Fuß drin, und der klemmt leider auch unten etwas, weil ich jetzt wirklich schon schwitze und der Fuß in Größe fünfundvierzig nicht so einfach da reinflutscht. Ich rüttle und schüttle etwas an Bein und Hose herum und dann geht es endlich. Ich bin drin. Jetzt nach oben ziehen … nach oben!

Aber weiter nach oben geht es dann auf einmal nicht mehr. Die Hose hängt mir einfach nur fest im Schritt und es ist zu wenig Stoff da, um sie bis unter mein kleines Bäuchlein zu kriegen. Da, wo sie hingehört. Was ist das denn? Hat man da gespart oder was soll das? Je mehr ich ziehe, umso mehr setze ich mich einer gewissen Verletzungsgefahr in der Genitalgegend aus.

Der Vorhang geht auf, weil Steffi es wohl einfach nicht erwarten kann, mich in der kleinen Schwarzen zu sehen, aber sie sieht mich nicht einmal an, sondern glotzt sofort nach unten – auf das Teil, das sich Hose nennt, aber noch wachsen muss.

„Was ist das?", frage ich meine Frau, „geht nicht bis oben."

„Hüftjeans", sagt sie da nur, als ob das schon alles erklären würde.

„Wie Hüftjeans? Hose ist doch Hose und muss doch wenigstens die Mindestanforderungen für dieses Kleidungsstück erfüllen, um durch die Endkontrolle vor der allmächtigen Hosenjury zu kommen. Also, Beine bis zu den Schuhen runter und oben bis mindestens über den Hintern. Das ist doch das Wenigste. Das muss doch gehen!"

„Das hat man jetzt so", sagt Steffi wieder.

„Nä, nä, jetzt komm mir nicht damit. *Ich* hab das nicht so. Ich zieh doch keine Hose an, wo mir der halbe Arsch rausguckt!"

„Alex!"

Die Verkäuferin schielt noch mal kurz rüber, ob bei uns alles in Ordnung ist, und sortiert dann wieder zielsicher ein paar Blaumännerhosen in die Regale. Was die wohl schon alles hier erlebt hat?, frage ich mich. Sicher sehr interessant. Man erfährt wahrscheinlich eine ganze Menge über das Wesen der Menschen. In solch zugespitzten Situationen kommt doch viel Verborgenes, Finsteres und Unterbewusstes nach oben. Naja, mir egal, von mir aus, soll sie mich ruhig in die Kategorie ‚Modebarbar' oder ‚Hosencholeriker' einordnen. Ich bin sicher nicht der Einzige.

„Ach, ist doch wahr, diese scheiß Moden immer!", donnere ich los, dass auch die anderen vor den Kabinen wartenden weiblichen Bewacherinnen sich erstaunt zu uns umdrehen. „Was denken die sich denn bloß immer aus? Hose muss auch Hose bleiben! Reinschlüpfen und sich wohlfühlen. Alter Werbespruch!" Ich glaube allerdings, der galt für Pantoffeln. Na egal. Die Frauen wenden sich entsetzt oder kopfschüttelnd ab.

Früher gab's nur Wrangler und Levis und Billige.

Die Billigen waren allerdings echt daneben. Sie sahen zwar irgendwie aus wie Jeans, aber es waren keine. Und wer die trug, war ein echter Verlierer. Mit dem wollte man nichts zu tun haben. Und weil ich mir das nicht leisten konnte, hatte ich immer Wrangler. Die waren zwar etwas teurer, aber sie saßen sofort, man hatte eine gewisse soziale Akzeptanz. Die sahen super aus und hatten ganz früher unten einen Schlag, *Schlach,* wie man sagte. Na gut, die Zeiten sind längst vorbei.

Runter mit diesem Hüftdings! War ja wegen dem freien Hintern sowieso nur halb angezogen und geht also schnell.

Jetzt wird's langsam richtig warm. Ich bin schon fast durch und durch nass. Und etwas erschöpft. Doch für ein kleines Päuschen auf meinem Hocker ist keine Zeit.

„Hier!"

Damit reicht sie mir die dritte (!) Hose innerhalb von zehn Minuten. Das bringt mich hart an die Grenze zur Befehlsverweigerung. In diesem Tempo bin ich das eigentlich nicht gewohnt. Möglicherweise sind da auch gesetzliche Pausen und Ruhezeiten vorgesehen. Ich weiß es nicht.

„Jetzt nimm!"

Ja, schon gut. Ergeben greife ich das nächste, diesmal hellblaue und schon etwas ältlich aussehende Teil und rutsche einigermaßen flott und gemütlich hinein. Der Stoff ist ziemlich weich und flodderig. Das ging also ganz gut. Ich ziehe das Ding hoch und staune nicht schlecht, als der Ganzkörperspiegel mir einen völlig zerfetzten, löcherigen Rest von Hose an meinen Beinen zeigt.

„Kaputt", sage ich nur und will die Hose schon wieder ausziehen. Da hat doch jemand einfach beim Hosenkauf seine alte an den Ständer gehängt. Anders kann ich mir das nicht erklären. Diese hellblaue – nein, es ist nur noch eine Ahnung von Hellblau – hat doch jemand bei der Gartenarbeit am Zaun zerrissen oder ist beim Spaziergang in einen Stacheldraht geraten. Klar, dass der Mann sofort eine neue brauchte.

„Kaputt!", sage ich noch mal trotzig.

Steffi macht ein Gesicht, als hätte ich irgendwas nicht verstanden, als hätte sie tatsächlich gehofft, ich trage eine alte, abgelegte und zerrissene Hose eines mir völlig unbekannten Menschen.

Sie sagt dann noch leise vor sich hin: „Destroyed jeans", aber das sehe ich ja auch selbst.

„Dann nimm mal die hier!", schlägt sie, der Verzweiflung nahe, vor. Das höre ich an ihrer Stimme. So langsam tut sie mir ja auch schon ein wenig leid. Ich bin eben ein harter Brocken. Aber der Kampf ist noch nicht zu Ende. Sie wird so schnell nicht aufgeben.

Und schon habe ich Hose Nummer vier (!) in den zittrigen, verschwitzten Händen.

„Zieh an!", befiehlt sie jetzt in einem schon etwas härteren Ton, weil sie meine Schwäche spürt und sie geschickt ausnutzen will. Außerdem sitzt ihr die Zeit im Nacken und sie darf es gar nicht erst zulassen, dass ich Protest anmelde. Sonst könnte das ganze Unternehmen augenblicklich beendet sein. Aber für echten Protest bin ich tatsächlich schon fast zu schwach.

Dieses vierte Modell lässt sich gleich beim ersten Versuch bis ganz nach oben ziehen, hat aber ungefähr die Ausmaße eines Dreimannzeltes, es ist eigentlich mehr ein blauer Sack und ich muss diesen Sack in Ermangelung eines Gürtels dann auch noch festhalten, damit nicht alles wieder runterrutscht. Es ist alles sehr geräumig, aber ist es auch schön?

„Guck dir das mal an, Steffi, so'n richtiger Krawenzmann!"
Ha, manchmal schwappen die echten Sauerländer Worte doch
mal wieder kurz hoch.

Steffi sieht mich etwas besorgt an und ich spüre, dass sie nicht
zufrieden ist, und sie greift dann auch schon wieder ein. Sie zieht
mir die schöne weite, gewaltige Hose wieder nach unten, aber
nur so weit, dass mir der Schritt in den Knien hängt und die
Gürtelschlaufen quer über den Hintern laufen. Ich sehe aus wie
ein Lumpensammler oder eben einer, der die Hose seines drei
Meter großen Bruders anhat. Jetzt scheint Steffi aber ganz zufrieden damit zu sein. Sie sagt nur noch: „Die Unterhose muss oben
rausgucken."

WAS?

Und bevor Steffi jetzt schulterzuckend sagen kann: „Das hat
man jetzt so", hebe ich die Hand und sage: „Moment, Steffi, wo
wollen wir denn eigentlich hin? Du weißt, ich brauche überhaupt keine Hose, trotzdem stehe ich jetzt hier und schwitze
mich durch die bereits VIERTE! Du schleppst mir hier eine nach
der anderen ran und jede ist aus einer anderen Welt. Aus Welten,
die ich nicht verstehe und in die ich nicht gehöre. Und jetzt soll
auch noch meine Unterhose oben rausgucken. Sag mal, hast du
sie noch alle?"

Steffi wirkt erschrocken.

„Ich sehe jetzt mal selber nach!"

Und mit diesen Worten lasse ich das Dreimannzelt einfach
los, damit es meine Beine herunterrutscht, mache einen kleinen
Schritt aus dem auf dem Boden liegenden Stoffhaufen heraus
und trete voller Tatendrang und mit neu erwachtem Bewusst-
sein, die Dinge selbst in die Hand nehmen zu müssen, aus der
Kabine. Ich atme die angenehm klimatisierte Luft des Verkaufs-
raums, spüre neuen Lebensmut und schreite dann quer durch
die Herrenwelt den Hosenständern entgegen.

„Alex!", ruft mir noch jemand hinterher, dessen Stimme mich entfernt an meine liebe Frau erinnert, aber ich bin schon unterwegs.

Nun ist ein Mann im mittleren Alter, der in einer blass gestreiften Dreiecksunterhose eine Herrenwelt durchquert, nicht unbedingt eine direkte Gefahr oder ein Grund, um gleich eine Panik auszulösen. Was kann dieser Mann schon vorhaben? Nichts Böses sicherlich. Aber der eine oder andere könnte sich schon irritiert und gestört fühlen und zu recht nach dem Ordnungspersonal Ausschau halten.

Das ist aber in diesem Fall nicht nötig, weil die aufmerksame Verkäuferin, die ja schon die ganze Zeit ein wachsames Auge auf uns geworfen hat, meinen überraschenden Ausfall bereits entdeckt – vielleicht auch vorausgeahnt – hat und geschickt durch die Gänge zwischen den Ständern manövriert, so dass sie plötzlich genau vor mir auftaucht und fragt: „Wärd'n Se schon bedient? Kannich wat hälfen?"

Es klingt aber wie *Noch so'n Dingen und du biss' raus!*

Im ersten Moment verstehe ich gar nicht, was dieser spitze Unterton soll, und will mich schon wieder aufregen, aber dann zieht sie ihre korrekt gestutzten schwarzen Balken von Augenbrauen nach oben, zeigt mit dem Finger nach unten, also in Richtung gestreiftes Dreieck und macht ein reichlich empörtes Gesicht.

Ja, und da wird mir natürlich auch klar, woher diese Aufregung rührt. Ich habe einfach im Eifer des Gefechts vergessen, meine alte fiese Hose kurz mal eben wieder drüberzustreifen, um mir erst dann eine neue feine auszusuchen. So wäre es richtig gewesen. Haha. Aber das kann ja schon mal passieren, wenn man inzwischen schon zum fünften Mal die Hosen runtergelassen hat. Das verwirrt und kann zu unreflektierten Aktionen wie dieser führen.

„Oh, ja, ich … äh … wollte nur eben …"

Doch da ist Steffi auch schon bei mir und führt mich mit fester Hand wieder ab in die Kabine. Der Verkäuferin wirft sie noch einen entschuldigenden Blick zu, aber die scheint schon zu verstehen und seufzt still vor sich hin. So sind die Männer halt. Man muss sie immer im Auge behalten, besonders in solch heiklen Situationen wie bei einem Hosenkauf. Das kann eben schon mal in die Hose gehen. Da drehen sie einfach schon mal durch, die Männer. Da muss man als Frau eine harte Hand zeigen und beweisen, dass man seinen Mann im Griff hat.

Steffi hat das. Jedenfalls jetzt wieder. Sie führt mich ab wie einen Entlaufenen, schiebt mich recht rustikal in die Folterkabine zurück und schüttelt den Kopf. „DU hast sie doch nicht alle."

Ich zucke nur mit den Schultern, bin etwas ratlos und sehe mir noch mal den Mann im Spiegel an, der einfach aufhören sollte, Weißbrot oder Bratwürste zu essen.

„Zieh dich wieder an!", ordnet Steffi an und zeigt dabei auf meine alte fiese Hose.

„Die?", frage ich entsetzt. „Die alte?"

„Jaja", sagt sie mürrisch und enttäuscht, „zieh an und komm raus. Ich warte an der Kasse." Und dann ist sie weg, ohne dass ich noch etwas sagen kann.

Ich habe das Gefühl, gewonnen, aber auch verloren zu haben. Die Schlacht scheint geschlagen, aber es gibt keinen Sieger. Jedenfalls fühle ich mich nicht so.

Ach, vielleicht hätte ich ja doch diesen blauen Sack oder die Röhre nehmen sollen, von mir aus auch die kaputte Hose oder dieses Hüftdings, damit Steffi wenigstens ein wenig Freude an mir gehabt hätte heute. Den Sack hätte ich mir ganz gut für den Garten vorstellen können, da sieht mich ja sowieso keiner und auf die Röhre hätte ich einen schönen Fettfleck machen können oder sie an einem Zaun aufreißen. Dann wäre das Thema auch erledigt gewesen.

Jaja, ich war doch wieder mal ein altes Ekel. Warum bin ich denn auch so ein verdammter Modemuffel? Steffi meint es doch nur gut mit mir. Sie möchte eben, dass ich auch dazugehöre zu den schicken Männern, die da draußen alle in ihren tollen Klamotten ihre Kreise ziehen.

Reichlich zerknirscht verlasse ich meine Kabine und suche nach der Kasse. Was macht sie jetzt eigentlich an der Kasse? Wir haben doch gar nichts gekauft. Ich habe ihr doch wieder mal das schöne Einkaufserlebnis versaut.

Die Verkäuferin senkt den Blick, als ich mich ihr nähere und zeigt trotzdem freundlicherweise mit dem ausgestreckten Zeigefinger in Richtung Kasse. Sie möchte heute nichts mehr mit mir zu tun haben, habe ich so das Gefühl. Ich kann es ihr nicht verdenken. Und da kommt Steffi mir auch schon entgegen. In den Händen eine sehr große Tüte mit dem H&M-Logo.

„Was ist denn da drin?", frage ich also in einem sehr freundlichen, wiedergutmachenwollenden Ton. Ich würde sogar für sie noch mal in die Kabine zurückkehren, wenn ich ihr damit eine Freude machen könnte. Aber sie hat ja offensichtlich was gekauft.

„Zwei Hosen", antwortet Steffi und nimmt mich wieder an die Hand. Das ist schon mal ein gutes Zeichen. Sie hat mich noch nicht verstoßen. Dann streben wir gemeinsam Richtung Rolltreppe.

„Hosen?", frage ich, denn mir will nicht einleuchten, was für Hosen sie denn da gekauft hat. „Für mich?"

„Jo!"

„Aber es hat doch nichts gepasst … und überhaupt …"

„Lass mich mal machen. Ich hab schon das Richtige für dich", sagt sie da und wir nähern uns schon dem Ausgang. „Ich leg dir morgen mal was raus."

Ja, das ist gut. So gefällt es mir.

So haben wir es doch immer gemacht. Sie kennt ja meine Größe und weiß, was mir gefällt. Sie kauft mir immer meine Hosen, ohne dass ich dabei bin. Und ich bin immer einverstanden mit ihrer Wahl. Naja, nicht immer, aber meistens.

Warum also das ganze Theater? Warum nicht gleich so? Steffi kauft mir was ein und legt es mir raus. Wunderbar! Ich will die Hosen auch gar nicht sehen, die sie da heute gekauft hat. Heute noch nicht. Sack? Röhre? Destroyed oder Hüft? Ich bin sehr gespannt, schon jetzt mit allem einverstanden und sehr zufrieden mit dem schönen Nachmittag in Dortmund.

„Was hast du denn gekauft?"

„Straight – regular fit. Wie immer."

Ja, das ist es doch. Regular – normal! Ganz normal, ganz einfach. Wie immer.

„Ja, Steffi, warum haben wir das denn nicht gleich so ...?"

Sie winkt nur ab und ich sehe, dass heute wieder mal eine kleine Hoffnung in ihr gestorben ist, was mich etwas nachdenklich und traurig macht.

„Ich dachte, wir könnten mal 'n anderen Typen aus dir machen", sagt sie etwas enttäuscht und leicht vorwurfsvoll.

„Ja, aber warum denn?"

Ist sie denn nicht mehr zufrieden mit mir, so, wie ich bin?

„Ach, Alex, alles gut. Manches muss eben bleiben, wie es ist."

Genau. Was für schlaue Worte.

„Dann lass uns jetzt was essen gehen", sagt sie und sieht mich schon wieder leicht grinsend dabei an und dann lacht sie laut los. „Wie du da in der Unterhose mitten im Laden ... du bist doch echt verrückt!"

Und dann lachen wir beide und mischen uns fröhlich und bester Dinge mit unserer Riesentüte unter all die suchenden finsteren Gestalten, die die mittelalterliche Heer- und Handelsstraße

Westenhellweg rauf und runter strömen, weil sie noch immer nicht gefunden haben, was sie suchen.

Und ich bin so froh, dass ich eine Frau wie meine Steffi habe.

Manches muss eben bleiben, wie es ist.

Genau. Und: „Einkaufen lehne ich ab!"

Sechste Sauerländer Weisheit:

Im Kaufhaus kannze alles finden.

Muss' dich nur ers' überwinden.

Herr Valente macht Stimmung

„Wir sind eingeladen!", sagt Steffi, als sie mir die Post zum Kaffee serviert. „Hier. Tante Mimi und Onkel Heinz. Goldene Hochzeit!" Und wie sie das so sagt, klingt es wie „Da haben wir den Salat!" und gar nicht nach Freude. Es klingt wie ein Vorwurf. Tante Mimi und Onkel Heinz sind schließlich meine Verwandten.

„Ach du Scheiße!" Mehr fällt mir dazu dann aber auch nicht ein. Und das hat gar nichts mit Tante Mimi oder Onkel Heinz zu tun. Lange nicht gesehen, und die beiden sind eigentlich ganz okay.

Eine Familienfeier also.

Oh, oh, das kann ja heiter werden. Ich nehme Steffi den Kaffee ab, sie knallt die Einladung lässig auf den Tisch und ich sehe sie mir interessiert an. Die Klappkarte trägt vorne eine goldene 50 und im Inneren beherbergt sie ein Foto von Tante Mimi und Onkel Heinz aus alten Tagen. Schön kitschig, umrankt mit einer goldenen geprägten Blumenborte. Das Foto ist aus *ganz* alten Tagen. Es ist das Hochzeitsbild. Die beiden sind auf dem leicht vergilbten Foto vielleicht gerade mal Anfang zwanzig oder so. Sehen ganz schick aus. Etwas steif vielleicht, und wenn man genau hinsieht, auch leicht unglücklich eigentlich. So wirkt es jedenfalls.

Aber das waren eben noch andere Zeiten. Das muss dann so Mitte der Sechziger Jahre gewesen sein. Da wurden noch keine

Action-Freestyle-Hochzeitsfotos von hochkreativen Fotokünstlern wie heute gemacht, wo Braut und Bräutigam zum Beispiel klätschnass bis zur Hüfte in einem Fontänen speienden Brunnen stehen, sich an den Händen halten und trotzdem lachen, gemeinsam in zerrissenen Festkleidern durch einen Wald rennen oder über einen Schrottplatz, sich im teuren Frack und in einem unbezahlbaren Brautkleid im Schlamm wälzen oder eben fast ohne das alles halbnackt auf einer Wiese herumkullern und sich dabei abknutschen oder so was. Nein, das ist erst heute möglich. Da ist man ja locker, da geht so was. Auf diesem Gebiet hat sich erstaunlich viel getan in den letzten Jahren.

In den Zeiten von Tante Mimi und Onkel Heinz war es eben anders. Da baute man sich noch aufgeregt und eingeschüchtert vor der beeindruckenden Kamera im Hinterraumstudio des professionellen Ablichters auf und stellte sich dann wahrscheinlich im gleißenden Scheinwerferlicht schwer schwitzend den Rest seines Lebens vor, der mit diesem schicksalhaften Foto beginnen sollte. Daher die todernsten Gesichter. Anders kann ich mir das nicht erklären.

Anfang zwanzig. Ja, in dem Alter hat man früher direkt geheiratet. Gemeindedisko gegangen, gesucht, geglotzt, gut gefallen, gefragt, getanzt, geküsst, genommen. Also geheiratet. Ich hoffe sehr, dass es bei Max alles noch etwas dauern wird mit den zehn oder vierzehn „G"s.

„Fünfzig Jahre! Sagenhaft", entfährt es mir voller Ehrfurcht.

„Was soll das denn heißen?", fragt Steffi und sieht mich misstrauisch von der Seite an. „Ist dir das etwa zu lange?"

Öh … nö… wieso?" Sie fragt, als ob sie bei mir die Absicht wittert, vielleicht vorher aussteigen zu wollen.

„Ich mein ja nur." Sie nickt.

„… möchten wir mit euch am 18. August in der Gaststätte Schultenbrink feiern", studiere ich den Text. „Bitte sagt bis zum

1. August Bescheid, ob wir mit euch rechnen dürfen. Mimi und Heinz."

„So. Und jetzt?", fragt Steffi und scheint ratlos. „Jetzt haben wir den Salat." Da sagt sie es also tatsächlich.

Es gibt sicherlich Leute, die sich durchaus freuen, wenn so eine schöne, toll aufgemachte Einladung ins Haus flattert und zum rauschenden Familienfeste lädt. Steffi und ich gehören definitiv nicht dazu.

„Tja, da müssen wir wohl hin", sage ich also. „Aaach, die sind doch nett, die beiden! Onkel Heinz ist doch 'n lustiger Vogel, weißt du doch!"

Wie alt sind die jetzt eigentlich?, frage ich mich. So Anfang, Mitte siebzig dann wahrscheinlich.

„Ja, sicher, nett, Alex, aber weißt du, was das für 'ne Feier werden wird?"

Ja, ich habe so eine Ahnung. Schon früher, als Jugendlicher im aufmüpfigen, pubertären und revolutionären Alter von vierzehn, fünfzehn oder sechzehn Jahren, habe ich immer versucht, große Bögen um derartige Veranstaltungen zu machen. „Kann nicht", „Bin krank" oder direkt „Da geh ich nicht mit!" Klar, mit vierzehn, fünfzehn.

Es war aber nicht so, weil ich was gegen meine Verwandten gehabt hätte. Nein, nein, alle nett, natürlich, aber auf diese Art von Feiern gehörte ich doch nicht! Zwischen all die Onkels und Tanten, Schwager, Schwippschwager und Schwägerinnen, Freunde und Nachbarn gequetscht ... was sollte ich da? Alles uralte Leute! Nicht meine Liga.

Und wie dann gefeiert wurde! Essen, trinken (später dann saufen), dann wieder essen und wieder saufen, und zwischendurch diese Reden, oh, die Reden! Und schlimme selbstgereimte, polternde Gedichte wurden unter donnerndem Applaus und Gelächter stotternd vorgetragen, es wurde sogar lauthals gesungen und kleine witzlose Sketche wurden aufgeführt. Grauenhaft, peinlich und entsetzlich langweilig. Und dann: tanzen, rumhopsen, ausrasten, Polonaise zu einer Musik aus der Stimmungskanonenunterwelt von einem speckigen Alleinunterhalter mit Schummerorgel vorgetragen. Da stimmte ja nichts.

Klar, mit vierzehn, fünfzehn! Da war so was einfach unmöglich. Das kam für mich auf keinen Fall in Frage damals. Niemals!

Aber ich musste trotzdem immer mit.

„Sind wir überhaupt da?", frage ich meine Frau. „Oder planen wir vielleicht zufällig einen kleinen Urlaubstrip oder ein Ausflugswochenende?"

„Nee, wir sind ... da!", sagt Steffi etwas nachdenklich und es keimt in uns beiden die zarte Idee, vielleicht doch noch eben kurz über ein Wochenende ... Wir denken einen Moment nach. Doch dann gebe ich mir einen Ruck.

„Ach, komm, wir fahren da hin, Steffi. Wird schon nicht so schlimm werden. Da sehen wir mal alle wieder. Ist doch auch schön. Und Tante Mimi und Onkel Heinz werden sich sehr freuen. Sie haben doch auch Max schon so lange nicht mehr gesehen. Ich glaube, da ging er noch in die Grundschule."

Steffi atmet schwer und nickt ergeben.

„Wer hat mich lange nicht gesehen?", fragt da Max, der sich inzwischen zu uns gesellt hat, weil er wahrscheinlich Hunger hat. Sonst kommt er von alleine nur selten runter aus seiner Höhle unterm Dach.

„Tante Mimi und Onkel Heinz, kennst du doch, die beiden."

Er zuckt mit den Schultern, scheint sie also nicht mehr zu kennen.

„Wieso? Kommen die uns besuchen?"

„Nein", antworte ich, „sie haben uns *eingeladen*, hier, sieh mal! Goldene Hochzeit!" Das sage ich so fröhlich und begeistert wie möglich mit viel positivem Schwung, weil mir schon etwas schwant.

„Ohne mich!", sagt Max dann. „Da komme ich nicht mit."
Genau das dachte ich mir. Aber ich kann es ihm ja noch nicht
mal übelnehmen. Er ist vierzehn!

In den nächsten Tagen überlasse ich Steffi die undankbare Aufgabe, Max davon zu überzeugen, eben doch mitzukommen, obwohl sie ja selber auch überhaupt keine Lust auf diese Feier hat.
Ich hoffe, es gelingt ihr. Es wird nicht einfach werden. Vielleicht
kann man ihn erpressen oder bestechen. Geld geht eigentlich
immer.

„Was sollen wir den beiden denn schenken?", fragt Steffi mich
doch glatt zwei Abende später, und da hat sie mich.

Ein Geschenk! Ja sicher, man muss ja was schenken. Ach du
liebe Güte, ich hab keine Ahnung. Das hat Steffi sich sowieso
schon gedacht, dass man in dieser Frage mit mir nicht rechnen
kann, und hat deshalb schon mal im weltweiten Netz gefischt
und ein paar interessante Ideen parat.

„Wie wär's mit einer goldenen Fußmatte, ‚Mimi & Heinz'-
Aufdruck, 'ne goldene 50 und das Datum?"

Na, ich weiß nicht. Fußmatte?

„Oder ein goldenes Love-Kuschelkissen mit den beiden Namen, goldene 50 und dem Datum?"

Love-Kuschelkissen. „Oh nööö!"

„Gravierte Steine …"

„… mit Namen, 'ner 50 und dem Datum", ergänze ich.

„Ja, warum denn nicht?", sagt Steffi etwas aufgebracht, weil *sie*
es mal wieder ist, die sich um die Geschenke kümmern muss.
Für *meine* Verwandten! „Dann sag doch selbst mal was!"

Mmh. Nicht einfach. Zwei alte Leute, die sich seit Ewigkeiten
kennen, die eigentlich nichts mehr brauchen und für die es sich
ja auch gar nicht mehr lohnt, was Teures anzuschaffen. In *dem*

Alter! Goldene Hochzeit, mmh …

„'ne goldene Schallplatte …", sage ich trotzdem, weil es mir gerade so einfällt.

„… mit Namen, 'ner 50 und dem Datum! Haha!"

„Goldbarren! Goldene Uhr! Goldmünzen!" Jetzt fluppt es bei mir.

„Goldzähne!", ergänzt Steffi und meine kreative Eruption endet abrupt.

Wir schauen dann noch mal gemeinsam auf die Vorschläge aus dem Internetz, können aber nichts Richtiges finden. Und da hat Steffi plötzlich eine Idee. „Wie wär's mit einer schönen Holzbank mit goldenem graviertem Messingschild?" Das hört sich gut an. Mit Namen, 'ner 50 und dem Datum. Ja, warum denn nicht?

„Das ist doch gut. Da freuen sich die beiden!", sage ich. Ich bin mir ganz sicher.

***

Und dann ist es soweit. 18. August, der große Tag.

Wir versuchen, die Bank, die vor ein paar Tagen geliefert wurde, irgendwie in den Volvo zu bekommen. Aber das ist nicht ganz einfach, weil sie leider größer als erwartet ist. Gut. Hätte man messen können.

Quer geht es gar nicht, längs und auf den Rücken gelegt ist sie zu lang und zu breit, und fürs Aufstellen ist sie zu hoch. Ich müsste die Rückenlehnen der hinteren Sitze flachlegen, dann haben wir vielleicht eine Chance, aber dann kann Max da nicht mehr sitzen.

Irgendwie schaffe ich es, die ganze Volvo-Rückbank auszubauen und die „Mimi & Heinz"-Holzbank dann einfach als neue rustikale Volvo-Rückbank dort hinten reinzustellen. Max kann dann drauf sitzen, naja, eigentlich nur liegen, weil sie viel zu hoch ist. Aber es muss eben einfach mal so gehen, und dann ist auch noch Platz genug für alles andere, was man so braucht, um einen Tag und eine Nacht in der nicht allzu weiten Fremde des südlichen Sauerlandes zu verbringen. Drei Schrankkoffer, bis oben hin vollgepfropft, und jede Menge Taschen, Tüten und Beutel. Ich hab keine Ahnung, was Steffi da alles reingepackt hat.

„Wir sind doch nur eine Nacht in diesem Gasthof, was hast du denn da alles ...?"

„Man weiß ja nie", sagt Steffi. „Vielleicht gehen wir mal spazieren und das Wetter ist schlecht und wir brauchen Gummistiefel und 'nen Anorak, oder du schüttest dir Rotwein auf die gute Hose und da braucht man eine zweite ..."

„Ich trinke doch weißen."

„Naja, oder Max wird übel, weil er zu viel Kuchen isst und er braucht ein neues Hemd. Ich weiß auch noch nicht genau, ob ich mich mal umziehen muss ... Besser man hat alles."

Gut, wir haben alles. Dann geht es also los. Max bezieht schlechtgelaunt die Holzbank, legt sich lang hin und vertieft sich augenblicklich in sein Handy. Es regnet mal wieder. Im August! Abfahrt.

Als wir uns dem Gasthof Schultenbrink nähern, einem großen, typisch sauerländischen Fachwerkgebäude mit vielen modernen Anbauten aus den Siebziger Jahren, die leider nicht so recht zum schönen alten Fachwerk passen wollen, scheint aber schon wieder die liebe Sonne.

Sie strahlt und bescheint gnädig und leuchtend eine größere lärmende Menschenansammlung, eine Art Demonstrationsversammlung, so sieht es jedenfalls aus, die unruhig vor den Türen des Gasthofs hin und her läuft und immer wieder in eine ganz bestimmte Richtung zeigt. Alle Demonstranten sind herausgeputzt mit den selten genutzten modischen Schätzen der Vergangenheit, die der heimische Kleiderschrank zu bieten hatte. Im Vorbeifahren mit offenem Fenster meine ich auch, in eine Mottenkugelduftwolke hineinzutauchen. Steffi wirft mir einen gequälten Blick zu und atmet schwer aus. Max reißt beim Anblick dieser wilden Meute entsetzt die Augen auf.

Ich könnte noch durchstarten, wenn ich jetzt mit Vollgas ... es hat uns noch keiner gesehen. Aber ich parke den Volvo artig auf dem Gasthausparkplatz zwischen zwei riesigen Pfützen und wir steigen erst mal ganz vorsichtig aus.

Auf geht's, es gibt kein Zurück mehr. Stellen wir uns dem Verwandtschaftsmob.

„Da saida ja äntlich!", ruft uns jemand entgegen, an den ich mich dunkel erinnern kann. Das müsste Onkel Herbert sein. Ja, das isser! Der Bruder von Tante Mimi. Ewigkeiten nicht gesehen. Ich kann mich auch nur erinnern, dass er einer der fanatischen Skatbrüder war, die mit meinem Vater und mit Onkel Heinz immer auf Geburtstagen – selbst auf *meinen* Geburtstagen – rücksichtslos und autistisch Karten gekloppt und sich bis zum Abendessen richtig die Kante dabei gegeben haben. Bier und Kurze am laufenden Band. Es gab dann jedes Mal Ärger mit den Frauen und uns Kindern war der schöne Tag versaut.

„Tag, Onkel Herbert!", grüße ich freundlich (weil das ja alles schon so lange her ist) diesen Mann, der sich uns mit leicht wackeligen Schritten nähert. Entweder ist er ganz alt geworden oder er hat heute schon mal ein wenig genippt.

„Aaach, lass den Onkel getz ma wech. Dat is' doch vorbei. Einfach Häbbärt!", sagt er und drückt mir dabei die Hand, dass es knirscht. Häbbärt ist oder war mal Zimmermeister. „Gleich kommse!", sagt er dann, lacht und deutet in Richtung der Straße hinunter. „Pass auf! Gleich kommse!"

Dann werden noch Steffi und Max mit viel Gejohle von den anderen begrüßt. Wir sind also entdeckt.

„Oooh! Is' där klaine Max?" (eine Frage, die Max heute noch öfter hören wird), jubelt da eine der älteren Frauen aus der Verwandtschaftshorde, die ich aber auch nicht mehr so richtig kenne.

„Kennze mich nich' mähr?" (ebenfalls eine Redewendung, die heute immer und immer wieder auftauchen wird), fragt die Frau jetzt unseren Sohn und packt mit beiden fleischigen Armen zu. Er kann sich leider nicht mehr in Sicherheit bringen, der Arme, und lässt sich quetschen.

„Tante Emmi!", kreischt die Frau begeistert und jetzt weiß ich auch wieder, woher ich sie kenne. Beste Freundin von Tante Mimi. Alte Quatschtüte. Sehr nervig. Hat immer irgendwelche aufsehenerregenden Krankheiten und bei ihr ist alles immer schlimmer als bei den anderen.

„Hallo, Tante Emmi, wir freuen uns!"

„Vorsicht, ich happ's anne Bandschaibe."

Und so lassen wir dann also die Begrüßungszeremonie der gesamten Mischpoke über uns ergehen. Sie fallen alle über uns her, hier und da wird man an schwitzende Busen gedrückt, bekommt den einen oder anderen krachenden Schlag auf die Schultern, ein paar Schraubzwingenhändedrücke ... So sind se eben, meine Verwandten. Sauerländer! Es kommen erste Zweifel, ob wir nicht vielleicht doch besser eine Ausrede für den heutigen Festtag gehabt hätten.

„Gleich kommse, gleich kommse!", rufen jetzt alle wieder und sind sehr aufgeregt und blicken die Straße hinunter. Ja, wer denn?

Steffi blickt aber nach oben, verzieht das Gesicht so unheilvoll wie der Himmel über uns und geht hinten an den Volvo, um zwei Schirme herauszuholen. Es wird gleich anfangen zu regnen. Das ist sicher und ganz normal im Sauerland – auch im August.

Und da bricht es auch schon über uns herein. Die ersten Tropfen platschen in die noch nicht abgetrockneten Pfützen, die Menge flüchtet sich unters Vordach des Gasthofes, das aber nicht für alle Platz bietet und Familie Knippschild spannt einfach ganz cool die Schirme auf. Gut, dass wir an alles gedacht haben.

Und dann kommse.

Ein Schlachtschiff von amerikanischem metallic-hellblauem Straßenkreuzer biegt rasant um die Ecke und rast auf unsere eingenässte Versammlung zu. Hoffentlich sind die Bremsen bei diesem prähistorischen Automobil noch in Ordnung. Es gießt jetzt in Strömen und der Wagen ist, leider sehr unpassend zu dieser Unwetterkatastrophe, ein offenes Cabriolet. *Warum macht man denn nicht einfach das Verdeck zu bei dem Sauwetter?*, frage ich mich.

Im Fond des geräumigen, schwungvoll wippenden Fahrzeuges halten sich zwei hilflose Personen unter einem dunklen Festsakko aneinandergeklammert und versuchen, den Naturgewalten zu trotzen. Das müsste dann das Jubelpaar sein. Tante Mimi und Onkel Heinz. Hoch soll'n se leben!

Es pläddert jetzt aus Kübeln und das dünne Jäckchen von Onkel Heinz kann kaum helfen, die beiden zu schützen. Auch der nasse große Hund, der dieses Oldtimerungetüm steuert, scheint in gewisser Panik und rast eiligst auf den Parkplatz zu, dass es schlammig aus großen Pfützen nach allen Seiten spritzt. Vorbei an der längst nicht mehr jubelnden Festgesellschaft. Einige Damen kreischen und die Herren rufen „Scheiße!" dazu.

„Hat der 'n Karacho drauf!"

Das Monsterauto stoppt und zwei, drei todesmutige Männer stürmen auf das offene Cabriolet zu und zerren Mimi und Heinz aus der nassen Karre. Das noch nicht ganz eingespielte Rettungsteam schleift die beiden durch die schlammigen Pfützen an der Gesellschaft und uns vorbei in den sicheren Eingang des Gasthofes und der Fahrer des amerikanischen Traums versucht vergeblich, das verdammte Cabriodach zu schließen. Was ihm aber nicht gelingt. Irgendwas hakt da.

„So 'n Scheiß!", höre ich die Goldbraut Tante Mimi fluchen und auch der güldene Onkel Heinz sagt so was wie: „Bekloppte Idee! Die hamse donnich' alle!"

„Dat ham sich de Kinder so ausgedacht. Dirk und Martina", erläutert mir eine der Frauen. Verwandt mit mir? Keine Ahnung. „Sollte 'ne Überraschung sein. Isses ja auch geworden!" Und dann lacht die unbekannte Frau und sagt: „Kennze mich nich' mehr? Tante Inge!"

Ach ja, Tante Inge. Natürlich! Wer war das jetzt noch mal? Na, das fängt doch alles sehr vielversprechend an.

So schnell, wie der Regen gekommen ist, ist er auch schon wieder vorbei und ich gehe mit Max die Holzbank aus dem Fond des Volvos holen. Oh, da werden sich Tante Mimi und Onkel Heinz aber freuen! Erst jetzt stellt sich mir die Frage nach der Unterbringung der Drei-Personen-Familie Knippschild auf der Rückfahrt ohne Rücksitze und Bank. Naja … das wird sich sicher lösen lassen. Jetzt erst mal rein mit dem Teil.

Vorbei an der festlich gekleideten, nassen Hundemeute, die sich immer noch schüttelt und sich mit Servietten aus der Gasthausküche und schnell gereichten Taschentüchern lautstark fluchend und lachend abtrocknet, ziehen wir mit unserer Bank unter einigen „Oooh"- und „Aaah"-Ausrufen, aber auch kritischen Blicken in den noch leeren Saal, der festlich geschmückt auf die Gäste wartet. Eine goldene Girlande mit *Mimi & Heinz* und einer goldenen 50 hängt in der Mitte hinten an der Wand, goldene Kerzen auf den Tischen und goldene Servietten in Gläsern, goldenes Konfetti … einfach toll.

Ein nervöser jüngerer Mann hantiert etwas hilflos in der hinteren Ecke des Saales zwischen Geräten und Lautsprecherboxen mit Kabeln herum, die er lange betrachtet, weil er wohl nicht mehr weiß, wo sie hingehören. Vielleicht ist er doch schon älter. Er ist offensichtlich gerade dabei, die Musikmaschinerie des Mimi-&-Heinz-Events zu installieren, mit der er uns heute Abend und sicherlich die ganze Nacht hindurch wild machen will. Sein silbernes Keyboard hat er schon aufgebaut, vorne verdeckt durch einen quadratischen Plastiklappen, auf dem in goldenen Lettern *www.johnnyvalente.de* steht. *Valente.* Ob Johnny verwandt ist mit der großen Caterina?

„Hallo!", sagen wir, er grüßt etwas abwesend zurück und rückt noch mal die silbern gerandete große Pilotenbrille zurecht, die in der Mitte seines blassen, etwas teigigen Gesichtes zwischen einem dünnen Minipli und einem kräftigen blonden Schnurrbart sitzt.

Wohin mit der Bank? Mimi und Heinz sind nicht zu sehen für eine feierliche Geschenkübergabe. Aber eine Art Gabentisch kommt in Sichtweite, der schon so einiges an Geschenken trägt, die den beiden Jubilaren Freude machen sollen. Unter anderem zwei Holzbänke mit goldenem Messingschild, den Namen, dem Datum und einer 50. „Guck mal, Papa!" „Jaja." Außerdem sehe ich vier golden gravierte Steine mit Namen, dem Datum und so weiter, zwei Fußmatten mit goldenen Namen … naja, mehrere gravierte, natürlich unechte Goldbarren, viele eigens für diesen Tag geprägte Goldmünzen, sogar eine goldene Schallplatte – und ein goldenes Love-Kuschelkissen.

Wir stellen die Bank ab und verziehen uns schnell wieder nach vorne, wo jetzt erst mal Getränke ausgegeben werden.

„Begrüßungssekt!" „Oh, danke!" „Ja, gerne!" „Mit O-Saft, bitte!" „Hallo Alex!" „Ach, Dirk! Carola! Martina! Carsten!" „Steffi, grüß dich. Lange nich' geseh'n!" *(Schlückchen Sekt!)* „Boah, wat is' der Junge groooß geworden!" Kennze mich nich' mehr?" *(Schlückchen Sekt!)* „Oh, Onkel Hubert, Tach auch! Wie isses?"

(Schlückchen Sekt!) „Alles gesund? „Ooch, de Knochen, weiße?"*(Schlückchen Sekt!)* „Wat macht der Job?" „Läuft so." „Bisse noch bei de Zeitung?" „Jo, jo." *(Schlückchen Sekt!)* „Tante Hättwich is' ja schwer krank geworden, woll?" „Wustich gar nich!" „Ja, dat geht nich' mehr lange gut!" *(Schlückchen Sekt!)* „Und Onkel Peter?" „Där is' doch schon lange tooot!" „Ach ja, sicher." *(Schlückchen Sekt!)* „Weiße einklich, dat der Willy wieder säuft?" „Nää!" „Jaaa! „Wo isser denn?" „Anne Theke!" *(Schlückchen Sekt!)* „Wo is' denn dat Jubelpaar?" „Aaach, da kommse ja!"

Und tatsächlich nähern sich in diesem erlösenden Moment Tante Mimi und Onkel Heinz aus einem der hinteren Räume, wo man die beiden irgendwie trocken gefönt oder sogar neu eingekleidet hat. Sie sehen jedenfalls blendend aus, nur die Frisuren haben etwas gelitten. „Wat'n Scheiß!", sagt Onkel Heinz noch mal und lacht donnernd. Und jetzt haben sie uns auch entdeckt.

„Oooch, de Knippschilds aus Leckede!", quietscht Tante Mimi. „Schön, dasser da seid. Alex! Steffi! Boah, is' dat der kleine Max? Dat gibbs donnich! Biss du grooooß geworden!"

Max erträgt es mit großer Gelassenheit, die ich ihm gar nicht zugetraut hätte. Er lässt sich quetschen und umarmen, sogar küssen und schielt dabei versonnen zu einem blonden, leicht pummeligen, aber recht hübschen Mädchen herüber. Das müsste Vanessa sein, die Tochter von Dirk und Carola, meinem Vetter und seiner dicken Frau. Steffi lächelt mir über den Tumult hinweg mit einem halbleeren Glas Sekt geheimnisvoll zu.

„Hoch soll'n se leben, hoch soll'n se leben …", Onkel Herbert trifft mal wieder den richtigen Ton, um diesem Moment die gebührende Würde zu geben.

„Dreeeii-maaal-hoooooch!", grölt der Mob das Ende dieser millionenfach strapazierten Jubelzeile und Steffi singt lauthals mit, was ich ihr ebenfalls nicht zugetraut hätte. Und das goldene Brautpaar freut sich sehr.

„Sekt, Mimi?"

„Och, gerne! Abber mit O-Saft!"

Und dann ergießt sich die inzwischen schon ganz leicht angetrunkene Karawane wie ein zäher Lavastrom in den Saal und man sucht seinen Platz. Steffi hat sich bei Onkel Häbbärt eingehakt und ich höre sie kichern. Es ist so eine ganz besondere Art von Kichern, die mich etwas beunruhigt.

Mimi und Heinz bestaunen en passant die dritte Holzbank vor dem Gabentisch und steuern dann mit festen Schritten den Ehrenplatz am Ende der gewaltigen vergoldeten Tischaufbauten an. Alles schnattert durcheinander, es herrscht ein Geräuschpegel wie auf einem Schulhof in der großen Pause.

Und Johnny Valente ist bereit. Zu allem. Er hat alle Kabel verlegt und es auch noch geschafft, sich schnell umzuziehen. Er hat seinen gestählten Alleinunterhalterkörper in einen goldenen Anzug gezwängt, der in der Mitte etwas spannt, aber der mittlere Knopf hält, was er verspricht. Die Kragenspitzen seines violett schimmernden Showhemdes ragen weit, fast bis an die Schulterpolster des güldenen Sakkos heran. Modisch vielleicht etwas unglücklich. Aber trotzdem lächelt er professionell, als das Jubelpaar an ihm vorbeimarschiert und auf eine ungeduldige Geste von Onkel Heinz hin nimmt er augenblicklich seinen Alleinunterhalterauftrag wahr, stellt sich hinter sein Instrumentarium, leuchtet noch einmal kurz auf und dann lässt er es grooven.

Buona Sera Signorina in einer gewagten Instrumentalversion soll sein erster Titel heute hier sein. Rocco Granata, Ende Fünfziger Jahre, glaube ich. Vielleicht etwas zu laut.

Der Valente-Mann scheint flexibel zu sein und sich auf ein Publikum jeglichen Alters einstellen zu können. Wobei er Mimi und Heinz und die ganze Gesellschaft wahrscheinlich für älter hält, als sie sind.

„Mach ma leiser!", herrscht Onkel Heinz ihn an und Johnny Valente gehorcht umgehend und dreht alles professionell mit einer geschmeidigen Handbewegung ein wenig herunter. Er lächelt immer noch. Er weiß, dass auch diese Gesellschaft Wachs in seinen musikalischen Fingern sein wird. Der Sound aus seinem Zauberkeyboard ist wie lästiges Ohrenschmalz und erinnert mich manchmal sogar an alte Edgar-Wallace-Filme. *Buona Sera Signorina* bringt die Meute zur Vernunft – das ist das Zeichen, die Musik setzt ein, die Feier geht also los – und alle suchen sich ihren Platz. Auf den güldenen Kärtchen stehen ja alle Namen und da ist es eigentlich ganz einfach, seinen Platz im heutigen Gesellschaftssystem zu finden. Trotzdem entsteht wieder ein großes Durcheinander und Herumgelaufe. Man erlebt Enttäuschungen und fühlt sich deplatziert, nicht angemessen untergebracht, aber letztlich sitzen dann alle und auch wir haben unseren Platz neben Dirk und Carola und Onkel Häbbärt und Tante Dolly, die eigentlich Doris heißt, gefunden.

Na, es hätte uns schlechter treffen können. Aber nicht viel schlechter.

Steffi scheint sich mit Onkel Häbbärt recht gut zu verstehen. Sie prosten sich fröhlich zu und hell klingen die Gläser. So soll es sein. Wo ist Max? Ich suche den Saal ab und entdecke ihn am Tisch der Jugendlichen. Es sind nämlich doch noch so einige von den Eltern herbeigezerrte, gezwungene, erpresste oder bestochene Halbwüchsige in seinem Alter heute hier. Na, das ist doch schön, da hat er ja jemanden zum Spielen. Er sitzt der pummeligen hübschen Vanessa genau gegenüber und starrt sie leicht blöde an.

Ach, so doch nicht, Max, du musst reden! Sei witzig! Lass dir was einfallen! Mach ihr Komplimente, obwohl sie leicht dick ist. Naja, das lernt er sicher noch oder ich sollte es ihm vielleicht …

„Habbter noch den alten Volvo?", eröffnet Dirk gekonnt das

gepflegte Tischgespräch, und wenn es ums Auto geht, dann muss der Mann wohl antworten.

„Nein. Neu", sage ich also.

„Aber gebraucht, oder?", fasst Dirk leicht erschrocken, aber auch voller Hoffnung auf die richtige Antwort nach.

„Ja ... also, fast neu", muss ich leider zugeben und damit ist Dirk dann auch zufrieden und nickt.

„Diesel?"

Meine Güte, was soll das denn? „Ja, Diesel, Dirk!"

„Un' wat nimmt er so?", fragt Dirk jetzt, gießt sich schwungvoll mit dem Kopf weit in den Nacken den letzten Schluck Sekt hinter die Binde und sucht mit rastlosen Augen nach der Bedienung.

„Wie?" Ich versteh nicht so ganz.

„Litter! Auf Hundert!", erklärt mir Dirk seine für jeden normalen Menschen völlig verständliche Frage.

„Ach so ... na, so zehn ungefähr, glaube ich."

Er scheint es nicht zu fassen, dass ich den Verbrauch unseres Automobils nicht auf die Kommastelle genau zu benennen weiß, und sieht mit leicht angeblödetem Ausdruck seine dicke Carola an, die dünn dazu lächelt.

„Unser kommt ja mit sechs aus. Sechskommadreifünf genau!", sagt er stolz, sieht wieder zu Carola hinüber und wartet dann auf allgemeinen Applaus, der aber erst mal ausbleibt, weil er kaum Publikum hat. Steffi hört gar nicht hin und Tante Dolly erzählt was von einem Magendurchbruch bei ihrem Nachbarn, Herrn Hackenberg. „Schräcklische Schmächzen." Tante Dolly kommt aus dem Rheinischen und ist ein entsprechend lustiges rundes Persönchen. „Sofocht tot. War nisch mehr zu retten. Aber war ja abzusehen. Wat der aber auch immer jesoffen hatte! Keijn Wunder!" Ich bin Dirks einziges Opfer. Und er macht erst mal weiter mit seinen blöden Erfolgsmeldungen.

„Ist fabrikneu. Hamwe selber in Stuttgart abgeholt. Neue A-Klasse." Und wieder wartet er auf gebührende Anerkennung. Vielleicht sollte ich sie ihm lieber geben, damit endlich Ruhe ist und er nicht hier gleich Amok läuft und die Feier blutig endet. Fehlende Anerkennung kann manchmal verheerende Spätfolgen haben.

„Schwatzmetallic. Alles drin. Großes Navi. Klima. Elektrische Sitze", lädt er nach. „Carola wollte ja die schwatzen Ledersitze, woll?"

Jetzt reicht es mir aber.

„Ist das der mit dem langen Kratzer an der Seite draußen auf dem Parkplatz?"

„WAS?" Und schon sind Dirk und Carola weg und ich atme zufrieden durch.

„Wat darfet denn sein?", fragt die junge weibliche Bedienung in Schwarz mit kleinem weißen Häkelschürzchen leicht gelangweilt, bringt aber aufnahmebereit den Notizblock in Stellung.

„Pilsken!"

„Für misch 'n Wasser, abber mit so mittlere Kohlensäure, wissen Se? Isch habbet mit'm Magen, un' wenn dat so blubbert …", sagt Tante Dolly. Redet halt gerne.

„Jep!" Notiert. Weiter. Die Frau mit dem Häkelschürzchen hat nicht ewig Zeit.

„Ich nehm einen Rotwein. Haben Sie Primitivo?", fragt Steffi und Onkel Herbert starrt sie mit offenem Mund an. „Primitiv?"

„Oder einen Merlot oder Shiraz?"

Steffi, ehrlich, jetzt hör doch mal auf damit, denke ich. Wir sind bei Schultenbrink! Sie übertreibt es manchmal wirklich.

Die Kellnerin schreibt auch schon lange nicht mehr mit und zuckt ruckartig mit dem Kopf nach vorne und dann poltert ein hässliches „Hä?" aus ihrem fassungslosen Gesicht. „Wir ham Rot und Weiß."

„Ja, gut, Rot. Aber trocken muss er sein!", sagt Steffi gnädig und lächelt und nickt dazu, um es bei der Bedienung auch richtig sacken zu lassen. Trocken! Das ist wichtig. *Ja, Steffi, ich glaube, die arme Frau hat es verstanden.* Dann bin ich dran.

„Für mich einen Weißen, bitte! Auch trocken!" Ich wiederhole es extra, weil diese Kellnerin doch ein bisschen nach „Wein is' Wein" aussieht und sicherlich einen Lieblichen bringt. „Trocken!"

„JAJA! Is' ja gut!"

Das war vielleicht der berühmte Tropfen, der das Fass Wein ... Man darf es sich ja auch nicht verscherzen mit den Bedienungen, schließlich ist man ja den ganzen Abend darauf angewiesen.

„Trocken, trocken, alles klar!" Die Kellnerin schreibt es auf und wendet sich entschlossen ab. Ich höre aber noch, wie sie im Weggehen „Wein is' Wein" sagt und den Kopf schüttelt. „Rot oder weiß!"

Johnny Valente versucht es jetzt mit Sieben Fässer Wein von Roland Kaiser. Vielleicht hat er uns ja zugehört. Noch immer instrumental, noch immer scheußlich. Die Älteren singen leise mit und die Frauen nicken im Takt mit den dauergewellten, manchmal blau schimmernden Köpfen.

„PLONG!"

Onkel Heinz haut jetzt mit einem Löffel an sein Sektglas, als wolle er von einem gekochten Ei die Kappe weghacken. Das Glas bleibt aber heil und alle drehen sich erwartungsvoll zu ihm um. Johnny Valente nimmt artig die Finger von den Tasten. Rede!

„Ihr Lieben, ich will ja keine große Rede halten ...", beginnt Onkel Heinz.

„Dann lasset doch!", murmelt Onkel Häbbärt vor sich hin und wartet ungeduldig auf die Kellnerin.

„... aber 'n paar Worte müssen ma eben sein, Leute. Ers' ma:

Schön, dasser alle da seid, woll? Habbter alle wat zu trinken?"
Ein Brummen und Murren geht durch den Saal. Alle haben
nämlich noch nicht was. Wir ja auch nicht.

„Oh, da fällt mir einer ein, pass auf!", sagt Onkel Heinz jetzt
und hebt die Hände, um absolute Aufmerksamkeit zu fordern.
Onkel Häbbärt verdreht die Augen, man hört von hinter uns ein
leises, gepresstes „Ach, getz geht dat los, Heinz un' seine Witze"
und ein unterdrücktes entferntes Stöhnen, weil einige vielleicht
ja schon wissen, was da auf sie zukommt.

„KENNDER DEN?", grölt Heinz durch den Saal und wartet
die Antwort gar nicht ab. Diese Antwort kann man ja auch erst
geben, wenn man den Witz gehört hat. Das bringt für den Wit-
zeerzähler den eindeutigen Vorteil, dass er den Witz auf jeden
Fall erst mal erzählen darf, bevor man dann sagen kann: *Kann-
tich.*

„Da fraach ich den Wirt hier, den ollen Schultenbrink: ‚Wat
soll'n we denn für 'n Wein nehmen für de Goldene?' Da sacht
der: ‚Kommt drauf an. Willze feiern oder vergessen?' HAHA-
HAHA!"

Onkel Heinz amüsiert sich prächtig über seinen Kracher und
freut sich sehr, dass dann doch erstaunlich viele mitlachen. Ich
kannte den noch nicht und fand ihn gar nicht mal so übel, obwohl ich eher eine würdige Rede als einen blöden flachen Witz
an dieser Stelle erwartet hätte. Na, so ist Onkel Heinz eben.
Hauptsache, er erzählt keine schmutzigen Witze. Und da geht es
auch schon weiter.

„Oder den hier: In unserem Alter hat man ja 'ne Menge aus-
gefallenen Sex, woll? Wisster dat einklich? Montag ausgefallen,
Dienstag ausgefallen, Mittwoch ausgefallen … HAHAHAHA!
Hammer, oder?"
Jetzt kommt Heinz in Fahrt.
„Oder, komm hier, einen noch. Den kennder bestimmt nich'.

Da kommt einer auf de Polizeiwache und sacht: ‚Ich vermisse meine Frau seit drei Jahren.' ‚Wat?', sacht der Polizist. ‚Warum komm' Se denn getz ers?' ‚Ja, wir ham in einem Monat Goldene Hochzeit', sacht der Mann da. ‚Da hätt ich se gern dabei.' Hahahaha!"

Kein Halten mehr. Onkel Heinz rastet aus und die Menge lacht fröhlich mit. Der lustige Heinz immer, nä, nä.

„Naja, komm, Spaß beiseite. De Mimi un' ich, wir ham schon so einiges durchgemacht inne letzten fuffzich Jahre, wat, Mimi, hamwe doch? Un' wenn ich dich heute fragen täte, mein Schätzken, obsse mich nomma nimms, wat würdsse sagen?"

Tante Mimi tut so, als ob sie mit diesem peinlichen Kerl lieber überhaupt nichts mehr zu tun haben möchte, ziert sich noch ein Weilchen, lächelt aber dann ganz gnädig, hat sogar ein Tränchen im Auge und sagt: „Jou, Heinz, dat würd ich, du blöder Sack!"

Na bitte, geht doch! Donnernder Applaus geht durch den Saal. Das gefällt. Das sind große Emotionen! Großes Kino. Tante Mimi steht auf und küsst diesen Fips Asmussen des Sauerlandes mitten auf den Mund. Und Heinz kneift uns ein Auge dabei. Ein erhebender Moment. Rührend.

„So!", sagt Heinz dann, beendet das lästige Geknutsche, hebt die Hände gegen den Applaus und rudert mit den Armen. „Getz gibbtet gleich wat zu essen und dann wird abber gefeiert! Herr Valente macht Stimmung heute mit seine Orgel. Und dann gehdet ab durch die Decke! Dat versprech ich euch. Hahahaha!"

„Hamwe wat verpasst?", fragt Dirk, der mit seiner Carola jetzt wieder am Tisch Platz nimmt.

„Onkel Heinz. Kleine Rede."

„Ach so. Hatter wieder seine ollen Kamellen erzählt? Kennwe schon alle. Hömma, da war ja gar kein Kratzer an meine A-Klasse", beschwert er sich dann bei mir.

„Och, dann hab ich den Wagen verwechselt."

Und dann kommen endlich die Getränke – und auch schon das Essen. Erst mal ein Hochzeitssüppchen. Ah ja.

Für diesen Großeinsatz hat das Haus Schultenbrink alles an Personal aufgefahren, was der Laden zu bieten hat. Selbst Oma Schultenbrink muss sich auf die alten Tage noch mal das kesse Schürzchen umbinden und mitschwitzen.

Im Rekordtempo werden jetzt Befehle gebrüllt: „Hier vorne, die ham noch nix!" und Richtungsanweisungen gegeben: „Mensch, hinten inne Ecke, die beiden Dicken neben de Musick!" Die Süppchen werden auf die Tische geschmettert – ohne ein fettiges Tröpfchen zu verschütten! „Immer von rechts! Immer von rechts!" Das will gelernt sein.

„Appetit!" „Danke!" „Selbs!" „Och, ist doch immer wieder lecker, woll, so 'n Süppken?" Schlürf. „Hoch, is' dat heiß!" „Aber lecker."

Und: „Abräumen! Zack, zack! Fertig!"

Und dann kommt auch schon der Schweinebraten mit Kroketten und Kaisergemüse, wie in den Karten auf den Tischen großartig in goldener Schrift angekündigt. Der Wein ist lieblich.

„Wie ist der Rote, Steffi?"

„Geht so", sagt sie, nippt aber eifrig am Glase.

Max geht es auch gut. Er scheint langsam voranzukommen mit seiner Tischdame. Ich sehe ihn reden und die Dame kichert mit roten Bäckchen. *Ja, das ist gut, so wird's gemacht, mein Sohn. Hol dir den Speck! Ran an die Buletten!* Ich wundere mich einen kleinen Moment, ob die rustikale sprachliche Umgebung heute schon auf mich abgefärbt hat.

Johnny Valente gleitet musikalisch und einigermaßen schmierig durch sein schier unerschöpfliches Repertoire. Er ist jetzt in immer noch dezenter Lautstärke bei Rudi Schuricke und den *Capri-Fischern* angekommen und so langsam frage ich mich, wie alt dieser Minipli-Schnäuzer-Mensch denn wirklich ist. Wahrscheinlich älter als die meisten Anwesenden. Dann winkt Tante Dolly dem Herrn Valente lässig zu und es folgt mitten im schönen Refrain des Liedes ein überraschender Tusch und Tante Dolly erhebt sich, dreht sich zu allen um und hat eine Menge weißer Blätter in der Hand. Onkel Heinz drischt wieder auf sein halbleeres Glas ein und das Geklapper, Gemurmel und Geschmatze verreckt augenblicklich.

Und Tante Dolly legt routiniert mit viel rheinischem Pathos los: „Als eijnst dat Schicksal eure Bahn hin zum Altar jewiesen ...“

So fängt es an und an mehr kann ich mich auch später beim besten Willen nicht mehr erinnern. Was für ein grauenhaftes episches Machwerk trägt uns die ansonsten so lustige Dolly da vor? Ich versuche einfach weiter zu essen, ohne viel Geräusche zu machen.

Das Gedicht endet dann mit „ ... wat ihr errungen und ersiegt, gleijscht eijnem stillen Jachten *(Garten)*, in jold'nem Jlanz er vor eusch liescht, eusch lieblisch zu erwachten *(erwarten)*!“

Boah, wer hat denn das ...? Unfassbar. Wie kann man denn nur so einen verbalen Blödsinn verzapfen? Beifall von allen Stühlen.

„Super, Tante Dolly. Hast du das selbst ...?“, frage ich voller falscher Begeisterung.

„Ach nä, dat sin' noch die Blätter von Emmi ihre Joldene. Dat bring isch überall, weiße?“ Und dann sortiert sie ihre Blätter und ich fürchte, dass da noch so einiges kommt im Laufe des Abends.

„Einmalig“, sagt auch Steffi und nippt wieder am Weine. Prösterchen!

Nach der Birne Helene geht es dann auch schon wieder los. Johnny Valente muss auf ein vereinbartes Zeichen einen Tusch spielen, macht wieder Pause und trinkt ein verdientes Bier. Diesmal erhebt sich Herr Saßmannshausen, einer der Nachbarn von

Mimi und Heinz. Auch er hat eine Menge DIN-A4-Blätter in den Händen und nach einem kurzen, nervösen Umsortieren hat er alles im Griff, räuspert sich, seine Frau wünscht ihm Glück und er legt los:

„Mit frohem Herzen möchten wir euch,
liebes Goldpaar, heute grüßen.
Des Höchsten Gnade war mit euch
und ließ euch neben Leid manch Glück genießen ..."

Ich sacke in mich zusammen. Jedes Wort dieses erbärmlichen Geholpers ohne Sinn für Metrik und Rhythmik drückt mich ein Stück tiefer in den Stuhl. Grauenhaft. Und wie dieser Nachbar es vorträgt. Jämmerlich. Ich muss das ganze Gedicht hilflos über mich ergehen lassen, weil ich sonst direkt an Herr Saßmannshausen vorbei nach draußen flüchten müsste und mich dann erst in der fernen Herrentoilette übergeben könnte. Und das Ganze wäre vielleicht doch etwas unhöflich.

Auch Steffi leidet schwer, unterdrückt hin und wieder ein Stöhnen und sieht hilfesuchend zu mir herüber. Ich zucke nur unmerklich mit den Schultern, verziehe den Mund und trinke noch ein Glas vom Lieblichen. Auch Steffi hat ihr Glas schon wieder leer und winkt nach der Bedienung.

„... gehört dem Frohsinn nur allein!"

Endlich ist der Kerl fertig. Alle klatschen erleichtert und Onkel Heinz wird von Tante Mimi mit dem Ellbogen angestupst, auf jeden Fall angemessene Begeisterung zu zeigen. Gefallen hat es ihm nicht, das sehe ich.

„Der Alex kann auch super dichten!", trötet Steffi da etwas zu laut über den Tisch und alle, die es gehört haben, schauen mich erwartungsvoll an.

„Jaaa?"

„Ja, das kann er. Er ist ja schließlich ein toller Schreiber und hat auch schon ein Buch geschrieben. *Mörder, Möpse und Millionen* heißt es und ist total spannend. Ihr müsst es mal lesen."

Ach, Steffi, jetzt hör doch auf, bitte, flehe ich sie mit den Augen an, doch sie lässt sich in der Auslobung meiner schreiberischen Fähigkeiten nicht bremsen.

„Och, dann traach domma wat vor, Alex! Wir sin' gespannt", fordert mich Onkel Herbert auf und auch die anderen nicken aufmunternd. Ich hab's gewusst. „Oh ja, komm, traach wat vor!"

„Aber ich hab jetzt hier gar nichts vorbereitet ... ich müsste dann ..."

„Na, dann mach doch", sagt Steffi da keck und bekommt ihren nächsten leckeren Roten.

„Isser denn trocken genuch?", fragt die Bedienung.

„Jaja", sagt Steffi.

„Steffi, du spinnst wohl! Was hast du mir denn da eingebrockt?", zische ich ihr so leise, aber auch so ärgerlich wie möglich zu. „Ich kann doch jetzt hier nicht so aus der Hand ..."

„Das kriegst du schon hin, Alex. Ich kenn dich doch. Denk dir was Schönes aus!"

Denk dir was Schönes aus! Boah.

Valente macht jetzt ernst. Er spricht mit der Stimme eines Losbudenkirmeskerls, der seine Nieten an die heitere Gesellschaft loswerden will.

„Meine Härrschaft'n, getz gehdet los, dabei sein, dabei sein, der Tanz is' eröffnet, woll? Ich möchte dat Gold'ne Brautpaar auffe Tanzfläche bitt'n. Langsama Walza!", sagt er dann, als ob dieser Tanz ein ganz seltenes Exemplar seiner Gattung und fast ausgestorben und nur hier und heute noch ein einziges Mal zu erleben wäre.

„Komm, Heinz, wir müssen!", sagt Mimi und zerrt ihren etwas unwilligen goldenen Mann auf die Mitte der Tanzfläche. Herr Valente lässt sich nicht lumpen und serviert den *Last Waltz* und Mimi und Heinz drehen dazu bemüht ihre Runden. Ein schönes Bild. Heinz muss leicht angeschoben werden, sonst dreht er sich nicht, aber das macht Tante Mimi ganz gut. Sie ist ja noch recht kräftig für ihr Alter. Hoffentlich wird dem Heinz nicht schwindelig dabei, und es wäre dann vielleicht wirklich der letzte Walzer eines wahrhaft großen Tänzers.

„Wat willze denn vortragen?", fragt Dirk mich jetzt und ich meine auch, etwas Schadenfreude in seinen spitzen Mundwinkeln zu erkennen, weil es mich erwischt hat und ich jetzt wohl liefern muss.

„Mal sehen", sage ich also vage und genieße erst mal noch den Anblick der menschlichen Zentrifuge „Mimi & Heinz".

Dann endet die artistische Seniorenattraktion *Langsamer Walzer* unter donnerndem Applaus und Jubel. Die Anwesenden scheinen froh zu sein, dass alles gut gegangen ist und die Tanzfläche ist damit freigegeben. Da muss Herr Valente auch gar nichts sagen, das klappt von ganz alleine bei einer gut eingespielten Gesellschaft wie dieser. Das wissen die erfahrenen Feiersleute von hunderten Familienfeiern und Festen. Nach dem Eröffnungswalzer kommt das Rudeltanzen.

Es wird also augenblicklich rund um mich herum aufgefordert, mal artig und mit kleiner Verbeugung, mal wird der erwählte Partner auch nur mit einem muffigen Kopfrucken auf die Tanzfläche befohlen und schon drehen sich alle in fast vollendeter, in grauer Vorzeit erlernter Haltung und versuchen, ihre morschen, gichtigen Knochen im Rhythmus von Roberto Blancos Welthit *Ein bisschen Spaß muss sein* noch ein letztes Mal zu bewegen.

Oh, tanzen! Ja, es könnte mich auch erwischen und Steffi sieht mich auch schon so tanzgeil an irgendwie. Sie wird doch wohl nicht …

„Steffi, ich muss jetzt mal kurz raus – nachdenken. Du weißt." Schließlich hat sie mir das ja eingebrockt. Ein Vortrag, ein Gedicht, ach du lieber Himmel, hat man denn nie Ruhe? Muss ich mir denn immer was ausdenken? Die ganze Woche muss ich mir was ausdenken in der Redaktion. Und wenn es zuhause um Geburtstagskarten oder -wünsche geht, dann heißt es immer: „Ach, Alex, denk dir doch mal was Schönes aus. Du kannst das doch." Jaja, ich kann das. Ich bin ja der Dichter. Der Schreiber. Aber was soll ich denn jetzt hier und heute Abend für Mimi und Heinz …? Keine Ahnung.

Ich lasse Steffi also sitzen, sehe aber, dass Onkel Herbert da schon recht interessiert die Gelegenheit ergreift und meine Steffi breitbeinig und leicht angetrunken grinsend aufs Parkett führt. Viel Spaß!

Ich lande im Vorraum an der Theke und treffe da auf Stefan und Silke. Auch irgendwie mit mir verwandt … Stefan ist der Sohn einer Cousine meiner Mutter. So viel weiß ich. Aber wie man das jetzt nennt, was Stefan wirklich ist und dann auch noch seine Silke, das weiß ich nicht. Nett sind die beiden. Das reicht.

„Na, bist du auch geflohen oder hat dich keiner aufgefordert?", fragt Stefan und Silke lächelt voller Verständnis dazu.

„Hallo, ihr beiden. Ach, nä, ich muss mir was ausdenken. Ich soll was vortragen."

„Och, du Ärmster!", bedauert Silke mich.

Ja, das bin ich. Ich bestelle mir ein Bier und weil wir ja am Tresen stehen, kommt es auch sofort, ich trinke es aus und bestelle gleich noch eins.

„Tja, ist mal wieder so 'ne Familienfeier, nä, mit Ringelpietz und Anfassen", sagt Stefan und zieht ein Gesicht, als wäre das alles hier ja nicht so sein Ding. „Da müssen wir jetzt durch."

Ja, da müssen wir wohl durch. Ich hab's ja nicht anders gewollt. Wir hätten uns ja auch weglügen können. Urlaub, Wochenende oder krank. Aber nein, Alex Knippschild wollte ja hin. Selber schuld. Ich trinke auch das zweite Bier und dann drückt es auch schon auf die Blase. Ich müsste mal eben ... und das ist vielleicht ja gar nicht so eine schlechte Idee, was das Gedicht angeht.

„Haben Sie mal ein Blatt Papier und einen Stift für mich?", frage ich den Wirt, den ollen Schultenbrink, der hier höchstpersönlich die Biere zapft. Er nickt gnädig, reicht mir wortlos einen Bierblock und einen Kuli und sagt: „Wiedersehen macht Freude."

„Ja klar. Entschuldigt, ich muss mal eben", verabschiede ich mich dann von Stefan und Silke und suche den Weg zur Toilette.

Nachdem die Blase im Stehen schnell entleert ist, ziehe ich mich zurück in eine der leeren Toilettenkabinen. So. Abschließen und Ruhe. Erst mal nachdenken! Ich zücke also den Block und den Kuli und schon könnte es losgehen. Wie soll denn das verdammte Gedicht beginnen?

Schritte nähern sich und zwei Männer treten ein. An den Stimmen erkenne ich Dirk und Carsten.

„Na, wie isser denn heute drauf, dein Vetter Alex?", fragt Carsten und hantiert hörbar und schwer ächzend an Reißverschluss und dem Dahinterliegenden herum. Oh, es geht um mich.

„Na, weiß' ja, wie der is', der Herr *Schriftsteller*." Wie der blöde Dirk das Wort *Schriftsteller* ausspricht, ist ja wohl 'ne Frechheit.

Und dann lachen sie beide und ich bin einigermaßen empört, überlege, ob ich direkt aufspringen und die beiden zur Rede stellen soll, aber sie haben ja noch gar nicht viel gesagt. Also beschließe ich, mich erst mal ruhig zu verhalten und die Ohren zu spitzen. Das Gedicht kann noch warten. Ohrenspitzen ist aber nicht ganz einfach, weil ich jetzt durch zwei tosende Wasserkaskaden hindurch lauschen muss, aber es geht. Meine Güte, haben die einen Druck drauf! Wie zwei voll aufgedrehte C-Rohre der Freiwilligen Feuerwehr.

„Wat meinsse, wat der so hat im Monat, der Alex, bei seine Zeitung?"

„Brutto oder netto?", fragt Carsten und stöhnt ein wenig, während der Wildbach unter ihnen rauscht.

„Tja, brutto."

„Ach, dat wird nich' so doll sein bei dem Käseblatt. Vielleicht so drei, drei'nhalb."

„Meinsse?"

„Jo, könnte hinkommen."

„Er hat ja getz 'n neuen Volvo, woll? Also gebraucht, natürlich."

„Ja, habbich geseh'n. So 'ne silberne Familienkutsche. Ham die nich' auch 'n Haus gekauft in Leckede?"

„Ja, so 'n alten Kotten."

„Zu mehr hattet wohl nich' gereicht."

„Hahahaha!"

„Gleich will er ja wat vortragen."

„Oh, der Herr Dichter trägt wat vor. Ich bin gespannt."

„Na, ich aber auch."

Und dann verlassen die beiden lachend und reißverschlussratschend die Toilette. Hab ich den Wasserhahn gehört?

Ferkel! Blödmänner! Dirk und Carsten. Aber die waren ja schon immer so. Was will man machen?

Okay, jetzt also das Gedicht. Mmh. Es könnte doch so anfangen …, denke ich und schreibe die ersten Zeilen auf den Block. Und dann dichte und reime ich so vor mich hin, lasse hin und wieder einen Wildbach an mir vorüberrauschen, höre auch so manch spektakuläres donnerndes Nebengeräusch, teilweise übertriebenes gebärähnliches Gestöhne aus der Nachbarkabine und 'ne Menge sehr interessanter Unterhaltungen zwischen den sich erleichternden Männern. Männer reden ja viel an der Rinne. Das hat so was einladend Gemeinsames. Und wo man sowieso mal da steht und wartet, bis endlich alles raus ist, da kann man auch mal 'n bisschen quatschen.

„Horst ham se ja getz den Lappen abgenommen, weiße?" „Näää!" „Jo! Einskommaneun Promille." „Näää!" „Der fährt aber trotzdem." „Näää!"

Oder: „Hasse gesehen, dat der Willy 'n Veilchen hat." „Ja, er wär gegen de Schranktür, sacht er." „Nix Schranktür. Dat hat ihm die Birgit verpasst, weil er ja im Betrieb 'n Krösken mitte Kollegin hatte." „Echt?" „Jou. Echt!" „Der Willy! Ts, ts, ts."

Oder auch: „Wat siehsse so blass aus, Wolfgang?" „Kannich' schlafen. Meine Hilde, weiße, die schnaaarcht, du glaubsset nich. Krisse kein Auge zu." „Musse pfeifen. Dat hilft." „Un wat?" „Is egal!"

Oder: „Günter und Bärbel lassen sich ja getz scheiden." „Näää!" „Doch. Die is' ja getz Veganerin und kam mit Günters Metzgereibetrieb nich' mehr so klar, weiße." „Ja, verstehe."

Ein toller Platz, um Ideen für mein Gedicht zu finden. Ich bleibe noch etwas und schreibe fleißig.

Aber dann ist es eigentlich fertig, meine Beine sind eingeschlafen und ich muss dringend hier raus. Wahrscheinlich werde ich schon vermisst und man sucht nach mir.

Als ich den Saal wieder betreten will, werde ich von der *Polonäse Blankenese* fast überrollt. Sie stampft und dampft direkt auf mich zu aus der Saaltür heraus und die führenden Heinz und Mimi können nur knapp ausweichen und gerade noch so an mir vorbeischrammen. „Der Bär ist los, heute wackelt hier die Wand!" Meine Steffi johlt und lacht mittendrin in der wogenden Schlange auf Position vier oder fünf, auf ihren Schultern die Eisenbiegerpranken von Horst-Joachim. Auch irgendwie so eine Art Vetter von mir und selbstständiger Schlossermeister. Und weil er so groß ist, fällt es ihm gar nicht besonders schwer über Steffis Schulter von oben direkt in ihr Dekolleté zu glotzen. Das macht Steffi aber gar nichts aus, weil sie es nicht merkt.

„Ach, Alex, da bisss'u ja", jodelt sie mich an. „Mach dommit. Los, komm her!"

Schon etwas abgeschliffen in der Artikulation. Ich hab's befürchtet. Und ehe ich irgendeine Art von Abwehrstellung einnehmen kann, hat mich der Schlosser auch schon gepackt und hinter sich eingereiht. Hinter sich! Natürlich, damit er weiter glotzen kann. Und ich soll ihm also jetzt meine Hände auf seine Schultern legen und mir dann von Frau Heggemann, Position sechs oder sieben – „Tag, Frau Heggemann!" – ihre fleischigen Hände auf meine Schultern legen lassen und dann im Takt von diesem blödsinnigen Lied im Entenmarsch mitmachen.

Kommt überhaupt nicht in Frage.

Ich bocke und versuche, Frau Heggemanns schon bereitwillig zuckende Fleischhände freundlich, aber bestimmt abzuwehren. Der Schlosser wartet auch immer noch auf meine Hände auf seinen Wandschrankschultern und sieht mich mit stierem Blick an.

„Wat is, Alex? Verstehsse wat nich? Po-lo-nä-se! Alle hinternander. Is' ganz einfach."

Auch Steffi dreht sich jetzt um zu mir und wartet auf entsprechende Mitwirkung von meiner Seite. Ich habe inzwischen den ganzen Haufen zum Stillstand gebracht – von hinten wird schon gemeutert – aber Mimi und Heinz haben noch gar nichts gemerkt und ziehen als Zweierspitze alleine weiter. Doch die Polonaise dahinter stockt.

„Jetzt komm schon!", sagt Steffi etwas bestimmter und bevor sie jetzt in dieser Phase einer leichten Anfangsalkoholisierung noch lauter, unberechenbarer und vielleicht sogar ungerecht wird, reihe ich mich also ergeben ein, stecke den Bierblock mit dem Gedicht in die Hosentasche und es geht los. „Hier fliegen gleich die Löcher aus dem Käse …!"

Unerträglich.

Eingequetscht zwischen Horst-Joachim und der schwitzenden Frau Heggemann muss ich jetzt diesen Blödsinn mitmachen. Die beiden Führenden haben immer noch nichts gemerkt und lenken jetzt ihren einsamen langen Marsch am Tresen vorbei quer durch die halb besetzte Kneipe.

Um die beiden Spitzenreiter wieder einzuholen, kürzt Onkel Herbert, der ja jetzt der Führende mit großer sozialer Verantwortung ist, den Weg ab. Direkt am Spielautomaten scharf rechts und dann immer geradeaus. Er legt ein beachtliches Tempo vor, so dass der trampelige Schrittrhythmus zur Musik, die unermüdlich durch die offene Saaltür schallt, einfach nicht mehr eingehalten werden kann. Wir können nur noch rennen und es entstehen große Lücken in den Reihen der Verfolger.

Kurz vor der Rückkehr in den Saal haben wir die Ausreißer aber wieder eingefangen und wir ziehen jubelnd, singend und überglücklich in die Ruhmeshalle ein. Herr Valente nickt uns freundlich zu und bedient gekonnt Tasten und Mikrofon. Und plötzlich ist das schöne Lied schon zuende. Ooooh!

„So, un' getz gehdet abber gleich waiter mit Michael Holm – Määändooociiinooo!", schmettert er als galanter sprechender Schiffschaukelbremser durch den Saal und die Meute jubelt.

„So, Steffi, mir reicht's. Ich muss sitzen."

„Och, komm, du alter Tanzzzbär, du willsses doch auch. Na, los, lassuns tanzzzen …!", bettelt sie und hat mich schon an den Händen.

„Nee, Steffi, hör auf, komm, lass los!"

Aber da geht der Irrsinn weiter schon. „Auf der Straße – tata-

tatatata – nach San Fernando – tatatatata …" Ich werd' noch verrückt.

Wir hoppeln uns also durch dieses sehr schöne Stück Musik, das uns von einem Mädchen erzählt, dessen Haar von zwei goldenen Spangen gehalten wird, und von einem Typen, der sich deswegen in sie verguckt, aber leider vergisst, sie anzusprechen oder gar nach ihrem Namen zu fragen. So ein Heiopei! Und jetzt fährt er jeden Tag in dieses verschissene Kaff Mendocino und fragt nach diesem Mädchen mit den Spangen, das aber keiner kennt. Und daher bleiben jetzt tausend Träume ungeträumt und tausend Küsse ungeschenkt. Also, ehrlich, ich bin drauf und dran, zu Johnny Valente zu gehen und ihm einige Verbesserungen für diesen unterirdischen Text vorzuschlagen. Aber er kann ja gar nichts dafür, er hat ihn ja nicht gemacht.

Ja, ich höre immer genau auf den Text. Ist ja wichtig.

„Määändociiino!"

Die Stimmung geht einem ersten Höhepunkt entgegen. Die Älteren japsen nach Luft, hochrote Köpfe zeugen von maximaler Aufopferung und Hingabe. „Dat Schönste is' doch, mitten auffe Tanzfläche zusammenbrechen und dat wars, oder Hilde?"

Bei Costa Cordalis und seiner *Anita* muss ich dann aber wirklich. Es geht nicht mehr.

„Steffi, tut mir leid, aber ich hab da ja noch …", sage ich und hole den Bierblock aus meiner Hosentasche.

„Oooch! Hass' du 'n Gedich' gemach', ehrlich? Sssuper! Ich wusstes doch."

Als dann unser Herr Valente etwas Gnade zeigt und eine kurze Tanzpause ankündigt, schiebt Steffi mich zu ihm hin.

„Sach ihm, dass du was vortrang wills', geh hin, na los!" Und wenn ich sage, sie schiebt, dann meine ich das wirklich.

„Herr Valente", beginne ich also, „ich hätte da noch …" Aber Herr Valente hebt nur die Arme zum Zeichen seiner Machtlosigkeit, denn es hat schon ein anderer die Mitte der Tanzfläche erobert, um wieder eine neue gesellschaftliche Sensation steigen zu lassen.

Peter Brinkmann, ein Schwippschwagervetterirgendwas von Tante Mimi lässt Stühle auf die Tanzfläche stellen und kommandiert wie ein kleiner Feldherr herum. Zu mir sagt er: „Kannss' glaich hierbleib'n, Alex. Dat wird lustich! Hahaha!"

Das Ganze soll wohl eine Art Spiel werden. Es werden weitere Freiwillige bestimmt. „Wir brauch'n vier Pferde, zwei Vorderräder, zwei Hinterräder, ein' König, dat is' Heinz, un' eine Königin, dat is' Mimi. Un' einen Kutscher, dat is' Alex!"

Ich will schnell abhauen, aber Peter Brinkmann hält mich einfach am Ärmel fest und drückt mich recht handgreiflich auf den Stuhl in der Mitte.

Das Kutscherspiel soll zelebriert werden. Scheinen alle zu kennen. Ich nicht. Jeder bekommt seine Rolle und ich scheine eine der Hauptfiguren zu sein – neben Mimi und Heinz natürlich, die hinter mir sitzen.

Max plaudert noch immer angeregt mit seiner dicken hübschen Vanessa, aber jetzt dreht er sich dann doch mal um, weil er wohl bemerkt hat, dass sein Vater in einer verdammt peinlichen Situation steckt. Er will mir helfen, ich spüre es, aber was soll er tun?

Und dann geht es auch schon los.

Peter Brinkmann erklärt kurz, worum es geht. Und es wird mir schnell klar: Ums Saufen! Peter wird gleich eine Geschichte erzählen, in der alle Mitwirkenden vorkommen. Also Pferde, Vorder- und Hinterräder, König und Königin und natürlich der Kutscher. Wer genannt wird, muss aufstehen und sich dann wieder setzen. Was für Doofe, also. Kindergarten. Lächerlich. Es ist schon erstaunlich, zu welch hirnlosem Blödsinn der Mensch bereit ist, wenn es der Unterhaltung dient.

Wer aber seinen Einsatz verpasst, der muss saufen. Genügend klarer Schnaps steht für diesen Zweck schon bereit. Der olle Schultenbrink persönlich steht da am Rande des Geschehens mit einem vollen Tablett und grinst hämisch dazu.

Und dann erzählt Peter die Geschichte.

„Der König … (der goldene Heinz steht auf und schielt bedauernd zum Schnaps herüber) … und die Königin … (die goldene Mimi steht auf) … wollten eines Tages einen Ausflug machen. Man ließ den Kutscher kommen … (sehr lange Pause! Welcher Idiot pennt denn hier?)

„Alex! Schnaps! Hahaha!"

Ich bin also der Erste, der in den Genuss eines herrlich klaren, noch kühlen Schnapses kommt. Schön. Her mit dem Pinnchen. Ich kippe es furchtlos herunter, denn da darf man sich keine Blöße geben. Es wäre doch das Letzte, wenn sich bis zum nächsten Familienfest das Gerücht hielte „Der Alex verträcht ja überhaupt nix!".

Dann geht es weiter. Die Pferde, die Räder, der König, die Königin … und immer wieder der Kutscher. Es geht so schnell, dass man einfach nicht mitkommen kann. Nach sechs Schnäpsen, die immer wärmer werden, ist das Spiel für mich vorbei und ich wanke grinsend zurück zu meiner Steffi.

„Du hass ja überhaup' nich' aufgepass', Alex, mein Schatzileinchen." Oh, der Rotwein ist an ihr auch nicht spurlos vorübergegangen. „Wann sags' du denn jetz' dein Gedicht auf?"

„JETZZZ!", proklamiere ich mutig, aber da haut der Valente auch schon wieder in die Tasten.

„Drah di net um! Oh, oh, oh!"

„Der Kommissar! Komm Steffi, steh auf! Wir tanssen." Ja, ich bin gerade irgendwie so in Stimmung. Weiß auch nicht. Gedicht später. Hat Zeit.

Steffi ist sich wohl nicht so ganz sicher, ob das eine gute Idee ist, jetzt das Tanzbein zu schwingen, wirkt etwas überrascht, aber dann rafft sie sich doch auf und schon zucken wir beide im Rhythmus dieses schmissigen Falco-Songs. Was der Valente alles drauf hat! Wahnsinn. Ich winke ihm zu und er nickt freundlich zurück.

„Alles klar, Herr Kommissar?"

Ich raste regelrecht aus bei dieser Nummer und Steffi mit mir. Was haben wir früher dazu getanzt. Oh, war das toll! „Drah di net um!" Und hinterher geknutscht und so weiter, wenn es gut lief. Das waren Zeiten. Ich bin wieder jung! „Schau, schau, der Kommissar geht um."

Auch Steffi tobt sich mächtig aus und wir kassieren bewundernde, vielleicht auch befremdliche Blicke von allen Seiten. Einen respektablen Freiraum in der Mitte der Tanzfläche haben wir uns schon erobert. Da traut sich keiner, unseren wild rudernden Extremitäten zu nahe zu kommen. Und schon geht es munter weiter mit *Boogie Wonderland* von Earth, Wind and Fire. Ich werd' noch verrückt. „Steffi! Boogie Wonderland!"

Nach *Ladies' Night*, Kool & the Gang, und *Stayin' Alive*, Bee Gees, sind wir dann aber erst mal erledigt und wir brauchen eine kleine Pause.

Unter anerkennenden Rufen wie „Die Knippschilds drehen auf!" oder „Alter Disco-Schwede!" direkt an meine Adresse wanken wir glücklich zurück zu unseren Plätzen. Und mit einem Gläschen vom Lieblichen, einem Roten und einem kleinen Schnäpschen für mich („Hier, Alex, so jung komm' we nie mehr zusammen!") ist die Pausenzeit auch gut gefüllt. Ich haue einfach beides weg und muss dann aber erst mal nach draußen. Es ist einfach zu warm hier drin und zu voll. Frische Luft! Auch Johnny Valente steht vor der Eingangstür und zieht ziemlich süchtig an seiner dünnen krummen Zigarette.

„Toll, Herr Valente, was Sie alles so draufhaben."

„Jo, danke", sagt er und zieht wieder ganz gierig. „Bin där Fritthelm", sagt er dann, stößt eine dicke aromatische Rauchwolke aus und reicht mir seine Hand.

„Alex", sage ich und wir schütteln uns freundlich die Pranken.

„Bin ja einklich Keyboarder inne Hardrockband", eröffnet er mir dann, raucht wieder und seufzt ein wenig wehmütig dazu.

„Keyboarder in 'ner Hardrockband gibt's doch gar nicht!"

„Ja, is' selt'n, woll? Und dat hier mach ich nur für Kohle, weiße, Alex? Dreihundert an so 'nem Abend sin' ja immer drin. Un' da spiel ich ehmt den ganz'n Quatsch – rauf und runter. Bei de Hardrockers gibb's höchstens mal 'n Hunni."

Aha, denke ich. Da kann er sich aber verdammt gut verstellen, Fritthelm, der Hardrockkeyboarder mit dem geheimnisvollen Künstlernamen. Ich hab ihm alles abgenommen. Sogar den goldenen Anzug, den Minipli und die Pilotenbrille. Als er merkt, dass ich genau darüber nachdenke, sagt er: „Perücke", und zieht ein wenig an seiner Haarpracht, dass das Toupet sich etwas hebt.

„So musse ehmt ausseh'n, wennze im Showgeschäft mitmisch'n willz."

Mmh, verstehe.

„Wollze nich'n Gedicht vortrahng?", fragt er mich dann.

Ja, genau, fast hätt ich's vergessen.

„Ja, komm, dann mach'n we's getz!"

Aber als wir beide dann den Saal wieder betreten, hat sich Tante Dolly eigenhändig des Mikrofons bemächtigt und trägt gerade wieder eines ihrer wunderschönen Gedichte vor.

„Wie schnell verjeht doch Jahr für Jahr …"

Oh, Mann!

„Na, dann später vielleicht", sagt Johnny Valente und verzieht sich wieder geduldig hinter seine Musikmaschinerie, um sich für den nächsten Set gründlich vorzubereiten. Er wirkt so, als hätte er so einiges vor.

„Er ist Keyboarder in 'ner Hardrockband", sage ich zu Steffi.

„Keyboarder in 'ner Hardrockband? So was gibbs doch gar nicht!", sagt sie.

„Ja, ist selten."

Tante Dolly hat ihr Gedicht dann endlich beendet, alle klatschen erleichtert und Valente kann wieder in die Tasten hauen.

Jetzt will er uns wohl zeigen, was er drauf hat. Er kneift mir ein Auge und beginnt direkt mit *I was made for lovin' you, Baby*, Kiss. Wir stürmen wieder auf die Tanzfläche. Und dann *Can The Can*, Suzie Quatro, es folgt ein kleiner Ausrutscher mit *Barfuß im Regen*, Michael Holm, aber dann direkt, ich kann es gar nicht glauben, *Smoke on the Water*, Deep Purple.

Damit hatte er wohl selbst nicht gerechnet, denn Valente wirkt etwas erstaunt, dass dieses Liedchen jetzt so unverhofft aus seinem Instrument quillt. Manche Lieder wollen eben einfach raus. Aber das Volk ist begeistert, es hüpft und jault und grölt laut mit.

Nicht alle, natürlich. Nur die jungen Leute.

„Smooooke on se Wooooter!" Und dann wieder die Gitarre. Einmalig, was die Zauberorgel alles kann.

Steffi und ich sind ergriffen von den Künsten des Johnny Valente, von diesem einmaligen Tanzvergnügen und dieser wunderbaren Familienfeier.

Ja, es ist toll! Goldene Hochzeit, Golden Earring, Radar Love, Rolling Stones, Satisfaction.

„Guck ma' da", ruft Steffi plötzlich und da sehe ich unseren Sohn mit der hübschen dicken Vanessa auf der Tanzfläche herumhopsen. Zu *Satisfaction*! Ich habe eine kleine Träne im Auge. Sie tanzen etwas zu cool vielleicht für so eine Hammernummer, aber sie sind da. Und das zählt.

Nach *Highway to Hell* sagt Steffi dann plötzlich: „Mir is' schlecht", und schleppt sich von der Tanzfläche Richtung Toilette. Max lässt augenblicklich seine Vanessa stehen und geht Steffi hinterher. Ich bin einfach zu langsam.

Unser Max. Toller Bursche.

Und dann spüre ich doch, wie der Liebliche und die Schnäpse ihren Tribut fordern. Es dreht sich alles ein wenig um mich herum, ich lasse mich mit einem leicht unintelligenten Lächeln auf meinem Stuhl nieder und werde plötzlich auch ganz müde.

Onkel Herbert mault irgendwie rum, dass ihm die Musik nicht gefällt, Dirk und Carsten sind verschwunden und Carola und Martina süppeln Biere und Kurze und prosten mir fröhlich zu. Dann steht Martina etwas wackelig auf, kommt auf mich zu, fasst mich an, ja, sie tätschelt mir die Wange, lässt mich in ihr Dekolleté schielen und fragt mit der Stimme einer betrunkenen Barfrau: „Wommwe tanz'n, Alex?"

Doch ich muss mal kurz aussetzen.

Onkel Heinz und Tante Mimi sind eben mal weggenickt und der Rest der Gesellschaft trinkt und feiert. Wie immer. Doch die Stuhlreihen haben sich etwas gelichtet. Einige saufen direkt an der Theke und einige sind vielleicht sogar schon verduftet.

Steffi kommt zurück und sieht etwas blass aus. Barfrau Martina ist zum Glück beleidigt wieder verschwunden.

„Wie geht's dir, Steffi? Alles klar? Hast du ...?"

„Nä, nä", sagt sie, mir war nur bisschen komisch. „Wie spät isses denn eigentlich?"

Tja, gute Frage. Ich schiele auf meine Uhr und stelle fest, dass es doch tatsächlich schon zwei Uhr in der Nacht ist.

„Zwei! Das gibt's doch nicht!"

„Komm, lass uns abhauen", sagt Steffi und steht auch schon auf.

Ja, eigentlich hat sie recht. Ist spät genug. Wir haben genug gefeiert. Irgendjemand hat Herrn Valente wohl wieder zur Vernunft gebracht und ihm *Schön war die Zeit* von Freddy Quinn abverlangt, was Valente jetzt auch gekonnt professionell in Richtung Tanzboden schmettert, wo die ältere, wieder aufgewachte Generation jetzt dazu übers Parkett schlufft. Ich nicke Valente im Vorbeigehen noch mal zu und hebe den Daumen und er nickt verschwörerisch zurück. Gleich hat er es ja auch geschafft. Lange machen die alle nicht mehr.

„Komm, Max, wir gehen schlafen."

„Oooch, schon?"

„Na, hör mal!"

Und dann schlürfen wir unerkannt und hundemüde, aber glücklich zu unseren Betten im ersten Stock des Gasthauses.

„Wat is' denn mit deim' Gedicht?", ruft Dirk mir hinterher, aber ich winke nur müde ab.

***

Am nächsten Tag geht es dann wieder zurück nach Leckede. Ziemlich spät am Nachmittag erst – aus einleuchtenden Gründen. Wir haben fast bis Mittag geschlafen, ein sehr spätes Frühstück zu uns genommen und jetzt sind die Knippschilds wieder einigermaßen auf der Spur.

Für Max haben wir noch einen Stuhl aus dem Saal geklaut, damit er hinten sitzen kann und das Love-Kuschelkissen ist auch irgendwie mitgekommen. Max hängt schon wieder über seinem Handy.

„Was machst du, Max?"

„Ich schreibe mit Vanessa!"

Ah so.

„Sag mal, was war denn jetzt eigentlich mit deinem Gedicht?", fragt Steffi mich dann auch plötzlich, als wir schon auf der Landstraße Richtung nach Hause sind.

„Ooch, ja, hier!", sage ich und zerre mir den Bierblock mit

meinem Klogedicht aus der Hosentasche.

Sie nimmt es stirnrunzelnd entgegen und liest dann laut vor.

„Liebe Mimi, lieber Heinz, goldnes Ehepärchen,
fuffzich Jahre, leckopfanni, sind doch mal 'n paar Jährchen.
Noch mal Fuffzich wär zu viel, kannze gar nich' schaffen.
Noch mal zehn, das ging vielleicht, ohne abzuschlaffen.
Habt ihr alle eingeladen, sind auch alle da,
manche will man gar nicht seh'n, andere … na klar!
Alle quatschen, alle reden, manche lästern hintenrum:
Horst hat ja den Lappen wech, läuft sich getz die Hacken
krumm.
Willy hat was mit Sabine. Heike ist mit Bernd verkracht.
Auch Bettina wieder solo, Jan und Bea – Schluss gemacht.
Wat der Alex wohl verdient, brutto oder netto?
Ob die Knippschilds pleite sind? Ham nix mehr in petto.
Ist der Herbert dick geworden! Und die Tina fett!
Wat der Carsten jetzt so blöd is', war doch immer nett.
Nächstes Mal komm' alle wieder, haun sich in die Pfanne,
ziehen über'nander her, immer volle Kanne.
Auch zur nächsten Feier wieder kommt das ganze Pack.
Manchen geht's da richtig gut, manchen auf den Sack.

Steffi legt den Bierblock weg und sieht mich leicht hilflos an.
Dann verzieht sie ihren Mund und sagt: „Vielleicht ganz gut,
dass du das nicht vorgetragen hast."

Und ich glaube, da hat sie sogar recht. Max muss grinsen.

Und dann bricht es aus uns allen heraus: befreiendes, brüllendes Gelächter und es geht im Sonnenschein und Vollgas Richtung Heimat. Wir haben es geschafft!

Ach ja, alles in allem war es doch 'ne tolle Feier, hat doch Spaß gemacht. Sogar Max würde jederzeit wieder mitkommen, glaube ich.

„Mama, wann feiert ihr eigentlich goldene Hochzeit?", fragt Max da plötzlich.

„Dauert noch!", antwortet Steffi.

„Dann sollten wir Herrn Valente engagieren", meint Max trocken. „Der kann Stimmung machen!"

Jo. Ab nach Hause.

Siebte Sauerländer Weisheit:

Essen, trinken, schöne Lieder
un' dann reicht's auch ers' ma' wieder.

Fährst du?

„Fährst du?", frage ich meine liebe Frau beim Verlassen des Sapori Italiani, unseres Lieblingslokals in Leckede, in dem wir uns mit
Silke und Moritz zum Essen getroffen hatten, und halte ihr fast
schon verführerisch klimpernd die Autoschlüssel hin.
Sie sieht mich einigermaßen erstaunt an, weil die Frage nicht
alltäglich ist. Nein. Eigentlich fahre ich. Meistens. Ja, das hat
sich so eingespielt. Ich gehe nach links zur Seite mit dem Lenkrad und sie steigt rechts ein. Manchmal gehe ich auch zuerst
nach rechts, halte ihr die Beifahrertür auf, deute sogar eine kleine
Verneigung an und gehe dann erst um das Auto herum nach
links rüber.
Manchmal mache ich das, und mehr aus Spaß eigentlich, aber
nicht immer, denn ich finde bei modernen Menschen der Neu-
zeit sollte es durchaus möglich sein, dass Frauen auch selbstständig eine Autotür öffnen. Sie können ja sogar seit längerer Zeit
schon alleine in einen Mantel steigen, ohne dass alle Männer in
der Nähe aufspringen müssen, um der armen Frau in die Garde-
robe zu helfen. Diese Zeiten sind doch längst vorbei, oder?
Aber manches bleibt eben: Links der Mann, rechts die Frau.
Das ist übrigens schon seit den Zeiten der Säbelträger so, und
vielleicht haben wir auch nur deswegen Linksverkehr auf unseren Straßen. Könnte doch sein, oder?
Sie verstehen nicht? Also …
Eine Frau muss natürlich beschützt werden. Klar. Da sind wir

uns einig. Man muss ihr nicht unbedingt in den Mantel helfen – viele Frauen wollen das ja auch auf keinen Fall –, aber beschützen muss man sie, auch wenn sie nicht wollen. Und in den dunklen Zeiten der Vergangenheit, da gab es noch jede Menge triftige Gründe, eine Frau zu beschützen. Es wäre ganz schön, wenn dieser nette Brauch auch heute nicht so ganz in Vergessenheit geriete.

Auf jeden Fall ging da in diesen finsteren Zeiten der Mann links neben der Frau, weil er eben links seinen Säbel trug, den er mit der rechten Hand ziehen und dann nach rechts schützend vor die Frau halten konnte, wenn ein Angreifer sich näherte. Oder ein wildes Tier oder eben ein wilder Mann. Das war in Zeiten des rasselnden Säbels die optimale Art, eine Frau zu beschützen. Frau rechts, Mann links. (Bei Linkshändern sah die Sache dann natürlich genau andersrum aus, oder die Frau wurde vor dem eigentlichen Beschützen erst mal schwer verletzt, mmh … Naja, die meisten sind ja Rechtshänder.)

Diese schöne Sitte hat sich dann wohl auch für das später erfundene Autofahren so bewährt. Frau rechts, Mann links. Und vielleicht ist darum auch das Steuer links. Jetzt wissen Sie jedenfalls Bescheid. Na gut, in vielen Länder ist das Steuer auch rechts. Alles Linkshänder? Ich weiß es nicht. Müsste ich mal googeln.

Ausnahmen von der Frau-rechts-Regel gibt es eigentlich nur, wenn die Gefahr eindeutig von der anderen Seite kommt, also beispielsweise von der Straße, die sich aber vielleicht ja auch mal rechts von der Frau befinden kann. Je nachdem, in welche Richtung uns der fußgängerische Weg führt und auf welcher Seite der gefährlichen Straße wir uns befinden. Dann spielt die Sache mit dem Säbel keine Rolle mehr, dann muss der Mann natürlich rechts von der Frau gehen.

Ganz einfach immer da, wo die Gefahr ist, die der Frau schaden könnte. Merke: Es gilt im Leben eines Mannes in erster Linie, Gefahren von den Frauen fernzuhalten.

Deshalb fährt eben auch der Mann das Auto.

Aua!

Das hat wehgetan, aber ich hab sie natürlich verdient, diese Backpfeife, liebe Frau, die Sie das hier gerade mit Empörung lesen und mir dafür eine geklebt haben. Geschieht mir ja recht. Es ist einfach ein bisschen chauvi. Jedenfalls hört es sich so an.

Bei uns ist das natürlich nicht so, bei Steffi und mir. Da fährt auch schon mal die Frau – gelegentlich. In besonderen Situationen. Eine besondere Situation wäre jetzt zum Beispiel das soeben eingenommene Mittagessen, das bei der männlichen Hälfte des Ehepaares Knippschild von zwei Gläsern Pinot Grigio begleitet wurde, während der weibliche Teil dieser ehelichen Verbindung nur Mineralwasser Medium getrunken hat. Davon sogar drei. Nicht billig.

„Also, fährst du jetzt, Steffi?"

„Was hast du denn getrunken?", fragt sie überrascht, als ob das jetzt ausschlaggebend wäre. „Kannst du denn nicht mehr fahren?"

Was für eine Frage! Natürlich kann ich fahren. Ich kann immer fahren. Und zwei lächerliche Gläschen dieses dünnen italienischen pseudoalkoholischen Getränks können mich in keiner Weise daran hindern. Ich fahre dann sogar besser als ohne.

Ja, das stimmt. Ich fahre dann ein wenig befreiter, geschmeidiger, nicht ganz so verkniffen, ich vergebe anderen Verkehrsteilnehmern schneller – und fahre vielleicht auch ein wenig schneller. Nur muss man es ja nicht drauf ankommen lassen, wenn da doch plötzlich mal die berühmte Kelle rauskäme und man dann vor den Herren in Uniform in dieses Röhrchen blasen müsste … jaaa, dann wären wir immer noch lange nicht bei den unter Strafe stehenden Nullkommafünf Promille. Aber nahe dran, denke ich. Und das muss ja nicht sein.

Was hat Gaetano jetzt noch mal für Gläser? Null Komma eins fünf oder null zwei? Bei null zwei wären wir wahrscheinlich ziemlich dicht an der Null-Komma-fünf-Schallmauer ... oder schon drüber?

Also, was soll's? Steffi kann ja auch mal fahren, damit sie es nicht ganz verlernt. Sie kommt ja sonst völlig aus der Übung, wenn ich immer fahre und sie nur daneben sitzt – und über meinen Fahrstil meckert.

Ja, das macht sie oft und es gefällt mir ganz und gar nicht, weil es weder nötig ist noch in irgendeiner Weise gerechtfertigt. *Pass auf! Fahr nicht so schnell! Fahr nicht so dicht auf! Hast du den nicht gesehen?* ... und diese ganzen Sprüche kommen dann. Das kann schon mal echt nerven. Ich habe wirklich ein dickes Fell, aber hinter dem Steuer, da kann ich dann auch schon mal zum Tier werden.

Das sagt Steffi übrigens auch, wenn ich mal wieder einen dieser Verkehrsbehinderer, die da provokant vor mir herschleichen oder meine Vorfahrt nicht anerkennen, als Idioten bezeichne oder sogar mit Namen unaussprechlicher Körperteile belege. Hach, ist doch wahr! Wie kann man manche Leute denn überhaupt auf die Straße lassen? Die haben doch ihren Führerschein im Lotto ... das ist doch ...!

Naja, ich rege mich schon wieder auf.

„Ach, wenn doch alle so toll fahren würden wie der Herr Knippschild", sagt Steffi dann oft mit äußerst ironischem Unterton, der einem echt den Tag versauen kann.

„Also, fährst du jetzt oder nicht, Steffi?"

Wortlos und mit einem Schulterzucken nimmt sie mir die Schlüssel ab und wir steigen in unseren silbernen Volvo. Sie links, ich rechts. Warum denn nicht? Wir sind modern, demokratisch und weltoffen. Da ist alles möglich.

Natürlich fährt sie mit einem ordentlichen Rucker los, weil sie mit der Kupplung nicht so recht klarkommt. Ich sage gar nichts, aber sie sagt trotzdem: „Aber du!", weil auch ich manchmal mit dieser Kupplung hadere. Ist irgendwie nicht richtig eingestellt.

Und sie schnallt sich nicht an. Nie. Sie fährt immer los, ohne sich anzuschnallen. Jedes Mal versucht sie, diese seit Langem bestehende Vorschrift zu umgehen. Abgesehen davon, dass es wirklich Sinn macht, sich anzuschnallen, geht doch immer das Gepiepe los, weil das Auto ja merkt, dass da jemand nicht angeschnallt ist. Ja, die modernen Autos machen sich eben Sorgen um uns. Sie kümmern sich.

„Steffi, bitte …!"

„Jaja."

Und dann biegt sie sich und stöhnt dabei, als hätten erste Wehen eingesetzt, und würgt den Gurt um sich herum, während sie versucht, die Straße mit dem linken Auge von schräg unten im Blick zu behalten – und längst schon in den dritten Gang hätte schalten müssen. Das Motorengeräusch und der Drehzahlmesser sprechen ihre eigene Sprache. Aber Steffi hört weder auf den gequälten Motor noch hat sie jemals einen Blick für den Drehzahlmesser gehabt. Ich nehme an, sie weiß gar nicht, wo der ist, obwohl ich immer wieder mal ganz spielerisch während der Fahrt auf dieses nützliche Instrument hinweise.

Und was er aussagt, das weiß sie garantiert nicht. Wie oft schon habe ich versucht, es ihr zu erklären, aber sie blockt jedes Mal erfolgreich ab. „Ach, Alex, hör doch auf mit dem Quatsch!"

Technikverweigerer.

Ja, das ist sie. Steffi hat nie gelernt, die Errungenschaften der modernen Technik anzuerkennen und auch entsprechend zu nutzen, was ihr hier und da enorme Vorteile verschaffen könnte. Dass sicherlich bei der Erfindung des modernen Autos auch Menschen gestorben sind, dass es wahrscheinlich auch bei der Entwicklung des Drehzahlmessers Tote gegeben hat, interessiert sie gar nicht. Da sind Menschen für ihren Drehzahlmesser gestorben, und sie guckt gar nicht hin.

Diese totale Verweigerung fängt in der Küche schon an. Sie kann wunderbare, wohlschmeckende dreigängige Menüs zaubern, indem sie als einziges Werkzeug einen Löffel benutzt. Mit dem Löffel wird geschnitten, gewendet, gerührt, gekostet, geteilt, gequirlt … naja. Aber den Nudelgreifer, den wir selbstverständlich auch haben, würde sie nie nehmen. Geht doch alles so, sagt sie immer. Ja, das meiste geht, aber warum denn? Vielleicht sind auch für den Nudelgreifer schon Menschen gestorben.

Sie hat den Gurt jetzt schon halb um sich herumgelegt, sucht aber noch das Gegenstück zwischen den Sitzen, wo man ihn einhaken kann. Ich helfe ihr wortlos, damit das Gewürge ein Ende hat und sie nicht etwa jetzt auch noch schlechte Laune dabei bekommt, und das Dings klickt endlich ein. Und das Gepiepe hört auf.

„Hättest du vielleicht die Güte, jetzt mal eben in den dritten Gang zu schalten?", frage ich mit ausgesuchter Höflichkeit.

„Jaja! Schon gut. Warum haben wir eigentlich kein Automatikauto?"

Haben wir eben nicht. Aber wo ist das Problem beim Schalten? Und das mit der Kupplung ist ja nur beim Anfahren. Unser Armaturenbrett schlägt ja sogar noch den Gang vor, in den man schalten könnte. Eine deutliche große Drei leuchtet da bereits seit einiger Zeit auf und fragt somit: *Wie wär's mit Gang drei, Frau Knippschild? Nur so als Idee. Und nur wenn Sie wollen, natürlich. Ansonsten fahren Sie einfach mit viertausend Umdrehungen pro Minute noch eine Weile weiter. Das muss ein moderner Motor aushalten. Aber Sie haben ja hoffentlich Ihren Mann dabei, der Sie zu gegebener Zeit auf die Gefahren aufmerksam machen wird.*

Da sind sie wieder. Die überall lauernden Gefahren. Man muss die Frauen davor beschützen – und die teuren Motoren.

Gang drei ist jetzt drin, der Motor atmet ein wenig auf und schon leuchtet die Vier am Armaturenbrett auf, weil wir inzwischen schon eine Geschwindigkeit haben, da würde sich sogar dieser nur um eine Zahl höhere Gang anbieten, aber ich sage jetzt erst mal nichts und wir gleiten recht flott durch den Verkehr des frühen Nachmittags.

„Blinken", sage ich nur so ganz belanglos und nebenbei, als hätte es nicht viel zu bedeuten. Steffi weiß ja, wo sie hinwill. Warum soll sie blinken? Für den automobilen Verkehrsteilnehmer hinter uns hätte es allerdings schon eine gewisse Bedeutung, über ihre Absichten informiert zu werden. Der hupt gerade entrüstet, weil er ja nicht wissen konnte, dass Steffi genau hier abbiegt und vorher, wie meistens, ziemlich heftig in die Eisen steigt. Das macht jetzt auch zwangsläufig der Mann hinter uns und es fehlen nur ein paar Zentimeter und wir hätten wieder mit unserer Versicherung sprechen müssen. Steffi hat das aber gar nicht so mitbekommen und vor allem nicht so gesehen.

„Der spinnt doch!", sagt sie und zeigt ihm auch noch einen Vogel.

„Steffi, hör auf damit!"

„Naja, ist doch wahr. Spielt sich hier auf mit seiner dicken Karre."

„Aber ... du hast nicht geblinkt."

„Ach, dann habe ich eben nicht geblinkt. Ja und?", entrüstet sie sich. „Das kleine Lämpchen. Lächerlich! Ob es jetzt leuchtet oder nicht. Seid doch nicht alle so kleinlich! Der Kerl soll halt nicht so dicht auffahren, dann merkt er schon, wohin ich will, dieser dämliche Vollidiot."

Und dann streckt sie ihm auch noch den Mittelfinger entgegen, als er uns überholt, und ich versuche, hinter meiner linken Hand komplett zu verschwinden. Könnte gut sein, dass der dämliche Vollidiot sich mal eben unsere Nummer notiert und wir dann vielleicht schon ein paar Wochen später die Gelegenheit bekommen, den dämlichen Vollidioten sogar persönlich vor einem Richter kennenzulernen. Könnte doch sehr nett werden.

Einmal hatten wir das schon.

Es ging um einen vergessenen Parkzettel. Also Steffi hatte vor lauter Aufregung vergessen, einen zu ziehen, bevor es dann auf große Einkaufstour ging. Und als sie dann bepackt mit Tüten und Taschen zum Auto zurückkam, sah sie, wie gerade eine sogenannte Politesse einen ihrer eigenen Zettel unter dem Scheibenwischer anbrachte. Zwanzig Euro hätte der Spaß gekostet. Geht eigentlich.

Aber weil Steffi nun mal als recht temperamentvoller und impulsiver Mensch gerne auch etwas direkter wird, wenn sie sich ärgert, hat sie der Politesse schon von Weitem zugerufen, ob sie, als blöde Kuh, denn nichts Besseres zu tun hätte, als hier ihre scheiß Zettel zu verteilen. Das kostete dann allerdings schon fünfhundert Euro, weil die Dame in Uniform wenig Spaß verstand – der es im Übrigen ja auch gar nicht sein sollte. Es war Steffi durchaus ernst mit dem tierischen Vergleich.

Ich habe dann mal wieder etwas gegoogelt und eine sehr interessante Preisliste gefunden.

Dir hat die Sonne wohl das Gehirn verbrannt! kostet schon sechshundert Euro. Sehr teuer. *Ins Gehirn geschissen* ist erstaunlicherweise nur leicht teurer. *Bei dir piept's wohl* kostet ganze Siebenhundertfünfzig, was ich nicht ganz verstehe. Ist doch noch ganz nett. Und ein schnell dahingeworfenes *Leck mich!* ist schon für preiswerte Zweihundertfünfzig zu haben. Da hätte ich echt gedacht, es wäre teurer. Das könnte man sich ja fast öfter mal leisten. Und der Spruch *Am liebsten würde ich jetzt Arschloch zu dir sagen* fällt mit eintausendsechshundert Euro recht günstig aus, finde ich. Das mag aber am Konjunktiv liegen. *Alte Sau* ist mit zweitausendfünfhundert Euro eigentlich etwas überteuert, weil es ja nur drei Silben hat. Aber der absolute Spitzenreiter kommt völlig ohne Worte aus und ist der Stinkefinger. Ganze viertausend Euro kann so etwas kosten!

Na gut, es geht da um den Stinkefinger, den man einem Polizeibeamten entgegengestreckt hat, aber vielleicht ist der wütende Mann hinter uns ja sogar ein Verkehrsrichter oder ein Staatsanwalt.

Jedenfalls sind wir ihn jetzt los und die Fahrt kann nach diesem recht aufregenden Abbiegevorgang weitergehen. Es dauert heute etwas länger bis nach Hause, weil wir noch Max abholen müssen, der nach der Schule zu seinem Freund Sven mitgenommen wurde.

„Hast du die nicht gesehen?", frage ich jetzt doch etwas aufgebracht, weil die Radfahrerin es meiner Meinung nach so gerade eben noch geschafft hat, ihr schon recht bejahrtes, aber doch sicherlich immer noch lebenswertes Leben in Sicherheit zu bringen, bevor Steffi die alte Dame einfach plattgemacht hätte.

„Hat die keine Klingel?", fragt sie aber nur, doch ich merke, dass der mögliche Tod der alten Radlerin mit all der Zukunft, die ihr trotz des hohen Alters noch geblieben wäre, Steffi etwas zusetzt. Ja, das ist hier wieder mal kein Ponyhof und ein Menschenleben ist nicht viel wert.

Dann schweigen wir eine Weile, weil es nichts zu sagen gibt. Steffi konzentriert sich auf die Herausforderungen und das Gesetz der Straße. *Leben und leben lassen* scheint ihr aktuelles Motto zu heißen und damit kann *ich* sehr gut leben.

Wir kommen jetzt raus aus Leckede und befahren die Bundesstraße 55 Richtung Meschede. Landschaftlich sehr schön. Ja, das muss man sagen. Es geht bergauf, bergab, in Linkskurven, in Rechtskurven. Vorbei am Hennesee.

Steffi macht das alles sehr geschmeidig und flüssig, sie schneidet keine Kurven und fährt sie gut aus. Das heißt, sie könnte meiner Meinung nach in den Rechtskurven ruhig etwas weiter rechts fahren, aber gut. Wenn keiner entgegenkommt, der eventuell die Kurve etwas schneidet, und kein Motorradfahrer, der sich zu weit in diese Kurve legt, dann geht's ja. Ich brauche noch nicht ins Lenkrad zu greifen.

Ich wünschte mir allerdings wie die richtigen Fahrlehrer auch einen zweiten Satz Pedale auf meiner Seite, denn Steffi fährt momentan sehr … besinnlich, sagen wir mal, und ich würde zu gerne meinerseits auf das entsprechende Pedal treten.

Gib Gas, flehe ich sie innerlich an, ohne direkt etwas zu sagen.

Nur die Ruhe, Alex, halte ich mich selbst eisern zurück. Es lohnt sich ja doch durchaus, diese Besinnlichkeit zu genießen und auch mal aus dem Fenster zu schauen. Bäume, Wiesen, Felder, Kühe … Aber ich habe das ja schon alles gesehen und ein kurzer Blick darauf würde mir im Moment genügen.

Etwas schneller wäre wirklich schön, aber ich will Steffi nicht nervös machen. Es ist nur so ein Gefühl und der Urdrang, nach vorne zu kommen. Es muss doch immer weitergehen, aber Steffi scheint diesen Urdrang nicht zu verspüren, sie ist jetzt voll in ihrem Sicherheitsmodus. Oder eingeschlafen. Das könnte auch sein.

Straßenschilder schleichen an uns vorbei. Man kann alles lesen, alle Hinweis- und Zusatzschilder, *Frostschäden, Krötenwanderung,* ein griechischer Gasthof bietet als Mittagstisch Gyros plus Ouzo für acht Euro fünfzig an, sehr günstig. Ich sehe Wegweiser zu besonderen Aussichtspunkten, zum Beispiel einem Fledermaustunnel. Sehr interessant. Was ist das? Es gibt also hier doch noch einige Ecken, wo wir noch nie waren.

Die Landschaft wälzt sich wie dicker grün-brauner Sirup an uns vorbei. Ein riesiger Laster überholt uns kopfschüttelnd. Und der Fahrer des Rennrades in voller Neonmontur, der natürlich auch auf der Straße fährt wie alle anderen RennRADfahrer und nicht auf dem RADweg, ist schon bald nicht mehr einzuholen und schnell aus unserem Blickfeld verschwunden. Sollten uns jetzt auch noch die Wanderer überholen, die da mutig an der vielbefahrenen Straße entlanglaufen, sähe ich mich dann doch gezwungen einzugreifen.

Nein, ich halte es jetzt schon nicht mehr aus.

„Steffi! Unten rechts ist das Pedal, das man landläufig als Gaspedal bezeichnet. Wenn man drauftritt, erhöht das die Zufuhr von Kraftstoff, öffnet die Drosselklappe im Vergaser ein wenig – daher der Name *Gaspedal* – und damit insgesamt die Motorleistung. Die Drehzahl. Verstehst du, was ich meine? Du schleichst hier lang wie eine fette Schnecke."

Das war zu viel. Zumindest das Adjektiv *fett* hätte nicht sein müssen und hat nun wirklich überhaupt keine Berechtigung. Steffi ist an keiner Stelle fett. Ja, ich seh' es ja ein. Fehler. Fehler. Böser Fehler!

Sie sieht mich gar nicht an, sondern kneift nur kurz die Augen zusammen. Hoffentlich nicht zu lange, denn das könnte auch bei Schrittgeschwindigkeit schon eine entscheidende Kursabweichung bedeuten und vielleicht schon wieder einige Tote unter den Wanderern. Doch sie atmet nur tief durch und lächelt mich hinterhältig an, und das hat nicht unbedingt etwas Gutes zu bedeuten.

Dann spüre ich nur noch, wie die eben beschriebene Motorkraftsteigerung mich in die Sitze presst und der Volvo nach vorne schießt. Ja, das kann er, wenn man Gas gibt. *Der hat richtig Foffo unter de Haube!*, würde ein Sauerländer sagen.

Die Wanderer hechten mit gewagten Sprüngen in die naheliegende Böschung, als die Reifen quietschen, der Motor aufheult und der Volvo sich aufbäumt. Entsetzt verfolgen die Wandersleute, wie wir an dem lahmen Rennradfahrer vorbeischießen, den der Sog unseres Fahrtwindes zwar ein wenig durchrüttelt, aber ansonsten in seinem Vorwärtsdrang nicht beirrt. Und da ist auch hinter der nächsten Kurve schon der riesige Laster, der uns aber gehörig im Weg ist. Wir nähern uns ihm in einem Affenzahn.

Das Ende dieses gigantischen Lasterkastens, der mal rechts, mal links schlingernd die Straße hinunterdonnert, trägt eine außergewöhnliche Werbebotschaft, die ich vorhin gar nicht bemerkt habe und an dieser Stelle nicht erwartet hätte. Sie wird aber sehr schnell und äußerst bedrohlich größer und größer und damit für uns noch viel bedeutungsvoller. *An Gottes Segen ist alles gelegen* steht da, und ich glaube, mir bleibt nicht mehr viel Zeit auf dieser Erde, den Sinn zu deuten oder darüber nachzudenken.

Denn das ist ja wohl Zweck der Anbringung eines solchen Spruches auf einer Lastwagenrückseite. Geradezu eine perfide Werbeidee, wenn man es sich richtig überlegt. Man steht im Stau, kann nicht entfliehen, kommt nur zentimeterweise weiter und hat dann diese Botschaft vielleicht sogar stundenlang vor Augen. Man wird also entweder Philosoph, überzeugter Christ oder Fundamentalist der Gegenseite. Wer weiß?

Gottes Segen ragt jetzt meterhoch vor uns auf und ich habe so ein Gefühl, dass Steffi diese Botschaft vielleicht gar nicht gelesen hat. Würde sie sonst so nervös hinter diesem Monstrum hin und her zucken, um zu sehen, wie die Chancen für einen Überholvorgang stehen? Ich will sie jetzt nicht in ihrer strategischen Planung unterbrechen, denn das könnte zu unbedachten Reaktionen ihrerseits führen. Aber haben wir Gottes Segen für einen Überholvorgang auf dieser kurvenreichen Straße?

Ich kann es nur hoffen und bin kurz davor, das zu tun, was demütige Menschen in Filmen und Büchern an dieser Stelle alle tun. Sie versprechen im Angesicht des Todes und in aller Eile mit einem schnellen, selbstgebastelten kleinen Gebet, wieder zur Kirche zu gehen, einen ganzen Wald Kerzen zu stiften, großzügig zu spenden und meinetwegen auch wieder an den lieben Gott zu glauben, wenn sie bloß aus dieser verdammten Situation rauskämen. Was ist schon ein paarmal Kirche gegen ewig tot?

„Steffi, pass doch auf! Was machst du denn da?"

Doch sie hört mich nicht. Sie ist ganz in ihrer Welt und eins mit der Straße. Mensch und Maschine. Eine verhängnisvolle Symbiose. Fast hätte sie es schon gewagt, an diesem Ungetüm vorbeizupreschen, aber da ist dann doch in letzter Sekunde noch dieser Trecker plus Heuanhänger in der Kurve gesichtet worden, der uns gemütlich entgegenzockelt und Steffi zwingt, den mit Vollgas begonnenen Überholvorgang abrupt mit quietschenden Reifen und fluchend abzuwenden.

„Gottverdammter Scheißtrecker!"

Nein, sie hat die Botschaft scheinbar nicht gelesen. Oder nicht verstanden. Das Bäuerlein auf dem Trecker reißt erschrocken die Äuglein auf und wird sich gleich über die frohe Botschaft auf dem Lasterrücken freuen können, wenn er uns fassungslos hinterhersieht, und sie dann auch verstehen und sich augenblicklich bekreuzigen. Gottes Segen war auf jeden Fall mit ihm. Der Mann wird gläubig. Vielleicht war er's auch schon vorher.

Und Steffi reitet der Teufel. Wieder heult der Motor auf, der Volvo jault, gibt alles und zieht dann gnadenlos, aber schwer hechelnd an dem Monsterlaster vorbei. Gerade noch rechtzeitig, bevor der entgegenkommende Reisebus uns fast ein wenig gestreift hätte. Jedenfalls sah es für mich von der hilflosen Beifahrerseite so aus. Und ich bilde mir ein, im vorbeirasenden Bus eine ganze Horde kreischender Rentner in flotten beigen Wetterjäckchen gesehen zu haben, von denen es einige vielleicht im Nachhinein nicht überlebt haben.

Wir sind vorbei. Ich löse meine in die Polsterung des Sitzes verkrampften Hände, die noch immer zu Klauen verkrümmt sind, und atme tief durch. Die Straße ist frei und Steffi nutzt ihre

Chance, den Wagen auf satte etwa einhundertdreißig Stundenkilometer zu beschleunigen.

„Steffi!"

„Ja, bitte?", fragt sie nur kalt lächelnd und brettert entschlossen weiter – der neu aufgestellten Radarsäule entgegen, die der Gemeinde Meschede ein wenig Geld einbringen soll, indem diese wunderbar ausgebaute Straße so manchen automobilen Piloten dazu verleitet, die allgemeine Geschwindigkeitsbeschränkung großzügig auszulegen und das Gemeindesäckel ebenso großzügig zu füllen. Wenn Steffi so weiterfährt, wird man sicher sogar über eine Komplettsanierung der alten Kirche nachdenken können.

„Steffi, hier kommt gleich die neue Radarsäule!"

Sie denkt einen Moment nach, sagt aber dann: „In der anderen Richtung!" Und schon sind wir daran vorbei.

Ja, sie hat recht, die Säule ist für die entgegenkommenden Raser gemacht. Ja, stimmt. Na, noch mal Glück gehabt. Dann müssen wir eine Vollbremsung machen, weil die rote Ampel dann doch einfach zu rot ist, um sie zu ignorieren und noch eben durchzudonnern. Steffi trommelt nervös aufs Lenkrad.

„Steffi, wir haben doch Zeit. Jetzt ras doch nicht so hier durch." Sie lächelt mich nur gütig an und trommelt weiter.

Der Laster ist jetzt wieder hinter uns und der Fahrer grinst uns von hinten durch die Scheibe in den Rücken. Es scheint ihm Spaß zu machen, sich ein kleines Rennen mit uns zu liefern. Kann man ja verstehen. Ich meine, so ein Lasterfahrer hat doch ein ziemlich ödes Dasein. Den ganzen Tag hinter dem riesigen Lenkrad und immer nur die graue Straße vor sich. Da freut man sich doch, wenn man rennsportbegeisterte Gleichgesinnte findet, die sich gerne auf ein kleines Spielchen einlassen. Früher, als dummes Kind, wollte ich auch gerne Lastwagenfahrer werden. Freiheit, Abenteuer hatte ich mir so vorgestellt, aber vielleicht ist es einfach doch zu riskant, weil man auf den Straßen auf echt gefährliche Gegner treffen kann.

Es geht weiter.

Als ich in Bestwig dann ein Sparkassenschild entdecke, bitte ich Steffi, doch mal eben anzuhalten, weil wir kein Geld mehr haben. Bei Gaetano eben musste ich schon anschreiben lassen, weil ich auch keine EC-Karte dabeihatte, da ich nicht meine grüne Jacke anhab, die ich *immer* anhabe. Steffi meinte, ich könne ruhig mal was anderes anziehen. Und da hatten wir den Salat. Andere Jacke. Kein Geld. Bei Gaetano ist das natürlich kein Problem. Aber ich könnte ja eben mal was ziehen. Und vielleicht werden wir ja demnächst auch sehr viel Geld brauchen, wenn Steffi so weiterfährt.

„Da ist 'ne Parklücke."

Steffi schnauft kurz, brummt etwas in sich hinein und bremst den Boliden ab. Sie hält direkt neben der Lücke.

„Ja los, fahr rein!"

Das hätte ich lieber nicht sagen sollen, denn das Einparken eines solchen „Schiffs" von Auto ist nicht unbedingt ihre Stärke. Das hatte ich fast vergessen, weil ja eben meistens ich fahre und dann auch einparke. Und für mich ist so was überhaupt kein Problem. Entschuldigung, aber ich bin eigentlich *der* Einparker überhaupt. Der Weltmeister. Ich drehe mich nicht einmal um, wenn ich rückwärts in Lücken fahre, von denen Steffi meint, dass nicht einmal Platz für einen Smart quer darin wäre. Ich hab dafür eben ein Auge und drei Spiegel. Links außen, rechts außen und innen. Warum soll man sich da umdrehen? Phh. Lächerlich.

Frauen haben eben oft kein Einschätzungsvermögen für Größe, Entfernungen, Geschwindigkeiten oder Einparkwinkel. Irgendwas fehlt ihnen da doch.

Aua! Aber ich hab sie ja verdient, die zweite Ohrfeige. Entschuldigung!

Aber eins doch noch: Wenn man im Geometrieunterricht nur ein bisschen aufgepasst hat und auch sonst physikalisch nicht so ganz ohne Vorstellungskraft ist, dann ist Einparken doch überhaupt kein Problem. Nein, es kann sogar ein richtiges Vergnügen sein. Ja, und ich gebe auch zu, dass es mir Spaß macht, Steffi damit zu imponieren. Ich genieße es ein wenig, wenn sie fassungslos daneben sitzt und meine Einparkkünste still bewundert.

Still. Sagen würde sie nichts.

Und jetzt hab ich sie also in diese prekäre Lage gebracht, was ich eigentlich gar nicht wollte. Aber da stehen wir nun mal vor dieser Parklücke.

Sie überlegt kurz und fährt dann noch ein wenig vor, weil sie sich an ihre Fahrschulzeit zu erinnern scheint. *Rechts neben den Wagen vor der Lücke fahren, dann Rückwärtsgang und langsam zurück, bis man ... ja, wie weit muss man jetzt zurück, ab wo muss man lenken ... und wohin?* Das alles scheint ihr jetzt in Sekundenschnelle durch den Kopf zu schießen und ich sehe, wie Steffi ihre Stirn krauszieht und über all das fieberhaft nachdenkt, um jetzt ja nicht zu versagen.

Mein Gott, was für ein Stress, das hab ich ja gar nicht gewollt und sooo wichtig ist das mit dem Geld ja auch gar nicht.

„Wir können auch später irgendwo ...", sage ich nur vorsichtig und voller Zurückhaltung, weil ich weiß, wie empfindlich sie sein kann, aber es war schon wieder zu viel. Nein! Steffi *muss* das jetzt machen. Sie schüttelt daher nur ganz unmerklich den Kopf und verfällt in eine Art Trance oder Meditation. Ich kenne das und bin ganz froh, dass sie mich diesmal nicht dabei ansieht. *Jetzt gerade, ich zeig's dir!*, bedeutet das alles und ich muss sie dann ganz in Ruhe lassen.

Natürlich steht sie viel zu weit auf der Straße, um auch durch geschicktestes Einlenken in diese Lücke zu kommen. Das wird also so nicht gehen. Ich darf aber nichts sagen. Natürlich. Diese erzwungene Untätigkeit des Beifahrers liegt mir einfach nicht. Auch Steffi merkt nach ein paar Versuchen, die Kurve in die Lücke zu kriegen, dass es so nicht geht. Sie fährt ein paarmal vor, wieder zurück und atmet dabei schwer und tief. In den Bauch atmen, Steffi, in den Bauch!

Ich blicke verzweifelt nach rechts aus dem Fenster und schaue den Passanten zu, die die kleine Straße auf und ab gehen, Läden besuchen oder Geldautomaten aufsuchen, weil sie schon längst in einer schönen Parklücke stehen. Trotzdem. Es lenkt etwas ab. Einige von ihnen schauen uns auch sehr interessiert beim Einparken zu und ein paar blöde kleine Kinder zeigen mit den Fingern auf uns.

Nächster Versuch. Jetzt ist Steffi viel zu dicht an dem Nachbarauto, so dass ich schon ein paar neue Kratzer im Lack befürchten muss, und diesmal dreht sie sogar das Steuerrad zur falschen Seite, weil sie die Orientierung verloren hat, wie mir scheint.

„Steffi, soll ich eben …?"

Ja, diesen Satz kann ich aussprechen und betonen, wie ich will, er ist immer verkehrt, er kommt immer falsch an. Das lässt sie sich jetzt nicht nehmen. Sie *muss* da rein – und zwar alleine.

Vor, zurück, vor, zurück … und dann reißt auch ihr der Geduldsfaden und sie entschließt sich für eine entscheidende Änderung der Taktik. Sie fährt ganz weit zurück und mehr zur Mitte der Straße hin – einige Autos weichen erschrocken und hupend aus – und biegt dann einfach vorwärts nach rechts in die verdammte Lücke ein.

Natürlich hat es so überhaupt keinen Zweck. Das klappt nie. So nicht. Man *kann* auch vorwärts einparken, entweder wenn die Lücke riesengroß ist oder wenn man mit dem rechten Vorderrad vorsichtig und im richtigen Winkel den Bordstein erklimmt, einen kleinen Bogen auf dem Bürgersteig macht und dann wieder nach links mit dem Auto runter in die Lücke stößt. Das geht, ich habe es schon mehrmals bewiesen. Der Wagen saß jedes Mal wie maßgeschneidert in der Lücke, perfekt ausgerichtet und zentimetergenau eingepasst.

Steffi hat so etwas aber gar nicht vor. Ihr Konzept ist ein ganz anderes. Sie fährt einfach quer in die Lücke rein, dann auch über den Bordstein, aber mit beiden Rädern frontal, und landet dann halb auf dem Bürgersteig, wo jetzt wiederum die Passanten einen großen Bogen um uns herum machen müssen, weil der Volvo mit seiner Schnauze eben fast bis an das Schaufenster der Sparkasse reicht. Es bleibt aber noch ein kleiner Spalt für die Fußgänger, um sich da hindurchzuquetschen, und der muss eben reichen.

„So!", sagt Steffi nur, als hätte sie ihren Job damit erledigt und wartet wohl darauf, dass ich endlich aussteige und das Geld ziehe. Aber das kann ich nicht. Wir stehen mitten auf dem Bürgersteig!

„Na, geh schon, du Feigling", sagt sie dann, aber das lasse ich mir nicht sagen. Nein, ich bin kein Feigling. Doch auch, wenn sie da jetzt totalen Mist gebaut hat, muss ein Ehepaar zusammenstehen. *In guten wie in schlechten Zeiten* heißt es ja auch. Und das sind jetzt eindeutig schlechte Zeiten. Ich steige also aus. An kopfschüttelnden Fußgängern vorbei zum Geldautomaten, vor dem wir praktisch direkt stehen, fast wie bei einem Drive-in-Geldautomaten, aber diesmal bekomme ich kein Geld, weil ich ja gar keine Karte dabeihabe! Andere Jacke! Ja, ich bin heute doch etwas angespannt.

Als ich dann immer noch verarmt wieder einsteigen will, sitzt Steffi allerdings auf meinem Sitz, auf der Beifahrerseite.

„Was ist denn jetzt?", frage ich und sie sagt nur: „Du fährst! Schnauze voll."

„Ja, aber ..." Es hatte ja auch einen bestimmten Grund, dass sie heute mal gefahren ist.

„Einsteigen, abfahren!"

Na gut. Ich hole den Wagen so schnell und unauffällig wie möglich rückwärts vom Bordstein runter, wo auch er sich nicht so ganz wohlgefühlt hat, das merke ich ihm an, bin noch etwas durcheinander und vergesse, in den Innenspiegel zu sehen, denn hätte ich das getan, dann hätte ich mühelos den Motorradfahrer gesehen, der jetzt mit drohender Faust an uns vorüberdonnert.

Steffi tut so, als hätte sie nichts gesehen. Im Grunde aber bedeutet ihr plötzlicher prüfender Blick auf ihre Fingernägel nichts anderes als *Siehst du, so einfach ist das alles gar nicht mit dem Autofahren.*

Wir rollen.

Schweigend geht es aus Bestwig raus und weiter ... wenn wir denn mal weiter kämen. Schon wieder habe ich einen dieser fürchterlichen Verkehrsbehinderer vor mir. Nein, das sind sogar Verkehrsverweigerer. Sie nehmen gar nicht am Verkehr teil, sie machen ihren eigenen Verkehr, sie sind asozial und rücksichtslos. Mein Finger zuckt zur Lichthupe.

„Alex, lass das!"

Knurrend unterdrücke ich diesen Urtrieb und blinke dafür unbemerkt links, um zu zeigen, dass ich vorbeiwill, mich behindert, unterdrückt und meiner Freiheit beraubt fühle, aber das rhythmische Klicken des Blinkers verrät mich natürlich.

„Lass das!"

Und da haue ich einfach mit der Faust auf die Hupe, dass es kracht – und hupt natürlich. Ich kann einfach nicht anders. Verdammt noch mal.

„Alex!"

„Ja, warum fährt die alte Sumpfkuh denn nicht schneller oder rechts ran, um Menschen vorbeizulassen, die noch ein Ziel im

Leben haben?", raste ich förmlich aus.

„Hier ist *sechzig*!", erklärt mir meine Frau vorwurfsvoll.

„Ja, aber deswegen muss man doch nicht auch sechzig fahren. Genau sechzig! Das ist doch so was von … korrekt, da wird mir schlecht."

Steffi stöhnt leise. Und dann sagt sie mit neuerwachter Aufmüpfigkeit: „Und woher willst du wissen, dass es eine Frau ist oder vielleicht sogar eine Sumpfkuh?"

„Ach, das merkt man doch", wettere ich los und suche nach gewaltfreien Möglichkeiten, dieses rollende Verkehrshindernis schnell zu passieren. „Wie die *fääährt!*"

„Umsichtig, vorsichtig und rücksichtsvoll!", sagt Steffi und sieht recht trotzig zu mir herüber. „*Wenn* es eine Frau ist."

„Die kann doch gar nicht fahren!", entrüste ich mich.

„Und wenn es doch ein Mann ist?"

„Niemals!"

Endlich kommen wir an dem Verkehrsproblem vorbei und sehen einen älteren Herrn mit grauem Hut hinter dem Steuer des Behinderungsfahrzeugs, der uns seinen drohenden Zeigefinger entgegenstreckt. Die Dame neben ihm tut so, als würde sie sich unsere Nummer aufschreiben. Ein eingespieltes Team also. Ja, so kriegt man richtig schlechte Laune. Ich spüre es schon.

„Siehste!", meint Steffi nur. „Mann!"

„Rentner!", berichtige ich sie, denn das macht ja wohl einen entscheidenden Unterschied. „Rentner oder Frau. Ist doch dasselbe. Wenigstens im Straßenverkehr."

„Boah!", entfährt es Steffi und ich spüre ihren brennenden Blick von rechts und dann tippt sie etwas in ihr Handy. Vielleicht macht sie sich schon ein paar Stichpunkte für ihren Scheidungsanwalt.

„Schlimmer ist da nur noch Rentner*in!*", lasse ich mich zu einer wirklich höchst fraglichen Aussage hinreißen und ich erschrecke mich selbst ein wenig vor mir. Was ist denn bloß los? Aber ich habe Sie gewarnt: Hinter dem Steuer werde ich zum Tier.

„Alex, du hast sie doch nicht alle! Jetzt wird er wieder zum Tier!", sagt sie dann mehr zu sich selbst und ist natürlich zu Recht empört. „Frauen bauen viel weniger Unfälle als ihre cholerischen wilden Tiere von Männern!"

„Weil sie viel weniger fahren! Ist doch klar! Und wenn sie mal fahren, dann lassen sie keine Gelegenheit aus, andere zu behindern, zur Weißglut zu treiben und dadurch eben Unfälle zu verursachen. Sie fahren zu langsam, halten viel zu viel Abstand, bremsen, bloß weil rechts ein Auto parkt und gleichzeitig eins entgegenkommt, weil sie denken, ihr Riesenschlitten von ... von Nissan Mikro passt da nicht mehr durch. Sie haben keinerlei Gefühl für Abmessungen oder Geschwindigkeiten. Das ist nun mal so. Sie fahren einfach mit achtzig auf die Überholspur, wenn ich mit hundertachtzig genau diese Spur belege, sie können nicht ...!"

„Es reicht, Alex!"

„Warum kann man das denn nicht einfach mal sagen, Steffi, wenn es doch stimmt? Frauen sind da eben ganz anders. Sie haben ja auch viele Vorteile, aber Autofahren gehört nicht dazu!"

So. Geht's mir jetzt besser? Nein.

„Du bist ein echter Chauvi, Alex!"

Ach, wäre ich doch einfach selbst gefahren, dann wäre da jetzt nicht diese gefährliche Bedrohung unserer ansonsten so wunderbaren Ehe. Denn das ist sie durchaus. Ich muss jetzt auf jeden Fall die Klappe halten und versuchen, alles wieder ein wenig zu relativieren. Im Grunde meine ich es ja nicht so, aber ... nein, ich sage jetzt nichts mehr dazu.

Ich erinnere mich kurz an einen Schwarz-Weiß-Filmschnipsel, der mal als besonders skurriles Dokument deutschen Autofahrertums im Fernsehen gezeigt wurde. Er stammt aus der Zeit des Wirtschaftswunders, als die Leute vom neuen Geld endlich ihre ersten Autos kaufen konnten. Ein Mann in einem brandneuen VW-Käfer wurde von einem Reporter gefragt, ob er auch mal seine Frau mit diesem wundervollen Auto fahren lassen würde. Ich werde nie den leeren Blick dieses stolzen Käferbesitzers vergessen, als käme diese Frage aus einer anderen Welt, als wäre sie absolut irre. „Nein!", antwortete der Mann deshalb auch kopfschüttelnd mit völliger Fassungslosigkeit und musste sogar noch darüber lachen. Wie kommt man nur auf so eine Idee? Frauen am Steuer? Niemals.

„Wir sind da", sagt Steffi jetzt und zeigt auf das Haus rechts an der Straße.

„Wo?", frage ich, denn ich habe anscheinend völlig vergessen, warum wir überhaupt automobil unterwegs sind.

„Hier wohnen die Noltes." Ich verstehe nicht. „Na, wo Max jetzt ist, bei seinem Freund Sven."

Ach so, ja, natürlich, wir wollten ja Max abholen. Und da kommt unser Sohn auch schon aus der Haustür der Familie Nolte. Als ich mich wundere, sagt Steffi nur, dass sie ihm eben eine Message geschickt hat. So geht das heute. Natürlich.

„Hallo, Max, alles klar?"

„Jo!" Und dann schwingt er sich auf die Rückbank und holt sein neues Handy raus.

„Wie war's?"

„Gut."

Mehr ist aus ihm nicht rauszukriegen. Also gut, dann fahren wir mal. Es geht schweigend in die erste Kurve, immer noch recht still durch den Ort und schweigend wieder raus.

„Was is'n mit euch los?", fragt er dann, weil er instinktiv spürt, dass es zwischen seinen Eltern mal wieder hochelektrisch britzelt.

„Nichts, alles klar", antworte ich, aber er glaubt mir nicht. Die Straße ist frei und wir kommen ohne weitere Frauen oder Rentner am Steuer recht gut voran. Klappe halten, Alex!

Ein paar Schützenbrüder in Grün wanken die Straße entlang und ich muss kurz hupen, um sie an die Gefährlichkeit eines solchen Schlingerkurses direkt neben dem rollenden Verkehr zu erinnern. Sie blicken kurz auf und winken dann lachend ab. Betrunken am helllichten Tag. Das gibt's ja wohl nicht. Wahrscheinlich ist irgendwo Schützenfest. Irgendwo ist immer Schützenfest. Ich fahre kopfschüttelnd weiter.

Und dann, ganz plötzlich, überholt uns ein anderes Fahrzeug, das ich bis jetzt gar nicht bemerkt hatte, und die Kelle kommt raus.

Die Kelle!

Was? Verkehrskontrolle in Zivil? Was ist denn jetzt los? Der Kellenschwenker weist uns den Weg auf einen Parkstreifen und steigt aus. Mit gemächlichen Schritten kommen er und sein Kollege näher, rücken sich die Mützen zurecht und Steffi schiebt mir im gleichen Augenblick einen Pfefferminzdrops zwischen die Zähne.

„Was soll das denn, Steffi?" Aber wir wissen schon beide, was das soll.

Ich bleibe ganz ruhig – jedenfalls äußerlich –, denke kurz darüber nach, jetzt mit Vollgas an den Beamten vorbei wieder zurück auf die Straße zu brettern, dann irgendwo einen schönen Waldweg zu suchen und die Köpfe einzuziehen. Aber dann denke ich auch an Suchhubschrauber, Hundestaffeln, Scharfschützen, Wärmebildkameras und unseren Sohn und lasse den Gedanken wieder fallen. Lieber rechne ich schnell noch mal schnell nach.

Zwei Gläser Pinot Grigio (null Komma eins fünf oder null zwei, das ist ja noch die Frage) und da fällt es mir plötzlich doch noch ein. Gaetano hat ja dann noch den unvermeidlichen Grappa aufs Haus ausgegeben, den ich natürlich auch getrunken habe. Und weil Steffi ihren ja nicht wollte und es mir so leid tat, das schöne Schnäpschen einfach stehen zu lassen, habe ich den ja dann auch noch getrunken. Ah ja ...

„Verkehrskontrolle. De Papiere ma' eb'nd, bitte!"

Jaja, alles klar. War ja zu erwarten. Ich reiche die gewünschten Unterlagen aus dem offenen Fenster und der Beamte prüft gewissenhaft die angebotenen Zertifikate nach. Mir geht auch jetzt noch mal kurz die Liste der Beleidigungen durch den Kopf. Was war noch mal die Billigste? Doch dann kommt die bereits gefürchtete Frage.

„Ham Se Alkohol getrunk'n?"

„NEIN!", sage ich mit aller mir zur Verfügung stehenden Überzeugungskraft und einem scharfen Pfefferminzatem, der eventuell etwas verräterisch sein könnte. Aber ich habe mal gehört, man muss immer *Nein* sagen, denn dann liegt es im Ermessen des Beamten, ob er einem glaubt oder nicht. Wenn man nämlich ehrlich ist und *Ja* sagt oder auch *Jo* ...oder *Könnte sein, ich weiß nicht mehr,* dann muss der Beamte das berühmt berüchtigte Röhrchen ziehen. Er hat dann keine Wahl.

Also: Nein!

Der Beamte sieht bei meinem *Nein!* aber nicht mich, sondern Steffi an, und da gerät mein *Nein!* schwer ins Wanken. Sie kämpft bereits mit Schnappatmung und Schweißausbrüchen, hat rote Ohren, fummelt nervös an ihren Fingernägeln herum und sieht dann nach rechts oben unter den Wagenhimmel. Das ist, glaube ich, das eindeutige Zeichen für Lüge. Wenn man nach rechts oben guckt, dann ist alles gelogen. Kommt immer wieder in Kriminalfilmen vor. Ja, ich glaube, rechts oben.

„Steing Se ma' aus, Härr Knippschild", fordert mich der Beamte streng auf und ich muss wohl oder übel gehorchen, weil ich ja auch die Knarre sehe, die er an seinem Gürtel hängen hat.

„Sie ham also *kein'* Alkohol getrunk'n? Nix? Nada? Natting?",
fragt er jetzt noch mal, um mir wohl eine letzte Chance auf Ehr-
lichkeit, Gerechtigkeit und Selbstachtung zu geben. Er macht es
nur für mich.

„Äh … nö … nicht direkt … also …"

Alles verbockt. Das war's. Er macht mit dem Kopf ein Zeichen zu seinem Kollegen, und der reißt auch schon das gefürchtete Röhrchen aus der Plastik-Verpackung.

„Blas'n Se da ma' rein. In eim' Zuch, ja? Nich' absetz'n. Gehm'
Se alles."

Okay, ich habe verloren. Ich werde die nächste Zeit allen Füh-
rerscheininhabern neidisch hinterherblicken, mein Leben teilweise auf Autobahnbrücken verbringen, um dem fließenden
Verkehr mit Tränen in den Augen nachzusehen, ich werde über
Parkplätze wandern und die neuen Automodelle bewundern, die
seit einigen Jahren auf dem Markt sind – und ich werde auf die
Fahrkünste meiner Frau angewiesen sein. Vielleicht werde ich
einen Idiotentest machen müssen, ihn eventuell gar nicht beste-
hen und dann mein Leben als anerkannter Idiot irgendwie weiterleben müssen. Es wird hart, aber es muss gehen.

Ich blase in das verdammte Röhrchen, gebe richtig Gas, denn
meine Lungen sind ganz in Ordnung, weil ich zwar saufe, aber
wenigstens nicht rauche, und die Beamten sind mit meinem körperlichen Einsatz sehr zufrieden.

Jetzt kommt es drauf an. Sie sehen sich das Röhrchen an,
dann sehen sie sich gegenseitig an, dann wieder mich und meine
arme Familie, dann wieder gegenseitig … ich halte es kaum aus.

„Sie ham also *nix* getrunken? Nada? Natting?", fragt der
sprachbegabte Beamte jetzt noch ein allerletztes Mal mit einem
schiefen Grinsen, das mir überhaupt nicht behagt, denn er hat ja
die Wahrheit in seinem Röhrchen vor sich. Er zieht jetzt beide

Augenbrauen hoch, als warte er auf ein umfassendes Geständnis. „Zwei Wein", gebe ich kleinlaut zu, die beiden Grappas traue ich mich einfach zu verschweigen und muss dabei schlucken. Lüge! „Ha, da hamwe's doch!", sagt der Beamte nur und steckt das Röhrchen wieder weg. Ist das jetzt ein gutes Zeichen? Dann lässt er mich noch ein wenig zappeln und über mein verpfuschtes Leben nachdenken, bis er dann „Null Komma zwei Milligramm" sagt.

Null Komma zwei Milligramm?! Was heißt das jetzt? Ich kenne nur Promille und den gefährlichen Grenzwert dieser Einheit.

„Damit ham Se so in etwa null Komma vier Promille Blutalkohol", sagt der grüne Mann jetzt.

Hey, denke ich, *null Komma vier ... das hieße doch ... das wäre doch ... Strafe beginnt doch bei null Komma fünf, oder? So ist es doch.* Ich fühle mich schon wieder etwas besser.

Dann sieht der Beamte noch mal ins Auto, ich folge seiner Kopfdrehung und sehe, wie Steffi ihm einen Blick zuwirft, den man glatt als Anmache auslegen könnte. So einen Blick habe ich selbst eigentlich noch nie oder jedenfalls ziemlich selten von ihr bekommen. Ich bin jedenfalls erschüttert, dass sie zu sowas fähig ist. So weit muss es doch nicht kommen. So weit sind wir doch noch nicht.

„Mama!" Max hat den Blick auch bemerkt und richtig gedeutet. Er ist in vielen Dingen doch schon weiter, als ich immer denke.

Der Beamte übersieht Steffis Blick oder er hat ihn gar nicht bemerkt und wendet sich wieder dem reuigen Sünder zu.

„Sie wiss'n ja, Herr Knippschild, dat auch 'n geringer Alkoholgehalt ...", und es läuft ein Sermon ab, den ich aber nur noch ganz dumpf und wie aus weiter Entfernung mitbekomme. Er drückt mir dann aber mit höchst tadelndem Blick und einem weiteren Kopfschütteln endlich meine Papiere wieder in die

Hand und sagt sogar noch: „Gute Fahrt! Ham Se nomma Schwein gehabbt!"

Und dann sind sie weg. Boah!

Dass ich ihnen dann noch schnell einen gut gelaunten Stinkefinger hinterherschicke, hat meine Familie gar nicht bemerkt – und die beiden hoffentlich auch nicht.

„Null Komma vier", sage ich nur triumphierend und zucke mit den Achseln. „Ha! Zwei Wein, zwei Grappa!" *Na bitte,* denke ich, *geht doch.*

„Papa!", sagt Max da von seiner Rückbank und scheint höchst entrüstet zu sein, dass ich in alkoholisiertem Zustand meine Familie durch die Gegend kutschiere. „Warum lässt du Mama denn nicht fahren, wenn du besoffen bist?", fragt er noch.

Besoffen! Doch seine Frage bleibt unbeantwortet und er vertieft sich dann wieder in sein Handy.

Die neue Blitzersäule erwischt uns dann mit flotten siebzig Stundenkilometern, wie ich später auf dem Anhörungsbogen lesen kann. Schon wieder Glück gehabt – keinen Punkt.

Aber ich hätte einen verdient. Finden Sie doch auch, oder?

Ja. Sie haben ja so recht.

Achte Sauerländer Weisheit:

Nä, so wat passiert dir nich'?
Eines Tages ham Se dich!

Smoker Tennessee 400

„Zu spack!", sagt Steffi ärgerlich und klopft sich auf den noch offenen Bund ihrer Jeans, der sich anscheinend ohne rohe Gewalt nicht schließen lassen will. Zu eng, meint sie damit und ihr verzweifelter Gesichtsausdruck lässt mich ahnen, wie sehr ihr diese Tatsache zu schaffen macht.

„Aber Steffi", sage ich mit allem, was mir an Entrüstungspotenzial zur Verfügung steht, „du hast doch kein Gramm zu viel." Und das meine ich ganz ehrlich. Sie hat eine tolle Figur. Alles an der richtigen Stelle. Naja, vielleicht ist sie etwas runder geworden in letzter Zeit, aber was soll's? Ich mag's.

Sie hat meinen Protest zwar gehört, aber sie scheint mir nicht zu glauben.

„Ich komm nicht rein!", jammert sie. „Ich bin zu dick!"

„Aber Steffi, das stimmt doch nicht, du bist doch höchstens …" Und jetzt wird es kritisch. Was sagt man da? Eigentlich hab ich mich mit dem *höchstens* ja schon viel zu weit rausgewagt. Jedes falsche Wort kann da heftige, unbedachte Reaktionen ihrerseits auslösen und uns beiden vielleicht den Tag versauen.

„Vielleicht hier …", werfe ich so belanglos wie möglich in den Raum und fasse mir dabei selbst an die Hüften, „… etwas mehr … und hier." Ich fasse mir an den Bauch. „Aber das ist doch noch nicht … das ist doch höchstens …" Schon wieder!

„Na, sag schon!", fordert sie mich angriffslustig heraus.

„Vollschlank?", ist mehr eine Frage, weil mir dieser Begriff gerade so einfällt und ich alle Wortverbindungen mit *dick* unbedingt vermeiden will. Dieses Wort kann in keinem Zusammenhang mit meiner Frau stehen. Aber auch *vollschlank* war eindeutig das falsche Wort. Es hört sich eigentlich sogar an wie „furchtbar dick", wenn ich es mir richtig überlege.

„Boah! Du mieser Kerl, du. Was fällt dir ein?"

Na, auf jeden Fall nicht das richtige Wort für den augenblicklichen körperlichen Alarmzustand meiner armen Frau. Dabei gibt es doch so schöne Wortumschreibungen der Modeindustrie für dicke Menschen, zu denen man ja höflich sein muss, weil man ihnen ein paar nette Klamotten verkaufen will.

Jetzt fallen mir auch einige wieder ein, etwas zu spät vielleicht, aber das ist sicher auch besser so. Sie treffen nämlich auf meine Steffi alle überhaupt nicht zu.

Da sagt man *mollig, Mode für starke Frauen* habe ich auch schon gelesen, *Plus Size, Happy Size,* oder eben auch *vollschlank,* na bitte. Aber *vollschlank* ist nur wirklich ein saublöder Ausdruck. *Voll-schlank.* So, als hätte man die Grenzen der Schlankheit bis ans Äußerste ausgereizt. Das Maß ist voll. Mehr geht nicht, meine Liebe. Ab jetzt kann man nur noch *dick* zu dir sagen! Ja, dann soll man's doch sagen! *Wenn* es so wäre. Tut man aber nicht.

Keiner bietet Mode für dicke Menschen an. Dabei wäre das doch mal mutig und ehrlich, ein neuer Weg. Was ist so schlimm daran, wenn einer wirklich dick ist? Kann doch auch schön sein. Dann gäbe es vielleicht in jeder Einkaufsmall eine Schinkenstraße oder den Masse-und-Klasse-Basar, die Hülle-für-Fülle-Boutique zum Beispiel oder den vornehmen Einkleider Korpulenz-Moden, den lässigen Fettel-Look, vielleicht auch Mode im besonders schicken Lady-Adipositas-Design oder einfach Fummel für Pummel, oder die Wampen-Rampe vielleicht.

Mir würd's gefallen.

Ich versuche es also in meiner augenblicklichen Notlage Steffi gegenüber noch mal mit „leicht mollig oder vielleicht etwas kurviger" und lege in diesen Ausdruck sogar noch eine hochgezogene Augenbraue mit rein, um ihm einen gewissen erotischen Aspekt zu geben. Doch es hilft alles nichts bei ihr. Ich kann sagen, was ich will, es bedeutet immer: *Ja, stimmt, du bist zu dick! Zu fett! Bäh!*

„Du bist gemein", sagt sie jetzt und genau das will ich auf keinen Fall sein.

Ich will aber auch nicht höflich sein, weil das gar nicht nötig ist. Steffi sieht wunderbar aus, schlank wie immer, und bloß, weil sie nicht mehr in die Jeans reinkommt, die sie seit der Schulzeit trägt, gibt es keinen Grund zu verzweifeln.

„Steffi, hör jetzt auf mit dem Quatsch, du siehst toll aus. Ich liebe dich so, wie du bist."

Sie holt ganz tief Luft, um ihrer Empörung Raum zu geben.

„Was soll *das* denn heißen? Das wird ja immer schöner!"

Oh, es wird schwierig.

„Es soll heißen, was es heißt!", sage ich, aber ich weiß schon, es klingt wie *Auch wenn du jetzt so fett geworden bist, lasse ich dich trotzdem nicht fallen.*

Man kann, glaube ich, bei Frauen in diesen psychischen Extremlagen sagen, was man will, es ist auf jeden Fall verkehrt und man reitet sich immer weiter rein.

„Steffi, ich möchte jetzt nicht mehr darüber reden. Es ist albern."

Sie zerrt wieder an ihrer Jeans herum, die immer noch nicht richtig sitzt, wälzt sich jetzt sogar auf dem Boden und schnauft und flucht und … ja, sie hat natürlich recht, sie sitzt ganz schön spack, die Hose. Aber ich werde mich hüten, das jetzt zu sagen, und es macht doch auch überhaupt nichts. Sieht doch super aus. Vielleicht kann man ja den Knopf versetzen oder einen Keil reinnähen. Hat meine Mutter früher auch gemacht, wenn mein Vater für irgendeine Hose einfach zu fett geworden war. Aber damit will ich ihr jetzt auch nicht kommen.

Um sie in ihrer Verzweiflung aber dann noch ein wenig zu trösten, sage ich: „Hier, Steffi", und klopfe auf meinen eigenen Bauch, der zu meiner Schande leider tatsächlich ein wenig gewachsen ist in den letzten Jahren. „Hier, *ich* bin dick, sieh dir das an!"

Und dabei klatsche ich mir fröhlich und guter Dinge auf den eigenen kleinen Bauch und strecke ihn sogar mutig noch ein wenig heraus, um Steffi das Gefühl zu geben, dass es andere Menschen ja noch viel schlimmer getroffen hat als sie. Das tut ja manchmal recht gut.

Sie sieht aber nur kurz auf und gibt mir einfach recht. „Ja, stimmt, du bist auch zu dick!"

Na, jetzt geht's aber los, denke ich so. *Moooment!*

„Was soll *das* denn heißen?", frage ich entrüstet.

„Es heißt, was es heißt. Du hast da eben jetzt einen Bauch, wo früher nix war. Da!"

Und dann zeigt sie da hin, wo er ist, aber das wäre nicht nötig gewesen, weil ich es ja selber weiß.

„Aber das ist mir egal, Alex ... du bist ja immer noch derselbe Mann, den ich mal geheiratet habe und ..."

Na? Was kommt jetzt? Etwa dasselbe, was ich ihr gerade gesagt habe?

Bis eben war mir gar nicht bewusst, dass mein Bauch hier ein Thema sein könnte. Ich hab das ja mehr so aus Spaß gesagt, aber da habe ich mich scheinbar getäuscht. Er stört sie. Sie findet mich dick und sagt es auch noch geradeheraus.

Soll das jetzt bedeuten, dass sie womöglich meinen Bauch, der ja noch gar kein richtiger Bauch ist, keine Wampe, Pocke oder Plauze im eigentlichen Sinne, sondern nur ein ganz kleines bisschen über den Gürtel ragt, schon seit Längerem argwöhnisch beobachtet? Dass sie vielleicht schon eine ganze Weile überlegt, wie sie es mir am besten sagen kann, ohne mich allzu sehr zu kränken? Und jetzt, in dieser heiklen Extremsituation, ist es dann endlich mal herausgekommen? Es ist ihr so rausgerutscht? Soll es das alles heißen?

Ich muss bei einem kurzen Gedankenblitz an einen armen alten Dackel denken, den ich mal in der City von Meschede gesehen habe. Es ist schon ziemlich lange her, aber der Anblick dieses armen Geschöpfes wird mir immer unvergesslich bleiben. Dieser Dackel hatte einen wirklich sehr dicken Bauch, der bei Dackeln dann natürlich wegen der kurzen Beine absolut Gefahr läuft, über den Asphalt zu schrappen. Kurze Beine, dicker Bauch – das geht auch bei Menschen schon mal gar nicht und ist bei einem Dackel sogar verhängnisvoll. Diesem Dackel hatte man aus diesem Grund auch ein kleines Brett mit vier Rollen unter den dicken Bauch geschnallt, so eine Art Skateboard, damit er nicht über den Boden schleift – der Bauch. Sehr mitfühlend und sehr erfinderisch. Es sah aber furchtbar aus. Doch dem Dackel war's egal. Der machte einen ganz munteren Eindruck damit.

Sollte ich denn auch demnächst eine Holzkonstruktion mit Rollen an mir anbringen oder vielleicht gleich eine Schubkarre vor mir herschieben, um darin meinen (eventuell baldigen) Wanst aufzubewahren. Wer weiß, wohin so ein anfänglich noch kleiner Bauch führen kann, wenn man das Dings nicht im Auge behält.

Vielleicht schämt Steffi sich ja jetzt schon, mit mir durch die Einkaufsstraße zu gehen und all den anderen Menschen oder sogar Bekannten zu begegnen. Vielleicht haben ja einige von denen auch diesen Dackel schon mal gesehen. Und vielleicht ist Steffi ja überhaupt nur noch aus reiner Nächstenliebe und Mitleid mit mir zusammen und verstößt mich nicht, weil ich sonst das Ende meines Lebens alleine verbringen müsste, da ich als adipöser Fettsack niemals mehr eine andere Frau finden würde.

Und schon wieder habe ich ein Bild vor Augen. Ich habe mal von einem Mann gelesen, der mit einem Lastkran aus dem Fenster seiner Wohnung gehievt werden musste, weil es unmöglich war, ihn über die Treppe nach unten zu befördern. Der Mann wog dreihundert Kilo und an selber laufen war da gar nicht mehr zu denken. Ich sehe auch diese fetten japanischen Sumo-Ringer, die wie wilde Flusspferde breitbeinig voreinander stehen und sich gegenseitig aus glubschigen Augen anstarren und den richtigen Moment abwarten, um die gegnerischen dreihundert Kilos auf die Matte zu klatschen.

Ich denke an Reiner Calmund und an Elvis Presley in seinen späten Jahren. Ich denke an Alfred Hitchcock, an Helmut Kohl und an Dick und Doof. „Ich bin Doof, ich bin Doof!", haben wir als Kinder immer gerufen, wenn es darum ging, in die Rollen der beiden lustigen Stummfilmhelden zu schlüpfen. *Ich bin Doof!* Auf keinen Fall Dick.

Gilt das heute auch noch? Lieber doof?

„Du findest mich also zu dick?", frage ich jetzt schon etwas gefasster, nur noch ganz wenig empört, aber bereit, den Tatsachen ins Auge zu sehen.

„Nein, natürlich nicht", sagt Steffi wenig überzeugend.

„Ich dich auch nicht", sage ich kurz und ernsthaft.

„Also gut", sagt Steffi, „dann lass uns eine Diät machen."

Dass das jetzt die Schlussfolgerung aus unserer gegenseitigen Bekundung ist, leuchtet mir zwar nicht ein, aber vielleicht hat sie ja recht. Ich fasse mir noch mal nachdenklich an den Bauch und es könnte glatt sein, dass er seit dem letzten Griff dorthin wieder einen oder zwei Zentimeter nach vorne gewachsen ist. Steffi zerrt noch immer an ihrer Jeans.

Aber Diät? Muss das sein? Hört sich so radikal an. Als ob es wirklich ernst würde. Also gut, wir machen ernst.

Die nächsten Tage verbringen wir damit, unter allen möglichen Diäten dieser Welt die richtige für uns auszusuchen. Das ist fast wie durch Urlaubsprospekte zu blättern. Aber ob am Ende dann auch ein paar schöne Wochen für uns dabei herauskommen? Ich bezweifle das stark.

Die *Vollweib-Diät* fliegt schon wegen des Namens raus, auch die *Pfundskur* kommt aus ähnlichen Gründen nicht in Frage. *Forever Young* hört sich da schon verlockender an, ist aber auch möglicherweise nicht ganz ernst zu nehmen. *Kohlsuppen-Diät* ist da schon weitaus handfester, so was kann man sich vorstellen, will es aber nicht. *Kartoffel-Diät* hat bei uns auch keine Chance, hört sich genauso langweilig an und auch nicht so, als würde die was bringen. *Ayurveda* wird von mir strikt abgelehnt, weil ich dabei einfach an Räucherstäbchen, Maharishi Mahesh Yogi, den Guru der Beatles, an Bhagwan und an fanatische Sekten, die sich hinterher alle gemeinsam selbst umbringen, denken muss. Ist natürlich Quatsch, aber ich muss dran denken. Kommt also auch nicht in Frage. Ich will ja einfach nur ein paar Kilos verlieren ohne transzendentalen Überbau.

Die *Hollywood-Star-Diät* ist bei Steffi eine ganze Weile im Rennen, weil es damit angeblich sehr schnell gehen soll. Man ernährt sich in erster Linie von Hummern, Langusten, Fisch und Austern, was natürlich eine teure Angelegenheit werden könnte, und ich weiß nicht, ob der Leckeder Edeka-Markt das alles überhaupt frisch im Angebot hat. Als Steffi dann aber erfährt, dass diese Diät einen unabwendbaren Jo-Jo-Effekt birgt, ist sie sofort aus dem Rennen. Ein Glück.

Ich selbst liebäugele längere Zeit mit der *Paleo- oder Steinzeit-Diät*. Das gefällt mir. Mit der Keule in den Supermarkt, rohes Fleisch erbeuten und zuhause über dem offenen Feuer garen.

Und das alles dann in einer geschlossenen Einheit mit Grunzen, Röhren und laut Rülpsen verzehren. Steffi scheint zu ahnen, dass ich mir genau solche Dinge gerade vorstelle, und lehnt es augenblicklich und vehement ab. Und als ich dann lese, dass man bei dieser Diät natürlich bedenken muss, dass die Lebenserwartung der Steinzeitler ja nur bei etwa fünfundzwanzig Jahren lag, ist das Dings für mich auch vom Tisch.

„Fasten, Alex! Das ist es doch. Gar nichts mehr essen. Wie wär's damit?"

Naja, das wäre zumindest eine sehr preisgünstige Möglichkeit, ein paar Pfunde zu verlieren. Nichts essen kostet auch nichts. Aber dann steht da auch was vom Jo-Jo-Effekt und wir lassen den Gedanken glücklicherweise schnell wieder fallen und beschäftigen uns eine Weile mit der *Shred-Diät*. Sieben Mahlzeiten am Tag, strikter Zeitplan, strenges Kalorienzählen. Ach nö. Dann interessieren wir uns für die *Apfelessig-Diät*, die allerdings von Fitnessübungen begleitet werden muss, sonst bringt es nichts.

„Ooch. Ich weiß nicht so recht, Steffi."

Es kommt dann die *Low-Fat-30-Methode* auf den Tisch, die mir einfach mit zu viel Mathematik daherkommt. *Eine Tütensuppe, die 83 Kalorien hat und drei Gramm Fett enthält, liefert pro Gramm Fett neun Kalorien, also 27 Fett-Kalorien, 32,53 Prozent der Gesamtenergie ... wie alt ist der Kapitän?*, also ehrlich.

Die *Schroth-Kur* scheint entscheidende Vorteile zu haben. Es wird bei dieser Diät der Genuss von trockenem Wein erlaubt und das käme mir sehr entgegen. Dafür würde ich dann sogar das trockene Brot und den trockenen Zwieback in Kauf nehmen, wenn man ihn mit ordentlich viel trockenem Wein hinunterspülen könnte.

„Steffi, das wär doch was für uns!" Aber dann findet Steffi bei Google Warnhinweise, dass diese Kur eventuell gesundheitlich bedenklich sein könne, und sie ist damit gestorben, bevor wir daran sterben werden.

Die *Volumetrics-Diät* wäre fast unser Favorit geworden, weil sie mit dem Slogan *Mehr essen – weniger wiegen* wirbt, ist aber dann doch rausgeflogen, weil das Ganze irgendwie doch nicht so richtig ausgewogen schien. Und dann hab ich auch die Nase voll und hole mir aus dem Kühlschrank eine Flasche Wein und mache mir die Nudeln mit der dicken Soße von gestern warm.

„Willst du auch Nudeln, Steffi?"

Doch ich bekomme außer einem verächtlichen Blick gar keine Antwort.

Steffi hat nach dem intensiven Studium aller Möglichkeiten, überflüssiges Gewicht zu verlieren, dann einen tollen Plan. Sie erfindet einfach eine eigene Diät. Das Beste aus allen Diäten in eine neue, eigene Diät gesteckt.

So soll es funktionieren. Die *Steffi-Fett-weg-Methode* oder den *Knippschild-Plan* würde ich ihr Abnehmprogramm nennen. Das hört sich fast an wie der berühmte Marshallplan, der allerdings das Gegenteil bewirkte, indem er der hungernden Bevölkerung Europas nach dem Krieg wieder zu etwas mehr Fett und notwendigen Pfunden verhalf.

Steffi arbeitet das Ganze dann direkt schon aus mit entsprechenden Tagesplänen und der Errechnung des zu erwartenden Gewichtsverlustes. Diese Prognosen scheinen mir auf etwas wackeligen Beinen zu stehen, weil ihrem Plan natürlich jegliche empirische Forschung fehlt, aber man wird es ja erleben.

„Hier, sieh dir das mal an, Alex. So machen wir's", sagt sie freudig erregt und legt mir den Essensfahrplan, beziehungsweise den *Nicht*essensfahrplan für die nächsten zwei Wochen hin.

„Erster Tag: Wasser", verkündet sie mit leuchtenden Augen, als hätte ihre Botschaft irgendetwas besonders Verlockendes. So, wie man einem Kind sagt: „Du darfst den ganzen Tag Eis essen."

Und als bei mir die Augen einfach nicht mitleuchten wollen, fügt sie noch hinzu: „Viel Wasser. Soviel man will!" Ja, will man denn überhaupt so viel?

„Warum so viel Wasser, Steffi? Und warum NUR Wasser?"

„Entschlacken!", antwortet sie knapp und entschlossen und nickt dazu. „Erst mal alles raus. Der Körper muss entgiftet werden!"

Oh, wie sie das sagt und wie sie dabei guckt, weiß ich genau, dass meine Lieblingsgifte Grauburgunder und Chardonnay auch auf ihrer schwarzen Liste stehen.

„Ja, aber abends dann doch mal 'n Gläschen ...", werfe ich locker mit einem angedeuteten kleinen Lacher ein und versuche noch zu retten, was zu retten ist, denn sie scheint es wirklich ernst zu meinen.

„Du nimmst es nicht ernst, Alex! Nix!", sagt sie und sieht mich geradezu empört dabei an. „Kein Alkohol!"

Ich hab's ja geahnt, dass auch der *Knippschild-Plan* an diesem anscheinend unumstößlichen Diät-Gesetz „Alkohol geht ja gar nicht!" nicht vorbeikommt. Dabei habe ich doch noch in den letzten Tagen, bevor ihr wunderbarer Plan Wirklichkeit zu werden droht, im Netz eine Diät gefunden, die voll auf Wein setzt. Rotwein. Ja, von mir aus auch gerne Rotwein. Er enthalte einen bestimmten Stoff, der den Prozess des Abnehmens wesentlich unterstütze.

„Dummes Zeuch!", hat sie nur gesagt und weiter verbissen ihren eigenen Plan verteidigt. Selbst Tequila soll gut für's Abnehmen sein, habe ich in meiner Verzweiflung herausgefunden, weil da ... weil da auch so ein Stoff drin sei, der ungemein hilft. Immer besoffen, aber dünn. Tequila ist zwar jetzt nicht gerade mein Getränk, und wie viel muss man denn davon trinken? Aber wenn's doch hilft.

Nein, nein, nein. Alles Quatsch. „Wir machen *meine* Diät!"

Damit war das Urteil gefällt.

„Zweiter Tag: Obst!" Ja, ich weiß schon, so viel ich will.

„Den ganzen Tag, Steffi?"

„Jaja. Und Wasser, natürlich."

Natürlich. Ach, es ist ja nicht so, dass ich jetzt unbedingt Alkohol … nein, nein, so ist es nicht, aber abends ein Gläschen oder auch zwei … eigentlich ganz gerne. Na gut, dann eben nicht. Ach, so 'n schönes Wässerchen kann doch sicher auch ganz herrlich sein. Und gegen Obst ist ja eigentlich auch nichts zu sagen. Ich esse gerne Obst. Wird man da satt? Ich hoffe es sehr.

„Tag drei: Suppe!", trompetet Steffi jetzt heraus.

„Schon morgens?", frage ich, weil ich es mir einfach nicht so richtig vorstellen kann. Kein Brötchen, keine Marmelade, kein Ei, kein Kaffee … Suppe?

„Was denn für eine?"

„Gemüse. Und kalt!"

Oh, Steffi kann so hart sein. Ich denke an das Verlies einer finsteren Burg im Mittelalter, zehn Meter tief, ohne Licht, der Gefangene in dicken rostigen Ketten an der Wand hängend und von oben schüttet jemand einen Eimer kalte Suppe und einen fiesen Spruch zu ihm runter. Oder an *Papillon*, diesen berühmten Gefangenen-Film mit Steve McQueen und Dustin Hoffman. Der arme, arme Stevie saß hungernd und unschuldig in einem stinkenden dunklen Loch und durch eine Klappe kam ab und zu ein Blechnapf mit Suppe gescheppert. Stevie hat hinterher sogar Kakerlaken gejagt. Na gut, so weit sind wir noch nicht.

Steffis Plan geht dann irgendwie so weiter mit nichts und wieder nichts, Karotten, Lauch, Gurke, Salat, ich höre gar nicht mehr richtig hin, einmal taucht sogar eine trockene Scheibe Schwarzbrot darin auf, auf die wir uns angeblich an Tag vier oder so freuen dürften, und ich höre von ganz weit weg die Worte

„gekochtes Ei", doch wahrscheinlich habe ich mich verhört und dann wieder „Wasser, Wasser ...".

„Morgen geht's los", bestimmt meine liebe Frau und ich meine, in ihren Augen ein sadistisches Blinzeln zu erkennen. Morgen also.

Meinen letzten Abend im richtigen Leben nutze ich nach einem Blick in den Kühlschrank dazu, zwei Currykings heiß zu machen. Dieses praktische, leckere Mikrowellensauzeugs aus dem Supermarkt, das ich beim letzten gemeinsamen Einkauf heimlich auf das Kassenband geschmuggelt habe, als es schon zu spät für Steffi war, diese hochwertige Delikatesse empört wieder zurückzulegen.

„Willst du auch 'n Curryking?", rufe ich voller Vorfreude auf das königliche Mahl ins Wohnzimmer, als die Mikrowelle pingt, aber ich bekomme keine Antwort. Na gut, dann eben beide für mich. Haben wir auch noch diese Fertigpommes? Oh ja, da liegen sie ja, ganz hinten im Gefrierfach unter einer halboffenen Packung Fischstäbchen, die an Gefrierbrand leiden, aber sicher auch noch sehr lecker sind. Soll ich die vielleicht auch noch ...? Nein. Man soll es ja nicht übertreiben. Viel Mayonnaise zu den Pommes und ausnahmsweise heute mal ein, zwei Bier vervollständigen meine Henkersmahlzeit. Und ich bin entschlossen, sie zu genießen, als sei es das Letzte, was ich jemals zu essen bekomme. Vielleicht stimmt das ja sogar.

„Wieso trinkst du Bier?"

Steffi hat der verlockende Geruch des Currykings anscheinend vom Sofa gelockt. Ja, da kann keiner widerstehen. Das ist wie ein verwesender Kadaver, der kilometerweit die Hyänen und die Geier anzieht. Und wie ein übervorsichtiges wildes Tier umkreist Steffi jetzt den Küchentisch, an dem ich dem allmächtigen Curryking huldige, und beäugt den roten essbaren Schlamm und die mayonnaisierten Pommes mit engen, wachsamen Augen.

„Ach, heute war mir so nach Bier", antworte ich lässig und surfe mit einem der goldgelben Kartoffelstäbchen in seiner ganzen Länge demonstrativ lächelnd über die weißgelbe Mayonnaise und lasse es dann voller Genuss und einer kleinen sadistischen Freude meinerseits in meinem weit geöffneten Maul verschwinden. Ha. Lecker! Es lebe der King. Wenigstens heute noch. Morgen übernimmt dann wohl der unbarmherzige Wassermann das Regime. Steffi verachtet mich, wie es aussieht, und geht ohne ein weiteres Wort ins Bett.

Den aufsteigenden Bierrülpser verdrücke ich mir. So weit muss es nicht kommen. Dann gehe ich auch schlafen. Morgen wird ein harter Tag.

„Guten Morgen!", begrüße ich meine kleine Familie frisch und munter, aber ich merke sofort, dass etwas nicht stimmt. Max sitzt irgendwie verstört vor seinem Marmeladenbrot und knabbert lustlos daran herum, als würde es ihm nicht schmecken. Es ist Kirschmarmelade, seine liebste. Steffi sieht ihm anscheinend zufrieden und fast bewundernd dabei zu, als sei sie richtig stolz auf ihren Jungen, der so toll und ganz selbstständig mit vierzehn Jahren schon sein Marmeladenbrot isst.

Ja, warum hat sie denn nicht selbst …? Wieso …?

Und da fällt es mir auf: Sie hat gar nichts zu tun bei diesem Frühstück. Keinerlei Aktion. Ihr ist langweilig. Sie hat kein Brot in der Hand und ist auch zurzeit nicht damit beschäftigt, eins herzustellen oder vielleicht ein Ei zu kochen oder den Käse zu schneiden, Kaffee zu machen oder sonst was. Sie sitzt einfach nur da und sieht ihrem Jungen offensichtlich interessiert beim Essen zu.

„Mama, hör auf damit. Ich kann dann nicht essen", beklagt er sich auch schon und Steffi verzieht etwas beleidigt den Mund und wirft mir stattdessen ein leicht eisiges „Guten Morgen,

Schatz!" zu.

Und da wird mir auch das ganze Drama dieses *guten* Morgens klar. Heute ist der erste Tag des *Knippschild-Plans*. Wassertag! Der Frühstückstisch ist also planmäßig und weitgehend leer. Außer der Ecke mit dem Frühstücksbrettchen und einem Glas O-Saft von Max steht mitten auf dem Tisch nur eine riesige Karaffe mit WASSER. Und zwei Gläser.

Steffi hat das alles ganz nett aufgebaut, die Gläser haben sogar Korkuntersetzer und die Karaffe ist die handgetöpferte aus Spanien, die eigentlich für Sangria gedacht war. Naja.

Meine liebe Frau lächelt mir etwas steif zu und schüttet dann auch gleich mein Glas voll. Bis oben hin, so viel, wie ich will. Dann lächelt sie noch mal und fordert mich mit einem Kopfnicken auf, es dann doch auch zu trinken, das Wasser. So ist ja der Plan. Wir heben also beide unsere vollen Gläser, es ist alles noch etwas ungewohnt, so neu, aber es geht.

„Prösterchen!", sage ich also fröhlich und Steffi lächelt bemüht. Viel sagen kann sie heute Morgen anscheinend noch nicht. Max verdreht die Augen und mümmelt weiter an seinem Brot.

„Diät", sage ich nur achselzuckend zu ihm, als sei das nichts Besonderes. „Ganz normal, Max, muss man ab und zu mal machen. Paar Tage nur."

„Zwei Wochen", berichtigt mich Steffi kleinlich.

„Ja, oder so." Und noch mal erhebe ich mein Glas und proste der illustren Runde zu.

„Und da sauft ihr jetzt nur Wasser?" Max scheint es nicht zu begreifen, und da ist er ja nicht der Einzige.

„Nur heute", sagt Steffi da.

„Ja", werfe ich mich so überzeugend wie möglich in die Diskussion. „Heute ist Wassertag, aber morgen gibt's dann schon einen Apfel, oder, Steffi? Und wann kommt dann endlich die

Scheibe Schwarzbrot? Wann war das noch mal? Tag vier? Ich freu mich schon drauf. Besonders auf den Suppentag."

Max hört mit offenem Mund zu.

„Du nimmst es nicht ernst, Alex!", sagt Steffi und wird ärgerlich. Das merkt man gleich. Vorsicht ist also geboten und ich halte erst mal die Klappe.

Dann nippt sie noch mal schwer affektiert an ihrem Wasser, macht dann ein sehr überhebliches „Köstlich"-Gesicht, als sie es stilvoll mit abgespreiztem kleinen Finger absetzt, und schaut dann aber wieder ziemlich öde in der Küche herum. Was soll man auch sonst machen, wenn man nichts zu tun hat.

Auch mein Blick irrlichtert durch unsere gemütliche Küche über den Brotkorb, das Gewürzregal, die Marmeladengläser, das Nutella, den Kühlschrank, in dem Eier, Käse, Salami und Butter sind. Für uns unsichtbar, unerreichbar, aber sie sind da. Das wissen wir beide. Der Blick schweift nachdenklich über all diese bösen Versuchungen unserer sündhaften Vergangenheit. Wie konnten wir nur? Ich schüttele den Kopf und fülle noch mal meinen Wasserspeicher auf. Und dann bin ich eigentlich auch schon fertig. Tja, Frühstück geht jetzt weitaus schneller als früher.

„Also, Max, bist du satt? Hat's geschmeckt? Fertig? Dann fahren wir los in die Schule", sage ich betont freundlich, aber zwischendurch knurrt einmal kurz ein wildes Tier in meinem Inneren, das den freundlichen Ton leider stört.

„Samstag!", sagt Max aber nur und da hat er ja recht. Das hat mich doch alles etwas durcheinandergebracht. Ja, heute ist ja Samstag. Wir haben frei. Und …

„Ist heute der Zehnte, Steffi?", frage ich mit leicht erhöhtem Pulsschlag, weil ich so eine plötzliche Eingebung habe. Steffi sieht kurz auf den Wandkalender und sagt: „Ja, wieso?"

„Tja, dann sind wir heute Abend bei Helmut und Sabine, du

weißt, Steffi? Grillabend!", sage ich mit der Zufriedenheit eines Mannes, der weiß, dass auch dieser Tag gut enden wird und der Hungertod noch nicht naht, lehne mich in meinem Stuhl zurück und atme tief und dankbar aus.

„Oooh!", entfährt es Steffi. „Das hab ich ja total vergessen. Grillabend bei Helmut und Sabine."

Ja, genau.

Helmut ist ein guter Freund des Hauses und Sabine seine sehr liebe, aber etwas resolute, kompakte Frau. Angefangen hat diese Freundschaft mit den wiederholten Reparaturen unserer alten Heizung. Helmut ist Klempner, aber wenn er zum Grillen einlädt, dann ist er der Großmeister der Grillkunst. Ein Grillabend bei den Vonderbrakes ist einer der Höhepunkte des Sommers.

Tja, da wird dann wohl der *Knippschild-Plan* wenigstens für heute mal außer Kraft gesetzt werden müssen und dann irgendwann später vielleicht mal wieder zur Diskussion stehen. Ich lächle Steffi ernsthaft und vielleicht auch ein wenig überheblich und allzu selbstsicher zu. Da kann man wohl nichts machen, liebe Frau. Grillabend ist nun mal Grillabend.

Und vor mir erscheint eine dicke Scheibe braungebranntes, schmurgelndes Rindfleisch auf dem Rost des neuen Smoker Tennessee 400, den Helmut sich kürzlich erst zugelegt hat und der augenblicklich sein ganzer Stolz und sein ausfüllender Lebensinhalt ist. Er hat schon so viel davon erzählt. Und heute Abend wird er uns seine Grillkunst auf dieser Monstermaschine beweisen. Na, und da kann man ja schlecht sagen, dass man nur …

„Wir trinken aber nur Wasser!"

Sabine hat meine Gedanken mal wieder durchschaut, bevor sie mir selbst überhaupt klar geworden sind. Und zuerst erschrecke ich mich, aber dann muss ich doch müde lächeln, weil sie das ja wohl nicht ernst meinen kann.

„Aber, Steffi, wir können doch nicht … wo er doch seinen

neuen Grill ... du willst doch nicht im Ernst ...?"

„Doch, *will* ich", sagt sie. „Wir ziehen das jetzt durch!"

Max hat sich schon vor lauter Peinlichkeit verkrümelt, und als Steffi meinen entsetzten, ungläubigen Blick sieht, sagt sie noch: „Alex, das ist doch 'ne gute Prüfung, ob wir es wirklich ernst meinen mit der Diät."

Ich weiß, dass sie mit dem Ernstnehmen nur mich meint. Und dann kneift sie die Augen unmerklich zusammen und sieht mich mit ihrem *Sag-jetzt-bloß-nichts-Falsches-Blick* an und fügt noch hinzu: „Und wir *meinen* es doch ernst, oder, Alex?"

Natürlich. Meinen wir.

Auf der Fahrt zu den Vonderbrakes bekomme ich noch mal zur Sicherheit ein kurzes intensives Briefing von Steffi.

„Wenn ich dich nachher mit 'ner Wurst oder 'nem Stück Fleisch zwischen den Zähnen erwische, dann kannst du was erleben! Das verspreche ich dir."

Ja, ist ja schon gut. Sie meint es also wirklich ernst.

Wir haben heute den ganzen Tag tatsächlich nur Wasser getrunken. In mir schwappt und gluckert es, bei jedem Schlagloch im Straßenbelag kann ich es plätschern hören und in den Kurven verlagert sich der innere Wassertank jeweils bedenklich nach außen, dass der Wagen kaum die Spur halten kann. Ich kann kein Wasser mehr sehen und habe *Schmacht bis unter die Arme*, wie man so schön sagt. Jaja, Steffi meint es ernst, das ist schon klar, aber trotzdem will ich es noch einmal versuchen.

„Steffi, es ist ja heute der erste Tag unserer Diät, wir könnten das Ganze doch verschieben ... und dann vielleicht erst morgen ... und heute dann noch mal ..."

„Ja, das könnten wir", gibt sie freimütig zu und ich habe schon Hoffnung, sie vielleicht doch noch umstimmen zu können. „Aber am nächsten Wochenende ist ja dann die Party bei

Jens und Katrin, du weißt. Meine Eltern kommen in der Woche darauf vorbei. Und wer weiß, was dann noch alles kommt? Alex, es kommt ja *immer* irgendwas und wir würden eine Ausnahme nach der anderen machen und es würde alles nichts bringen. Verstehst du? Wir müssen jetzt einfach damit anfangen – und stark sein!"

Der Tennessee Smoker 400 erinnert mit seinem runden Kessel und den großen Eisenrädern an eine gewaltige Dampflok, die sich auf die Terrasse der Vonderbrakes verirrt hat, und Helmut steht als allmächtiger Lokomotivführer daneben und hantiert geschäftig und schwitzend an der gewaltigen Maschine herum. Er legt ein paar Briketts nach, kontrolliert die Temperaturanzeige, dreht an den Reglern und scheint alles im Griff zu haben. Er ist so beschäftigt, dass er uns gar nicht bemerkt. Und es duftet dermaßen hinreißend, dass bei mir schon längst alle Geschmacksknopsen geöffnet und bereit sind, die gegrillten Kostbarkeiten dankbar zu empfangen. Aber wir meinen es ja ernst.

„Hallo, ihr beiden, da seider ja!", begrüßt uns Sabine freundlich und herzlich, wie sie ist, und stellt uns ihre Schwester Kerstin und deren Mann Olaf vor. Von den beiden haben wir zwar schon mal gehört, aber sie noch nie persönlich getroffen. Olaf hat ein halbleeres Bier-, Kerstin ein halbleeres Bowleglas in der Hand und sie begrüßen uns ebenso freundlich mit den jeweils freien Händen.

Dieser Olaf hat fleischige Wurstfinger und ist viel zu dick, kann man sagen, und auch seine Kerstin hat ein paar ordentliche Schwimmreifen um die Taille. Da wäre eine Diät mal gar nicht schlecht.

Ja, ich achte jetzt auf so was. Immer trifft es die Falschen.

Die beiden scheinen aber sehr nett und ganz gemütlich zu sein. Olaf zapft jetzt schnell noch mal fröhlich ein neues Bier an der hübschen Partyzapfanlage, weil die Gläser schon wieder leer sind. Und Helmut hantiert und regelt noch immer und verbrennt sich offensichtlich gerade die Finger.

„Scheiße, Dreck, verdammter!"

„Helmut!", wird er von Sabine augenblicklich ermahnt. „Steffi und Alex sind da."

„Ach, du Scheiße! Jaja, Tach, ihr beiden, schön, datter da seid. Gleich gehdet los", sagt er, taucht die verbrannte rechte Hand kurz in den Bowletopf – ich meine, es kurz zischen zu hören – und gibt uns dann breit lächelnd die Linke.

„Dat isser", strahlt er uns an und zeigt auf die riesige Dampflok hinter ihm. „Tennessee 400. Einmalig is' der!" Und dann sagt er noch mal: „Gleich gehdet los. Hoffentlich habbter ordentlich Hunger mitgebracht."

Und dann muss er wieder zu seinem Eisenross, schaut einmal kurz nach der Temperatur und öffnet dann vorsichtig die Haube des Kessels. Der Anblick, der sich uns da bietet, ist so großartig, dass ich ihn leider nicht lange ertragen kann. Auch Steffi fällt es schwer, das spüre ich, und sie wendet schmerzverzerrt den Blick ab. Wir haben Spareribs und saftig brutzelnde Fleischstücke gesehen, bei deren Anblick das Wort *Diät* einfach keinen Sinn mehr macht. Und der Geruch gibt einem den Rest.

Helmut ist der Grillgott. Er ist der Großmeister der Fleischeslust. Grandmaster Flesh.

„Hier, nehmt schon mal 'n Sektchen, dat dauert noch", sagt Sabine und wirft einen stirnrunzeligen Blick zu ihrem Lokomotivführer herüber. „Der is' schon seit heute Nammittach am Dranrumfummeln. Aber ich hab ja auch noch de Nummer vom Pizzaservice." Und dann lacht sie und reicht uns zwei volle Sektgläser.

Ich zögere, sehe Steffi an und warte auf ein Zeichen. Irgendeine Regung, ein kleines Einlenken, ein Seufzer des sich Ergebens und vielleicht eine Freigabe für ein winziges, lächerliches

Schlückchen Sekt, aber *sie* sieht mich *nicht* an. Weil sie eben weiß, dass *ich sie* ansehe.

„Sabine, weißt du ... wir trinken lieber nur Wasser", lässt sie da diese unschönen Worte auf die Terracottafliesen der Vonderbrake-Terrasse platschen und die Hoffnung, die ja immer zuletzt stirbt, ist jetzt tatsächlich und endgültig von uns gegangen.

Na, das kann ja was werden, denke ich so. Und da geht es auch schon los.

„WASSER?", fragt Sabine mit einer Betonung, die das edle Tröpfchen und der Lebensspender Wasser nun wirklich nicht verdient hat. „Nur Wasser? Wat habt *ihr* denn?"

Und sie sieht uns an, als hätten wir eine ganz üble Seuche oder sogar eine Gehirnwäsche einer geheimen Sekte hinter uns.

Jetzt seufzt Steffi dann doch noch – in mir regt sich wieder etwas Hoffnung –, sagt aber dann: „Weißt du, Sabine, wir trinken im Moment keinen Alkohol ..." Und als Sabine da beinahe die beiden Sektkelche aus den Händen fallen, fügt sie noch schnell hinzu: „ ... für 'ne Weile."

Aber auch mit dieser kleinen Einschränkung sind und bleiben das Worte, die einen Menschen einsam machen. Die bisher noch so gemütliche kleine Grillgesellschaft weicht zur eigenen Sicherheit ein paar Schritte von uns zurück. Kerstin schlägt sogar die Hände vor den Mund und sieht fassungslos zu ihrem wurstfingerigen Olaf herüber, der sein Bier fest umklammert hat. *Keinen Alkohol?!* Und auch Sabine kann es einfach nicht glauben, was sie da hört, weil sie uns ja schließlich schon so lange kennt. Und deshalb sagt sie mit deutlich erkennbarer Bestürzung: „Is' doch nur SEKT!"

Doch Steffi schüttelt noch mal entschuldigend den Kopf und schließt die Augen dabei. Leicht scheint es ihr also auch nicht zu fallen. Ist also doch noch das ganz normale Leben mit all dem Verlangen nach Grillfleisch und alkoholischen Getränken in ihr?

„Ach, komm!", sagt Sabine dann noch mal mit neuem Anlauf und streckt uns voller Verzweiflung die beiden Sektkelche wieder hin.

„Nee, ganz nett, Sabine", sagt meine standhafte Frau da, „nur Wasser, bitte."

Da schaut die gute Sabine mich ganz aufgewühlt an, weil sie wohl annimmt, dass doch wenigstens einer in der Familie Knippschild vernünftig geblieben sein muss, aber auch ich kann nur hilflos die Schultern heben und stumm dazu nicken. Wasser. Ja. Nur Wasser. Ich liebe Wasser. Ich hatte es nur vergessen. Wasser ist einfach herrlich. Es ist das Leben. Wir kommen alle aus dem Wasser …

Und als dann auch von mir keine Kursänderung in der Wasserdiät-Politik kommt, sagt sie „Ja dann …" mit einer Endgültigkeit, dass man ganz traurig werden kann, und kippt den Inhalt der beiden Gläser in den Bowletopf, „… mussich ma kucken, obbich so wat habe. WASSER! Phh!" Und dann verschwindet sie kopfschüttelnd im Haus.

Kerstin und Olaf haben den Sicherheitsabstand zu uns noch ein wenig vergrößert und beäugen uns misstrauisch und vorsichtig. Jetzt tuscheln sie miteinander. Wir sind ihnen unheimlich, das spürt man. *Was sind diese Knippschilds für Menschen?*, fragen sie sich. Reden wollen sie wohl lieber nicht mit uns.

„Diät!", sage ich also als mein erstes vollständiges Wort an diesem besonderen Sommerabend und versuche, es wieder mal so nebensächlich wie möglich klingen zu lassen. Dabei klatsche ich mit einer Hand auf mein niedliches Bäuchlein, um unsere augenblicklich etwas schwierige Lebenssituation zu erklären. Natürlich kommt das bei Pummel-Kerstin und Wurstfinger-Olaf nicht so richtig an.

„Gleich gehdet los!", röhrt da Helmut wieder von seiner Führungsposition am Kessel und man kann ihn in der Räucherwolke kaum ausmachen. Die Lokomotive hat jetzt volle Fahrt aufgenommen. „Dat große Fressen! Gleich gehdet los! Hahaha!" Und dann reibt er sich die Hände. Er hat so eine Freude am Grillen. Schön.

Sabine ist jetzt mit einer halbleeren Flasche Mineralwasser zurück und gießt immer noch kopfschüttelnd pures, sprudelndes Wasser in die zwei jetzt leeren Sektgläser.

„Wat is' denn bloß los mit euch? Seider getz antialkoholisch geworden, oder wat?"

„Zurzeit ja", antwortet Steffi für uns beide – ich spiele momentan in dieser Konversation keine große Rolle. „Mal 'ne Weile keinen Alkohol und … naja, Diät … momentan. Und heute ist eben Wassertag."

Die drei starren uns an. Schwimmreifen-Kerstin klammert sich jetzt erschrocken an ihren Wampen-Olaf und scheint sich regelrecht vor uns zu fürchten.

„Ja, heute nur Wasser", setzt Steffi noch hinzu, lächelt etwas unsicher und vertieft sich dann in ihr Glas.

„Ja, aber essen tuter doch wat, oder wie?", fragt Sabine und schaut auch noch mal kurz zur gefährlich fauchenden Dampflok rüber.

Jetzt wird's kompliziert. Wie kann man das plausibel erklären? Dieser Grillabend ist einer der gesellschaftlichen Höhepunkte im Leben der Vonderbrakes und auch in unserem bescheidenen Dasein, und wir wollen nichts essen?! Schwierig. Ich überlasse es daher einfach mal Steffi, auch diese Frage hoffentlich zufriedenstellend zu beantworten. Ich habe ihr ja gleich gesagt, dass man das so nicht machen kann bei Helmut und Sabine.

Steffi räuspert sich kurz und windet sich ein wenig, doch dann nimmt sie all ihren Mut zusammen und wiederholt ihre Worte von eben: „Ja, heute ist eben Wassertag und … da trinken wir nur Wasser."

„Jaja, aber ESSEN!", platzt es aus Sabine heraus, weil sie es einfach nicht verstehen kann. „ESSEN müsster doch wat, heute is' GRILLabend!"

Steffi zuckt nur mit den Achseln und bleibt hart. Aber sie lächelt dünn dazu und nippt an ihrem Wasser. Ich habe mich inzwischen unbemerkt aus dem Zentrum des peinlichen Geschehens verkrümelt und stelle mich zu Helmut neben die Dampflok. Mir ist schon ganz schlecht vor Hunger.

Er grinst mir schwitzend und schnaubend zu und sagt noch mal: „Gleich gehdet los, Alex! Hass' bestimmt schon richtig Schmacht bis unter de Arme, wie ich dich kenne. Hahaha!" Und ich glaube, es ist jetzt die Zeit gekommen, auch ihm die schreckliche Wahrheit zu eröffnen.

„Helmut ...", beginne ich also.

„Ja, wat is'?", fragt er und hebt noch mal die Haube des Smokers. Ich kann kaum hinsehen. Es sieht so wunderbar aus. Braungeschmurgelte edle Fleischteile. Und wie es duftet! Ich fürchte, ich bringe es einfach nicht übers Herz, Helmut den Grillabend mit unserer dämlichen Diät zu versauen. Trotzdem muss ich jetzt was sagen.

„Helmut, es ist so", flüstere ich ihm zu, damit auch nur er es verstehen kann. Das Brutzeln und Zischen ist glücklicherweise laut genug. „Wir machen gerade Diät, weißt du? Wir ..."

Er sieht mich jetzt auch mit diesem Blick an, als ob ich eine schlimme Krankheit hätte oder den Verstand verloren und sagt dann: „Na, dann nimmsse eben nur die ganz mageren Stücke. Hier, kuck ma!" Und dabei dreht er zwei rotbraungebrannte und wahrscheinlich butterzarte kiloschwere Filetstücke auf dem Rost und nickt mir verheißungsvoll zu.

„Helmut ... also ..." Er hat es scheinbar noch nicht verstanden. „Wir essen *gar nichts*, verstehst du?"

Nein, das versteht er nicht.

„Hä?", fragt er und: „Ja wie?"

„Heute ist unser Wassertag", bringe ich dann noch schüchtern heraus und weiß schon jetzt, dass unsere Freundschaft ernsthaft bedroht ist.

„Wat soll dat denn heißen?", fragt er also und macht die Haube erst mal wieder zu.

„Heute. Nur. Wasser", hauche ich jetzt nur noch so, weil es mir so unglaublich unsinnig vorkommt.

„Nur WASSER?", flüstert er jetzt auch, weil diese Worte nicht zu einem Grillabend gehören, jedenfalls nicht zu seinem, und Wasser höchstens zum Feuerlöschen bereitsteht. „Und NIX essen?" Ich schüttele nur mit einem schmerzverzerrten Ausdruck den Kopf. Ich kann ihn kaum ansehen dabei.

„Ihr habt se donnich' alle ", sagt er dann. „Du willst mir doch nicht allen Ernstes sagen, dat du nix von mein' Fleisch nimms? Dat is' doch wohl nich' wahr!"

„Ach, Helmut, weißt du, Steffi hat sich das so in den Kopf gesetzt, weil wir zu dick sind ..." Helmut reißt die Augen auf und sieht an mir herunter und sucht nach den dicken Stellen. „... und naja, und jetzt ziehen wir das mal durch, weil wir es ja auch ernst meinen und so, verstehst du? Wir wollen es wirklich, also ... und wenn man da schon mit 'ner Ausnahme anfängt ...", stammele ich herum, aber Helmut sieht da wohl keine Möglichkeit, irgendein Verständnis zu zeigen.

Er hat plötzlich ein Gesicht wie ein Eisenbeißer, packt mich am Arm und führt mich in das kleine Gartenhäuschen am hinteren Ende des Vonderbrake-Gartens ab. Ich kann mich seinem Klempnergriff auch nicht entziehen und so betreten wir gemeinsam die fichtene Holzbude. Unbemerkt von den anderen. Helmut zeigt auf einen Stuhl und sagt: „Hinsetzen! Abwarten!"

Ich gehorche ihm und schon nach knapp einer Minute ist er mit einem Teller voller braungebrannter dampfender Köstlichkeiten zurück und knallt ihn vor mir auf den Tisch.

„Essen!", befiehlt er und stellt eine Flasche Bier daneben, die schon geöffnet ist und beim Absetzen etwas überschäumt. „Wasser! Phhh!", sagt er dann auch noch mal viel verächtlicher als seine Sabine und wartet geduldig, bis ich die ersten Brocken dieser Delikatesse verdrückt habe. Es geht ja nicht anders. Ich muss ja. Helmut hat mich in seiner Gewalt.

Das Fleisch zergeht mir fast zwischen Zunge und Gaumen. So zart ist es. Meine Güte, schmeckt das gut! Ich verschlinge das ganze Stück, lasse mir das kühle Bier dazu schmecken und stochere schon nach dem zweiten dicken Fleischlappen.

„Wahnsinn, Helmut, einfach super!"

Helmut ist zufrieden, lächelt und nickt wissend. Er ist der Größte. Das war schon immer klar.

„Sag bloß nichts meiner Steffi", beschwöre ich ihn mit vollem Mund, „die lässt sich von mir scheiden, wenn sie das weiß. Weil wir es nämlich ernst damit meinen, mit der Diät, weißt du? Wir wollen wirklich …"

„Jaja", sagt Helmut nur und freut sich sehr, dass es mir schmeckt. „Um deine Steffi kümmert sich meine Sabine. Mach dir ma keine Gedanken. Getz iss erst mal dein' Teller leer und dann kannze ja wieder rübber zu uns kommen … und DIÄT machen."

Damit dreht er sich um und verschwindet. Und ich bin froh, dass er die Tür nicht abgeschlossen hat.

Helmut ist der Grillgott. Es ist so wahnsinnig lecker und ich verschlinge alles in Rekordzeit. Das Bier ist auch bald leer und ich bin rundum zufrieden, vollgefressen, aber natürlich voller Gewissensbisse. Wenn Steffi was merkt, bin ich geliefert und unsere Ehe ist in Gefahr.

Als ich mich der Grillrunde nähere, nachdem ich akribisch überprüft habe, ob nicht noch Reste des üppigen Mahles an mir haften, ein Fettfleck mich verraten könnte oder einfach nur der zufriedene Gesichtsausdruck, finde ich dort sitzend, schweigend, kauend und schmatzend die Vonderbrakes, Kerstin und den dicken Olaf im Fressrausch. Sie haben keinen Blick für mich und schlingen Helmuts Köstlichkeiten teilweise mit geschlossenen Augen in sich hinein. Ab und zu grunzt einer und Olaf sagt: „Einmalich!" – für mehr Konversation ist keine Zeit – und köpft ein weiteres Bier. Wilde Tiere.

„Alex, willze nich' doch wat?", fragt Helmut mich in dem knappen Zeitraum, der ihm zwischen zwei Spareribs bleibt und kneift mir ein Auge, so dass die anderen es nicht sehen.

„Nee, du weißt ja … Diät!"

Helmut grinst, nickt und schlägt die Zähne wieder in seine selbstgeschmorten Rippen.

„Wo ist denn Steffi?", frage ich, denn meine liebe Frau ist leider momentan nicht anwesend in dieser Raubtierrunde. Nur ihr Wasserglas steht noch traurig, verlassen und halbleer neben meinem auf dem Tisch.

„Oooch, die is' ma eben …", presst Sabine mit roter Soße am Kinn neben einem fast abgenagten gebogenen Knochen hervor und zeigt damit in Richtung Haus. „Ich seh mal eben nach ihr." Dann reißt sie noch schnell einen Fetzen Fleisch vom Knochen und steht mühsam auf.

Nach einer Weile kommen Steffi und Sabine aus der Terrassentür. Ich stelle fest, dass meine Frau einen etwas verstörten, aber auch gleichzeitig ganz glücklichen Eindruck macht, als sie sich uns nähert. Sehr seltsam. Sie nickt unsicher lächelnd in die Runde und setzt sich dann neben mich.

„Was ist ", frage ich, „alles klar mit dir?", weil ich das Gefühl habe, dass es das eben nicht ist.

Und da zögert sie einen Moment, schluckt, scheint in sich zu gehen, sagt dann laut und deutlich: „Nein", und fährt in einer Tonlage fort, die ich nur aus den Videos fanatischer amerikanischer Sekten kenne, in denen immer der Allerschlimmste und Übelste der Sündergemeinde aufspringt und „Ich habe gesündigt!" ruft. Worauf die Sektengemeinde dann immer ein bestürztes und erschüttertes „Ooooh!" von sich gibt und den Sünder erst mal verachtet, bevor er dann nach entsprechender Buße wieder in die Gemeinschaft aufgenommen wird. So sagt Steffi jetzt in genau diesem Sündermodus: „Ich habe Spareribs gegessen!"

Die Vonderbrakes, Kerstin und Olaf sagen unisono: „Lecker!", und reißen ungerührt weiter das Fleisch, während Steffi mir ins Ohr flüstert: „Ich musste. Sabine hat mich gezwungen. Sie hat mich in der Küche … gefangen gehalten."

Ha, denke ich, *da muss also erst eine beherzte Sabine daherkommen, um Steffi mit solch radikalen Geißelungen auf den richtigen Weg zurückzubringen.* Mir zeichnet sich ein geheimnisvolles Lächeln ins Gesicht.

„Und Kartoffelsalat", fügt sie dann noch tonlos hinzu. „Leider lecker." Und dann schüttelt sie ungläubig ihren Kopf.

Ich lasse dieses Sündenbekenntnis eine Weile über uns schweben und genieße die Reue der bekehrten Sünderin, bis ich mich dann entschließe, ebenfalls zu bekennen, und „Zwei Steaks, ein Bier!" sage. „Helmut hatte mich in seiner Gewalt. Im Gartenhaus. Es ging nicht anders."

Erschütterung, aber auch Erleichterung machen sich auf Steffis Gesicht breit und ihre Augen werden vor Rührung feucht. Aber wahrscheinlich bilde ich mir das nur ein und es ist der Rauch des Smokers, der immer noch in voller Aktion ist und selbstständig weiteres herrliches Grillgut produziert.

„Hier!", sagt Helmut jetzt und kippt einen Berg braungeschmurgelter krummer Bratwürste auf die riesige Tortenplatte in der Mitte des Tisches und ein respektables, gieriges Raunen geht durch die sündige Grillgruppe.

„Haut rein, Leute! Wir sind ja nich' zum Vergnügen hier! Hahaha! Grillen is' nix für Weicheier!" Damit wirft er Steffi und mir einen auffordernden, aber auch triumphierenden Blick zu.

Und dann sehen wir beide uns an, seufzen tief, zucken mit den Achseln, öffnen die obersten Knöpfe unserer Jeans und nehmen uns jeweils eine Bratwurst mit Brötchen auf die Hand. Wir beißen herzhaft hinein, dass es spritzt, und greifen mit der anderen Hand nach einem Bier.

Und da stoßen selbst Kerstin und Olaf erleichtert mit uns an. Wir sind wieder Mitglieder der Raubtierherde, wir gehören wieder dazu. Sabine und Helmut werfen sich zufriedene Blicke zu über diesen gelungenen Grillabend, und auch wir freuen uns, dass ein Wassertag ein so schönes Ende finden kann.

Aber ab morgen dann!

Neunte Sauerländer Weisheit:

Gute Vorsätze sind schön.
Muss auch manchmal ohne geh'n.

Das zehnte Abenteuer

Wenn ich mal tot bin

Oh, ich muss noch Überweisungen machen! Klempner Sandersfeld bekommt noch sein Geld für die Reparatur des Heißwasser-
gerätes für Max' Dusche und auch die Versicherung fürs Haus
muss bezahlt werden. Herr Rohde wartet sicher schon sehnsüchtig darauf … obwohl wir die Versicherung eigentlich noch nie
gebraucht haben. Wofür braucht man die eigentlich?

Haus? Was ist das noch? Hausrat? Nein, das ist ja was anderes.
Das kostet ja noch mal extra. Ach ja. Natürlich. Sturm, Wasser,
Feuer, Hagel, Katastrophen also … Noch nie gehabt. Fast ist
man ja drauf und dran, sich mal eine richtige schöne, kleine Katastrophe zu wünschen, so teuer, wie die Versicherung ist.

Naja, braucht man ja, so was.

Also ran an den Computer und online überweisen, wie der
moderne Mensch das eben so macht heutzutage.

Die Bank-Software öffnen, Kennwort eingeben … und schon
kann's losgehen mit der lustigen Geldverschieberei. Ich finde es
schon toll, dass das so einfach geht. Sagenhaft. Man sitzt schön
zuhause an seinem Schreibtisch und schiebt diverse beliebig
hohe oder auch niedrige (Fantasie-)Beträge von einem Konto
zum anderen. Meistens, oder eigentlich immer, von unserem
Konto auf das anderer Leute. Das ist schade.

Geht es eigentlich auch andersrum? Müsste doch. Aber wie?
Keine Ahnung. Wenn man sich so richtig auskennen würde mit
der Materie des komplizierten Computerwesens, so richtig, mei-

ne ich, dann bekäme man sicherlich auch das hin.

Aber so weit bin ich noch nicht. Bis jetzt immer nur von uns nach irgendwo anders hin. Weg mit der Kohle. Alles muss raus jetzt! Leider.

Man hört ja auch immer wieder von sogenannten Häckern, die überall reinkommen und alles rausholen können. Furchtbar. Wenn ich mir vorstelle, dass irgend so ein fieser Häcker sich von unserem Konto alles rausholt und dann auf die Caymaninseln oder so überweist, um dann hinterherzureisen und dort ein Leben in Saus und Braus zu führen ...

Na gut, alles rauszuholen aus unserem Konto hieße jetzt, dass er es noch mühelos in einer kleinen Plastiktüte davontragen könnte, und allzu lange könnte er davon auf den Caymans sicher nicht leben, und in Saus und Braus sowieso nicht, sondern vielleicht nur in einer kleinen faserigen Hütte am Strand, die beim nächsten Sturm sicherlich schon wieder weggeblasen würde.

Aber trotzdem, es wäre weg. Unser schönes Geld. Grauenhaft. Das geht doch nicht! Einfach nur durch geschicktes und natürlich hinterhältiges, verbrecherisches Herumklicken auf diesen Tasten, die auch ich hier vor mir habe.

Ja, man muss sich eben auskennen! Man muss alles richtig machen. Immer aufpassen und auf nichts hereinfallen, was da so an Fallen möglich ist im Computerbusiness. Und da soll es ja eine ganze Menge krimineller Möglichkeiten geben.

Ich kenne mich natürlich aus im Computerbusiness, aber sooo genau weiß ich nun auch wieder nicht Bescheid.

Doch bei uns ist ja alles sicher. Hat mir jedenfalls noch letzte Woche Frau Habsburger von der Stadtsparkasse erklärt, als ich plötzlich eine Lastschrift entdeckt habe, die ich mir nun aber überhaupt nicht erklären konnte. Und ich muss zugeben, dass ich Frau Habsburger schon fast einen Vorwurf gemacht hätte, dass sie nicht richtig auf unser Konto aufpasst, bis sich dann herausstellte, dass ich selbst diesen Betrag freigegeben hatte für das Hotel, das Steffi und ich uns mal für ein Wochenende in Holland gegönnt hatten. Richtig. Stimmt also. Entschuldigung, Frau Habsburger. Aber an der Hotelbar siebenundsechzigfünfzig? Kann das denn sein? Naja. War 'n schönes Wochenende.

Da könne jedenfalls nichts passieren, hat Frau Habsburger gesagt. Mit der doppelten und sogar dreifachen Absicherung von Kennwort, Passwort, TAN oder Einmal-PIN über Handy wären wir auf der total sicheren Seite. Na bitte, das will man doch hören.

Frau Habsburger ist eigentlich sehr nett, müssen Sie wissen. Die hat uns schließlich auch das Geld für unser Haus gegeben. Ohne sie könnten wir jetzt gar nicht hier sein und ich hätte nicht dieses schöne Arbeitszimmer mit Blick auf diese grüne Wiese, in dem ich jetzt meine Überweisungen machen darf.

So, wo war ich?

Ach, noch gar nicht angefangen. Dann wird's aber Zeit. Herr Sandersfeld hat schließlich auch sofort alles repariert, als wir ihn angerufen haben und die Versicherung … na gut, die müssten wir dann auch demnächst mal in die Pflicht nehmen.

Plötzlich steht Steffi neben mir und schaut mir über die Schulter. Das kann ich eigentlich nicht so gut haben, aber ich sage mal noch nichts. Stelle allerdings erst mal meine Klopperei auf der Tastatur ein und sehe sie fragend, aber freundlich an. Das heißt dann, auch wenn ich nichts sage, so viel wie: *Was ist denn, liebste Steffi? Du siehst, ich habe zu tun.*

Sie versteht mich sehr gut, geht aber trotzdem nicht und schaut interessiert auf den Bildschirm, als ob es da irgendetwas Bemerkenswertes zu sehen gäbe. Ist ja nur unser Konto.

„Boah!", sagt sie dann. „Das sieht ja schlimm aus!"

Ach, jetzt kommt das wieder. Sie macht sich immer solche Sorgen, dass wir eines Tages mittellos und verarmt sind, bloß weil unser Konto ihrer Meinung nach nicht genügend Stellen bei den immerhin noch schwarzen Saldozahlen aufweist.

„Ach, Steffi, so schlimm sieht es nicht aus, es ist ja momentan nur so wenig auf dem Konto, weil wir, wie du ja weißt, immer zum Anfang eines jeden Monats und besonders eben am Anfang des Jahres eine Menge Abbuchungen haben. Da kommen dann alle Versicherungen auf einmal, Leben, Auto, Haus und so weiter, außerdem die Kreditraten für das schöne Geld, das Frau Habsburger uns geliehen hat …"

Da schüttelt sie energisch den Kopf und verzieht ihren schönen Mund. Was ist denn jetzt schon wieder? Ich weiß nicht, ob ich es so gut finde, wenn sie sich in mein Finanzimperium einmischt.

„Die hat uns doch nicht das Geld geliehen. Die Bank hat es uns gnädigerweise überlassen, damit wir jetzt jahrzehntelang bluten müssen und es denen ja fast sogar in doppelter Höhe wieder zurückgeben müssen, bis wir alt und grau sind. Vielleicht sind wir vorher schon tot. Du bist immer so naiv, Alex!"

„Ich *bin* nicht naiv, Steffi!"

Was denkt sie sich denn? So geht das eben im Bankengeschäft. Steffi hat doch da überhaupt keine Ahnung, aber auch das sage ich ihr jetzt natürlich nicht. Es könnte zu einer längeren Pause unserer Beziehungen führen. Jedenfalls für den Rest des Tages. Abends vor dem Fernseher wird sich dann hoffentlich alles wieder einrenken, aber bis dahin wäre wahrscheinlich Sendepause. Ich kenn doch meine Steffi.

Außerdem bin ich gerade dabei, wichtige finanzielle Transaktionen zu tätigen, da möchte ich nicht hören, dass ich naiv bin. Das könnte mich zu existenzbedrohenden Fehlern verleiten. Ein falscher Klick und wir sind geliefert, Steffi! Aber das sage ich ihr natürlich auch nicht.

„Sag mal, Alex", scheint sie da wieder einlenken zu wollen,

weil sie wohl auch merkt, dass sie zu weit gegangen ist und gar nicht auf das eingeht, was ich gerade gesagt habe.

„Wie kommst du denn da jetzt zu unserer Bank hin, zu unserem Konto … also, da in diese Software rein, oder hat die Bank 'ne eigene Seite oder so? WWW, URL, du weißt schon", säuselt sie.

Ich sag's ja, sie hat überhaupt keine Ahnung.

Ich schaue sie von unten so bedauernd an, wie das aus dieser erniedrigenden Position überhaupt möglich ist, weil ich ja sitze und sie mich von oben herab zu diesen wichtigen existenziellen Themen befragt. Und frage mich ernsthaft, was das denn jetzt soll. Warum will sie das wissen? Sie geht doch nie an den Rechner, um mit unserem Konto oder der Bank zu kommunizieren. Das überlässt sie alles mir. „Ach, mach du das mal mit dem ganzen PIN-, Passwort- und Geheimgefudel." Und jetzt? Traut sie mir nicht mehr? Ist sie mit meinen computorischen Online-Fähigkeiten etwa nicht mehr zufrieden?

„Wieso willst du das denn wissen?", frage ich also.

„Ja, wieso denn nicht? Ich muss doch auch mal wissen, wie das alles geht, wenn du mal …"

„Ja, was?" Ich bin sehr gespannt auf ihre Antwort und lehne mich erwartungsvoll in meinem drehbaren, lederbezogenen Chefsessel zurück.

„Na, wenn du mal …" Sie überlegt und wird unsicher.

„Wenn ich mal tot bin", helfe ich ihr galant und vollende ihre für mich recht düstere Zukunftsvision.

„Ach, Alex, Quatsch, aber …"

„Ja? Aber? Nein, nein, genau das meinst du doch."

Nein, das meint sie natürlich nicht. Nicht so, das weiß ich auch, aber … sie meint es natürlich *auch* so. Klar, wenn ich mal … also jetzt … direkt tot wäre, dann käme hier keiner mehr klar. Dann läuft hier gar nichts mehr. Dann ist Ende Gelände. Aus die

Maus!

Und ich stelle mit einiger Genugtuung fest, dass ich daraus eine gewisse Existenzberechtigung und auch ein Gefühl von Macht ziehe. Ja.

Ist das eigentlich meine einzige Existenzberechtigung in dieser Familie? Bin ich nur noch der Mann, der mit dem Computer klarkommt?

Hm?!

Aber es stimmt. Wenn ich mal ... ja, dann kommt hier keiner mehr klar. Ha! Ich, Alex Knippschild, hab sie alle und alles in der Hand. Das Schicksal meiner ganzen Familie.

Und ganz kurz flimmern vor meinem Auge dramatische Szenen auf, die sich schon ein, zwei Tage nach meiner Einäscherung genau hier in meinem Arbeitszimmer abspielen. Ich sehe, wie Steffi und Max gebannt auf diesen Computerbildschirm schauen, Max in meinem Chefsessel und Steffi danebenstehend, und verzweifelt auf der Tastatur herumhacken, weil sie versuchen reinzukommen. Ins System. In mein System. Ich sehe, wie sie Panik bekommen und sich an die Köpfe fassen, weil sie meine Passwörter nicht haben. Weil sie nicht rankommen an die Kohle ... während ich schon ... naja, eben tot bin. Klar.

Vielleicht könnte ja unser Sohn Max, dieser computermäßig recht versierte Bursche und schon jetzt ein ziemlich gerissener Vogel auf dem Gebiet, es irgendwie hinbekommen, meinen Computer zu häcken. Vielleicht ist er dann schon so weit. Vielleicht ist er dann schon Mitglied einer üblen Bande vom Computer- Häckern, die Programme haben, die sogar die geheimsten und schwierigsten Passwörter knacken können. Wörter und Kombinationen, auf die sonst nie ein Mensch käme.

Eine schlimme Vision.

Auch Steffi hat wohl ein wenig nachgedacht und sagt jetzt mit fester Stimme und aus tiefster Überzeugung, wie ich mit einigem

Erschrecken feststellen muss: „Ja, Alex, also gut, wenn du mal TOT bist. Jaaa, nur angenommen. Kann ja mal passieren."

Ja klar, kann ja mal passieren!

Ich bin doch etwas erschüttert, muss ich sagen, weil ich feststelle, dass sie offensichtlich mit meinem baldigen Ableben rechnet.

„Ja, also was mach ich dann?", fragt Steffi dann doch, wie meistens sehr pragmatisch, und wartet auf eine richtige und kluge Antwort. Ich bin am Zuge.

Ja, sie hat es wirklich gesagt. Ich hab's ja gehört. *Wenn du mal tot bist.* Trotzdem dauert es natürlich eine Weile, bis man sich mit dem eigenen Tod angefreundet hat, ihn mit offenen Armen empfängt und gut damit leben kann ... dass man tot ist. Der Tod ist eben ein Teil des Lebens. Halleluja. Amen.

Aber sie hat natürlich recht. Sicher, WAS soll sie da machen?

Nachdem ich nun also meinen frühen Tod akzeptiert habe und versuche, mich auf einer weißen, bequemen Wolke hoch über meinem Arbeitszimmer zu sehen, bin ich dann letztlich auch bereit, eine Antwort zu geben. Ich drehe mich würdevoll und langsam, dem bedeutungsvollen Moment angemessen, zu ihr um, biete ihr den Stuhl neben meinem an und mache ein pietätvolles und sehr ernstes Gesicht. Ich bin der Pfarrer auf meiner eigenen Beerdigung. *Und so sage ich euch, ihr Lieben, wenn ihr mal scheidet dahin, dahin lasst all eure Geheimnisse hier auf Erden zurück – also bitte auch eure Passwörter, verdammt noch mal!*

„Wenn ich mal tot bin, Steffi ..." beginne ich und habe auch schon eine vage Lösung parat. Denn nur mit dem Überlassen der Passwörter und einigen Erklärungen zum computerischen Vorgehen wird es bei Steffi nicht getan sein. Das ist mir jetzt schon klar, wo ich gezwungen werde, im Angesicht des Todes darüber nachzudenken. Kurz vor dem Tod rast ja das gesamte Leben noch mal an einem vorbei.

Ich erinnere mich da zum Beispiel an schwierige, ehegefährdende Telefongespräche, die ich von irgendwo unterwegs mit meiner lieben Frau zuhause geführt habe und in denen ich verzweifelt versucht habe, ihr klarzumachen, auf welche Symbole sie klicken muss, um zum Beispiel alte Mails zu öffnen. („Steffi, bitte klick mal auf den Briefbutton oben links." „Da ist kein BriefBATTEN, hier oben links" „Dann schau doch mal unten links" „Da ist auch nichts!" „Der muss aber …" „Ach so, der!" „Ja, bitte anklicken und öffnen …" „Wie? Öffnen?" „Na, einfach Doppelklicken und dann ploppt er auf und du musst dann in den Ordner ‚Gesendete Mails' gehen …" „Is' hier nich'!" „Muss aber!" „IS' NICH!" „MUSS!" „ACH, WEIßT DU WAS, ALEX, DU KANNST MICH MAL!" Aufgelegt.)

Ja, es würde schwierig werden mit ihr und dem Computerwesen im Allgemeinen.

„Steffi, ich finde, wenn … also, wenn ich mal tot bin, dann solltest du jemanden kennenlernen – denn natürlich solltest du nicht allein bleiben, das möchte ich nicht", sage ich großmütig. „Also, du solltest jemanden kennenlernen, der sich gut mit solchen Sachen auskennt."

Das sage ich nicht ohne Stolz und der Überzeugung, dass ich so ein Mensch bin, geworden bin. Dass ich mir natürlich in all den einsamen Jahren vor meinem Computer eine gewisse Kenne in der Sache angeeignet habe. Natürlich ist auch richtig, dass immer, wenn es mal echt kompliziert wurde, der Jörg kommen musste. Jörg Potthoff. Und das ist schon ein Teil meiner Idee.

Steffi sieht mich an, als wolle ich einen Witz machen.

„Was soll das denn heißen? Meinst du, ich bin zu blöd für das scheiß Gehacke auf dieser Computerschreibmaschine?"

Natürlich ist das Ganze mehr als eine Schreibmaschine, das weiß Steffi auch, aber sie will mich ein wenig ärgern. Soll sie. Ich gehe also gar nicht darauf ein und mache ihr folgenden gut gemeinten und noch besser durchdachten Vorschlag.

„Was hältst du von Jörg Potthoff. Der ist nett und kennt sich aus. Und du kennst ihn schon. Brauchst also nach meinem Tod nicht lange zu suchen. Brauchst keine Single-Börsen oder Elite-Partnersuche, dir Kneipennächte um die Ohren zu schlagen oder Seniorentanztees zu besuchen, um irgendjemanden kennenzulernen. Außerdem wohnt Jörg gleich um die Ecke. Das wäre doch jemand für dich, oder?"

Ich weiß, dass ich ihr da einen guten Vorschlag gemacht habe. Jörg Potthoff ist ein Mensch, der sich in der Welt der Bits und Bytes einfach auskennt, der sich dort richtig wohlfühlt, der zum Beispiel weiß, was das Bios eines Computers ist. Der Jörg kann auf dem Mainboard elektronische Wellen reiten oder aus dem Nichts virtuellen Speicher schaffen … ich habe bei Jörg einfach das Gefühl, er kann das Wesen eines Rechners erkennen – und beeinflussen.

Vielleicht kann er sogar diese Rückwärtsüberweisungen machen, also Geld von anderen Leuten auf sein eigenes Konto lenken. Vielleicht. Er hat es bis jetzt jedenfalls immer geschafft, meinen durch (gelegentliche!) fehlerhafte Eingaben oder darauf folgende panische Rettungsversuche abgestürzten oder völlig misshandelten Computer wieder hinzubekommen – oder mir einfach einen Neuen zu verkaufen, der dann aber auch wirklich wunderbar funktionierte. Jörg ist ein Guru.

Also sage ich zu Steffi: „Du solltest Jörg heiraten. Was meinst du?"

Sie sieht mich an, als ob ich ihr ein schmutziges Angebot gemacht hätte, dabei habe ich ihr ja nur den Jörg als meinen möglichen Nachfolger vorgeschlagen. Ich weiß gar nicht, was sie hat. Jörg ist ein sehr netter Kerl. Na gut, er sieht nicht so besonders aus, hat ein kaputtes Bein und ist etwas dick. Und seine Brille ist auch ganz dick. Aber: Er hat Ahnung von der Sache. Und ich kenne ihn. Ist doch besser als irgend so ein Fremder für Steffi.

Steffi ist entsetzt.

„Jörg Potthoff? Du spinnst doch, Alex. Den? Niemals."

„Aber Steffi, echt, bloß weil er das eine Bein immer so nachzieht und auf dem rechten Auge nicht mehr richtig sieht? Er darf sogar Auto fahren damit."

„Nein, natürlich nicht, aber ..."

„Na, dann müssen wir einen anderen finden", sage ich. „Aber es muss einer sein, der Ahnung hat von der Sache."

Ich konnte doch soeben erstaunt feststellen, dass der Gedanke, nach meinem Ableben wieder auf baldigen Männerfang zu gehen, für meine Steffi überhaupt nicht so abwegig scheint. Nein, ganz normal. So macht man das, wenn der eigene Mann eben leider tot ist. Selber schuld. Etwas beleidigt bin ich da schon.

Trauerjahr? Schon mal gehört? Aus lauter Anstand? Hä?

„Was ist denn eigentlich *die Sache?*", fragt sie da und setzt sich endlich neben mich auf den schon vor längerer Zeit angebotenen Stuhl. Das Thema scheint ihr also echt wichtig zu sein und vielleicht hat sie ja auch vor, den Zeitplan meines Ablebens selbst in die Hand zu nehmen und mich eigenhändig ins Nirwana zu befördern.

„Ja, soll ich dir jetzt ...?", frage ich etwas entgeistert und weiß auch nicht recht, ob ich dieser Aufgabe gewachsen bin.

Steffi etwas zu erklären, ist nicht immer ganz problemlos. Ich kann mich sehr gut an danebengegangene Versuche erinnern, ihr zu erklären, wie man mit meiner wirklich tollen Canon-Spiegelreflexkamera richtig scharfe Fotos macht. Ich konnte hinterher echt froh sein, die schwere Kamera nicht an den Kopf bekommen zu haben. „Klugscheißer!" Auch der erste Versuch, ihr das Skifahren in Grundzügen beizubringen, verlief nicht ganz gewaltfrei. Als ich sie dann endlich stehend auf den wackeligen

Brettern hatte, leider in direkter Schussrichtung den Olympia-Abfahrtsberg hinunter, wovon ich ihr immer wieder dringend abgeraten hatte, da blieb mir nichts anderes übrig, als hinterherzurasen und sie mit einem geschickten Manöver wieder von den Brettern zu holen, damit sie nicht überraschenderweise den Abfahrtsrekord oder sich alle Knochen brechen würde.

Jetzt also Computerlehrgang. Wird sicher nicht ganz einfach.

Aber gut. Ich will es wagen. Herr Sandersfeld und Herr Rohde haben ihr Geld ja immer noch nicht bekommen. Damit fangen wir an.

„Ja, bitte! Mach mal. Ich hol uns mal schnell 'n Kaffee"

Und damit schwirrt sie ab und erwartet dann also bei ihrer Rückkehr einen Einführungskurs in PC-Grundlagen, vielleicht noch Word, Excel und PowerPoint … naja, alles hab ich auch nicht drauf.

Der Kaffee ist gut, duftet lecker und sie ist bereit. Sitzt also nun neben mir und macht ein Gesicht, als würde sie sich sogar auf diese erste Computer-Crashkurs-Fahrstunde mit mir freuen. Obwohl ich noch immer verarbeiten muss, dass sie nach meinem Tod von Jörg Potthoff nichts wissen will und ich den neuen Mann in ihrem späteren Leben wahrscheinlich gar nicht kenne. Da wäre Jörg mir echt lieber gewesen. Da weiß man, was man hat. Naja. Muss sie selber wissen.

„Also, wir klicken erst mal hier." *Wir* sage ich wie ein besorgter Arzt, der nach der schweren Operation fragt, wie es *uns* denn geht heute. „Bank zuerst, ja?"

Steffi nickt und scheint schon ganz aufgeregt zu sein. Gleich werde ich ihr also den Zugang zu allen möglichen Bankgeschäften geben, die heilige Pforte zum Geldverschieben in die ganze Welt, wenn es sein muss, und mein Passwort und meine Tricks verraten. Ich weiß nicht, ob ich dabei ein besonders gutes Gefühl habe, und ich fürchte, dass ich damit vielleicht auch die bisherige

Computervormachtstellung im Hause Knippschild verliere.

Na, was soll's? Ich bin eh bald tot und sie will es ja wissen, und es ist ja auch wichtig, damit nach meinem Tod nicht alles den Bach runtergeht.

„Also, dieses Icon hier ...", sage ich, um gleich mal ein paar Fachbegriffe zu streuen, damit Steffi auch merkt, auf welchem sprachlichen und intellektuellen Niveau wir uns hier befinden.

Icon hat sie aber verstanden. Na gut. Mit diesen Worten bewege ich dann den Mauszeiger zu dem Button mit dem Euro-Zeichen.„... das, Steffi, ist die Banksoftware. Doppelklick. Zack. Fertig. Macht auf."

Bis hierhin ist alles verstanden worden. Sie nickt, Klar, ein bisschen was weiß Steffi auch von der Neuen Welt.

„Dann kommt dieses Fenster." Ich zeige wieder wichtig mit dem Mauszeiger auf das soeben erschienene Fenster. „Hier kommt dann das Passwort rein."

„Ja", sagt sie kurz und eilig und erwartet anscheinend etwas mehr Tempo. „Und? Wie heißt es?" Sie wirkt aufgeregt. Jetzt kommt es also darauf an. Das große Geheimnis will gelüftet werden.

Ich zögere noch ein wenig, wahrscheinlich aus Gewohnheit, denn die Bekanntgabe des Passwortes ist natürlich mit einem ganz bestimmten Ritual verbunden. Die Preisgabe eines solchen Geheimnisses ist immer etwas sehr Persönliches, auch Gefährliches und will gut überlegt sein.

Das ist wie beim Bankautomaten in der Stadt, da halte ich ja auch immer die linke Hand über die rechte, die den PIN-Code eintippt, *nachdem* ich mich umgedreht habe, ob mir da keiner wissensdurstig über die Schulter schaut, *nachdem* ich die Straße rauf und runter geguckt habe, ob nicht irgendwelche verdächtigen Gestalten sich mir mit einer Eisenstange nähern, *nachdem* ich im Bankautomaten selbst oben und unten herumgefingert habe, ob da nicht vielleicht eine kleine Kamera eingebaut ist, die da gar nicht hingehört. Nachdem ich das alles überprüft habe. Trotzdem: Linke Hand über die rechte, damit ja keine Person, die überhaupt nicht in der Nähe ist, eine Chance hat, meinen PIN zu sehen. Nä, *die* PIN, *meine* PIN also. Ich glaube, so ist es richtig.

Einmal habe ich in München in einem weitgehend von Drogendealern, Zuhältern und Menschenhändlern bewohnten, ganz hübschen Bezirk in der Innenstadt an einem Bankautomaten Blut und Wasser geschwitzt, weil der kleine Vorraum der Bank fast überfüllt war mit genau diesen Menschen, insgesamt sicherlich ein halbes Jahrhundert Knast, die nicht nur hinter mir standen, mir nicht nur in bösartiger Absicht grinsend über die Schulter glotzten, sondern auch noch von draußen durch die bodentiefen Scheiben auf die Eingabetastatur meines Bankautomaten starrten. Ich hab dann mit Absicht meine PIN dreimal falsch eingegeben und die Karte war weg. Ha, ich lass mich doch nicht von diesen kriminellen Subjekten nervös machen.

Erhobenen Hauptes und völlig unausgeraubt konnte ich den Bankautomatenraum verlassen, vorbei an diesen Typen, die mit mir leider kein Glück gehabt hatten. So nicht, meine Herren!

Auch im Supermarkt und an der Tankstelle kennt man das ja. Der Moment der Eingabe eines Passwortes oder des PINs, nein, *der* PIN, ist sehr, sehr privat, fast heilig, geheim eben. Und alle, die diese PIN überhaupt nichts angeht, obwohl sie die vier Zahlen trotzdem gerne kennen würden, wenden demütig ihr Haupt ab, wenn das Gerät zur Eingabe *der* PIN auffordert.

Ich habe schon einmal, nur ein einziges Mal, nach ein paar Gläsern Retsina beim Griechen im Ort beim Bezahlen mit der Karte meine PIN laut durch den Laden gerufen und dabei gelacht und es ist nichts danach passiert. Man hat nur gütig gelächelt und mir noch einen Ouzo angeboten. Manchmal kann man es auch übertreiben mit der Vorsichtigkeit, finde ich.

Ja, jetzt geht es hier also um mein Kennwort. Steffi will es wissen. Na sicher, kann sie ja auch. *Muss* sie ja, weil, wenn ich mal tot bin ... klar.

„Na los! Sag schon. Kennwort!", drängt sie mich und ich gebe schließlich nach, *nachdem* ich mich noch mal nach allen Seiten ... *nachdem* ich noch mal aus dem Fenster, *nachdem* ich Steffi noch mal prüfend angesehen habe ... und so weiter.

„Alex!"

„stefanie1", sage ich also ganz leise, verschwörerisch, fast unhörbar. Und damit ist es raus und es wird mir sogar etwas leichter danach, stelle ich erstaunt fest. Ich bin jetzt nicht mehr der einzige, der Kenntnis von diesem großen, unerfindlichen Geheimnis hat. Ich habe die schwere Last geteilt. „Alles klein und zusammen."

„Sehr originell", sagt Steffi aber nur in normaler Lautstärke und ich weiß nicht, *ob* beziehungsweise *wie* ironisch sie das meint.

„Mindestens sechs Buchstaben plus mindestens eine Zahl, so wird's verlangt", verteidige ich mich. Was will sie denn eigentlich?

„Naja, etwas einfallsreicher hättest du ja ruhig sein können", meint sie da, ist aber bereit, über meine mangelnde Kreativität hinwegzusehen, da ich ja immerhin ihren Namen mit einer Eins benutzt habe, um all unsere Geheimnisse zu wahren. Das schmeichelt ihr vielleicht ein wenig. Und vielleicht will sie jetzt auch endlich weiterkommen. Hinein in den Dschungel der Bits und Bytes.

Wie kommt jetzt Herr Sandersfeld an sein Geld? An unser Geld. Okay, also weiter.

„Das ist jetzt hier zum Beispiel die Rechnung von Sandersfeld für die Reparatur ..."

„Was?", sagt sie. „Über dreihundert Euro? Der spinnt doch, der Sandersfeld."

„Naja, Steffi, er hat ja auch einen neuen Boiler eingebaut. Die kosten eben so viel, die Dinger. Der Arbeitslohn …", verteidige ich Herrn Sandersfeld so gut es geht, denn er hat ja wirklich korrekte Arbeit abgeliefert. „Aber darum geht es doch jetzt gar nicht, Steffi. Ich will dir doch nur zeigen, wie unser Geld jetzt zu Sandersfeld kommt."

„Nix", sagt sie, „den ruf ich an. Der hat sie doch nicht alle. So teuer! Du schiebst da jetzt kein zusätzliches Geld auf sein wahrscheinlich sowieso schon übervolles Konto. Hast du gesehen, was der neuerdings für einen Wagen fährt? So einen riesigen SUV hat er sich gekauft – von unserem Geld."

Naja, von unserem Geld... das kann ja nicht sein, denn das hat er ja noch gar nicht.

„Der fährt den ganzen Tag im SUV rum!", regt sie sich weiter auf und spricht die Abkürzung für diesen automobilen Riesen jedes Mal wie *Suff* aus. Als ob Herr Sandersfeld betrunken fährt.

Wenn sie sich gleich bei der ersten Überweisung schon so sperrt, dann wird das wohl heute nichts mehr mit der erfolgreichen Einführung in die geheiligten Sphären von Knippschilds Computerwelt.

„Ja, gut, dann lassen wir das erst mal und zahlen dem Rohde seine Kohle", sage ich also und zeige ihr die Rechnung unseres Versicherungsagenten.

Agent hört sich für mich immer so an, als ob der Mann im grauen Regenmantel mit Hut und einem ganz kleinen Funksprechgerät in der Armbanduhr irgendwo an einer finsteren Ecke stehen und Geheimcodes für feindliche Waffensysteme weitergeben würde oder so was, *nachdem* er sich versichert hat, dass hinter ihm und neben ihm, *nachdem* … Ja, schon gut. Dabei ist Herr Rohde ein ganz ungefährlicher Mann, der sogar schon mal bei uns Kaffee getrunken hat und uns Bilder von seiner Familie gezeigt hat. Trotzdem ist er Agent. Das darf man nicht vergessen.

„So teuer?!", regt Steffi sich schon wieder auf und scheint auch mit der Rechnung des netten Herrn Rohde nicht einverstanden zu sein.

Ich sage dazu jetzt gar nichts mehr.

Aber gerne teile ich jetzt mit ihr auch diese Last, die ich all die Jahre seit Beginn des Computerzeitalters im Hause Knippschild immer alleine getragen habe. Seit das nämlich so einfach geht mit den Überweisungen, hat Steffi ja die Rechnungen immer nur an mich weitergereicht, ohne sich für die Beträge darauf zu interessieren. Und jetzt weiß sie mal, was das Leben so kostet. Versicherungen, Versicherungen!

Ach ja, ich finde es ganz gut, dass sie jetzt auch die dunkle Seite der Macht kennenlernt und solch bedrückendes Wissen mit mir teilen muss. Die Kenntnis des Passwortes und das Eindringen in die Unterwelt des Computertums sind nämlich auch mit einem gewissen Leiden verbunden.

„Okay", sage ich, „wahrscheinlich willst du Herrn Rohde also auch anrufen und ihn fragen, ob er sie noch alle hat. Vielleicht hat der sich ja auch schon ein dickes Auto bestellt – von unserem Geld. Mach das! Aber vielleicht darf ich dann wenigstens jetzt mal diesen Strafzettel bezahlen, damit du wenigstens einmal siehst, wie ich so was mache."

„Strafzettel?! Was für ein Strafzettel?"

Ich wusste, dass auch das wieder ein Problem sein könnte, aber es muss ja weitergehen.

„Ja, Strafzettel, weißt du doch? Ich bin da mal hier in der Dreißigerzone hinter Bäckerei Bongardt etwas schneller gewesen. Kann doch mal passieren."

„Wie viel?"

„Fünfundzwanzig Euro."

„Alex! Fünfundzwanzig Euro!"

Also jetzt reicht's aber, finde ich. Lächerlich. Ich hätte ihr diesen Strafzettel ja gar nicht zeigen müssen, aber weil er eben so niedrig war, habe ich's jetzt doch getan – und dann das. Diese Entrüstung, Steffi! Wenn man jetzt noch nicht mal mehr etwas zu schnell fahren darf!

„Das ist doch sowieso die reinste Schikane da hinter Bäckerei Bongardt. Da ist doch nichts! Weißt du doch. Und wo die jetzt überall Dreißigerzonen einrichten. Dreißig! Was ist denn das für eine Geschwindigkeit? An Schulen und Kindergärten, in der Fußgängerzone, ja sicher, aber doch nicht mitten in freier Wildbahn, bloß weil sich so ein unglaublich teurer Radarkasten amortisieren muss. Das ist Raubrittertum! Eigentlich sollte ich diese fünfundzwanzig Euro nicht bezahlen."

„Die zahlst du. Sofort!"

Na gut, ich mach's.

„Okay, also hier, Steffi", sage ich dann, inzwischen wieder etwas friedlicher gestimmt, „hier kommt dann das Fenster zum Überweisen und da gebe ich dann alles ein, den Empfänger, die IBAN und die BIC, den Betrag, das Aktenzeichen …"

Doch Steffi hört gar nicht mehr zu. Sie starrt auf die Kolonnen der Buchungen auf unserem Konto und hat etwas entdeckt, das sie direkt zu ihrer nächsten Frage führt. Ist ja auch richtig. Wenn sie etwas nicht versteht, dann soll sie fragen.

„Was ist DAS denn?", fragt sie also und zeigt mit dem Finger auf eine Buchung, die sie jetzt nicht unbedingt hätte sehen müssen. Den Finger drückt sie dabei ziemlich fest mitten auf den Monitor, was ich eigentlich überhaupt nicht abkann. Natürlich hinterlässt ihr wohlgeformter rechter Zeigefinger auf der sonst so tadellos glatten Oberfläche des Bildschirms einen wunderbaren Fingerabdruck, mit dem man sie polizeilich alles Möglichen überführen könnte, so einwandfrei, wie dieser fette Abdruck ist.

„Hundertzwanzig Euro an das Ordnungsamt Olpe?", fragt sie mit gewisser inquisitorischer Schärfe.

Ja, ich sag ja, alles braucht sie auch nicht zu sehen, aber leider ist sie ja nun drin in meinem System und ich kann es nicht mehr verhindern. Wahrscheinlich noch nicht einmal mehr kleinquatschen.

„Jaaa, das war ... Überholverbot. Ich musste da einfach mal vorbei an diesem verdammten Schleicher, der da alles aufgehalten hat, der überhaupt nicht hinter das Steuer eines Kraftfahrzeuges gehört, der fuhr ... du kannst es dir nicht vorstellen. *Verkalkter, dementer Rentner oder eben Frau,* hab ich gedacht ...", entrüste ich mich.

Ein kleiner gefährlicher Moment der Stille senkt sich über uns, und ich sagte ja schon, dass solche Worte auch eine größere Sendepause unserer Beziehungen einläuten können. Bis zur Tagesschau heute Abend vielleicht.

Ich lächle unsicher. „Scherz, Steffi, Scherz, du kennst mich doch."

Aber sie scheint zu denken, dass sie mich vielleicht doch noch nicht so richtig kennt, auch *nachdem,* was sie hier in den jetzt offenliegenden Kontobuchungen so entdeckt.

„Ja, und dann kam auch noch einer entgegen, ich musste richtig Gas geben, Vollgas, damit ich an diesem verkalkten Vollidioten vorbeikomme, es war verdammt knapp, aber es hat hingehauen, weil der andere richtig in die Eisen gegangen ist ... und dieser scheiß Bulle ... also Polizist, wartete da hinter dem Gebüsch auf seinem Motorrad, hat mich verfolgt, ja und dann ... Dieser Blödmann! Das hätte ich ihm auch am liebsten gesagt."

Steffi staunt, dass sie so einen tollen Kerl geheiratet hat.

„ Hundertzwanzig Euro?! Dann hast du ja auch mindestens einen Punkt!"

„Zwei", gebe ich kleinlaut zu, denn jetzt ist es ja auch egal und die Gelegenheit zu einer Kollektivbeichte ist eigentlich ganz günstig. Irgendwann erfährt sie es ja doch. Und jetzt ist es dann eben raus.

„Zwei Punkte?"

„Ja!", sage ich nur kurz, knapp und etwas trotzig. „Hatte schon mal so 'n Dingen wegen zu schnell gewesen."

Auch die Grammatik funktioniert momentan gar nicht mehr so richtig flutschig bei mir. Und natürlich weiß ich, dass auch Steffi weiß, wie das neue Punktesystem funktioniert und dass da zwei Punkte gar nicht mal so wenig sind. Bei acht ist der Lappen weg. Aber bis dahin sind es ja noch …

„Zwei Punkte also. Glaub ja nicht, dass ich dich in der Gegend herumkutschiere, wenn dein Lappen weg ist", droht sie mir dann völlig überzogenerweise, denn wir reden hier gerade mal von zwei süßen Pünktchen, also bitte. Ich sage aber nichts weiter zu diesem Thema, komme auch gar nicht dazu, weil sie schon wieder auf eine andere Zeile unseres geheimen Kontolebens zeigt.

„Und was ist das hier?", fragt sie. Ich hätte nicht gedacht, dass sich die bisherige inquisitorische Schärfe noch steigern lässt. „Zweihundertsechsundachtzig fünfzig?"

Ach, jetzt hat sie das also auch entdeckt.

So hatte ich mir den Computerlehrgang eigentlich gar nicht vorgestellt. Es war ja mehr so, dass ich *ihr* etwas sehr Schönes und Nützliches beibringen wollte, um die Welt besser in den Griff zu bekommen – vom Schreibtisch aus –, und nicht, dass ich jetzt hier am Pranger stehe, bloß weil da einige Indizien für kriminelles Fahrverhalten aufgetaucht sind. Und weil sie jetzt auch noch die Überweisung für die tollen Bluetooth-Lautsprecher entdeckt hat, die mir so gutgefallen hatten, dass ich sie einfach mal bestellt habe, ohne den Familienrat tagen zu lassen. Und als die Lautsprecher dann da waren, habe ich die echte

Höhe des unverschämten Preises dann auch noch sprachlich etwas retuschiert, dass es sich wie *sechsundachtzig fünfzig* anhörte, was Steffi immer noch unheimlich teuer fand.

Aber jetzt weiß sie ja Bescheid, jetzt hat sie einen Einblick in alles, auch in das zweite Leben des Alex Knippschild bekommen. Dein Mann, das unbekannte Wesen.

„Klingen aber super, weißt du doch", sage ich noch, aber es nützt mir nichts.

Ich versuche dann, in dieser etwas verfahrenen Situation wieder die Oberhand zu gewinnen, und zeige auf die Abbuchungen für Lidl, Aldi und ihren Frisör, die dem Konto schließlich auch ordentlich zusetzen.

„Hier, Salon *Gut abgeschnitten* – neunzig Euro! Das klingt, als hätten die dir alles abgeschnitten", versuche ich ziemlich erbärmlich meine Haut zu retten.

Steffi hört gar nicht mehr zu, studiert jetzt eine Zahlenkolonne nach der anderen und redet überhaupt nicht mehr mit mir. Sie hat das Steuer am Rechenzentrum übernommen. Ich bin raus.

Ich verlasse also meinen geliebten Platz im Chefsessel vor dem Monitor der Geheimnisse und will mir einen neuen Kaffee holen.

„Willst du auch noch 'n Kaffee?"

Aber sie antwortet nicht, klappert auf den Tasten herum, als hätte sie nie etwas anderes gemacht, scrollt durch die Menüs und klickt mal hier, mal da, um etwas Licht in all das zu bringen, was da so in den letzten Jahren in unserem abgedunkelten Finanzleben gelaufen ist.

Ab und zu fragt sie mich mal nach einem weiteren Passwort, das ich ihr prompt liefern kann, weil ich die meisten im Kopf habe. Sie ist inzwischen auch in ganz anderen Teilen des knippschildschen Computeruniversums unterwegs.

„stefanie1" heißt die häufigste Antwort auf ihre Fragen, weil ich dieses Passwort eben für fast alles benutze. Ich kann doch nicht für jede Computeranwendung ein eigenes Passwort nehmen. Wer soll sich das denn merken?

Es gibt natürlich auch noch ein paar andere Passwörter aus der Zeit, in der ich noch dachte, es sei sicherer, möglichst viele verschiedene und auch komplizierte Passwörter zu benutzen. Aber als ich dann merkte, wie schwer es dann wieder ist, sich die alle zu merken, habe ich auf das Ein-Passwort-System umgestellt. Die alten komplizierten kann ich leider nicht mehr ändern, weil ich vergessen habe, wie das geht. Ich habe dafür extra einen versteckten Ordner angelegt, den nie jemand finden wird. Niemals.

„Hast du etwa die Passwörter alle hier in diesem Ordner?", fragt Steffi mich jetzt, weil sie ihn soeben doch gefunden hat, und dreht sich entsetzt zu mir um. „Bist du verrückt? Das kann uns den Kopf kosten!"

Ich zucke nur mit den Achseln. Man kann es auch übertreiben mit der Vorsichtigkeit.

„Nä!", sagt sie entschlossen. „Ich glaube, ich muss mir das alles jetzt mal selber vornehmen." Dann schüttelt sie noch mal ihren Kopf und versenkt sich in die dunklen Tiefen des Computerwesens der Familie Knippschild.

Ich habe sie verloren. Und damit wahrscheinlich auch meine bisherige Vormachtstellung und die Existenzberechtigung in dieser Familie, aber ich bin ja sowieso bald tot.

Zehnte Sauerländer Weisheit:

Steigsse inne Kiste rein,
muss alles erst geregelt sein.

Das Klugscheißerfrühstück

Haben Sie schon mal überlegt und vielleicht sogar mitgezählt, wie viele Handgriffe, Bewegungen, Schritte, Tätigkeiten und wie viele zurückgelegte Kilometer notwendig sind, bevor morgens der erste Biss ins Marmeladenbrot oder der erste wohlverdiente Schluck aus der Kaffeetasse erfolgen kann? Was für ein kapitaler Aufwand nötig ist, um ein mittelmäßig aufwändiges kontinentales Frühstück zuzubereiten – und wie schnell es dann vollständig vertilgt ist?

Bevor es dann wieder abgeräumt werden muss!

Haben Sie nicht? Ja, das glaube ich Ihnen sogar. Hatte ich auch bis vor ein paar Tagen nicht, aber als wir dann plötzlich feststellten, dass wir, die Knippschilds, für unser Frühstück sogar früher aufstehen mussten, weil wir sonst einfach nicht mehr alles geschafft hätten, da habe ich angefangen, über eine sinnvolle Rationalisierung des Gesamtvolumens an Arbeitsschritten und Verrichtungen für das erste Mahl des Tages nachzudenken.

Was macht man da eigentlich alles? Was hält einen so lange auf?

Also. Das Frühstück. Es beginnt mit … ja, womit beginnt es eigentlich? Manchmal stellt sich mir diese Frage tatsächlich immer noch, obwohl ich dieses morgendliche Ritual im Laufe meines Lebens schon über siebzehntausendmal (ich habe mal kurz nachgerechnet) miterlebt und oft sogar aktiv mitgestaltet habe.

Diese Frage stellt sich aber nur, wenn ich, wie manchmal,

früher aus dem Bad bin als meine liebe Frau Steffi und dann noch leicht orientierungslos und gedanklich etwas unsortiert vor dem leeren Esstisch und den noch friedlich geschlossenen Küchenschränken und schlummernden Schubladen stehe und kurz überlegen muss, bis ich dann endlich anfange – mit den Vorbereitungen einer ganz großen Sache.

Ich entschließe mich heute dafür, mit dem Abwischen des Tisches anzufangen. Das kann nicht verkehrt sein, das macht Steffi, glaube ich, auch immer so.

Also, es geht los: Handgriff Nummer eins geht nach dem Abwischtuch, das in der Spüle liegt. Mit der rechten Hand gleichzeitige Bedienung des Mischbatteriehebels an der Spüle mit der linken – oder auch umgekehrt –, um das Tuch ein wenig anzufeuchten. Nur anfeuchten, nicht nass machen, damit Krümel und sonstige Reste anderer Mahlzeiten am Tuch hängenbleiben und uns nicht durch ihre Anwesenheit und die Erinnerung an gestern den Morgen schon verderben. Ist schnell passiert. Steffi ist da etwas pingelig.

Dann das Tuch über dem Mülleimer ausschütteln, dazu mit links die Tür unter der Küchenspüle öffnen, die den Mülleimer durch eine raffinierte Mechanik herausschiebt, der Deckel klappt selbstständig hoch (das zählt also nicht als mitzuzählender Handgriff), dann das Tuch wieder weg – auf den Haken neben der Spüle. Tür unter der Spüle wieder schließen. Geht dann auch mit rechts, weil wir das Tuch ja weggelegt haben.

Wir? Nein, ich.

Von Steffi ist ja immer noch nichts zu sehen oder zu hören und ich bin bis jetzt schon bei zwölf größeren und kleineren Handgriffen angelangt, wobei der kurze Griff an die Schläfe beim umsichtigen Planen der nächsten Schritte nicht mitgezählt wurde.

Dann Wasser. Eier. Okay! Genau. Wir brauchen Eier! Heißes

Wasser … und Tücher. Braucht man auch bei jeder Hausgeburt in alten Filmen, fällt mir da so ein, und ich muss grinsen. Heißes Wasser! Tücher! Alle Männer raus! Oder auch bei Schussverletzungen in Cowboyfilmen. Heißes Wasser, Tücher! Na, nur so 'n Gedanke, der mir jetzt und hier allerdings wichtige Zeit raubt.

Eierkochen erfordert wieder eine ganze Menge neuer und ganz anderer Handgriffe und setzt dadurch, dass diese Eiersache schon jetzt, zu diesem noch sehr frühen Zeitpunkt des Frühstückentstehens durchgeführt wird, auch intelligentes Denken voraus. Man kann nämlich, während die Eier kochen, andere Dinge tun. Das ist schlau, das ist gut. Multitasking. Ich weiß nicht, ob Schimpansen oder Bonobos dazu fähig wären.

Ich kann es jedenfalls.

Und so wird's gemacht, die Sache mit den Eiern: Schublade öffnen, Pott raus, nein, falscher Pott. Das ist der Kartoffelpott. Erkennt man am schwarzen Boden, weil die Kartoffeln da drin mal fürchterlich lange vergessen worden sind. Okay, Pott wieder rein, richtigen Pott raus, auf die Herdplatte damit, halt, erst Wasser einfüllen, Mischbatteriehebel, Sie wissen schon. Wasser möglichst heiß in den Pott und dann auf die Platte, Platte anschalten. Eier aus dem Kühlschrank. Tür auf, Tür zu, Tür quietscht, nur noch zwei Eier da, na, reicht ja gerade. Max will sowieso keins.

So. Die Eiersache läuft an.

Während jetzt also das Wasser langsam dem Siedepunkt entgegenfiebert, habe ich intelligente Zeit gewonnen, die ich natürlich sinnvoll nutzen möchte. Wozu? Also gut nachdenken. Äääh… Zum Beispiel zum Eieranstechen könnte ich diese Zeit nutzen. Klar. Manchmal vergisst man es und dann platzen sie, verteilen weiße Fäden und recht kunstvolle schwimmende faserige Gebilde im kochenden Wasser. Das sieht ganz schön aus, ein bisschen wie Bleigießen an Silvester, aber es wird dann später auf jeden Fall gemeckert über die geplatzten Eierträume, alle bekommen schlechte Laune und der ganze Tag könnte versaut sein.

Also bloß nicht das Anstechen vergessen!

Schublade auf, Schublade zu, da ist der Eierstecher also nicht. Wo packt Steffi den denn immer hin? Wo bleibt sie denn überhaupt? Muss man denn hier alles alleine machen?

Aber sie soll mal ruhig noch etwas wegbleiben, dann kann ich in der Vorbereitungsphase der Frühstückszubereitung noch ein paar selbst gesteckte Ziele erreichen, mit denen ich sie möglicherweise beeindrucken, ihr eine kleine Freude bereiten kann an diesem ganz normalen Donnerstagmorgen. Das darf doch jetzt nicht schon am Eierstecher ... ah, da ist er ja. Obwohl er da nicht hingehört, hinter den Korkenzieher, der lag doch sonst immer ... egal jetzt. Keine Zeit verlieren.

Das Wasser kocht noch nicht.

Aaah. Aus dem Bad höre ich schon die abschließenden Geräusche des allmorgendlichen weiblichen Herrichtens wie das kurze Betätigen des Föhns, was heißt, dass Steffi schon dabei ist, noch einmal kurz heißen Wind in die Frisur zu blasen, um sie wieder frisch zu machen, wie sie immer sagt. Mir fällt ein bemerkenswerter Unterschied zwischen Vorher und Nachher eigentlich nie auf, aber sie macht es jeden Morgen.

Naja. Und gleich wird sie hier mit einem Lächeln (hoffentlich) erscheinen und „Guten Morgen, mein lieber Mann!" sagen und mir einen Kuss auf die Wange geben, der nach Pfefferminzzahnpasta duftet.

Das Wasser kocht noch nicht, also vielleicht schon mal Kaffee kochen. Ja, das ist gut. Kaffee. Wo ist ...? Ach ja, Hängeschrank auf, Dose raus, öffnen, Kaffeepad raus (ja, wir benutzen keine Kapseln wegen der Umwelt, Pad geht noch, haben wir aber beschlossen, löst sich später irgendwie auf, glaube ich). Kaffeemaschine hat Strom ... oh, kein Wasser. Also, Wasserbehälter abnehmen, rüber zum Wasserhahn, Mischbatteriehebel ...Sie wissen schon. Nein, kein heißes Wasser stand in der Betriebsanleitung, also kaltes … Scheiße!, Behälter abgerutscht, Wasser wieder raus, kleiner Riss im Plastik, Mist!, neues Wasser, kalt, Mischbatteriehebel …Behälter einklinken. Behälter trotz Riss dicht.

Boah! Wie lange halte ich dieser enormen Belastung noch stand?

Kleine Pause? Nein, nein, nicht schlapp machen. Es ist ja noch nicht einmal die Hälfte geschafft. Da hätte Steffi allen Grund zu meckern.

Pad rein, Klappe zu, es blinkt rot und blinkt rot und blinkt rot … es *leuchtet* rot, ha! Jetzt den Knopf drücken, Maschine läuft. So. Das wär erledigt. Das Wasser kocht immer noch nicht. Ha. Die Eier haben noch keine Löcher! Um Gottes willen, bloß nicht vergessen! Eier brauchen Löcher!

Wo war jetzt noch der Eierstecher? Ach ja, hier. Also vorsichtig die Eier am runden, dicken Ende (ganz wichtig!) vorsichtig damit anpieksen. Das mit dem runden, dicken Ende ist wirklich sehr wichtig, weil, so hat es uns unser Klassen- und Biologielehrer, Herr Geumann, damals erzählt, da an diesem Ende die Luftblase ist. Ja. Und die ist wiederum da, damit das kleine Hühnchen, Hähnchen, das da im Ei heranwächst, Platz hat, um sich auszudehnen, im Ei.

Alles klar? Nein?

Naja, das Ei, das ja im kochenden Wasser brutal erhitzt wird, dehnt sich dann natürlich auch aus und muss dann, genau …

Klugscheißer!, würde Steffi jetzt an dieser Stelle sagen, wenn sie schon da wäre. Aber was soll ich machen? Ich weiß es nun mal. Und manche Dinge muss man einfach wissen, um das Leben zu meistern.

Ich ärgere mich immer wieder, wenn Steffi die Eier einfach so an irgendeiner der beiden Seiten anpiekst, ohne darauf zu achten, ob es auch die richtige, die runde, die dicke Seite ist. Wenn ich sie dann darauf hinweise, dass ihre gekochten Eier ja nur geplatzt sind, weil sie dieses kleine, sehr wichtige Detail nicht beachtet hat, dann bin ich erst mal natürlich der soeben erwähnte Klugscheißer. Ist ja klar, und ich muss auch dann froh sein, wenn ich das Frühstück überhaupt überlebe. Von daher bin ich jetzt ganz glücklich, dass ich selbst entscheiden kann, an welcher Seite ich diese Eier anpiekse.

Leider kann man bei diesen beiden Exemplaren, die ich da vor mir habe, jetzt nicht genau sehen, wo rund und wo spitz ist. Verdammt, das gibt es natürlich auch, dass die Natur einem da so einen bösen Streich spielt. Schon am frühen Morgen! Ich drehe das Ei ein paarmal hin und her, versuche im Geiste ein Geodreieck anzulegen, um die Winkel zu messen und entschließe mich dann schweren Herzens für eine der beiden Seiten, bin aber keineswegs sicher, die richtige erwischt zu haben.

Das Wasser kocht jetzt. Steffi kommt.

„Moang!", sagt sie etwas mürrisch, gähnt und es fehlt eben noch der Zusatz *mein lieber Mann*, den ich mir so sehr gewünscht hatte – und der Pfefferminzkuss.

Na gut, dann verzichte ich eben heute Morgen mal auf beides. Hab sowieso viel zu tun und keine Zeit. Und sie hat es sicher nur vergessen und ist noch zu müde, weil wir gestern Abend ja noch diesen schönen uralten Film auf *Arte* mit James Stewart gesehen haben, der doch verdammt noch mal bis ein Uhr nachts ging. Warum bringen die so was immer so spät?

„Morgen, mein lieber Schatz", sage ich aber trotzdem und hoffe, es klingt nicht allzu ironisch – sie ist auch da manchmal etwas empfindlich.

Dann lächle ich sie an, so gut es geht, weil ich zwischendurch schon wieder etwa fünfundzwanzig neue wichtige Handgriffe mit links und rechts erledigt habe, teilweise gleichzeitig, und kurzzeitig sogar ein Messer zwischen den Zähnen hatte, weil ich keine Hand mehr freihatte, um es abzulegen.

Das Messer habe ich gebraucht, um die zugeknotete Plastiktüte zu zerfetzen, in die das frische Brot eingepackt war, das wir gestern gekauft haben (Handgriff einhundertvierundsechzig!, wenn ich mich nicht verzählt habe).

Wieso Plastiktüte? Umwelt? Hä? Schon mal gehört? Geht nicht auch Papiertüte? Ja, klar, beim nächsten Mal dann.

Wie schon gesagt, man muss auch, während man die eine Aufgabe meistert, schon an die nächste denken. Heute schon an morgen denken. Was kommt als Nächstes? Brotschneiden steht da ganz oben auf meiner Liste.

Aber erst mal Eierkochen, weil ja das Wasser jetzt brodelt und schon dicke Wasserdampfschwaden unter die Abzugshaube schickt. Ob ich sie anschalten soll? Ach was, erst mal noch nicht.

Also, Schublade auf, Löffel raus, kurz abgewischt, weil da noch irgendetwas dran war, das uns an vergangene Essen erinnert, und das wollen wir ja nicht. Vorher aber Mischbatteriehebel bedient, Löffel unters Wasser, dann Eier einzeln auf den Löffel und sanft in das kochende Wasser getaucht. Ganz sanft und vorsichtig natürlich, sonst – wie bereits warnend erwähnt – platzen sie direkt auf und der Tag ist versaut. Alles glatt gelaufen bis jetzt.

Steffi beobachtet mich aufmerksam.

„Was machst du da?", fragt sie als Erstes.

„Frühstück!", antworte ich trotzig. Was denn sonst?

Sie nickt versonnen, sagt aber dann etwas nörgelig: „Ooooch, gekochte Eier, ich dachte, wir machen uns heute mal 'n schönes Rührei. Mit Zwiebeln, Petersilie, etwas Paprika …"

Verdammt, so muss sie jetzt gar nicht anfangen. Erst stundenlang im Bad wichtige Zeit verplempern und dann auch noch Kritik an der Speisekarte.

„Ja, heute mal gekocht", antworte ich etwas kühl, kurz, bestimmt und unter enormem Zeitdruck, denn ich habe vergessen, die Eieruhr einzustellen, obwohl die beiden Hühnerprodukte ja schon in der siedenden Flüssigkeit herumklappern. Sie bringt mich ganz durcheinander!

Wo war ich? Ach ja, bei der Eieruhr. Diese Eieruhr, die ja in alten Zeiten noch aus einem in der Mitte ganz dünn zulaufenden und sich dann wieder erweiternden Glaszylinder bestand, der in einem filigran gearbeiteten, kleinen Holzgestell untergebracht war, gibt es ja heute so gar nicht mehr. Als Kind habe ich diese Dinger immer endlos bewundert.

Eine Sanduhr. Toll. Wie das Symbol des Lebens. Der feine, weiße Sand rinnt unaufhaltsam hindurch und landet sehr schön gleichmäßig auf einem nach allen Seiten abfallenden Häufchen im unteren Bereich des Zylinders. Ich konnte da stundenlang zusehen, also genauer gesagt nur maximal fünf Minuten, weil das Ei ja dann schon fertig war. Aber es war schön.

Eine große Kunst, so ein Teil herzustellen. Neben der Sandeieruhr, wie sie vielleicht einige noch kennen, gab es da ja noch das Stundenglas in der Seefahrt, das nach dem gleichen Konzept funktionierte, dann aber eine Stunde lang den Sand bewegt hat, bevor das Glas umgedreht werden musste, während sicher jeder Seefahrer dabei wehmütig über die Vergänglichkeit des Seins und das Ende des Lebens nachgedacht hat.

Unsere heutige Eieruhr hat leider keinerlei Ähnlichkeit mit dem schönen alten historischen Teil und auch überhaupt keine philosophische Komponente mehr. Man denkt dabei nie an das Ende des Lebens, sondern nur an das Ende des Akkus. Die heutige Eieruhr ist nur noch Teil eines Multifunktionsgerätes, das sich *Smartphone* nennt, allerdings recht zuverlässig funktioniert und auch noch ein hübsches, frei wählbares Alarmsignal absondert, wenn es so weit ist.

„Alles klar mit dir, Alex?"

„Jaja."

Jetzt hängt meine smarte Eieruhr aber leider noch am Ladegerät neben dem Bett, ich hab einfach vergessen, sie mitzunehmen.

Also vorbei an Steffi, die immer noch etwas unentschlossen mitten in der Küche steht, die aber leider nicht so groß ist, dass man es sich leisten kann, einfach mittendrin herumzustehen, weil dann tatsächlich alle anderen um einen herumgehen müssen. Ich jetzt auch um sie, um nach oben ins Schlafzimmer zu kommen.

Das dauert etwas, weil sie auch nicht an die Seite geht, da sie mein Problem wahrscheinlich gar nicht erkannt hat. Sie schläft also noch. Sie blickt noch nicht richtig durch und bedenkt außerdem nicht, dass ich ja gleich diese Zeit, die ich durch sie jetzt verliere, irgendwie im Kopf abspeichern muss, damit ich sie von der eigentlichen Eierkochzeit abziehen kann. Boah! Denn die Eier liegen ja schon drin im kochenden Wasser. Wie lange? Ach, es heißt jetzt einfach schnell sein. Es ist alles so kompliziert.

„Alex?!"

„Was is'?"

Steffi scheint dann doch zu bemerken, dass bei mir eine gewisse Eile und Not eingesetzt haben, und denkt offenbar darüber nach, jetzt auch einige Tätigkeiten zu übernehmen, um aus dem Frühstück eine richtige Familienangelegenheit zu machen. Von Max ist noch nichts zu sehen oder zu hören, der kommt immer in der allerletzten Minute. Aber er kommt. Hoffentlich.

Schade eigentlich, dass er jetzt noch nicht da ist. Vielleicht sollte man ihn doch in Zukunft dazu bewegen, morgens pünktlich gemeinsam mit uns in der Küche zu stehen, um das wunderbare Entstehen eines typischen mitteleuropäischen Frühstücks mitzuerleben. Das kann ja ganz wichtig sein für seine Entwicklung, fürs spätere Leben. Soziales Miteinander, dem anderen helfen, zuarbeiten, Probleme bewältigen, ein gemeinsames Projekt umsetzen … *Da kann er doch einiges lernen*, denke ich. *Von der Pike auf.*

Obwohl, hier in dieser irgendwie immer zu engen Küche, auch wenn sie gar nicht so eng ist … ach, ich bin ganz froh, dass er noch nicht da ist.

„Steffi, du stehst im Weg", sage ich leider etwas unfreundlich, ist mir so rausgerutscht, aber so war es ja nicht gemeint.

„Hooch ja, schon gut, du nervöser Mensch. Erste Mal Frühstück, oder was?", fragt sie dann noch recht frech, aber ich gehe gar nicht drauf ein. Die Lage spitzt sich etwas zu.

Als ich dann mit dem Handy in der Hand zurückkomme und schon mal unterwegs die Stoppuhr aufrufe, um sie auf die korrekte Eierzeit einzustellen – also fünf Minuten minus … na, sagen wir mal dreißig Sekunden –, hat Steffi schon angefangen, den Tisch zu decken.

Offensichtlich hat sie sich letztlich damit abgefunden, dass es heute keine gerührten, sondern gekochte Eier gibt und neben dem kochenden Pott nicht noch eine zweite Baustelle mit einer brutzelnden Pfanne aufgemacht. Das hätte ich auch heute Morgen nicht verkraftet, glaube ich.

Ab jetzt sind wir also zu zweit in der Präzisionswerkstatt Knippschilds Küche. Wir sind ein Team und müssen ab jetzt auch unsere Bewegungsprofile aufeinander abstimmen. Da kann man nicht einfach in irgendeine Richtung losstaksen, wenn man ein Ziel entdeckt hat, wie zum Beispiel die Spüle oder den darunter befindlichen Mülleimer, die beide immer wieder wichtige und beliebte Anlaufpunkte im Frühstücksaufbau sind. Nein, da muss man vorher planen und auch das mögliche Ziel des Partners erahnen oder voraussehen, damit das Frühstück nicht durch ein paar böse Unfälle oder Kollisionen in Gefahr gerät.

„Ach, Steffi, was stehst du denn hinter mir, wenn ich gerade das scharfe Brotmesser aus der Schublade hole (Handgriff zweihundertunddrei!, oder so) und mich (zugegeben, etwas hektisch) umdrehe. Du weißt doch, wie gefährlich das sein kann."

Ich will mir gar nicht vorstellen, wie eins unserer Familienmitglieder mit klaffenden Wunden dann später am Tisch sein Käsebrot mümmelt. Es muss alles koordiniert sein. Das ist besonders wichtig, wenn mehrere Personen an dieser einen großen Sache arbeiten.

Ja, es dauert natürlich eine gewisse Zeit, bis der Partner im Fluss ist, bis er sich eingearbeitet hat in das zahnradartige Gefüge einer perfekten Frühstücksvorbereitung.

Steffi schüttelt den Kopf und macht einfach ihr Ding, was immer das auch ist.

Die erste Tasse Kaffee ist längst fertig, steht da jetzt noch auf der Maschine und kühlt leider schon wieder ab. Das deutet auf eine gewisse Fehlplanung meinerseits hin. Ja, es war ja viel zu früh, den Kaffee schon jetzt … aber in der Hektik, naja, ich trinke ihn auch gerne lauwarm, rede ich mir ein, obwohl ich ja weiß, dass es nicht stimmt. Steffi bekommt auf jeden Fall einen heißen Kaffee.

Jetzt darf aber nichts mehr schiefgehen. Ich lege das gefährliche Brotmesser noch mal ab und sehe mich tatendurstig um.

Die Eier kochen, das Wasser dampft, die Uhr läuft. Alles bestens. So könnte es was werden.

Steffi belegt jetzt den Tisch recht symmetrisch mit Messern, Löffeln, Frühstücksbrettern und Gabeln. Wofür eigentlich Gabeln? Ach ja, ich vermute, sie hat den Plan, eine Orange zu schälen, die sie dann klein zerteilt in eine Schüssel legt, in die man dann mit der Gabel … sehr gut, sehr lecker. Tolle Idee, Steffi, muss ich sagen. Super Beitrag zum Familienprojekt!

Da sieht man doch wieder mal, dass viele Köche nicht unbedingt den Brei verderben, sondern manchmal auch das Ganze enorm bereichern können.

Aber die Ausführung dieser Idee überlasse ich sehr gerne ihr alleine, denn die Schweinerei mit der ganzen spritzigen Orange muss nicht sein, denke ich. Aber ich denke auch daran, dass ich, wenn ich alleine frühstücken würde, ja niemals in den Genuss einer frisch geschälten und in mundgerechte Stücke zerteilten Orange käme. Und in diesem Moment bin ich Steffi geradezu dankbar dafür und ich spüre, wie sehr ich sie doch liebe. Nicht nur wegen der Orange natürlich. Aber auch.

Ich verliere Zeit!

Soeben habe ich Handgriff zweihundertachtunddreißig hinter mich gebracht (Salz für die Eier aus dem Hängeschrank nehmen und auf den Tisch stellen – ja, ich zähle immer noch mit). Aber ich gebe zu, dass das mehr eine Verlegenheitstätigkeit war, weil ich momentan etwas aus dem Takt gekommen bin, da Steffi hier das Ruder zu übernehmen scheint. Sie hat offensichtlich einen Plan, der auch ohne größeres Nachdenken funktioniert. Sie weiß, was sie tut und in welcher Reihenfolge. Das imponiert mir, muss ich zugeben.

Sind es die Gene, sind es Erfahrungen aus Jahrtausenden weiblicher Frühstücksvorbereitung oder haben bei ihr die siebzehntausend Mal gereicht, die auch sie ja schon dieses Ritual absolviert hat? Na, vielleicht auch nur sechzehntausend. Steffi ist etwas jünger als ich.

„Na?", wirft sie mir da einen ihrer etwas provokanteren Blicke zu, weil sie meine augenblickliche, sinnlose Untätigkeit bemerkt hat. „Hast du auch noch was zu tun?"

Was für eine Frage. Natürlich. Jede Menge!

Hm. Die Eier kochen noch. Der Timer läuft ... Brot! Ich muss Brot schneiden. Ja. Und das kann auch nur ich. Aus genau diesem Grunde weigere ich mich auch, die Brotschneidemaschine zu benutzen, die für mich ein völlig überflüssiges Küchengerät ist. Das einzige überflüssige eigentlich.

Und meistens funktioniert es ja noch nicht einmal besonders gut mit dieser Brotkreissäge. Oft zerfleddern die Brotscheiben in dieser brutalen Maschine, weil sie eben nicht unterscheidet zwischen frischem und älterem Brot zum Beispiel, oder zwischen Körner- und Cerealienbrot, zwischen Schwarz-, Grau- oder Weißbrot, Früchte- oder Rosinenbrot, Baguette, Pumpernickel, Dinkel oder Ciabatta, Buchweizen, Gerste, Hafer, Hirse, Malzkorn oder Kartoffelbrot. Für all das hat die Maschine ja keinerlei Verständnis, keine Toleranz für solch brotige Vielfalt. Sie schneidet einfach.

Oft ist das Brot auch vielleicht etwas labberig, wie ich es eigentlich sehr gerne mag, und dann bleibt der Rest der angeschnittenen Scheibe für immer auf der anderen Seite der Maschine hängen und vorne raus kommt nur ein verstümmeltes, halb abgerissenes Scheibchen, das keine Käsescheibe mehr tragen kann, durch das die Marmelade einfach hindurchsickert, das noch nicht einmal die Butter tragen kann, die man normalerweise kunstvoll von einer Brotkruste zur gegenüberliegenden zieht.

Mmh. Ich werde nachdenklich und stehe wohl schon eine ganze Weile nur so herum.

„Alex, du machst mich noch bekloppt!"

„Was? Wieso?"

Naja. Nein, Brot schneiden muss man mit der Hand. Steffi schneidet natürlich das Brot mit dieser Maschine, wenn ich mal nicht zur Hand bin, aber dann führt das oft eben zu genau diesen Ergebnissen mit den zerrissenen und zerfledderten Scheiben und wiederum zu schlechter Laune am Frühstückstisch und so weiter und so weiter. Der Tag ist dann schnell versaut.

Brot schneiden ist eine Kunst. Da ist Gefühl und Erfahrung gefragt. Also ich.

Durch fachmännisches Ertasten bestimme ich auch heute den Frischegrad des Brotes (gestern erst gekauft, so eine Art toskanisches Brot mit Oliven und getrockneten Tomaten, sehr lecker und noch ziemlich weich mit harter Kruste) und suche mir dann danach das geeignete Werkzeug aus.

„Alex, jetzt mach mal!"

Jaja, auch das ist besonders wichtig. Das ist eigentlich das A und O der Küchenkunst. Zum richtigen Werkzeug zu greifen.

Warum sind denn unsere Küchenschubladen voll bis oben hin mit den verschiedensten Schneide-, Hieb- und Stichwerkzeugen und den mannigfaltigsten Formen kulinarischer Hilfsmittel? Heber, Wender, Rührer oder Kneter. Warum? Weil es für jede küchenrelevante Tätigkeit ein eigenes Werkzeug gibt. Auch bei diesem Thema zeigen sich unsere unterschiedlichen Betrachtungsweisen von Küchenarbeit, wobei ich bei Steffi oft auf Granit beiße.

Es will mir einfach nicht gelingen, sie vom effektiven und zweckgenauen Einsatz der verschiedenen Werkzeuge zu überzeugen. Jedes Teil hier in der Küche hat doch seine Berechtigung!

Steffi sieht das leider völlig anders und ganz locker, wie sie meint. So schafft sie es schon mal, die Zubereitung eines Vier-Gänge-Menüs von vorne bis hinten mit dem Werkzeug Löffel zu bearbeiten. Als ob es nichts anderes gäbe.

Ich glaube, ich sprach schon mal davon.

Natürlich ist der Löffel ein geradezu geniales Gerät, das durch Wölbung und Rundungen ideal an das Innere von Schalen und tiefen Tellern angepasst ist, um auch den letzten Rest einer schmackhaften Mahlzeit da herauszuholen. Wahrscheinlich erfunden schon in der Steinzeit, als es nichts gab. Aber doch auch nur speziell dafür.

Steffi nimmt den Löffel aber am liebsten für alles. Also zum Beispiel auch für das Wenden der Fleischstücke, das Zerteilen der Paprika, das Anbrutzeln der Zwiebeln, sogar das Prüfen der Kartoffeln oder der Spaghetti auf Garheit. Das fällt ihr allerdings etwas schwerer und ich konnte schon oft hämisch in mich hineingrinsend beobachten, wie sie dabei fast verzweifelt, es aber natürlich niemals zugeben würde, dass das mit einem Löffel nicht so einfach zu machen ist.

Wenn ich ihr dann gönnerhaft die Schublade öffne und ihr hinterhältig lächelnd eine Gabel reiche, um ihr diese Tätigkeit nur ein wenig zu erleichtern, dann schüttelt sie nur ärgerlich den Kopf, sagt: „Brauchichnich'!", und jongliert noch eine Weile mit dem Löffel herum, von dem die verdammte italienische Nudel natürlich immer wieder herunterrutscht, bis sie dann einfach mit den Fingern in die siedende Nudelbrühe fasst, um eine dieser scheiß Spaghetti rauszuholen und sie dann in ihren Mund hangeln zu lassen und auf Bissfestigkeit zu überprüfen.

Alles Quatsch! Brauchichnich'.

„Was bei dir immer alles rumliegt, bloß, wenn du dir mal ein Brot schmierst!", muss ich da öfters mal hören. „Du räumst ja auch nichts weg hinterher!"

Na gut, damit hat sie vielleicht ein wenig recht, aber zur Einwerkzeugmethode wird sie mich niemals bekehren können. Da beißt sie auch bei mir auf Granit, da lass ich mir nichts sagen. Jedes Werkzeug hat sein spezielles Einsatzgebiet. So.

„Alex!"

Jaja.

Jetzt suche ich also gerade dieses lange Messer mit dem scharfen großen Wellenschliff, das ich gerade doch noch in der Hand hatte. Nur damit geht es. Brot schneiden. Dieses Brot schneiden. Nur damit! Wo ist das verdammte Dings? Nichts liegt hier an seinem Platz.

Ah, ich sehe es schon. Steffi benutzt es gerade, um die Orange zu schälen. Dafür hätte ich ihr zwar jetzt ein anderes Messer empfohlen, ohne Wellenschliff, aber damit geht es natürlich auch. Gut, wir haben ja noch ein zweites Wellenschliffmesser. Wo ist das denn jetzt?

Gibt es eigentlich noch den ehrenhaften Beruf des Scherenschleifers, der ja immer von Ort zu Ort zog und den Menschen seine nützlichen Dienste anbot?, fällt mir da gerade so ein. Als Kind habe ich den oft erleben dürfen. Es klingelte, ich rannte aufgeregt zur Tür, und da stand er dann, der Mann im dreckigen Blaumann, der mir mürrisch befahl: „Hol ma' deine Mamma!" Und immer genau dann, wenn er kam, erinnerte meine Mutter sich schmerzhaft daran, wie stumpf doch alle Messer im Haus waren.

„Ja, genau, alles stumpf, wie gut, dass Sie da sind, lieber Herr Scherenschleifer! Ach, was bin ich froh."

Und dann nahm der Mann alle Messer des Familienhaushaltes mit zu seinem Lieferwagen, in dessen geheimnisvollem Inneren er verschwand, um sie mal kurz gekonnt über den rotierenden Schleifstein zu ziehen und sie uns dann, nach Entlohnung seiner Tätigkeit, wiederzugeben – mit der gut gemeinten Warnung, dass man sich schwer daran verletzen könne, jetzt, wo sie so schön scharf seien.

Gibt's diese Leute eigentlich noch?

Ach, ja, die Zeit vergeht so schnell. Max weiß sicher gar nicht mehr, dass es solche Menschen und Berufe mal gab. Schade eigentlich. Vielleicht wäre das ja was für ihn – später mal. Oder Korbflechter. Auch ein schöner Beruf.

Korbflechter kamen auch manchmal an die Tür … oder Teppichverkäufer, ja, Teppichverkäufer, meistens Zigeuner, ach so, das sagt man ja nicht mehr … also wie heißen die jetzt? Sinti oder Roma. Und die schleppten dann die schwersten, farbenprächtigsten, kostbaren und total echten Orientteppiche manchmal bis ins Wohnzimmer, wo sie sie direkt ausrollten und auslobten, dass sich die Balken bogen. Einmal haben meine Eltern sogar einen gekauft. Für richtig viel Geld. Ja, so was gönnt man sich ja nur einmal im Leben. Der Teppich hat aber dann schon sehr bald gänzlich die orientalische Farbe und den dazugehörigen Nimbus verloren und eine Menge Fäden, dass dann hinterher der Hund drauf gepennt hat. Dem war's egal.

„Sag mal, Alex, was machst du eigentlich? Bist du noch einsetzbar?"

Die Orange ist geschält und Steffi stellt die Schale mit den verlockenden Stückchen mitten auf den Tisch, arrangiert alles schon mal optisch ansprechend und greift dann direkt in den Kühlschrank, um Käse, Wurst, Marmelade und Joghurt herauszuholen, die sie dann wiederum auf einem Holzbrett und einer weiteren Schale liebevoll verteilt. Der Aufschnitt wird ein wenig ziehharmonikamäßig aufgeschichtet, sie zuppelt noch daran herum, bis es ihr gefällt, und dann werden die Salamischeiben in ähnlicher Weise fächerartig ausgelegt.

Ich bin platt. Toll. Mit welcher Liebe zum Detail sie so etwas macht und wie fließend ihre Bewegungen ineinander übergehen. Sie denkt gar nicht mehr nach dabei. Sie kann es einfach.

„Brot!", befiehlt sie jetzt etwas schroff, weil sie wohl spürt, dass mir die Supervision dieses Projektes entzogen gehört und vielleicht hat sie da sogar recht. Es muss jetzt einfach weitergehen. Einen kurzen Moment noch muss ich überlegen, weil ich ihre Handgriffe ja jetzt gar nicht mitgezählt habe. Da muss ich hinterher wahrscheinlich eine Überschlagsrechnung machen, um auf eine verlässliche Zahl zu kommen, was die Summe aller gemeinsamen Handgriffe angeht.

Aber jetzt erst mal Brot schneiden.

Das Messer mit dem großen Wellenschliff wird ja jetzt auch nicht mehr benötigt, also greife ich schnell zu, damit Steffi es nicht für eine andere Tätigkeit einsetzt. Sie neigt nämlich dazu, bei einem Instrument zu bleiben, wenn sie es erst mal in der

Hand gehabt hat. Sie ist durchaus imstande, mit diesem riesigen Wellenschliffmesser jetzt auch noch Radieschen zu schälen oder später ihren Joghurt zu löffeln.

Ich spüle das Messer also in der Spüle ab (Handgriff Nummer … äh, dreihunderteinundzwanzig, glaube ich, ich werde langsam etwas nachlässig), also Mischhebelbatterie, linke Hand, rechte Hand, Wasser heiß, gut, das Messer drunter, Tuch, abreiben, trocken, weitermachen.

Dann kommt es zum eigentlichen Brotschneidevorgang. Zuerst mal ist da die richtige Körperhaltung enorm wichtig. Nicht zu gebeugt und auch nicht zu aufrecht, zu lässig. Locker aus der Hüfte würde ich sagen, damit der Rücken nicht leidet und man auch leichter den richtigen Winkel trifft. Das alles ist wichtig.

Steffi sieht mir aus den Augenwinkeln etwas skeptisch zu und schaut auch kurz auf die Küchenuhr.

„Mensch, Alex, hau rein!"

„Jaja!"

Eigentlich müsste Max langsam mal erscheinen, denn die Frühstücksvorbereitungen gehen ihrem Ende entgegen.

Ich setze also das Messer an bei der Dicke, in der ich mir die spätere Scheibe dann vorstelle. Etwa einen Zentimeter sollte sie haben, Steffi schneidet sie immer etwas dicker oder auch einfach ohne Konzept, das kann gut sein. Dann führe ich das Messer locker, aber mit gewissem Druck – und jetzt kommt es darauf an – nicht zu fest, aber auch nicht zu locker über den Brotlaib.

Zu fest heißt nämlich, das Brot wird gequetscht und verliert seine eigentlich ihm zugedachte Form. Das, was dann da als vermeintliche Scheibe herauskommt, ist mit der normalen Vorstellung von Brot und Aufstrich nicht mehr zu vereinbaren. Es ist ja dann nur noch ein schmaler, stark komprimierter Streifen dieses ehemals stolzen ovalen Brotes, der noch nicht einmal zwei oder drei Salamischeiben aufnehmen kann, weil sie entweder rechts oder links herunterfallen. Nein, liebe Leute, so geht das nicht.

„Alex!"

„Ja doch!"

Das Messer muss mit einem der Brotsorte angemessenen Druck geführt werden – wie bei einem Fuchsschwanz, der ein Brett zerteilt. Fichte weniger Druck, Eiche mehr. Toskanisches Brot mit Oliven und getrockneten Tomatenstückchen muss leichten Druck haben. Ganz leichten. Dann geht das Wellenschliffmesser wie von selbst durch den Laib und sondert unter der fachmännischen Führung eines erfahrenen Brotschneiders wunderschöne Scheiben ab, die sich der Bäckermeister auch genau so vorgestellt hat, als er das Brot erfunden hat. Es würde Herrn Bongardt, unseren Bäckermeister im Ort, die Tränen in die Augen treiben, jetzt mir, dem erfahrensten aller Brotschneider, bei der Arbeit zuzusehen.

„Alex, ich weiß, es ist eine Kunst, das Brot zu schneiden, und du bist einer der wenigen Menschen auf der Welt, die diese Kunst vollendet beherrschen, aber es ist gleich Viertel nach sieben. Halb acht müsst ihr los. Das Brot müsste jetzt tatsächlich mal geschnitten werden – in echt."

Oh ja, sie hat recht. Halb acht müssen wir los, um pünktlich zu sein. Ich in der Redaktion meiner Zeitung und Max in der Schule. Wo bleibt der Kerl nur?

Ich trenne jetzt wie ein aufwändig programmierter Brotroboter eine Scheibe nach der anderen vom toskanischen Laib ab. Eine wie die andere. Wie von der Maschine geschnitten. Also, nicht von unserer.

Die Eieruhr, also die elektronische, klingelt. Eier fertig. Es wird ernst.

Auch jetzt folgt wieder eine Sequenz von notwendigen und oft erprobten Handgriffen. Ich erspare mir, alle einzeln aufzuzählen, aber jetzt kommt es drauf an. Jetzt darf nichts mehr passieren.

Sind die Eier sehr groß, dann lasse ich mir noch etwas Zeit, bis ich den Pott vom heißen Herd nehme, dann lasse ich sie noch ein wenig nachkochen, damit auch im Inneren nicht noch das Weiße glibberig ist. Denn das mögen wir beide nicht. Bäh. Nein, das Weiße muss hart sein und das Gelbe weich. Da sind wir uns einig.

Sind die Eier aber kleiner, dann müssen sie sofort aus der siedenden Höllenbrühe, denn sonst könnte es passieren, dass das Gelbe schon hart wird. Das darf auch nicht sein.

„Alex!"

„Jaja!"

Meine Eier sind so mittelgroß, also nehme ich sie jetzt einfach mal runter (Handgriff ... keine Ahnung mehr, sicherlich schon irgendwo über fünfhundert), dann rüber zur Spüle, und jetzt kommt das Abschrecken.

Auch da hat wieder jeder seine eigene Technik. Meine besteht darin, den Pott schief zu halten (mit einem Küchentuch über beide Griffe natürlich, weil man sich sonst die Finger verbrennt, ist ja klar), das heiße Wasser rauslaufen zu lassen, während ich gleichzeitig kaltes Wasser, das ich vorher (mit welcher Hand eigentlich, ich habe ja beide in Betrieb?) aufgedreht habe (Mischhebelbatterie, jaja ...), in den Topf fließen lasse und dann den Pott in die Spüle stelle und einen Moment die Eier im kalten Wasser baden lasse. Dann kann man sie locker mit den Händen herausholen und sie haben zum Essen die ideale Temperatur.

Eierbecher. Wo sind die Eierbecher? Vergessen! Ha. Nein, Steffi hat sie schon an den richtigen Stellen auf dem Tisch aufgebaut. Danke.

Dann ist eigentlich alles bereitet.

Ja, sieht so aus. Der Tisch ist sorgsam und voller Liebe gedeckt. Die Frühstücksbrettchen sind ausgelegt, rechts daneben

Messer, kleiner Löffel und Gabel, in der Mitte die Butter, der Aufschnitt, Käse, Marmelade ... sogar eine Vase mit Blümchen hat Steffi noch dazugestellt. Ach, wie schön.

Es kann also losgehen. Jetzt wird's gemütlich! Frühstück. Endlich.

Wie lange hat das Ganze jetzt gedauert? Wie viele Handgriffe waren es? Ach, ist ja eigentlich auch gar nicht so wichtig. Hauptsache ist doch, wir sind alle gesund und können jetzt die wichtigste Mahlzeit des Tages, denn das soll das Frühstück ja angeblich sein, in aller Ruhe im gesamten Familienverbund einnehmen.

Wo ist denn bloß Max?

„Warum kommt der Kerl nicht runter?", frage ich Steffi.

Sie zuckt mit den Achseln, und als sie aufstehen will, sage ich: „Ich geh schon nachsehen."

Doch da poltert es auch schon auf der Treppe, als käme direkt einer der Schränke aus seinem Zimmer mit ihm die Treppe herunter, und wir hören Max auf dem halben Weg rufen: „Hallo Leute, wir müssen sofort los, Vatter. Ich hab heute früher Schule, also *nicht* Schule, weil ... ich hab vergessen, dass ja heute Schulausflug ist, und da fahren wir mit dem Bus von der Turnhalle ... und der fährt Punkt halb acht!"

Ja, verdammt, das schaffen wir ja gar nicht!

„Warum fällt dir das denn erst jetzt ein?", bollere ich ihn an und vergesse auch, ihn zu ermahnen, dass man erst mal „Guten Morgen" sagt, betrachte noch mal fassungslos den mit so viel Mühe, Liebe und mindestens tausend Handgriffen gedeckten Tisch. Ich habe die Überschlagsrechnung noch nicht fertig, aber so ungefähr wird es hinkommen.

„Vergessen!", sagt Max.

„Frühstück!", bringe ich verzweifelt und voller Traurigkeit dieses wunderschöne Wort über meine Lippen und bin nahe daran, in Tränen auszubrechen. Meine kleine heile Welt bricht zusammen.

„Wir ham jetzt keine Zeit für so 'n Scheiß!", hechelt Max und steht schon fiebernd an der Tür.

„Ja, aber ..."

Ich kann es gar nicht glauben, dass jetzt einfach alles vorbei sein soll, was wir uns gemeinsam in all der Zeit aufgebaut haben.

„Max, ich bring dich um!"

„Ja, aber jetzt komm!"

Steffi schüttelt nur den Kopf über so viel Vergesslichkeit und Blödheit ihres Sohnes und will in aller Seelenruhe ihr Ei köpfen. Das Messer hat sie schon in der Hand, als sie plötzlich innehält.

„Sagt mal, ist heute etwa Donnerstag?", fragt sie dann sichtlich erschrocken und bringt damit noch mehr Unruhe in diesen so beschaulich angefangenen Tag.

„Ja, Donnerstag, wieso?"

„Ach, du lieber Himmel, dann muss ich auch sofort los. Total vergessen. Heute hab ich versprochen, 'ne Stunde früher zu kommen. Silke verlässt sich drauf. Die muss ganz früh zum Straßenverkehrsamt."

Das gibt es nicht!, denke ich, *jetzt muss Steffi auch noch ... bloß, weil sie ihrer Freundin Silke in der Boutique hilft, bringt das jetzt alles durcheinander. Aber ... es ist ja sowieso egal. Max muss ja zum Schulbus! Ausflug. Scheiße.*

Und in der Folge dieser erschreckenden, umwälzenden Neuigkeiten zeigt sich, was ein gut eingespieltes Team wirklich in Extremsituationen leisten kann. In ungefähr zehn Sekunden schmeißen wir also alles, was verderben kann, in den offenen Kühlschrank. Ich halte die Tür auf und Steffi wirft. Sie ist da sehr treffsicher und fast alles landet in der unteren Gemüseschublade oder im Fach darüber.

Ich kann im Fluge noch eins der Eier fangen, das ich mir vielleicht später im Büro gönnen werde. Ohne Salz. Egal. Dann greifen wir alle noch mal hastig mit den Fingern in das Schälchen mit den Orangenstückchen, das Steffi uns schnell hinhält, und haben klebrige Finger.

Handgriff tausendundeins: Mischhebelbatterie, Finger drunter, aua!, zu heiß. Hebel zu, Hände am Tuch abwischen, Tuch aufhängen, letzter Blick durch die Küche. Raus hier!

Ich bin einfach nur sehr, sehr traurig. Es hätte doch alles so schön werden können. Unser gemeinsames Frühstück!

„Du hast uns das Frühstück versaut, weil du immer alles vergisst", bölke ich Max im Auto als Erstes an.

„Naja,", sagt er, „aber Mama hat ja auch vergessen, dass sie früher weg muss."

Jaja, er hat ja recht. Alles ist heute Morgen nicht so gelaufen, wie es sollte.

„Ihr macht aber auch immer ein Bohei mit dem Frühstück", sagt Max dann und ich sehe ihn erschrocken und überrascht an. Was soll denn diese Kritik jetzt? Kommt wirklich sehr unpassend. Ich lass mir doch von Max mein schönes Frühstück nicht kaputtreden.

Als er merkt, wie erschüttert ich über seine Worte bin, sagt er: „Naja, ihr wuselt da die ganze Zeit in der Küche rum, macht dies, macht das, total hektisch, so zirka tausend Handgriffe, schätze ich mal. Unter totalem Zeitdruck. Das steht doch alles in keinem Verhältnis zu dem, was am Ende dabei rauskommt. Ist doch bloß Frühstück."

Manchmal ist er sehr mathematisch unterwegs. Wahrscheinlich wird er mal Rationalisierungsoptimierer, wenn es so was geben sollte, und kein Scherenschleifer. Ich hab keine Ahnung, woher er das hat.

„Es gibt auch programmierbare Kaffeemaschinen und Eierkocher."

„Ach, Max, jetzt hör aber auf!"

So weit kommt es noch. Er hebt nur die Schultern und kramt dann aus seinem Rucksack eine der Brotscheiben, die ich mit so viel Hingabe und handwerklichem Geschick hergestellt habe. Sie ist schon etwas eingerissen und krümelt.

Max reißt sie in der Mitte durch und bietet mir die Hälfte der trockenen toskanischen Brotdelikatesse schweigend an. Ich zucke jetzt auch einmal mit den Schultern.

Was soll's? Ich hab Hunger!

Und dann mümmeln wir beide an unseren Brotscheiben herum und donnern los.

Vielleicht wird Frühstück ja auch überbewertet.

Elfte Sauerländer Weisheit:

Zack, zack, zack und nur nich' bummeln,
kannz dich manchmal auch verfummeln.

Mir is' heut nich' so!

Irgendwie ist es kalt heute hier in meinem kleinen, sonst immer so gemütlichen Büro in der Redaktion unserer Zeitung. Richtich usselich. Okay, wir haben November, da ist es eben ... naja, wie immer in diesem trüben, traurigen Monat und in diesen Breitengraden. Draußen saukalt, nass und windig. Für diese Jahreszeit also normal. Da kann man noch nicht mal meckern.

Aber hier in meinem Büro mit einem atemberaubenden Blick auf den Edeka-Markt und die Raiffeisen-Tankstelle von Leckede, die schon wieder die Preise erhöht hat, müsste es eigentlich warm sein. Ist es aber nicht. Und obwohl das Thermostat der Heizung, die mein Klempnerfreund Helmut eben erst repariert hat, gesunde zweiundzwanzig Grad anzeigt, ist es zu kalt. Seltsam. Ich drehe das Thermostat also noch ein wenig höher auf sechsundzwanzig Grad und versuche, weiter an meinem Artikel für den *Sauerlandbeobachter* zu schreiben.

Es geht um den besorgniserregenden Anstieg von Tropenkrankheiten in unseren Breitengraden. Krankheiten, die hier überhaupt nichts verloren haben. Aber sie sind eben da, weil die Welt so klein geworden ist. Jeder kann überall hinreisen, die Sonderangebote reichen bis in die Tropen, um die ganze Welt, und im schicken Köfferchen kann man dann eine Menge Souvenirs mit nach Hause bringen wie niedliche Buddhas aus Asien, Muscheln aus der Karibik, geschnitzte Kokosnüsse von den Seychellen und eben hier und da auch ein paar aufregende Erreger von fantastischen Krankheiten.

Man kann auch ganz unauffällig ein paar Amöben im Darm schmuggeln und eklige Würmer direkt unter der Haut verstecken, ohne dass es einer merkt.

Mir wird noch kälter, wenn ich mir das so vorstelle. Ich sehe mir sehr aufmerksam meine Unterarme an und beobachte, wie die Haut sich kaum merklich wölbt und sich darunter etwas kringelt und kriecht. Schnell krempele ich mir die Ärmel wieder runter, damit diese Fata Morgana augenblicklich verschwindet, aber es ist mir ja auch sowieso zu kalt.

Tropenkrankheiten.

Wir waren vor einiger Zeit auch weit weg, auf Ko Samui in Thailand, wurden von Millionen Mücken zerstochen, so dass ich aussah wie ein mongolisches Supermonster. Und wir hätten uns weiß Gott was einfangen können.

Aber vielleicht haben wir das ja und die Amöben und Filarien (so heißen diese Würmer, wie ich mir gerade bei Google angelesen habe) warten tief in uns drin und schön im Warmen auf eine günstige Gelegenheit, in Aktion zu treten und unsere Körper zu übernehmen. Die Körperfresser kommen! So einen Film gab es mal – mit Donald Sutherland. Es ging um Außerirdische, die … na, ist ja auch egal.

Unter den Hemdsärmeln kann ich jetzt keine größeren Bewegungen mehr erkennen.

Malaria, Dengue-Fieber, Leishmaniose, Bilharziose … sagenhaft, was es da alles so gibt. Meistens sind es die verdammten Mücken, die die Krankheiten übertragen. Und da spielt auch der Klimawandel eine große Rolle. Vielleicht sollte ich die Heizung doch wieder runterdrehen. Es gibt jetzt sogar schon asiatische Tigermücken in Süddeutschland. Ich bin so froh, dass im Sauerland recht zuverlässig meistens schlechtes Wetter herrscht und es hoffentlich zu kalt ist für diese grauenhafte Tigermücke. Tigerenten gibt es in ganz Deutschland, aber die tun nix.

Auch auf Schiffen und in Flugzeugen werden exotische Waren rund um die Erde und manchmal auch wilde Tiere für den Hausgebrauch befördert, und da fliegt und schifft die Mücke gerne mal mit – sie kann sogar bei minus zwanzig Grad überleben –, steigt dann hier zum Beispiel in Düsseldorf aus dem Frachtraum des Flugzeugs, kommt ganz locker durch die Kontrollen und sticht den erstbesten Düsseldorfer, der ihr in die Quere kommt. *Mmh, Düsseldorfer Blut.* Mal ganz was anderes für die Tierchen. Ja, das kann tatsächlich passieren. Gruselig.

Ich sehe noch einmal unter meinem Ärmel nach und stelle mit Entsetzen fest, dass alles voller roter Flecken und Beulen ist und sich schon die ersten Geschwüre geöffnet haben und die Würmer herauskriechen. Ich werde sterben.

„Tach, Alex!"

Anke Niggeloh, meine liebe Kollegin, betritt mein Büro und knallt mir die Post von heute auf den Schreibtisch. Im Schlepptau ihre noch recht junge, tollpatschige Dogge Herkules, die mich freudig begrüßen will, dann aber erstaunt in der Begrüßung innehält, weil mit mir ihrer Meinung nach irgendetwas nicht zu stimmen scheint. Hunde sind da sehr feinfühlig.

„Kuck dir dat ma an!" Mit diesen Worten zeigt Anke auf eine Todesanzeigenkarte. „Horst Sonnefeld is' tot."

Herkules bellt.

Oh, das ist mal 'ne Meldung. Horst Sonnefeld ist der erste Vorsitzende des örtlichen Sportvereins, auf dessen Sitzung ich noch vor ein paar Wochen war. Und da machte er einen ziemlich lebendigen Eindruck. Geradezu sportlich.

„Das gibt's doch nicht! Was hatte der denn?", frage ich also echt interessiert, überrascht und auch besorgt, weil ich selbst ja dem Tod gerade recht nahe bin.

„Weiß man nich'", sagt Anke und zuckt etwas zu gleichgültig

mit den Schultern. Das gefällt mir nicht. Schließlich kann der Tod täglich zu jedem von uns kommen. Das muss man sich immer vor Augen halten und da will man dann auch nicht, dass die anderen nur mit den Schultern zucken.

„Der bekam plötzlich Fieber, Schüttelfrost, Gliederschmerzen, Durchfall, rote Flecken überall und all so 'n Kram … und zwei Wochen später war er tot. Multiples Organversagen! Hat der olle Dorenkamp gewusst. Der hat 'ne wohl besser gekannt, woll?"

„Und keiner weiß, was es war?"

„Nä, Alex. Et gibt Krankheiten, da ham wir keine Ahnung von", sagt sie und wischt sich ein paar Schweißtropfen von der Stirn. „Samma, hass du hier de Heizung aufgedreht? Is' ja total heiß hier drin."

„Mir ist kalt", sage ich nachdenklich und reibe die Hände aneinander. Herkules bellt wieder und tapst unruhig hin und her.

Anke sieht mich ungläubig und ohne jegliches Verständnis für mein seltsames Temperaturempfinden an und dann sieht sie zu, dass sie mit ihrem Riesenhund wieder aus meiner Privatsauna verschwindet. Als sie kopfschüttelnd den Raum verlässt, kommt ihr ein Paketbote entgegen, der eilig mein Büro betritt und einen braunen mittelgroßen Karton in die hintere Ecke knallt. Herkules bellt noch mal und beschnüffelt dann den Karton ausgiebig.

„Is' für Herrn … Camillo!"

Don Camillo. Das ist sein Spitzname. Der Don, wie wir ihn alle nennen, mein Partner hier bei der Zeitung. Eigentlich heißt er ja Heinz-Josef Camillo-Montebello, weil sein Vater Italiener war. Und da bot sich dieser wunderbare Spitzname natürlich an.

„Jaja, stellen Sie das Dings ruhig hier ab. Ich geb's ihm nachher", quetsche ich mürrisch heraus und dann bin ich wieder allein und versuche, mich meinem tödlichen Artikel zu widmen.

Ein kleines Schüttelfröstchen – oder wie kann man so was nennen? – überfällt mich, ich schlinge mir die Arme um den Oberkörper und versuche, der grausamen Kälte hier im Büro nicht so viel Angriffsfläche zu bieten.

Und dann google ich weiter: *Schistosomen siedeln sich in der Harnblase und im Geschlechtstrakt ab – Blut im Harn – Geschwüre an der Blasenwand – Blut im Stuhl* … Mir wird schlecht und ich öffne kurz das Fenster, aber ich hab ja völlig vergessen, dass mir ganz kalt ist. Also, Fenster wieder zu.

Was ist das denn für ein Paket? Neugierig blicke ich über den Schreibtisch in die hintere Ecke, kneife die Augen ein wenig zusammen, weil ich ja eigentlich eine Brille brauche, die ich aber heute vergessen habe, und sehe chinesische oder sonstige asiatische Schriftzeichen auf dem brauen Karton.

Asien, die Tropen, der Tod …!

Sicher ist der ganze Karton voller Tigermücken, die nur darauf warten, dass irgendein Dummkopf ihn öffnet. Das ist ein Attentat auf die freie Presse! Ich scanne vorsichtig das geheimnisvolle Paket ab, ob da irgendwelche Öffnungen sind, ob es beschädigt ist und Löcher oder Ritzen auf der weiten Reise bekommen hat, aber ich kann nichts entdecken.

Auf jeden Fall werde ich diesen Karton im Auge behalten und ihn auf keinen Fall anfassen oder sogar zum Don rüberbringen. Den soll er sich mal selber holen oder besser vielleicht gleich die Seuchenpolizei alarmieren, damit der Karton von Leuten in Raumanzügen abtransportiert und unterirdisch gesprengt werden kann.

Ich atme schwer aus. Der Artikel muss fertig werden. *Gelbfieber. Die Mücken stechen meist während der Tagesstunden. Schneller Fieberanstieg, Kopf-, Muskelschmerzen, Übelkeit, Leber- und Nierenversagen, Koma und Tod* … Ich kann nicht mehr. Ich werde einfach über was anderes schreiben.

Ulli Müllenbach, ebenfalls Kollege und ebenfalls nett, betritt – wie immer, ohne anzuklopfen – mein Büro.

„Tach, Alex. Wat schreibsse?"

„Tach, Ulli … ach, weiß nich' so recht."

Ulli kommt näher und sieht mich genauer an.

„Geht's dir nicht gut, hömma? Du siehss ja furchtbar aus!"

„Danke!"

„Warum is' dat denn so heiß hier bei dir?"

„Mir ist kalt", antworte ich nur, starre auf den Karton und dann wieder auf Ulli. „Mir is' heut' nich' so."

Und dann sehe ich sie. Die Tigermücke.

Sie schwirrt um Ulli herum und sucht einen geeigneten und gemütlichen Lande- und Zustechplatz, um die Malaria oder was auch immer in ihn reinzupumpen. Mücken im November, das gibt's nicht! Die kommt aus dem Karton. Ganz bestimmt. Ulli bemerkt das gefährliche Viech aber überhaupt nicht und sieht sich ganz unbekümmert das Heizungsthermostat an.

„Biss' du bekloppt? Sechsenzwanzich Grad!", sagt er und dreht es kopfschüttelnd wieder runter.

Aber da bin ich auch schon bei ihm und versuche, sein erbärmliches Leben zu retten und ihn aus dem Aktionsraum der Mücke rauszustoßen, indem ich ihn anspringe und mit beiden Händen wegstoße, doch die Mücke ist verschwunden.

„Wat hass' du denn?", fragt er, weil es aussah, als wollte ich ihn umbringen, und er macht ein Gesicht, als hätte er jetzt auch ein wenig Angst vor mir.

„Mücke", stammele ich nur und suche im Luftraum des Büros nach dem asiatischen Killer, der ja immer noch irgendwo hier herumschwirren muss und die Malaria, Ebola oder das Dengue-Fieber an Bord hat. „Wir müssen hier raus, Ulli. Wir werden sonst sterben."

Jetzt sieht er mich schon leicht sorgenvoll an und fasst mir an die Stirn.

„Du hass' Fieber, Alex, du fantasiers'", sagt er erschrocken und weicht ein paar Zentimeter vor mir zurück. Entweder weil er Angst vor Ansteckung hat – oder direkt vor mir.

„Tach, ihr beiden!", tönt es da fröhlich aus der Türfüllung und die Mücke ist für einen Moment vergessen. Don Camillo steht dort und grinst uns freundlich zu.

„Hat bei dir einer …? Ach, da isses ja!", sagt er dann und geht auf das Paket in der Ecke zu.

„Lass das da stehen, Don! Nein! Fass es nicht an! Um Gottes willen", flehe ich ihn an, aber auch er sieht mich nur verständnislos an und zieht die Augenbrauen zusammen. Dann guckt er zu Ulli rüber und der sagt: „Fieber. Alex hat Fieber. Er fantasiert." Und dann macht er Bewegungen vor seiner Stirn, die mich eindeutig zum Irren erklären.

„Echt?", fragt der Don. „Dann musser nach Hause." Und dann fasst auch er mir an die Stirn und zieht beeindruckt die Augenbrauen hoch. „Jou, dat is' erhöhte Temperatur! Mach Feierabend für heute, Alex. Dein Artikel kann auch inne nächste Ausgabe."

Und dann schnappt er sich guter Dinge und ahnungslos den Todeskarton und erklärt uns dabei locker: „Chinesischer Tee. Steht meine Frau drauf."

„Und der kommt direkt aus China?", frage ich entsetzt und weiche noch ein wenig weiter zurück.

„Nee, von Rossmann aus Hannover. Die machen da nur so Schriftzeichen drauf, dat es aussieht, als wär er direkt vonner chinesischen Teeplantage, weiße? Wahrscheinlich kommt er aus Ostfriesland. Haha."

Ich nicke nur fahrig und merke, dass mir tatsächlich heute alles zu viel wird. Ich muss nach Hause. Der Don hat recht.

„Wat is' dat denn so heiß hier?", fragt er noch und dann ist auch er mit seinem Karton weg.

„Ich hau ab, Ulli."

„Jo, is' besser."

Vorher rufe ich noch kurz bei Doktor Padberg an, unserem Doktorchen für alles hier in Leckede, aber die Stimme auf der Beantwortermaschine sagt mir, dass er im Urlaub sei. Mist. Naja, dann muss ich mir eben selber alles zusammengoogeln und entsprechende Medikamente einsetzen, um die tropische Pest zu bekämpfen. Oder ich geh einfach mal kurz in der Apotheke vorbei.

Als ich die Frauen der Marktapotheke nach wirksamen Mitteln gegen Tropenkrankheiten frage, will man etwas albern lächelnd wissen, um welche Tropenkrankheit es sich denn handle. Ja, das wüsste ich ja nicht genau.

Ausgerechnet die oberschlaue Frau Mohrmann sagt, da wären ja schließlich neben Malaria, Dengue-Fieber und Brasilianischem Fleckfieber auch noch andere Krankheiten im Angebot, wie zum Beispiel die Leishmaniose, Cholera, der einfache Aussatz …

Jaja, das weiß ich ja alles selber. Aber ich könnte das eben nicht so genau sagen, weil Doktor Padberg zurzeit …

„Ja, der hat Urlaub. Vietnam, soweit ich weiß", schwärmt Frau Mohrmann.

Vietnam! Ist der wahnsinnig? Und bevor ich jetzt vollständig das Gefühl bekomme, nicht so ganz ernst genommen zu werden, lasse ich mir Aspirin, Grippostad und Wick Vaporub einpacken und verlasse die Marktapotheke möglichst schnell wieder.

Haben die Frauen da hinter mir gekichert? Wahrscheinlich bilde ich mir das ein.

Zuhause angekommen bin ich zunächst alleine – und einsam. Steffi hilft in der Boutique von Silke, das macht sie ein paarmal in der Woche, und Max ist noch in der Schule. Heute war, glaube ich, noch irgendeine AG, da kommt er immer später.

Ich nehme mir einen eiskalten O-Saft aus dem Kühlschrank und trinke ihn hastig. Zu kalt. Und hier im Haus ist es auch viel zu kalt, finde ich. Aber bevor ich jetzt die Heizung hochdrehe und mir dann von Steffi wieder anhören muss, was für ein Warmduscher ich sei, lasse ich es lieber.

Na klar bin ich Warmduscher. Was denn sonst? Bin ich verrückt und stelle mich morgens unter kaltes Wasser? Hab ich das nötig? Muss ich den harten Macker spielen, oder was? Nein.

Ich gehe auch nicht barfuß durch Eis und Schnee oder fahre im T-Shirt Ski und tue dann so, als würde ich üüüberhaupt nicht frieren. Morgens allerdings gehe ich schon mal in der Unterhose und im Schlaf-T-Shirt zum Briefkasten, um die Zeitung rauszuholen. Mit Schlappen allerdings. Fast jeden Tag, das ganze Jahr, also auch bei Eis und Frost. Aber das sind nur ein paar Meter, und bevor der Körper spürt, dass ich mich quasi in lebensfeindlicher Atmosphäre bewege, bin ich auch schon wieder mit der Zeitung in der Hand zurück im warmen Wohnzimmer.

Ich bin nämlich kein Weichei. Nä, nä. Aber von solchen alltäglichen Heldentaten redet Steffi nie. Komisch.

Ich beschließe einfach, ins Bett zu gehen, vielleicht sogar die Socken anzulassen, die Hose sowieso und den grauen, warmen Pullover anzuziehen. Ja, das mache ich. Und die Heizung drehe ich doch hoch. Und die bleibt dann auch so, weil Steffi nicht weiß, wie man mit der komplizierten Steuerung umgeht. Männersache.

Es juckt im Gesicht rechts auf der Wange. Was ist das? Entsetzt fasse ich hin und spüre eine winzige Erhebung. Der Blick in den Badezimmerspiegel bestätigt mir, dass die Tigermücke mich erwischt hat. Es ist aus.

Wenn es bisher vielleicht wirklich nur eine böse Erkältung

war, die da in mir brütet, dann habe ich spätestens jetzt alle Viren Asiens in mir drin. Auch wenn der asiatische Teekarton hundertmal aus Hannover kommt. Ulli wird also weiterleben, aber ich muss gehen. *Viel zu früh*, werden sie dann alle sagen. *Die arme Frau und der arme Junge.* Ja, und ich? Ich wäre dann schließlich tot. Das muss man auch mal sehen.

Kurz vor dem Einschlafen bekomme ich noch mal einen Schüttelfrost, dass die Koje wackelt, und ich weiß, dass mein Leben bald zu Ende geht. Gut, dass mich so keiner sieht.

***

„ALEX!" Dieser Ruf geht durchs ganze Haus und ich bin augenblicklich wach. Nicht hellwach, aber trotzdem wieder da. Ich lebe also noch. „BIST DU DA?"

Es hat keinen Sinn, ihr jetzt zu antworten, sie würde mich nicht verstehen. Mein kleines, krankes kümmerliches Stimmchen könnte sie nicht erreichen. Also zerre ich mein Handy aus der Hosentasche, was nicht ganz einfach ist im Liegen. Und weil ich ja auch keins meiner Körperteile der Kälte oberhalb der Bettdecke aussetzen will. Es gelingt aber dann und ich wähle ihre Nummer.

„Ich … bin … oben", krächze ich wie ein Zombie durch das Gerät und schon höre ich ihre Schritte auf der Treppe.

„Was ist denn looos?", fragt sie aufgeregt und auch reichlich besorgt, wie ich zufrieden feststelle. Sie scheint also doch noch an mir zu hängen. „Hattest du einen Unfall? Ist was passiert?"

Ich sehe sie vom Sterbebett aus gütig lächelnd an, ich vergebe ihr alles, was sie mir je angetan hat, und muss feststellen, dass ich mich eigentlich an nichts erinnern kann. Sie war immer lieb zu mir. Schön. Vielleicht ist sie ja der letzte Mensch, den ich überhaupt sehen werde. Meinen Sohn, ja, den würde ich zu gerne noch einmal zu Gesicht bekommen, bevor es dann so weit ist. Aber vielleicht ist es besser, wenn er mich so in Erinnerung behält, wie ich war. Lebendig, ganz lustig eigentlich und vor allem gesund ... Ein weiteres Schütteln durchbebt meinen Körper und die Zähne klappern solidarisch dazu.

„Krank", bringe ich nur mit Mühe hervor. „Fieber. Schüttelfrost. Rote Flecken. Würmer unter der Haut."

„Was?" Steffi kommt näher und reißt mir die Decke weg, um diese letzte Meldung zu überprüfen. Ich versuche, die Decke krampfhaft festzuhalten, aber ich bin einfach zu schwach für diese starke Frau. Die schwarze Pest hat mich voll im Griff.

„Du hast ja alles an!", empört sie sich, aber sie weiß natürlich nicht, dass mir das vielleicht ja doch noch das Leben retten könnte. Sie greift mir an die Stirn und diagnostiziert: „Jo, bisschen Fieber. Schüttelfrost? Ich mach dir ’n Tee." Und schon ist sie wieder weg, als ob sie sich freute, dass sie jetzt eine große Aufgabe vor sich hat. Sterbebegleitung.

Ha! Tee, denke ich abfällig. Wenn Steffi wüsste, welch tödlicher Virus in mir steckt, dann wären wir jetzt schon im Hubschrauber unterwegs ins nächste Tropeninstitut – oder in eine Klinik unter Palmen.

Ich schließe für einen Moment die Augen und sehe einen weißen Traumstrand mit gebogenen Palmen, höre das samtweiche Auf und Ab der Wellen und sehe einen gutaussehenden älteren Herrn. Ich glaube, es ist Doktor Frank Hofmann, Klausjürgen Wussow, der sich über mich beugt, der ich auf einer Trage aus Bast liege und schwach zu lächeln versuche. Gaby Dohm ist auch da und lächelt sanft zurück. Sie streicht mir über die Wange. Klausjürgen sagt: „Ich muss auch sterben, Herr Knippschild. Das ist heute meine letzte Folge. Der Regisseur hat mich rausgeschrieben." Und dann verdunkelt ein Mückenschwarm die wunderbare karibische Sonne und aus Gaby Dohm ist meine Steffi geworden.

„Hier, Tee. Tut gut. Schön heiß trinken."

Und dann flößt sie mir den kochend heißen Tee ein, dass ich mir die Zunge und die Lippen verbrenne, aber auf ein paar Verletzungen mehr oder weniger kommt es ja jetzt gar nicht an. Das bekommt der Schminker im Beerdigungsinstitut schon wieder hin.

„Danke."

„Was hast du denn jetzt, Alex? Erkältet?"

Erkältet! Phh. Ach, sie hat immer noch keine Ahnung, dass das hier vielleicht die Schlussszene unserer gemeinsamen Schmonzette ist.

„Mir is' heut' nich' so", sage ich also, um ihr nicht gleich die ganze schreckliche Wahrheit erzählen zu müssen.

„Soll ich mal Fieber messen?", fragt sie und will schon wieder los. Aber mir wäre es lieber, wenn sie die letzten Minuten mit mir gemeinsam verbrächte. Also schüttele ich schwach den Kopf und leide still weiter. Und ich denke an Horst Sonnefeld und die bösen Worte *Multiples Organversagen.*

„Wo hast du dir *das* denn geholt?", fragt Steffi dann und macht ein sehr sorgenvolles Gesicht, das aber auch ein bisschen Vorwurf enthält. Fast so, wie sie mit Max redet, wenn der wieder mal ohne Socken im Winter draußen Fahrrad fährt und sich erkältet. Es fehlt eigentlich nur noch ein „Selber schuld!". Aber das sagt sie nicht, weil weder sie noch ich weiß, wo ich mir das geholt habe. Bestimmt war es doch die Rossmann-Mücke aus Hannover.

„Tigermücke!", hauche ich nur schwach vor mich hin und muss husten. „Hier!" Damit zeige ich auf die kleine rote Beule auf meiner Wange. „Gelbfieber oder Malaria" ist die nächste Katastrophenmeldung, der ich dann noch „Bilharziose" und „Leishmaniose" beimenge.

„Du spinnst doch", ist alles, was Steffi darauf erwidert, und sie zeigt mir sogar einen Vogel. Unglaublich. Wie kann man einen hilflosen, sterbenden Mann so entwürdigen? „Ich rufe mal bei Doktor Padberg an", sagt sie dann und ich antworte ihr mit ersterbender Stimme. „Urlaub! Vietnam!"

Und dann merke ich, wie sich etwas in meinem Darm regt. Es blubbert und rumort und sendet eindeutige Signale, dass es besser wäre, das Bett augenblicklich zu verlassen.

„Platz da!", röchele ich also nur, nehme meine ganze Kraft zusammen und erhebe mich wie eine viel zu schlaffe Sprungfeder aus dem schönen, warmen Sterbebett. Mir wird etwas schwindelig, als ich so plötzlich auf den eigenen Beinen stehe, aber es bleibt keine Zeit, den Schwindel vergehen zu lassen, weil das Darmsignal stärker und stärker wird.

Der Weg zur Toilette ist weiter und beschwerlicher, als ich ihn in Erinnerung habe, aber ich fliege förmlich vorbei an einem Gipsengel in Richtung der rettenden Porzellanschüssel und erreiche sie in der allerletzten Sekunde. Wie James Bond, der in der letzten Sekunde den richtigen Knopf findet, um die Bombe … na, ist ja auch egal.

„Aaaah! Ooooh! Ist das schrecklich!"

Die Tür steht noch auf und Steffi ist mir gefolgt, um sie jetzt schnell zu schließen. Der kurze Schnappschuss auf ihr angewidertes Gesicht ist mir in all meiner Qual nicht entgangen. Vielleicht bin ich ihr doch schon lästig und sie denkt an preiswerte Pflegekräfte aus Osteuropa, die sich in Kürze um den hinfälligen alten Mann kümmern sollen.

Erst nach etwa einer Viertelstunde liege ich wieder im warmen Bett. Steffi hat mich bis auf T-Shirt, Unterhose und Socken ausgezogen und deckt mich zu. Bis unters Kinn zieht sie die Decke hoch – noch nicht über den Kopf.

Fieber, Schüttelfrost, alles tut weh, Kopfschmerzen, Durchfall

... Was muss man denn noch bekommen, um offiziell als Schwerkranker anerkannt zu werden? Das ist das Gelbfieber, Malaria ... oder irgend so etwas. Ganz bestimmt.

„Hast du das aus der Apotheke?", fragt sie, als sie die lächerlichen Medikamente sieht, die meinen Tod keinesfalls aufhalten werden, sondern nur das Leiden verlängern.

„Ja."

„Ah, gut!"

Und dann schmiert sie mich mit Wick Vaporup ein, dass mir die Augen auslaufen und die Bronchien sich zusammenziehen, weil es so ein verdammt scharfes Zeug ist.

„Steffi!"

„Das ist gut. Tief einatmen, das hilft."

Ja, aber doch nicht gegen das, was ich habe, denke ich, aber ich bin zu schwach, um mich zu wehren.

Dann klingelt es. Steffi wundert sich, weil Max ja einen Schlüssel hat, sie geht die Treppe runter und öffnet die Tür.

„Ach, Ulli!", höre ich sie sagen. „Komm rein. Willst du 'n Kondolenzbesuch machen?"

„Wollte nur ma kucken, wie's ihm geht", höre ich Ulli stammeln. „Wat hatter denn für 'ne Maleste?"

Maleste, sagt Ulli und ich muss trotz Todesqualen grinsen. Wusste gar nicht, dass dieser Ausdruck noch in Betrieb ist.

„Er lebt noch. Gelbfieber oder Leismanns Hose oder so was wahrscheinlich. Lange macht er bestimmt nicht mehr. Geh mal schnell rauf, bevor er über 'n Jordan geht."

Und dann höre ich die beiden kichern. Man nimmt mich nicht ernst! Es ist nicht zu fassen. Meine Steffi hält mich für einen Simulanten. Sie hat ja keine Ahnung. Ich leide und sie macht ihre blöden Witze.

Ich höre Ulli die Treppe raufstiefeln und dann klopft er vorsichtig an die halb geschlossene Tür.

„Komm rein, Ulli", stöhne ich und vielleicht übertreibe ich ein wenig dabei. Ja, kann schon sein.

„Wie gehdet dir denn? Besser?", fragt er vorsichtig und nähert sich bis auf etwa einen Sicherheitsmeter dem Bett. Ja, das kann ich verstehen. Wahrscheinlich riecht schon alles nach Tod und Vergänglichkeit und natürlich nach Wick Vaporup. Man sollte vielleicht schon mal ein paar Kerzen aufstellen, um so den Abschied von meinem treuen Kollegen Ulli angemessen zu zelebrieren. Er war mir immer ein guter Kamerad. Und wie ich ihn jetzt so da stehen sehe – er hat sogar ein paar dürre Blumen mitgebracht –, tut er mir fast leid. *Abschied ist ein scharfes Schwert.* Hat Roger Whittaker mal gesungen. Meine Augen werden feucht. Ullis auch. Aber das kann auch an Wick Vaporup liegen.

„Oh, Blumen, Ulli, danke!"

„Jo, hab 'n paar Pflänzkes mitgebracht", sagt er und sieht sich um, wo er sie ablegen kann, und legt sie dann einfach unten auf die Bettdecke.

„Schönen Gruß vonne ganzen Redaktion, woll? Wünschen dir gute Besserung. Machen sich echt Sorgen. Wat isset denn?"

Ach, Ulli, wie soll ich dir das erklären?, denke ich, sage aber: „Weiß man noch nicht."

„Warsse beim Arzt?"

„Nee, hat Urlaub."

Er nickt und versteht, traut sich aber nicht zu sagen, dass es ja auch noch andere gäbe, und lässt es einfach auf sich beruhen, dass ich den Tod eben akzeptiere. Wenn er kommt, dann kommt er. Schicksal. Was will man machen?

„Tja …", sagt er und wird schon etwas unruhig.

„Setz dich doch", schlage ich ihm röchelnd vor, obwohl ich nicht weiß, warum er sich jetzt setzen sollte. Wir haben uns ja heute Morgen gesehen, alles besprochen, über was soll man jetzt reden?

„Ooch", sagt Ulli dann auch etwas unentschlossen, weil er vielleicht das Gleiche denkt.

Und da spüre ich wieder tief in meinem Gedärm diesen Tsunami anrollen.

„Weg da!", brülle ich, wuchte mich hoch, Ulli will mir helfen, weiß aber nicht wie und geht dann lieber einfach zur Seite. Diesmal schaffe ich den Weg etwas schneller, weil Steffi inzwischen den Sockel mit dem Gipsengel weggestellt hat, der mir gerade noch im Weg war. Ich schaffe es wieder so gerade eben noch, und als ich mich dem erlösenden Stöhnen ergebe, höre ich Ulli hinter der Tür – zum Glück habe ich sie diesmal geschlossen – fragen: „Kann ich dir irngdwie helfen?"

Der Typ geht mir auf die Nerven. Das gibt's doch nicht. Und als ich nicht antworte, sagt er: „Jaja, is' heftig, so 'ne Scheißerei. Hatt' ich auch vor 'n paar Wochen ... "

Jetzt fängt der doch glatt ein Gespräch mit mir an. Ich glaube es ja nicht! Hört der denn nicht, was hier im wahrsten Sinne des Wortes abgeht? Um ihm klarzumachen, in welcher Not ich mich befinde und auch um die widerlichen Geräusche zu übertönen, fange ich an, ganz fürchterlich zu stöhnen.

„Oh ja", sagt er durch die Tür, „ich kenn dat. Dünnpfiff. Aber dat muss alles raus, glaubet mir."

„Ulli, hau ab!"

„Ja ... ich muss auch wieder ... Mach's gut, Alex, paar Tage, dann is' alles wieder fest, kannze mir glauben."

Boah, jetzt verschwinde endlich!

Als ich mein Bett dann wieder erreiche, steht Max in der Tür, mein Sohn. Ich darf ihn doch noch einmal sehen!

„Max!", sage ich und will ihn in den Arm nehmen.

„Pack mich bloß nicht an", sagt er aber und weicht erschrocken zurück. Wahrscheinlich hat er das Stöhnen und die anderen grauenhaften Geräusche gehört und sich das Schlimmste ausgemalt. Aber das Schlimmste ist es ja auch.

„Was ist denn mit dir?", fragt er dann und ich spüre, dass auch er sich wirklich Sorgen um mich macht. Ja, dann merkt man plötzlich, dass man vielleicht doch eine wichtige kleine Rolle gespielt hat für die Menschen, mit denen man das Familienleben teilt, geteilt hat, und dass nichts einfach selbstverständlich ist.

„Ich soll dich fragen, ob du was essen willst", fragt er dann und mein Magen hat es auch gehört und bäumt sich einmal kurz auf. Max traut sich immer noch nicht näher an mich ran.

Die Henkersmahlzeit.

„Nein, danke, Max, ich kann jetzt nichts essen. Geh ruhig wieder zu Mama runter und seht euch was Schönes im Fernsehen an *(während ich hier oben verrecke)*."

Und dann schleppe ich mich ächzend und stöhnend zurück zum Bett und höre nach einer Weile von unten nur noch das Lachen und Leben der Gesunden, der Sorglosen, und spüre, wie schnell man in Vergessenheit geraten kann. Dass Steffi dann doch noch mal nach mir sieht, bekomme ich gar nicht mehr mit, weil ich schon längst eingeschlafen bin.

Als mich in der Nacht der Kollege Darm weckt und ich in inzwischen gewohnter Eile ins Bad flitze, höre ich Steffi neben mir ... naja, röcheln. So kann man es getrost nennen, was ich da höre. Sie röchelt ein und aus und dazwischen pfeift und rasselt es, und als ich wiederkomme, schnarcht sie. Ich würde also den Rest der Nacht neben einem Höhlenbären verbringen müssen. Es ist einfach unmöglich, ein einziges Auge zuzutun. Ich wälze mich von einer Seite auf die andere und ruckele dabei extra stark an der Matratze herum, damit Steffi zwar im Schnarchen gestört wird, aber nicht dabei aufwacht. Das ist eine sehr komplizierte Technik, die ich im Laufe der Jahre immer weiter verfeinert habe.

Manche sagen ja auch, der andere müsse pfeifen, damit der Schnarcher aufhört, aber das mache ich nicht, das erscheint mir zu hart. Mitten in der Nacht pfeifen! Und was soll man pfeifen? Nein, ich bäume mich einfach nur kurz im Bett auf und lasse dann die Hüfte samt Hintern heruntersacken, dass die Matratze einen kurzen Ruck abbekommt und der Schnarcher (in diesem Falle: die Schnarcherin) unterbewusst wahrnimmt, dass etwas passiert ist, vielleicht sogar etwas so Schlimmes wie ein Erdbeben, und das Schnarchen aus Gründen der Vorsicht eine Weile einstellt. Das klappt in der Regel immer. Allerdings hält es nicht lange vor.

Das Aufbäumen muss also immer häufiger erfolgen, damit die erwünschte Wirkung erzielt wird. Das heißt natürlich so manches Mal, dass ich mich die ganze Nacht aufbäumen und Hüfte mit Hintern herunterkrachen lassen muss. Auch heute hilft es nicht viel und Steffis Schnarchen gewinnt immer wieder, bis ich schließlich aufgebe und vielleicht dann doch noch im Morgengrauen einschlafe. Ich weiß es nicht.

***

Ein krächzendes Gehuste macht mich wach. Es kommt von direkt neben mir.

„Steffi, was ist?", frage ich erschrocken und sie wälzt sich schwerfällig einmal um die eigene Achse zu mir hin und murmelt: „Ich glaub, mir is' heut' nich' so."

Oh, sollte ich sie so schnell schon mit der tödlichen Seuche angesteckt haben, oder haben wir uns zufällig das gleiche Virus irgendwo eingefangen? Ich richte mich jetzt mühsam auf, denn die volle Kraft fehlt mir genauso wie gestern – vielleicht werde ich ja auch nie wieder zu Kräften kommen – und schaue mir meine liebe Ehefrau an. Natürlich ist sie die schönste Frau der

Welt, aber mit den blutunterlaufenen Schweinsaugen, den schwarzen Waschbärrändern drum herum, den angeklatschten, verschwitzten und verklebten Haaren auf der Gesichtshaut einer drei Tage alten Leiche ist das vielleicht nicht für jeden sofort zu erkennen.

„Siehst nicht gut aus", sage ich.

„Oh, danke", brummt sie und zieht sich die Decke bis über den Kopf. „Du siehst auch scheiße aus!"

„Aber das weiß ich doch, Liebling …", sage ich liebevoll und will ihr über den Kopf streichen.

„Lass mich, ich muss sterben."

Ich muss trotz der tödlichen Krankheit, die mich ja immer noch fest im Griff hat, lächeln. *So schnell stirbt man doch nicht, mein Schatz.*

„Wick Vaporup!", sage ich mit einem Rest Optimismus und schon habe ich das kleine blaugrüne Döschen in der Hand.

„Hau ab!", sagt sie aber nur, wälzt sich wieder zur anderen Seite herum und hustet und stöhnt weiter. „Du hast geschnarcht!", brummt sie dann noch in ihr Kissen.

Na, das ist aber jetzt … ich weiß gar nicht, was ich sagen soll.

„DU hast geschnarcht, Steffi, und zwar die ganze Nacht", versuche ich meine fiebrige Haut zu retten.

Und dann schmeißt sie ihren Körper doch wieder herum zu mir und schnauzt mich regelrecht an: „Soll ich dir sagen, was DU die ganze Nacht gemacht hast? Du hast herumgerantert! Die ganze Nacht! Ich hab kein Auge zugetan und jetzt bin ich auch noch krank."

Ja, und ich? Bin ich jetzt nicht mehr krank!

„Hast du Fieber?", frage ich erst mal voller Fürsorge, denn da muss ich jetzt mal über meinen eigenen todkranken Schatten springen und als liebender Ehemann für meine gute Frau da sein.

„Ja sicher!"

Ich fasse ihr an die Stirn, aber da meine Hände ja auch vom Fieberwahn ergriffen sind, kann ich nichts feststellen.

„Normal", sage ich also vielleicht etwas abtuend. Für sie scheint es aber so zu klingen, als hätte ich gesagt, sie solle sich mal nicht so anstellen.

„Normal? Ich sterbe! Ich hab Schüttelfrost."

„Hab ich auch."

„Und rote Flecken."

„Ich auch."

„Überall. Und ... äh ... furchtbare Kopfschmerzen!"

Die habe ich zwar nicht, sage aber trotzdem: „Ich auch. Sogar Lichtblitze vor den Augen mit Flimmern und Zackenkranz."

„Und mir is' schlecht und schwindelig."

„Dicke Mandeln!"

„Mittelohrentzündung!"

„Blut im Stuhl!"

„Nasenbluten!"

„Hast du auch Würmer unter der Haut?", frage ich dann noch, aber da scheint es ihr auch schon zu reichen. Sie gibt einfach auf und zieht sich die Decke wieder über den Kopf. Doch dann plötzlich reißt sie sich die Decke wieder weg, springt auf, wie ich es von einer tödlich kranken Frau nicht erwartet hätte, und rennt Richtung Klo.

Durchfall. Wir werden beide sterben.

Max steht plötzlich neben mir und sieht ihr fassungslos hinterher. Max! Schule! Oh!

Da ich ihn ja jeden Morgen mitnehme, wenn ich in die Redaktion fahre, haben wir da ein Problem, denn in die Redaktion werde ich heute auf gar keinen Fall fahren.

„Max, wie ...?", versuche ich eine Frage zu formulieren. Von hinten aus dem Klo hört man das zähe unappetitliche Ringen mit dem Tode.

Aber Max winkt nur ab und sagt: „Lukas und seine Mutter kommen gleich vorbei. Die nehmen mich mit."

„Hast du das …?"

„Jaja", sagt er, „alles gerade eben geregelt. Mit euch ist ja nichts anzufangen, ihr Untoten."

Und da klingelt es auch schon an der Tür und Max verabschiedet sich eilig. Er scheint froh zu sein, dieses sinkende Totenschiff rechtzeitig verlassen zu können.

Unser Sohn. Ein Prachtkerl. Alles selbst geregelt! Der wird es mal zu was bringen im Leben. Donnerwetter. Weitsicht, Planung, Entschlusskraft. Das braucht die Welt. Er wird es also sicher ohne uns schaffen, auch wenn er noch so jung ist.

Dann ist Ruhe im Haus. Steffis Totenschädel erscheint in der Zarge der Klotür und sie schiebt sich leise stöhnend Zentimeter für Zentimeter an der Wand entlang auf mich zu Richtung Schlafzimmer – oder besser Seuchenstation.

Es ist ein erschütterndes Bild. Ich sollte ihr helfen. Aber als ich sie erreiche, winkt sie nur ab und ich bin in diesem Moment ganz froh, dass sie auf meine Hilfe verzichten will, denn mein eigener Darm-Ätna steht schon wieder kurz vor einem erneuten Ausbruch. Rette sich, wer kann. *Dat muss alles raus,* höre ich Ulli mit viel Hall in der Stimme von weit weg zu mir sprechen.

Die nächsten Tage verbringen wir in dumpfem Dahinvegetieren, immer wieder unterbrochen vom Sprint zur Toilette und dem Stöhnen und Schluchzen von uns zwei Todgeweihten. *Morituri te salutant* riefen einst die Gladiatoren dem Kaiser in die Loge der Löwenarena zu! Es hieß nicht etwa: ‚Hallo, Kaiser, wie isses denn immer so?', sondern: ‚Die Todgeweihten grüßen dich!' Jawoll.

Max erscheint in den nächsten Tagen wie ein wundersames

Fabelwesen in gewissen Abständen in der Türfüllung des Lazarettraumes, fragt, ob er uns was zu essen oder zu trinken bringen solle, was wir zunächst dankbar verneinen, ab Tag zwei dann aber auch schon mal genauso dankbar annehmen. Zwieback, trockenes Brot und Wasser sind die Köstlichkeiten, die er uns probeweise reichen darf.

Unser jugendlicher Pfleger trägt kurze Hosen und bloß ein T-Shirt, weil es ja immer noch so irre warm im Haus ist.

Aber auch an Tag zwei rasen diese kargen Mahlzeiten durch unsere geschwächten Körper, ohne irgendwo Halt zu finden und um nur Minuten später an den zwei möglichen Öffnungen wieder zu erscheinen. Max schüttelt manchmal auch nur seinen Kopf und verschwindet dann einfach wieder. Wahrscheinlich bereitet er sich da draußen auf sein Leben ohne uns vor. Mit uns kann man nicht mehr rechnen. Natürliche Auslese. Steffi und ich sind raus. Max wird es schaffen.

Tag drei lässt leichte Hoffnungen aufkommen, die ganze Sache möglicherweise doch zu überleben. Brot und Wasser bleiben erstmalig drin. Es geht bergauf. Tag vier erlaubt uns erste noch unsichere Wege durch die fast vergessenen Regionen Wohnzimmer und insbesondere Heizungskeller, um die mörderische Temperatur im Hause wieder runterzuregeln. Und an Tag fünf stelle ich meiner Frau, die auch schon wieder mehr der Frau ähnelt, die ich mal geheiratet habe, die entscheidende Frage: „Soll'n wir mal das Fernsehen …?" Irgendwie ist mir nach endlosen Tagen des Siechtums nach etwas seichter Unterhaltung.

„Von mir aus", sagt Steffi noch etwas unentschlossen, auch überrascht von meinem gewagten Vorschlag, aber durchaus nicht abgeneigt. *Perfektes Dinner* kommt", sagt sie noch, richtet sich schon im Kissen auf und erwartet dann natürlich auch, dass ich das entsprechende Programm einschalte. Mir ist es egal. Also *Perfektes Dinner* – von mir aus.

Die Kandidaten machen sich gerade über ein gebackenes Zitronenhühnchen her, das dem Koch dieser Köstlichkeit aber nur insgesamt achtzehn Punkte und den letzten Platz der lustigen Fressrunde einbringt, was wir nicht verstehen, denn es sieht fantastisch aus. Uns jedenfalls quellen die Geschmacksknospen. Und so erinnern wir uns beide gleichzeitig an den Inhalt unseres Kühlschrankes. Da müsste doch noch … wir sehen uns an und verstehen uns wie immer ohne Worte. Auf zum Kühlschrank!

Und tatsächlich, er ist noch da. Der Curry-King. Zwei für die Ewigkeit plastikverschweißte Packungen der leckeren lukullischen Unmöglichkeit warten auf uns, zwischen einem vertrockneten gebogenen Stück Käse und einem O-Saft mit Schimmel.

***

Nun gut, er war natürlich königlich lecker wie immer, der Curry-King, aber er hat uns eindeutig zurückgeworfen. Unsere Körper waren noch nicht so weit. Also wieder schnelle Schritte Richtung Klo, Würggeräusche und Toilettenrauschen, dann wieder der Zustand der völligen Erschöpfung.

Wir brauchen noch Zeit.

Am nächsten Morgen, Max ist schon längst wieder selbstständig in die Schule gefahren, hole ich die Zeitung aus dem Kasten, den *Sauerlandbeobachter*, meine Zeitung. Natürlich ist sie da, wie immer, so, als sei nichts geschehen. So, als sei der Chefredakteur dieses Blattes nicht von einer tödlichen asiatischen Krankheit befallen und ringe gerade mit dem Tode, so, als sei alles in Ordnung, so, als ginge es auch ohne den Chefredakteur.

„Sie brauchen mich nicht mehr", sage ich zu Steffi und reiche ihr die Hälfte der Zeitung mit dem Sportteil, der mich nicht so interessiert. „Steht alles drin – auch ohne mich. Ruft auch keiner an, weil er unbedingt was von mir wissen muss. Die kommen auch so klar. Verstehst du? Ich bin überflüssig, Steffi."

„Ach, Quatsch, Alex, das ist doch normal, es muss doch alles weitergehen", versucht sie, mich zu trösten. Aber trotzdem bekomme ich eine vage Ahnung, wie es ist, wenn ich mal nicht mehr bin. Schnell vergessen und Schwamm drüber.

Voller Interesse studiert auch Steffi gerade die Todesanzeigen statt des Sportteils und auch ich werfe ängstliche Blicke auf die Geburtsjahreszahlen der Verblichenen.

„Hier. 1970! Mein Gott", rutscht es mir raus.

„Die Einschläge kommen näher", benutzt Steffi dieses abgedroschene Bild einer blutigen Schlacht mit einem Schützengraben voller noch Lebender.

„Es geht ja alles so schnell", jammere ich voller Selbstmitleid und Steffi nickt nur.

„Weißt du noch, als unser kleiner Junge damals diese wahnsinnigen Pocken überall hatte?", fragt Steffi und lächelt dabei, als wünsche sie sich diese schöne Zeit noch mal zurück.

„Ja, sicher", sage ich wehmütig und voller Sehnsucht nach den vergangenen Jahren. „Windpocken. Oh, das war furchtbar!" Und auch das klingt, als ob es wirklich schade ist, dass man diese Pocken nur einmal im Leben bekommt.

„Und dann das Fieber, wo er so fantasiert hat, weißt du noch?", fragt sie dann mit leuchtenden Augen und hält sich erschrocken die Hand vor den Mund.

„Ja klar, Doktor Padberg musste mitten in der Nacht kommen und ihn untersuchen."

Das waren noch Zeiten.

„Ach, unser kleiner Max, jetzt ist er schon so groß und selbstständig."

„Und gesund", füge ich mit erhobenem Zeigefinger mahnend hinzu. „Das ist doch das Wichtigste."

„Klar", pflichtet Steffi mir bei und legt ihre Hand auf meine.

„Klar, das ist das Wichtigste. Gesund.“

Wir hören Schritte im Haus. Max ist also wieder zurück und wird sicher – gewissenhaft und plötzlich erwachsen, wie er durch unseren schweren Schicksalsschlag werden musste– erst mal nach uns sehen. Die Schritte nähern sich die Treppe rauf, werden schneller und rasen dann aber an der Schlafzimmertür vorbei Richtung Toilette. Die Toilettentür wird aufgerissen und ein paar gellende Würggeräusche zerreißen die Stille des Hauses.

Wir richten uns erschrocken und entsetzt auf, sehen uns an und sagen gleichzeitig: „Max! Er braucht uns.“

Und dann springen wir aus den durchgelegenen Lazarettbetten, als hätte es unsere tödliche Krankheit nie gegeben und rennen gemeinsam zum Klo.

„MAAAX!“

Das Leben hat uns wieder!

Zwölfte Sauerländer Weisheit:

Krank is' krank, da wirsse leiden.
Doch man kann's auch übertreiben.

Das dreizehnte Abenteuer

Wir ziehen los mit Sägen und mit Ketten ...

„Morgen, Schatz!", begrüßt mich Steffi beim Frühstück heute ganz besonders freundlich und fast euphorisch. Ich weiß gar nicht, was los ist. Natürlich freue ich mich sehr über eine so unerwartet freundliche Begrüßung, gebe ihr einen weichen Kuss auf die Wange, fasse ihr kurz und zärtlich an den Hintern, so dass Max es nicht unbedingt mitbekommt, und wünsche ihr ebenfalls einen besonders schönen guten Morgen.

„Morgen, mein Liebling, Morgen, Max!"

„Nein", sagt sie aber und schüttelt den Kopf. „*Morgen!* Morgen fahren wir zum Spiel, du weißt doch. Du hast es mir doch selbst geschenkt."

Spiel? Geschenkt? Ich weiß nicht, was sie meint.

„Alex, wir fahren doch morgen nach Iserlohn zu den Roosters. Eishockey!"

Oh, ja, ich erinnere mich dunkel. Das hatte ich ihr geschenkt. Stimmt. Zwei Karten für das von ihr früher mal so geliebte Spiel auf dem Eis mit der kleinen, schnellen, schwarzen fliegenden Scheibe, genannt Puck. Wie Puck, die Stubenfliege. Biene Maja.

„Ach ja, natürlich, schön", sage ich, aber Steffi spürt, dass ich es total vergessen habe, dass ich mich auch überhaupt nicht darauf gefreut und schon gar nicht wie sie anscheinend darauf hingefiebert habe. Aber ich wusste ja, dass sie so viel Freude an diesem Spiel hat oder mal hatte, dass ich es ihr sogar zum Geburtstag geschenkt habe. Und es ist wunderbar angekommen. Sie war begeistert.

Vor unserer Zeit war sie nämlich mal richtiger Fan, hat sie mir mal gestanden und hatte vor langer, langer Zeit in ihrer dummen, dummen Jugend auch mal einen Freund, der ein noch richtigerer Fan war und mit dem sie immer und immer wieder zu den Spielen zum Seilersee nach Iserlohn gefahren ist. Da hießen die Roosters noch ECD Iserlohn und später ECD Sauerland.

Nun gut, das hat sich inzwischen geändert, und das mit dem früheren Freund hat sich ja nun glücklicherweise auch erledigt. Ich hielt es einfach für eine nette Idee, jetzt mit ihr mal wieder an einen Ort ihrer Jugend zu gehen. Warum nicht? Das Risiko hält sich in Grenzen. Der alte Freund wird sicher nicht mehr zu erkennen sein, wenn er überhaupt immer noch Fan ist und zu den Spielen geht.

Bernd-Josef hieß er. Was für ein Name! Unvergesslich.

Und mir wird es sicher auch gefallen, davon bin ich überzeugt. Obwohl ich jetzt nicht unbedingt so DER große Sportfan bin, und von Eishockey – das muss ich zugeben – hat Alex Knippschild überhaupt keine Ahnung.

Also, ich meine, ich bin jetzt kein Fan im Sinne von Fanatiker. Ich sehe gerne mal einen spannenden Wettkampf, sehe mir gerne die Fußballspiele der EM oder WM im Fernsehen aus sicherer Entfernung an und ich gebe auch zu, dass ich dann unseren Jungs natürlich die Daumen drücke und auch schon mal in verhaltenen Wohnzimmerjubel ausbreche, wenn sie es geschafft haben. Klar. So richtig ausrasten würde ich aber deswegen eher nicht. Was mir natürlich auch wochenlange Trauer und Depression erspart, wenn es dann nicht klappt.

Da sind ja oft Menschen in ihren Grundfesten erschüttert, wenn *ihr* Verein verloren hat. Dann macht das Leben auch keinen Sinn mehr und könnte glatt vorzeitig durch eigene Hand beendet werden. Manche werden dann aber auch erst richtig wütend auf die anderen, die Gewinner, und mutieren zu randalierenden Hooligans, die dann wenigstens die Fans der Gewinnermannschaft verprügeln, wenn ihre Mannschaft es auf dem Platz schon nicht geschafft hat, den Feind zu vernichten.

Religionskriege!

Es gibt also keinen Verein, der jetzt ausdrücklich meiner ist oder für den ich durch dick und dünn gehen oder sogar sterben würde. *Auf Kohle geboren, um für Schalke zu sterben,* oder ins Militante abdriftend: *Ohohoho, Schalke ist die Macht, wir holen uns die Meisterschaft.* Oder, auch sehr schön: *Bambule, Randale, Dortmund kriegt die Schale!* Da singt Herr Knippschild natürlich nicht mit. Nein. Auf keinen Fall. Es ist ja alles nur Spiel, kein Krieg, oder?

Ein Spiel muss Freude machen (Loriot). So sehe ich das auch.

Und weil ich eben nicht für Schalke sterbe oder mir schwarzgelbes Blut durch die Adern läuft, macht beim *Sauerlandbeobachter* den Sportteil auch mein Kollege Ulli Müllenbach, weil der sich wirklich dafür interessiert und vielleicht sogar dafür sterben würde. Ich weiß es nicht. Manchmal kommt er mir so vor. Dann ist auch er am Boden zerstört, wenn der TUS Leckede mal wieder völlig vergeigt hat, oder er ist tagelang euphorisch, wenn die Leckeder endlich mal wieder knapp gewonnen haben. Manischdepressiv nennt man diese Symptomatik auch und es ist nicht immer einfach, damit umzugehen.

Naja, der Ulli kennt sich jedenfalls aus mit Fußball, Handball, Eishockey, Leichtathletik ... eigentlich mit allem, zu dem man ein verbissenes Gesicht machen muss, ordentlich ins Schwitzen gerät und was man unbedingt gewinnen muss. Um jeden Preis. Der Ulli macht den Sportteil sehr gut und engagiert. Ich versuche dafür, interessante Reportagen zu machen und etwas Kultur und Niveau in die Region zu bringen. Jeder das, was er am besten kann.

Morgen also Eishockey. Gut. Man wird sich sicher warm anziehen müssen, oder?

„Wie kalt ist das denn in so einer Eishalle?", frage ich also meine Steffi, die es ja wissen muss.

„Alex, du merkst gar nichts von der Kälte. Die fiebern doch alle und … und da ist eine *Stimmung*. Ach, du wirst es ja erleben. Alle sind wie eine große Familie, große Gefühle … du wirst schon sehen."

Na gut, ich bin bereit und gespannt und einen Schal nehme ich trotzdem mit. Ich hab doch da noch diesen rot-weißen Strickschal mit Fransen an beiden Enden von Steffis Mutter, den sie mir mal zu Weihnachten geschenkt hat. Selbstgestrickt. Ich hab ihn, glaube ich, noch nie umgemacht, weil es mir immer viel zu auffällig war, dieses Dings, aber morgen könnte doch mal die richtige Gelegenheit dafür sein.

An der Halle finden wir natürlich keinen Parkplatz. Alles, aber auch wirklich alles ist voll. Das fängt ja schon mal gut an. Wir kreisen also leicht genervt ein paarmal auf dem Platz vor der Halle auf und ab, quetschen unser Auto zentimeterweise durch Massen von grölenden Fans, die alle dem Eingang zuströmen. Einen von ihnen erwischen wir in der letzten Kurve, weil man seine enormen Schwankbewegungen nicht sicher genug vorausberechnen kann.

Und jetzt liegt er quer über der Motorhaube, von wo aus er uns blöde angrinst, sich dann aber ganz locker wieder aufrappelt und „Einmal KEC, immer KEC!" grölt. Na bitte. Keine Ahnung, was KEC bedeutet, aber scheinbar hat er den kleinen Unfall ganz gut weggesteckt und wankt dann einfach weiter. Die Kühlerhaube scheint auch nichts abbekommen zu haben. Gut, dass Max nicht dabei ist. Ist ja richtig gefährlich hier. Schließlich parken wir den Volvo dann in einer der Nebenstraßen etwas weiter weg, was sicher nicht erlaubt ist. Aber Steffi macht Druck.

„Alex, wir kommen zu spät!"

Jaja, wir sind ja gleich drin in dieser Halle, die mir jetzt schon unheimlich ist. Aber ich beschließe trotzdem, mich auf die Familienatmosphäre zu freuen.

Wir bewegen uns zähfließend dann in derselben Masse von überwiegend blau-weiß bemützten und beschalten euphorischen Menschen, die schon jetzt überglücklich zu sein scheinen, obwohl das Spiel ja noch gar nicht begonnen hat. Vielleicht verlieren die geliebten Iserlohn Roosters ja heute. Nein? Nicht möglich?

Ach so. Ja dann. Alex Knippschild hat ja keine Ahnung.

Überall auf Mützen, Schals und Trikots sehe ich einen wütenden Hahn, also einen Hühnermann, mit Eishockeyschläger, der bereit zu sein scheint, mit seinem Schläger, den er in starken Händen, nicht Hühnerkrallen, hält, die ganze Welt zu vernichten. Unter seinem mächtigen roten Hahnenkamm wellt sich eine Tolle, die ein wenig an den Rock'n'Roll-King Elvis erinnert. Nur: Elvis war nicht so böse wie dieses wilde Tier.

Dieser Hahn ist also das Wappentier der mutigen Eishockey-Krieger Iserlohn Roosters. Man möchte ihm nicht zu nahe kommen und könnte auf jeden Fall Angst bekommen als Gegner dieser entschlossenen Weltvernichter vom Hühnerhof. Und das soll man wohl auch. Fürchtet euch, die bösen Hähne kommen! Ich muss kurz an die Kindersendung *Neues aus Uhlenbusch* denken, die Max auch so gerne in den Wiederholungen gesehen hat. In der Titelmelodie gab es die schöne Zeile über den Gockel Konstantin: „Auweia, auweia, der Hahn legt keine Eier!"

Sie merken schon, dass es einen guten Grund hat, warum ich nicht der Sportreporter unserer Zeitung bin. Möglicherweise bringe ich nicht den nötigen Ernst für den Krieg der Eishockey-

Welten oder anderer verfeindeter Sport-Universen auf.

Ich muss lächeln. Noch.

Die Menge schiebt sich lautstark feiernd und grölend zu einem der Eingänge und es wird immer enger. Man kommt sich näher, man stößt aneinander, tritt sich auf die Füße. Und als ich mich dafür bei einem Fan, der sich die komplette Roosters-Montur über den beeindruckenden Bierbauch gezerrt hat und jetzt breitbeinig vor mir steht, in aller Form entschuldige, weil ich ihm ja nicht wehtun wollte, sieht er mich an, als wäre ich geistig verwirrt.

„Wat hass du denn genomm'?", fragt er und schiebt sich dann hastig und erschrocken weit weg von mir.

Wo ist Steffi?

Ich kann sie nicht sofort entdecken, aber das liegt auch daran, dass sie sich eine Roosters-Bommelmütze ohne Bommel tief ins Gesicht gezogen hat, einen blau-weißen Schal trägt und wie alle anderen einfach nur prophylaktisch begeistert ist. Klar, dass ich sie da nicht sofort erkenne. Das ist ja nicht mehr meine Steffi. Das ist jetzt ein Fan.

Ja, das sind hier alles Fans, eine Familie. Und richtig, diese Mütze und den Schal hatte ich ihr auch geschenkt. Sollte mehr so ein Gag sein, aber sie hat es scheinbar echt ernst genommen.

Ich meine auch, sie kurz mit einer Gruppe marodierender Blau-Weiß-Fans etwas singen zu hören, was mir bekannt vorkommt. Es klingt nach *Auenland* oder *Trauerrand* oder so ähnlich. Man kann es nicht richtig verstehen oder erkennen, weil auch die Melodie bei diesem Gegröle nicht deutlich wird. Meine Steffi scheint langsam in eine Stimmung zu kommen, von der ich noch weit entfernt bin.

Inzwischen haben wir die strengen Einlasskontrollen passiert, und ich hatte irgendwie kurz das Gefühl, dass ich fast durch eine sehr intensive Gesichtskontrolle gefallen wäre, die einer der schwarz gekleideten Wärter des Ordnungspersonals mir persönlich widmete. Er hat mich angesehen, als fragte er sich, was ich denn hier wolle und ob ich vielleicht gefährlich werden könne. Aber letztlich sind Steffi und ich dann doch in der Halle. Und es ist erheblich kälter, als Steffi prophezeit hat. Finde ich jedenfalls und binde mir den rot-weißen Schal um.

„Gegen wen spielen die Roosters denn heute?", frage ich Steffi voller fast echtem Interesse und ich sehe ihrem Gesicht an, dass sie für diese Frage jetzt zu diesem Zeitpunkt nun überhaupt kein Verständnis hat.

„Gegen die Haie!", antwortet sie kopfschüttelnd.

„Haie?", frage ich naiv, aber auch neugierig, weil ich nicht weiß, was sie damit meint.

„Die Kölner Haie!", ergänzt sie also noch kurz und nicht zu laut, damit kein anderer meine totale Unwissenheit auf diesem Gebiet mitbekommt, schnauft etwas verächtlich und sieht dann auf die Karten, um jetzt auch schnell zu unseren Plätzen zu kommen, denn gleich geht es los.

Ja, richtig, jetzt erinnere ich mich. Als ich die Karten online bestellt habe, habe ich mich über die Namen der Vereine gewundert und amüsiert. Da gab es Eisbären, Pinguine, die ja durchaus etwas mit Eis zu tun haben und in diesem Zusammenhang dann auch Sinn machen, aber ich habe auch Panther, Grizzlys, Adler, die Haie und eben diese männlichen Hühner entdeckt, deren Gäste wir heute sind. Was diese Tiere jetzt mit Eishockey zu tun haben, erschließt sich mir nicht beim ersten Nachdenken, aber wahrscheinlich sehe ich das einfach zu eng.

Also heute Hähne gegen Haie. Gut. Man weiß gar nicht, welches Tier gefährlicher ist. Ob die niedlichen Pinguine bei all den mörderischen anderen Tieren auch mal gewinnen? Ich hoffe es sehr. Mein Herz schlägt meistens für die Schwächeren.

„Pass doch auf, du Eierkopp, mein Bier, ey!", schnauzt mich

ein Blau-Weißer an, als wir zusammenstoßen und sein Getränk schwer ins Schwappen gerät und ein paar wichtige Tropfen verliert. Ich hatte allerdings den Eindruck, dass der Typ mich einfach angerempelt und mit voller Absicht nass gemacht hat.

„Hasse dich verlaufen, du Fischkrokette", rüpelt mich der Nächste auf meinem einsamen Weg hinter Steffi her an und gibt mir einen beachtlichen Stoß gegen die Schulter.

„Thunfische gehör'n auffe andere Seite!", brüllt mich noch ein Blau-Weißer an und eine Fahne leicht abgestandenen B0geruchs weht mir entgegen. Das Ganze kommt mir fast wie ein Spießrutenlauf vor und ich muss schon sagen, dass die Stimmung hier wirklich einzigartig ist. Das hat schon was. Da hatte Steffi recht. Familie!

Als ich dann endlich meine Frau und unsere Sitzplätze erreicht habe, muss Alex Knippschild sich erst mal Luft machen.

„Unfreundliches Pack! Hast du das gehört, Steffi? Die haben mich echt angemacht."

Steffi sieht mich an und sagt nur: „Dein Schal."

„Wie? Mein Schal? Hat deine Mutter gestrickt!"

„Falsche Farben. Rot-weiß sind die Haie. Mach ihn lieber ab."

Also, das gibt's doch nicht. Bloß, weil ich den Schal meiner lieben Schwiegermutter trage, werde ich hier angemacht? Wo sind wir denn hier? Das ist doch diskriminierend!

Steffi rollt mit den Augen und ich weiß nicht, ob sie nicht viel lieber alleine hier wäre, oder eben mit Bernd-Josef. Dem von früher.

„Nein, ich mach ihn nicht ab! Ist doch auch viel zu kalt hier. Und es sind doch bloß Farben, und es ist doch nur Sport, Steffi, ein Spiel …", entrüste ich mich und einige Sitznachbarn sehen mich wieder mit diesem entrückten, vorsichtigen Blick an. Auch sie wissen nicht, ob oder wie gefährlich ich bin. Ich muss doch sagen, dass ich mir diesen Spätnachmittag irgendwie anders vorgestellt habe. Bis jetzt hab ich noch keinen rechten Spaß daran.

Steffi zuckt nur mit den Schultern und wendet sich demonstrativ von mir ab. Und wenn diese Hartschalenplastiksitze nicht angeschraubt wären, dann würde sie auch ein paar Zentimeter von mir abrücken.

Ich schaue etwas beleidigt aufs Spielfeld, also aufs Eis.

Das Maskottchen der Iserlohner, ein Mensch im Kostüm des bösen Hahns mit riesigem, wütendem Hahnenkopf, tapert und rutscht jetzt über das Eis und stachelt die Menge auf. Immer wieder rudert er wild mit den Armen und dirigiert die wilde Meute. Auch ohne hörbare Kommandos weiß offensichtlich jeder, was zu tun ist, und gehorcht ihm gerne und begeistert. Man reißt die Arme hoch, brüllt und röhrt.

Die Halle tobt.

Es wabern wuchtige Grölgesänge durch die Halle, deren Sinn sich mir nicht sofort erschließt, weil man auch nichts versteht. Aber alle Anwesenden scheinen die Lieder und vor allem die Texte zu kennen. Alle außer mir.

Es sind allerdings auch einige bekannte, gerade noch erkennbare Melodien dabei. Unter anderem erkenne ich das Lied *Polonäse Blankenese*, das dereinst der gute Gottlieb Wendehals zu verdientem Weltruhm gebracht hat und zu dem wir letztens noch auf Tante Mimis und Onkel Heinz' Goldener tanzen durften. Es hat nun aber einen leicht veränderten Text bekommen, den ich jetzt sehr wohl verstehe, weil mein direkter und sehr aufgewühlter Blau-Weiß-Nachbar zur Linken ihn mir in Düsentriebwerkslautstärke neben mein Ohr schmettert.

„Wir ziehen los mit Sägen und mit Ketten und machen aus den Haien Fischkroketten …!"

Ah so. Ja, verstehe. Sehr witzig.

Der aufgeregte junge Mann wirft mir jetzt einen gehetzten,

verwirrten Blick zu und wundert sich einen kurzen Moment, dass ich nicht so ganz familiär mitsinge, doch bei einem Blick auf meinen Schal scheint er seine Erklärung gefunden zu haben und er singt mir dann direkt ins Gesicht: „Das hebt die Stimmung, ja, da kommt Freude auf! Hahaha!" Dann zieht er doch tatsächlich noch mal kurz an meinem Schal, dass mir einen Moment die Luft wegbleibt.

Tja, bei mir kommt da nicht so recht Stimmung auf, muss ich sagen. Vielleicht verschenke ich zum Geburtstag demnächst doch lieber ein klassisches Konzert oder einen Diavortrag.

Dann geht es Schlag auf Schlag in der Eishockey-Fangegröle-Hitparade. Es folgt der Kölsche Schlager *Viva Colonia* der Höhner mit dem siegessicher Iserlohn-freundlich veränderten Text *Bye Bye Colonia!*

Naja, ich finde, das geht ja noch. Das ist ja geradezu nett und durchaus fast noch sportlich. Ein bisschen breite Brust darf ja ruhig sein, denke ich und versuche, etwas versöhnlicher zu sein, weil ich ja schließlich auch zur großen Familie in dieser Halle gehören möchte. Wenigstens heute. Aber trotzdem schleicht sich ein Gedanke bei mir ein: Wer viel Angst hat, singt besonders laut.

„Lieber Letzter als ein schwuler Hai …!"

Was?

„Coloohn, Coloohn, die Scheiße vom Dom!"

Naja … ich muss schon sagen, sehr raffiniert getextet, echt hintergründiger Humor, ja, so was gefällt mir.

Mein verstörter Blick geht zu Steffi rüber, die jetzt lauthals mitsingt.

Nein! Doch!

Sie singt diesen hirnlosen, menschenverachtenden Blödsinn mit. Mmmh. Mein Geschenk scheint ihr also zu gefallen. Sehr schön. Aber natürlich bin ich innerlich entsetzt. Das gibt es doch nicht! Meine Steffi? Sind wir nicht für die Gleichstellung von Schwulen? Sind wir nicht beide gegen das sinnlose Töten von Haien? Steffi, was ist denn bloß los mit dir?

„STEFFI!"

„Was denn?", fragt sie mich und hat schon genau so einen Blick drauf, wie die anderen grölenden Sportsfreunde um mich herum.

„Was singst du denn da? Hörst du mal bitte sofort auf damit?!"

„Mensch, ist doch nur Spaß! Das meint doch keiner so richtig ernst. Sei doch nicht so spießig, Alex. Mach doch einfach mit!"

Und dann dreht sie sich um zu ihren neuen Freunden und stimmt mit ihnen den schmissigen Ruf an: „Alle Haie beißen, nur der Kölner Thunfisch nicht!", und freut sich mächtig darüber.

Sie gehört zur Familie. Eindeutig.

Es ist also leider zurzeit unmöglich, ihr zu erklären, dass meine Einstellung keineswegs spießig ist, dass ich außerdem der Meinung bin, dass einige der Blau-Weißen es vielleicht doch ziemlich ernst meinen und dass ich auf keinen Fall bei diesem primitiven Gesangswettstreit mitmachen werde.

Und als ich ihr gerade wenigstens noch sagen will, dass ich das alles nicht besonders witzig finde, da tobt ein neuer Gesangssturm durch die Halle. „In Finnentrop is' dunkel!" Das kenne ich. „In Küntrop noch viel mehr! In Hundesossen wird auf Touristen geschossen, doch trotzdem kommen jedes Jahr mehr!" Das ist *Sauerland* von ZOFF, dieser Kultband aus dem gleichnamigen Land. Das kennt ja jeder, der hier wohnt, und da singe ich dann auch gerne mal mit. Vielleicht gehöre ich ja doch bald zur Familie.

„Sauerland, mein Herz schlägt für das Sauerland …!"

Der blau-weiße Geselle neben mir schielt jetzt wieder auf

meinen rot-weißen Schal, seine Weltordnung gerät ins Wanken, er bekommt einfach verschiedene Dinge nicht zusammen, hält den Kopf schief, wie ein lernwilliger Hund, der aber nichts verstanden hat, hat den Mund weit geöffnet und betrachtet mich außerordentlich skeptisch. Jetzt scheint er sogar Angst vor mir zu haben.

„Wo die Misthaufen qualmen, da gibt's keine Palmen!"

„Sing doch mit, du Hirni!", rufe ich ihm fröhlich zu, denn jetzt hab ich auch ein wenig Spaß. Doch die Stimmung scheint ihm irgendwie vergangen zu sein. Er versucht ein verzagtes „Scheiß Kölner Haie, wir singen: Scheiß Kölner Haie ...!" auf der wunderschönen Melodie von *Guantanamera*. Donnerwetter, da muss man erst mal drauf kommen. Das ist ja fast schon Poesie! Doch er legt zu wenig Überzeugung rein, solche wunderbaren, wirklich oft gut gemachten und sorgfältig erarbeiteten Texte entfalten ihre Wirkung nur, wenn sie auch von einer ganzen Halle lauthals mitgegrölt werden.

„Sauerland, mein Herz schlägt für das Sauerland ...!"

Und dann geht es los. Nicht das Spiel. Nein, nein, so weit sind wir noch lange nicht. Es bedarf wohl noch einiger unverzichtbarer Präliminarien, bevor es losgehen kann. Die Masters of Ceremony dieses bewegenden Events haben da noch so einiges auf der Pfanne, wie ich erstaunt feststellen muss.

Das Hallenlicht geht plötzlich aus und grelle Scheinwerferlichter irren ziellos über Eis und Publikum. Die Sänger halten erst mal ehrfurchtsvoll die Luft an und es donnert eine finstere Stimme aus den Weiten des Universums oder direkt aus der Hölle durch die eisige Halle. So jedenfalls hört sie sich an, elektronisch verfremdet, wie ein sprechender Computer, dem die Batterien schwach werden, heißt sie uns alle **„IN DER EISSPORT-HALLE ISERLOHN WILLKOMMEN!!!"**

Doch beim Klang dieser Stimme weiß man nicht, ob es wirklich so eine gute Idee war, hierherzukommen, und ob man es überhaupt überleben wird. Die Stimme aus dem düsteren Nebelreich beginnt jetzt einen Countdown, der in einem bombastischen Weltuntergangsgong endet. Hells bells! Die Scheinwerfer irren weiter. Dann übernimmt ein offensichtlich gedopter Stadionsprecher das Zeremonienzepter, hat wohl den Gott der Finsternis besiegt und erfolgreich das Mikrofon erobert, und ereifert sich jetzt in Lobeshymnen über die **Roosters**, die **Roosters**, die fantastischen **Roooosters**, die jeden in Grund und Boden spielen werden, der es wagt, sich ihnen entgegenzustellen.

Die armen, armen Haie.

Eine gewaltige, orchestrale, hymnenartige Musik, die das *Star-Wars*-Titelthema zum Kinderlied degradiert, ertönt und erschüttert uns alle bis ins Angstzentrum. Mich jedenfalls. Die Musik steigert sich in kaum fassbare Dimensionen, die Scheinwerfer kreisen und kreisen, haben immer noch kein Ziel gefunden. Auf dem Eis halten tapfere Männer die Vereinsfahnen der Roosters in die aufgeheizte Eisesstimmung. Die Schlacht kann beginnen.

Dass ich für zwei Sitzplätze bezahlt habe, war völlig überflüssig, denn alles steht jetzt. Bei diesen Klängen kann man nicht sitzen bleiben, vielleicht noch mal das Programmheft studieren und so tun, als wäre weiter nichts.

Die Musik geht jetzt ab ins Furiose. Pauken, Trompeten, Fanfaren werden bis an die Belastbarkeitsgrenze strapaziert. Die Streicher tremolieren, was das Zeug hält. Mein Gott, zu was ein Orchester fähig ist, wenn es gilt, die gnadenlose Überlegenheit eines Eishockeyvereins zu demonstrieren! Sogar die „Piraten der Karibik" werden jetzt bemüht, um das Grauen des in Kürze beginnenden Abschlachtens der zahlosen Haie zu manifestieren.

Die Stimmung ist heiß.

Da hatte Steffi schon mal recht. Ich schaue nach rechts zu ihr herüber, und obwohl ich sie mit den Händen greifen kann, ist sie doch ganz weit weg. Irgendwie hab ich meine Frau verloren an die kriegerischen Fan-Horden der gastgebenden Roosters in unserem Block. Ich höre nur ab und zu ihre schöne Gesangsstimme verschwendet an Zeilen wie „Es kommt die Zeit, in der das Wasser wieder steigt!". Was wohl bedeuten soll, dass die Kölner bald nasse Füße bekommen werden. Alles Schlechte den Kölnern! „Cooloohn, Cooloohn, die Scheiße vom Dom!"

Mir wird etwas übel.

Aber dann geht's wirklich los. Der Stadionsprecher-Hohepriester fragt uns unnötigerweise, ob wir bereit sind für das Spiel. Also, was soll die Frage? Deswegen sind wir gekommen. Ich bin zwar inzwischen gehörig eingeschüchtert und nicht mehr ganz so voller zwangloser Vorfreude auf das Spiel, aber ich wär so weit.

Alle anderen anscheinend auch, denn ein gewaltig donnerndes „JAAA!" erschüttert die Halle in ihren Fundamenten. Doch der unsichtbare Stadionsprecher scheint davon noch längst nicht überzeugt und wiederholt seine unnötige Frage in einem Tonfall, der uns mit drohendem Unterton klarmacht, dass er noch nicht zufrieden ist. „JAAAAA!", brüllen wir also noch lauter und überzeugter als eben (ich auch? Ja, Alex Knippschild brüllt mit, verdammt noch mal!), und da hat er sich dann etwas beruhigt, der Sprecher aus dem Nichts.

Er begrüßt uns jetzt noch mal und lässt dann mit unbändiger Begeisterung den Vornamen des ersten Spielers durch die Halle dröhnen und fünftausend Gläubige antworten mit seinem heiligen Nachnamen. Die scheinen ihn also alle zu kennen. Dieser erste Spieler wird von einem riesigen aufgeblasenen Gummihahnenkopf ausgespuckt, der in der Mitte des Eises steht und im Hals ein Loch hat, durch das der Mann jetzt herausgeschossen kommt. Das Ganze erinnert mich an den Eingang zu einer gigantischen Hüpfburg.

Und da ist er. Wie ein mittelalterlicher Schwertkämpfer, oder besser ein Samurai oder Gladiator in Polsterfolie rast er aufs Eis, bremst ab, und lässt Sprühbogen aus Eis aufsteigen, stellt sich breitbeinig der tausendköpfigen Gemeinde und hebt seinen Schläger drohend wie das Schwert Excalibur in die kochende Stadionluft. Eine Erobererpose, die ihm durch bebendes Gebrüll quittiert wird.

Natürlich soll auch das wieder mal heißen: Wir machen die Haie fertig!

Klar. Ich hab's kapiert. Die armen Haie! Auch der zweite und der dritte Spieler, die jetzt durch das Loch im Hahnenhals aus der Hüpfburg flitzen, sind keine Unbekannten für alle Anwesenden. Der Hohepriester nennt ihre Vornamen und die Halle schmettert die Nachnamen hinterher, seien sie auch noch so kompliziert auszusprechen. Die meisten scheinen gar nicht aus Iserlohn zu kommen. Donnerwetter. Wie kann man sich denn all diese Namen merken? Keine Ahnung, aber es scheint zu gehen. Die ganze Mannschaft hat mehr als zwanzig Spieler und die Fans in der Halle kennen alle! Familie eben.

Irgendwie haben sich in diesem ganzen übermenschlichen Tumult die armen Kölner Haie ziemlich unbemerkt aufs Eis gemogelt. Keiner hat sie angesagt, keiner richtig begrüßt und jetzt werden sie auch noch ausgepfiffen, dafür, dass sie da sind. Das gibt's doch nicht! Ich bin entrüstet. Man sollte dankbar sein, denn ohne sie würde das Spiel jetzt gar nicht stattfinden können.

Aber muss es überhaupt stattfinden? Die zahnlosen Haie haben doch jetzt schon verloren.

Fürs Auspfeifen hat Alex Knippschild nun überhaupt kein Verständnis. Warum bekommen denn die Gäste nicht ganz im Gegenteil auch so einen orchestralen Empfang und eine Haifischkopphüpfburg aufs Eis, aus der sie genauso dramatisch und

347

effektvoll entflitzen können wie die Gastgeber? Wenn man Gäste hat, dann ist man doch nett! Wo bleibt denn da die Gastfreundschaft? Die armen, armen Haie.

Als die Gäste dann doch noch vom Stadionsprecher-Hassprediger gnädigerweise und ziemlich nebenbei erwähnt werden, geht das in den Erniedrigungsgesängen der Roosters-Fans fast völlig unter. „Scheiß Kölner Haie, wir singen: scheiß Kölner Haie!", und auch wieder: „Cooloohn, Cooloohn, die Scheiße vom Dom!"

Ich glaube, ich bin für die Haie und drapiere meinen rotweißen Schal etwas provozierender und sichtbarer um den Hals.

Der Oberschiedsrichter – es gibt wohl drei oder vier davon – hebt jetzt die Hand, in der der sehnsüchtig erwartete Puck auf seinen tödlichen Einsatz harrt. Zwei feindliche Samurais in Blau-Weiß und in Rot-Weiß stehen sich mordlüstern gegenüber, fünftausend hypnotisierte Menschen starren gebannt auf das Eis in der Mitte dieses Trios, und dann fällt der Puck, Anpfiff und … klack! klack! … der Wahnsinn beginnt. Unterstützt vom Gebrüll der Getreuen.

In einem nicht zu erwartenden Affenzahn flitzen die dick gepolsterten Eiskrieger über die weiße Fläche auf das Kölner Tor zu. Die Richtung stimmt also schon mal und die geifernde Meute um mich herum johlt und kreischt. Steffi hält die Hände vor den offenen Mund. Es ist, als wäre ich gar nicht mehr da, als hätte es mich nie gegeben, als wäre die Zeit seit Bernd-Josef, dem Früheren, stehengeblieben.

Klack, klack, klack.

Auch ich starre jetzt aufs Eis, weil der Sog, dieser schwarzen Scheibe zu folgen, übermächtig wird. Aber wo ist denn jetzt dieser verdammte Puck? Er ist einfach zu klein, um ihn ständig im Blick behalten zu können. Es geht alles viel zu schnell. Aah, da … klack, klack, klack … erwischt ihn jetzt einer der *Scheiße-*

vom-Dom-Krieger. Die Blau-Weißen rasen entsetzt hinterher und es geht blitzschnell wieder in die andere Richtung auf das Iserlohner Hahnen-Tor zu. „Scheiß Kölner Haie, wir singen: scheiß Kölner Haie!" Ja, ich singe jetzt auch mit. Warum denn nicht? „Wir ziehen los mit Sägen und mit Ketten und machen aus den Haien Fischkroketten …!"

Gefahr für die Roosters! Ich halte die Luft an. Aber der dickste aller Männer auf dem Eis, der so viel Polsterfolie um sich herum hat, dass man sich wundert, wie er sich überhaupt noch bewegen kann, schmeißt sich dem gefährlichen schwarzen Geschoss entgegen und wehrt so unter Einsatz seines erbärmlichen Daseins in dicker Watte den Angriff erfolgreich ab. Und jetzt weiß man auch, warum so viel Polsterfolie den kleinen Menschen darin schützen soll. Außerdem hat der dicke Tormann auch noch einen todsicheren Helm mit einer Gittermaske, die mich stark an Hannibal Lecter, den Menschenfresser, erinnert. Gruselig.

Das Gebrüll um mich herum flaut wieder etwas ab, als das erste feindliche Tor glücklicherweise *nicht* gefallen ist, sich Erleichterung breitmacht und dann schrille Begeisterung, als die Richtung des Angriffs sich schon wieder ändert.

Es ändert sich alles immer und andauernd. Meine Güte, ist das schnell. Für mich, der ich höchstens an taktisches, wohlüberlegtes Fußballspiel gewöhnt bin, eindeutig zu schnell. Die Pummels auf dem Eis haben ein Tempo drauf, dass es einem schwindelig werden kann. Die Samurai-Stahlkufen werden das blanke Eis in wenigen Minuten zur Buckelpiste machen. Und in diesem Höllentempo rasen sie dann aufeinander zu und kollidieren schmetternd – ohne erkennbaren Schaden an Polsterfolie oder Mensch. Sie krachen in die Plexiglaswände, als gelte es, heute alles kurz und klein zu schreddern.

„Hau rein, die Scheibe, beweg deinen fetten Arsch!", höre ich da meine sonst so sanfte Steffi brüllen und gleich hinterher: „Wir ziehen los mit Sägen und mit Ketten …!"

Und da erhebt sich ein Gebrüll, das auch die Fans auf den VIP-Tribünen von den ledergepolsterten Plastiksesseln hochreißt. Die Scheibe ist versenkt! Eins zu null für die Roosters.

Was dann losbricht, ist der Wahnsinn. Man glaubt ja nicht, wozu Menschen fähig sind, wenn Teile des Hirns abgeschaltet sind. Also, zum Beispiel der innere Peinlichkeitscontroller, der den Grölfaktor steuert, oder der Homo-sapiens-Sensor, der für den aufrechten Gang und die Kontrolle über Gliedmaßen und Gesichtsmuskeln sorgt. Da fliegen plötzlich Arme hoch, die Mäuler werden aufgerissen, zu schrecklichen Grimassen verzerrt, und ich bin etwas besorgt, weil auch Kinder in der Halle sind.

Die sogenannte Begeisterung kennt keine Grenzen, man umarmt sich, hat Tränen in den Augen, Menschen, die sich nie vorher gesehen haben, sind vereint im Torrausch, es gibt nur noch Jubel und Liebe unter den Menschen. Die Welt ist schön.

Und sogleich setzt wieder die totale Erniedrigung des Gegners ein, damit der ja nicht auf die Idee kommt, jetzt möglicherweise wütend zurückzuschlagen. Nutze die Gelegenheit und brülle den Gegner nieder, bevor er aufstehen kann. Jetzt sofort. Und da kommt es dann auch schon wieder: „Scheiß Kölner Haie!" und so weiter und so weiter … das verhunzte, arme schöne Lied *Guantanamera*.

Es wird mir echt zu viel, ich muss hier mal raus. „Ohohoho, Iserlooohn!" Jaja, lasst mich mal durch. Wieder beginnt der Spießrutenlauf durch die aufgepeitschte Roosters-Gemeinde.

„Getz braten we euch, ihr scheiß Fischkroketten!", höre ich noch und remple mich also durch die feiernden Fans Richtung Gang und Freiheit. Ich blicke noch einmal sehnsüchtig zurück, warte auf ein letztes Zeichen meiner lieben Frau, vielleicht ein verstohlenes Winken zum Abschied und eine kleine Träne, aber ich höre nur „Scheiß Kölner Haie!" und sehe sie mit den Iserlohner Siegermächten jubeln, als wäre jetzt schon alles vorbei. Dabei hat das Spiel ja gerade erst begonnen. Ein wenig Bier schwappt mir wieder auf die Jacke, jemand rammt mir einen Ellbogen ins Kreuz, ein anderer zieht noch mal an meinem Schal, einer verpasst mir einen kleinen Schwinger und dann ist Herr Knippschild raus.

Luft, Tür zu, ein wenig Ruhe. Danach sehnt man sich doch nach so einer Schlacht.

Ach, ich fühle mich deprimiert und allein.

Ich sehe mich kurz als Zwölfjährigen in der dunkelblauen Sporthose auf dem Ascheplatz unseres Gymnasiums als Verteidiger unserer Schülermannschaft. Doppelsportstunde bei Studienrat Weber, freitags.

Verteidiger, ja, meistens war ich Verteidiger und auch bei der Spielerwahl nicht unbedingt einer der Ersten, die der Kinderkapitän aufrief. Er wusste schon, warum. Ich war und bin eben nicht so ein Tier wie zum Beispiel Rüdiger Fleischmann, der immer Stürmer war. Der ließ alles, was den Menschen nach vieltausendjähriger Evolution am Ende ausmacht, hinter sich, wenn er die Lederpocke sah, und stürmte gegen den feindlichen Kasten an. Rüdiger überrannte alles, was ihm im Weg stand, weil die Pille einfach da hinten reinmusste. Auf Leben und Tod!

Oft war er in der anderen Mannschaft und *ich* stand dann da im Weg und musste weg. Die Narben einer blutigen, tiefen Knieaufschürfung habe ich als ewige Mahnung behalten, auch bei sportlichen Wettkämpfen immer Mensch zu bleiben.

Ich weiß nicht, was Rüdiger Fleischmann heute so macht. Vielleicht sitzt er im Todestrakt eines Hochsicherheitsgefängnisses, weil aufgeschrappte Knie erst der Anfang seiner Mörderkarriere waren.

Wir als Verteidiger, meistens Harald Reiske und ich, nutzten die freie Zeit auf dem Platz zwischen den feindlichen Angriffen auch gerne, um mit Michael Krüggeler, dem Torwart, heute Bundestagsabgeordneter, zu reden und zu diskutieren. Torwart wurde auch immer der, der noch zu viel Menschliches in sich hatte, um die Pille todsicher bei den Feinden zwischen den Pfosten zu versenken. Wir drei hatten viel zu besprechen und wurden immer etwas ärgerlich, wenn der Ruf „Passt auf, Fleischmann kommt!" uns aus unseren Gesprächen riss.

Und da fällt mir jetzt plötzlich auch das wunderschöne *Fußballspiel der Philosophen* ein. Monty Python. Zweiundzwanzig historische Philosophenpersönlichkeiten auf dem Platz, Anpfiff ... und es wird nur diskutiert. Der Ball bleibt auf dem Anstoßpunkt in der Mitte einfach unbeachtet liegen. Herrlich.

Der Wurststand ist einladend frei, hier draußen ist es menschenleer und ich erwäge, mir ein leckeres Fleischfingerchen zu bestellen. Ja, warum nicht? Das ist jetzt genau richtig. Eine kleine Stärkung. Es kommt wohl nicht so häufig vor, dass *während* des Spiels jemand Wurstappetit hat, aber ich bin eben so einer und werde dann auch entsprechend befremdlich angesehen. Trotzdem bekomme ich meine Wurst, etwas Senf dabei, und beiße herzhaft zu. Von drinnen aus der Halle höre ich wieder den vorgezogenen Siegestaumel der Roosters über den sehr wahrscheinlichen Endsieg und muss den Kopf schütteln.

Meine Güte, ist doch alles nur ein Spiel.

Aus der anderen Richtung nähert sich jetzt mit Riesenschritten ein rot-weißer Feind, der sicherlich den Untergang seiner Haie nicht ertragen kann. Rot-weißer Schal, rot-weiße Mütze, rot-weißes Trikot.

„Einmal Pommes!", befiehlt er der Zweier-Besatzung an der Wurstbude und der eine Wurstmann fragt: „Rot-weiß?"

„Ja, wat denn sons'?"

Und dann schenkt er mir immer noch keinen Blick und fingert hastig eine Zigarette aus einer zerquetschten Packung, die er unter dem Trikot hatte. Er steckt sich den weißen, leicht zerdötschten Glimmstängel zwischen die Zähne und schon entzündet das aus der Hose (die nicht rot-weiß ist, sondern sogar Bügelfalten hat) herbeigezauberte rot-weiße Feuerzeug die Tabakstange und er inhaliert genussvoll, ohne den geringsten Zeitverzug und lungenspitzentief, als wäre es der letzte.

Ist das denn erlaubt?, frage ich mich so, sage aber nichts und werfe meine verschmierte Wurstpappe und den Toastrest in den dafür vorgesehenen Eimer.

Raucher müssen doch neuerdings immer und bei jeder Witterung raus vor die Tür, wo sie zittern und rauchen und schlottern und husten und rauchen und rauchen und rauchen. Raucher müssen draußen bleiben! Hat man sonst nur den Hunden gesagt. Und die wurden dann draußen angeleint und pissten dafür aus Rache an die Hauswände. Das machen die Raucher noch nicht, aber gerne stehen sie da draußen wohl auch nicht, weil es alles so nach Aussatz, Lepra und Pest aussieht. Oder eben voll asi. Mütter fassen ihre Kinder fester an der Hand, wenn sie an den Aussätzigen vorbeikommen und ziehen sie schnell weiter, damit der böse Virus nicht überspringt. „Guck da mal nich' hin, dat sin' Raucher!"

Ich bin sehr froh, dass ich schon seit Ewigkeiten nicht mehr rauche. Ich trinke nur Wein. Aber wenn Zeiten kommen würden, in denen man auch seinen Wein nur in den Asi-Ecken vor der Tür trinken darf, dann würde ich damit aufhören. Ganz bestimmt.

„Tach!", sagt der Rot-Weiße jetzt endlich zu mir, da er den ersten Suchtanfall erfolgreich bekämpft hat und das Nikotin und der Teer sicher in seiner Lunge abgelagert sind. „Keijne Sorje", fährt er dann fort, „die scheijß Iserlohner mach'n we kallt, janz sischer."

Anscheinend hat er mich anhand meines rot-weißen Schals

eindeutig als zur gleichen Konfession gehörig eingestuft. Und dann zieht er wieder mit aller Kraft an seiner Zigarette, weil er nicht viel Zeit zu haben scheint. Auch an seinem Dialekt höre ich, dass der Mann wohl ein Anhänger der *scheiß Kölner Haie* ist.

„Hier kannste wenigstens rauch'n", sagt er dann und zeigt unter die Hallendecke, „weill hier keijne scheijß Rauchmällder sin'."

Ich sehe nach oben, wo diese Teile sich ansonsten ja befinden, und stelle fest, dass hier tatsächlich keine sind. „Rauchen is' nämlisch hier verbot'n, Kollege. Allet wat schmeckt, is' verbot'n."

Wurst nicht, denke ich, und dann schmeißt er seine Zigarette in den Abfalleimer, weil die Pommes fertig sind. Hastig schlingt er ein Kartoffelstäbchen nach dem anderen in sich hinein. Nur ein paar noch und er kann wieder rein, seine *Scheiße vom Dom* anfeuern. „Komms du ooch us Kölle?", fragt er mich jetzt.

„Ja, äh, nicht direkt ...", antworte ich. „Ich hab mal in Köln für eine Zeitung gearbeitet. *Kölscher Rundblick!*"

„Ah", sagt der Rot-Weiße da, „kenn isch! Habbisch im Abo!", und hält mir seine Hand hin.

„Lungen-Klinik Köln-Nord!", sagt er dann und grinst. Ein Entlaufener aus der Klinik, der kurz vor dem Rauchertod noch mal seine Haie gewinnen sehen will? Vielleicht. Und dann greift er sich meine Hand und sagt: „Professor Schmitz! Isch bin da dä Lungenspezialist."

Ich lasse mir die Hand schütteln, finde, dass die Welt doch ziemlich seltsam und die Menschen manchmal ziemlich blöd sind, denke kurz nach, ob es wohl möglich ist, dass er sich auch selbst eine neue Lunge transplantiert, wenn es so weit ist, denke auch darüber nach, dass ich schon lange einen Spenderausweis haben sollte, und sage: „Alex Knippschild!"

„Anjenehm!"

Ein erneutes Kampfgebrüll dringt bis hierher zum Wurst-

stand und der Professor wird unruhig. „Mer müsse widder rin!",
sagt er und zieht mich einfach mit. „Komm, Alex, jetz mache
mer se färtisch! Jetz jeben we dä scheißß Hühnern dä Rääst!"

Und schon finde ich mich im Feindesland wieder. Mitten
unter lauter Rot-Weißen mit einer Menge Schaum vor den köl-
schen Mündern.

Und da legt der Professor mit frisch aufgetankten Lungen los:
„KÜHE, SCHWEINE, ISERLOOOHN!", brüllt er und sein
ganzer Kölscher Fanblock brüllt mit. Er scheint hier so was wie
der Obermotz zu sein, auf den alle hören.

Auch wenn ich finde, dass dieser Spruch einfach zu weit geht,
scheint es mir doch klüger zu sein, jetzt einfach mal ein wenig
mitzubrüllen. Nicht ganz so laut vielleicht, nur ein wenig den
Mund bewegen, denn die Haie um mich herum scheinen echt
gefährlich zu sein. Und wenn ich ihre Gesichter so sehe, dann
muss ich gestehen, dass ich mich bei den Iserlohnern fast besser
gefühlt habe.

„Sauerland …!", grölt jetzt auf einmal überraschenderweise
der ganze Kölner Block. „Wir scheißen auf das Sauerland!"

Also, jetzt reicht's aber wirklich, finde ich. Nein, da werde ich
nicht mitsingen, sondern … halte erst mal nur feige meine Klappe und ertrage die weiteren Erniedrigungen dieser schwulen
Haie. „Scheiß Iserlooohn, scheiß Iserlooohn!", wie dieses schöne
Städtchen in der Fäkalsprache heißt, rufen sie jetzt.

Nein, auch hier bei den Feinden ist es nicht schön. Ich bin
doch nicht für die Haie. Für wen bin ich eigentlich?

Dennoch verfolge ich jetzt gebannt einen rasanten Angriff der
Roosters, als die mich umgebenden Fischkroketten wieder los-
grölen: „Da steht ein Arschloch im Tor, da steht ein Arschloch
im Tor!"

Wie unhöflich! Der Puck zischt auf den Iserlohner Tormann
zu … und da steht eben *kein* Arschloch im Tor, weil der massige

Keeper den fliegenden Puck mit seinem Schläger abfängt und dann wieder weit in die Reihen der verdammten Thunfische vom Rhein schießt.

Ha, da woll'n wir doch mal sehen, wer hier die Arschlöcher oder die Scheißkerle sind!

Alex, immer Mensch bleiben!, muss ich mich dann doch kurz selbst ermahnen.

Und dann passiert es. Ein Hai und ein Hahn geraten aneinander, was in freier Natur ja eher selten ist und wahrscheinlich auch ohne Folgen bleibt. Aber hier wird es jetzt ernst, das spürt man. Die beiden Eismänner schnauzen sich an und die Oberkörper krachen immer wieder böse gegeneinander. Sie haben Streit. Warum, weiß keiner. Vielleicht einfach nur aus schlechter Laune oder Langeweile. Wahrscheinlich sind es aber die zahlenmäßig überlegenen *Scheiß-Iserlohner* mit ihren *Scheiß-Kölner-Haie* -Gesängen. Klar, dass da so eine stinkende Fischkrokette vom Rhein schon mal ärgerlich wird. Ich kann das gut verstehen.

Aber Hauptsache ist doch, dass die beiden da endlich aneinandergeraten, so scheint es mir, denken alle.

Die feindlichen Samurais prügeln jetzt aufeinander los und weil die Helme dabei einfach stören, da man ja den Kopf des Gegenübers gar nicht richtig treffen kann, ziehen sie sich hastig in einer fließenden Bewegung die Helme vom Kopf, werfen auch noch die Handschuhe aufs Eis und schlagen sich jetzt weitaus wirkungsvoller mit den blanken Fäusten gegenseitig mitten in die erhitzten jeweils feindlichen Gesichter.

Na gut, da spritzt jetzt etwas Blut, aber den Leuten gefällt's doch. Ich sehe, wie da hinten, gegenüber, auch meine Frau begeistert in die Hände klatscht und „Bye, bye Colonia!" grölt und natürlich: „Scheiß Kölner Haie!"

Is' klar. Is' klar. Ich verstehe das.

Trotzdem werde ich etwas unruhig und warte darauf, dass

endlich mal einer der Schiedsrichter einschreitet, aber der eine schielt nur auf seine Uhr und umfährt die aus mehreren tiefen Wunden blutenden Totschläger in angemessenem Abstand, damit er nicht auch was vor die Fresse kriegt. Is auch klar.

Nein! Is' natürlich nicht klar!

Das kann doch nicht ... Ich kann es gar nicht glauben, aber es passiert tatsächlich vor aller Augen mitten auf dem Eis. Fünftausend Menschen (nein, das sind keine Menschen mehr) grölen begeistert dazu. Für die Schiedsrichter-Streifenhörnchen ist das wohl alles nichts Neues, scheint wohl eine durchaus gängige Art der Auseinandersetzung zu sein. *Die Prügelei ist die Fortsetzung des Spiels mit anderen Mitteln,* hat so ähnlich mal der preußische Major Clausewitz gesagt. Geschichtsunterricht! Ist noch hängengeblieben.

Auch als jetzt Unterstützung der jeweiligen Vereinskameraden naht und inzwischen sicherlich schon sechs oder acht Spieler damit beschäftigt sind, sich gegenseitig vor den Kopf zu schlagen, greift noch immer keiner der schwarz-weißen Streifenhörnchen ein. Die drehen nur ihre Runden übers Eis, immer schön um die Kämpfenden herum, als würden sie sich die Zeit vertreiben.

Es finden sich jetzt jeweils Zweierpärchen auf dem Eis, die weit ausholend und mit allem verfügbaren Schwung die Gegnerköpfe mit ihren Fäusten bearbeiten. Nicht zu fassen! Als noch mehr Blut spritzt, schauen die Schiedsrichter erst mal auf ihre Uhren. Schaut doch mal lieber auf das Schlachtfeld!

Alex Knippschild ist entsetzt und drauf und dran, selbst aufs Eis zu rennen und die brutalen Schläger eigenhändig zu trennen. Aber wenn ich auch nur ein kleines bisschen nachdenke, dann ist mir klar, dass ich dieses Vorhaben vielleicht besser verwerfen sollte. Ohne Polsterfolie lieber nicht.

Den *scheiß Kölnern* um mich herum scheint das alles sehr zu gefallen und sie feuern ihre Haie an, weil sie offensichtlich die besseren Schlägertypen haben. Inzwischen sind die kompletten Mannschaften in den tobenden Religionskrieg verwickelt. Auch die Reservespieler hält es nicht mehr auf ihren Bänken, auch die jeweiligen Trainer und Betreuer sind auf dem Eis, und das gesamte Publikum freut sich über so viel rasante Action.

„In die Frässe! In die Frässe rein!", brüllt mein Professor von der Lungenklinik und muss dabei etwas husten.

Brot und Spiele, denke ich, *Colosseum Rom, lasst die Löwen rein!* Die wollen hier gar kein Spiel sehen, sondern einen Krieg!

In die Frässe! Das gefällt.

Die „Schiedsrichter" umkreisen noch immer sehr neutral und vorsichtig die verschiedenen Krisenherde, anscheinend aber nur, um etwas zu ordnen und das Gleichgewicht des Schreckens auf jeden Fall aufrechtzuerhalten, damit es auch faire Kämpfe bleiben. Ab und zu kassiert auch mal einer dieser „Schiedsrichter" einen donnernden Schlag, aber so was passiert eben. Da sollte man nicht so kleinlich sein.

Doch!

Alex Knippschild ist kleinlich und schockiert. Ich, der ich schon bei Fußballspielen Zerren am Trikot aufs Schärfste verurteile und dafür jeden Spieler lebenslang auf die Bank schicken würde, weil ich so etwas einfach unfair finde, bin fassungslos, was in diesem „Sport" alles möglich ist – offensichtlich innerhalb der Regeln. Die Schiedsrichter greifen nämlich noch immer nicht ein. Ja, was sind das denn für Regeln? Hat die schon mal einer gelesen? Welcher Schlächter hat die denn gemacht?

Vielleicht ist Eishockey ja gar nichts für mich. Dieser Gedanke keimt jetzt tief in mir auf und ich denke: *Ja, könnte sein.*

Ein Pfiff gellt durch die Halle. Na endlich. Das erste Drittel scheint vorbei, zwei Wattierte prügeln sich noch immer und dann geht einer der beiden zu Boden. Er liegt flach auf dem Eis und rührt sich nicht mehr.

Mein Gott! Ein Hahn, der nicht mehr kräht.

Und da rutscht es mir einfach so heraus, ich kann nicht anders. „SCHEIß KÖLNER HAIE!"

Als daraufhin alle erhitzten Köpfe im rot-weißen Block zu mir herumschnellen und ich die Mordgelüste von ganz *scheiß Köln* körperlich spüren kann, muss ich kurz an Woody Allen als Gefahrensucher Rex Kramer in *Kentucky Fried Movie* denken, der sich mit Helm und Sicherheitsanzug mitten in eine Gruppe schwarzer Ghettogangster stellt und laut und deutlich „Nigger!" brüllt und dann aus nur zu verständlichen Gründen die dünnen Beine in die Hände nehmen muss.

Bin ich Rex Kramer? Ich glaube ja. Ich verdrücke mich also schnellstmöglich, bevor den Haifischfreunden so einiges klar wird. Aber als ich lebend die Treppe erreiche, werde ich waghalsig und rufe dem Professor und seinem rheinischen Fußvolk noch schnell „Colooohn, Colooohn, die Scheiße vom Dom!" zu.

Und dann laufe ich, so schnell ich kann.

Die Treppen runter, vorbei am Wurststand, der jetzt von fünftausend wurstgierigen Fans belagert wird und die beiden Wurstleute hinter der Theke mächtig ins Schwitzen bringt, vorbei an den Wärtern in schwarz, die immer noch wichtig und gefährlich den Eingang bewachen. Raus aus der Halle, das scheint mir im Moment am sichersten zu sein. Ich renne über den Parkplatz und sacke dann auf dem Grünstreifen neben der Straße zusammen. Geschafft. Lebend.

Die Sonne scheint und das Leben ist schön hier draußen. Man ahnt nichts von den Todeskämpfen im Inneren dieser Mörderarena. Die Vögel singen und fröhliche Menschen ziehen Hand in Hand an mir vorüber. Die meisten halten mich für einen besoffenen Fan, der wahrscheinlich in der Halle randaliert hat und rausgeschmissen wurde, und gehen mit aufgerissenen

Augen schnell an mir vorbei. „Komm weiter, Rosy, dat is'n Kölner, kuck da mal nich' hin!"

Aber das ist mir egal. Es geht mir gut und ich habe heute eine Menge interessanter Dinge erlebt. Ich habe menschliche Abgründe gesehen, die ich nicht für möglich gehalten habe, bin selber fast in den gefährlichen Sog der Gewalt geraten. Ich habe Professor Schmitz kennengelernt und eine Wurst gegessen.

Ein ereignisreicher, eigentlich ganz normaler Freitag, der mein Leben verändert hat. Hat er das? Nö, eigentlich nicht. Bei mir ist ja alles so wie immer, während da drinnen noch der Krieg tobt.

Wie geht es Steffi in dieser Hölle? Ich muss nach ihr sehen.

„Kaaate!", sagt der schwarze böse Wärter an der Tür nur, aber da muss ich passen. Meine *Kaaate* hat Steffi und die ist ja da drin.

„Dann hau ab, du Penner! Verpiss dich! Kurve kratzen!", sagt er noch und weist mit dem Kopf Richtung Parkplatz.

Mir bleibt also wohl nichts anderes übrig, als hier draußen auf meine liebe Frau zu warten. Ihr wird schon nichts passieren, sie kam ja ganz gut mit *Kühe, Schweine, Iserlohn* da drin klar. Und dann lehne ich mich an einen Baum, sitze im Gras des Parkplatzstreifens und döse doch tatsächlich ein.

„Alex, Mensch, ich suuuche dich! Was machst du denn hier draußen?"

Es ist Steffi. Sie steht mit einem fremden Mann vor mir und sieht mich fragend aus der Höhe an.

„Ich warte hier auf dich", sage ich etwas verwirrt und rapple mich mühsam auf. Der fremde Mann nickt und verdrückt sich dann. Und Steffi sagt „Tschüss" zu ihm.

„Wer war 'n das?", frage ich sie, als ich endlich wieder einigermaßen beisammen bin.

„Du glaubst es nich'. Bernd-Josef", antwortet sie nur und

sieht dem Kerl noch immer hinterher. Vielleicht hätte ich doch wieder in die Halle zurückgehen sollen. Das war Bernd-Josef? Der aus der dummen, dummen Jugend meiner Steffi? Das gibt's doch nicht! Ich will gerade etwas sagen, aber da winkt sie mit ihrer rechten Hand ab, schüttelt den Kopf und grinst von einem Ohr zum anderen.

„Dass ich mal mit *dem* Typen ...", sagt sie dann und ich will gar nichts Genaueres wissen. „Ist ja nicht zu fassen, dass ich ausgerechnet *den* hier treffe."

Naja, kann passieren, denke ich. Fünftausend Leute sind ja nicht die Welt.

„Er hat mich am Würstchenstand entdeckt. Bernd-Josef wohnt jetzt in Köln und ist Steuerberater", eröffnet sie mir dann fassungslos und täuscht ein gelangweiltes Gähnen vor.

„Was? Bei den stinkenden Fischkroketten?", frage ich entrüstet. „Bei den *scheiß Kölner Haien*, in *Colooohn, Colooohn, der Scheiße vom Dom?*"

Steffi sieht mich einen Moment sehr verwundert an, aber dann lacht sie.

„Wie ging denn eigentlich das Spiel aus?", frage ich sie dann, denn irgendwie interessiert es mich plötzlich doch.

„Verloren", sagt sie, „drei zu zwei."

Oh, da haben die schwulen Haie dann doch noch gegen Kühe-Schweine-Iserlohn gewonnen. Mmh, ich kann nicht sagen, dass ich jetzt irgendwie emotional am Boden bin. Neues Spiel, neues Glück. Das ist eben der Vorteil, wenn man so ein Match nur aus der reinen Freude am Spiel ansieht.

„Lass uns doch mal wieder ins Kino gehen, Alex. So was schön Trauriges wie ... *Brücken am Fluss* oder *Zeit der Zärtlichkeit.*"

Jawoll! Steffi und ich sind wieder im Geschäft!

„Oder, Steffi, wie findest du Theater? So 'n schwules Ballett, 'ne scheiß Oper oder so 'n Dreckskonzert?"

Lachend erreichen wir den Volvo und klemmen den Arsch-loch-Strafzettel einfach der nächsten Scheiß-Fischkrokette unter den Scheibenwischer. „Colooohn, Colooohn …"

„Komm, wir hau'n ab!"

Dreizehnte Sauerländer Weisheit:

Sportlich bleiben, immer fair,
manchmal fällt dat aber schwer.

Das vierzehnte Abenteuer

Ossobuco

„Was sollen wir bloß essen?", fragt Steffi und ich verstehe die Frage, glaube ich, nicht. Haben wir denn nichts mehr im Kühlschrank? Droht eine Hungersnot? Oder haben wir so viel, dass man sich nicht entscheiden kann?

„Was bietet denn das heimische Kühlaggregat?", frage ich also ganz luftig und locker und widme mich dann wieder dem äußerst schwierigen Tausend-Teile-Puzzle des vor etwa einer halben Stunde von der Küchentheke gefallenen hohlen Porzellanfisches, in dem wir immer unser Kleingeld sammeln. Der Porzellanfisch ist eine kunstvoll gefertigte Handarbeit, die wir mal vor vielen Jahren aus dem fernen Griechenland über zweitausend Flugkilometer hierher gerettet haben.

Der Fisch *war* eine kunstvoll gefertigte Handarbeit. Jetzt sind nur noch grüne, rote und blaue Scherben und traurige Bruchstücke des einstmals edlen Tieres mit dem halboffenen Maul vorhanden. Steffi hatte in einer unbedachten Drehung in der Küche mit dem Kochbuch in der Hand das herrliche Teil von der Theke gefegt, und auf dem Fliesenboden ist das Kunstwerk dann mit all unserem Kleingeldreichtum krachend zerschellt.

Steffi ist etwas nervös in letzter Zeit. Ich weiß nicht warum.

„Oh, der schöne Fisch!"

Ja, der schöne Fisch. Samos.

„Ich mach das schon", hatte ich mich sofort ohne weitere Vorwürfe angeboten und mich dann auch daran gemacht, das

Kleingeld und die Porzellanteile zu trennen, um die Münzen in einer alten Keksdose zu verstauen und die Scherben auf dem Esstisch auszubreiten, wo ich jetzt über ihnen hänge wie ein Archäologe, der sich vorgenommen hat, ein Fundstück aus einer längst vergangenen sagenhaften Epoche wieder auferstehen zu lassen. War sehr schön damals in Samos. Wir waren noch viel jünger und ... ach, ist das lange her. Ich muss etwas wehmütig lächeln.

„Das kriegst du doch nie wieder zusammen!", sagt Steffi.

Warum sagt sie das jetzt? Sie kennt mich doch eigentlich ganz gut. Vor allem meine weltberühmte Geduld, den beispiellosen Durchhaltewillen und das bedingungslose Streben nach Erfolg bei solch kniffligen, aussichtslosen Aufgaben. Der Fisch wird wieder leben, wenn auch mit Spuren seiner einstigen Vernichtung. Aber ich klebe den wieder zusammen! Das steht fest.

Außerdem ist das doch eine wunderbare und sinnvolle Beschäftigung für die langen Abende, die uns in dieser dunklen Zeit beschert werden. *'s ist Winterzeit, s' ist Winterzeit!* Die Mutter stickt gnädig lächelnd ein hübsches Wandbild oder bereitet summend ein köstliches Mahl zu, der Vater bastelt hingebungsvoll ein Porzellanpuzzle und der Sohn spielt Blockflöte.

„Wo ist eigentlich Max?", frage ich in die offene Küche, wo Steffi seit einiger Zeit aufgebracht herumtigert. Was hat sie denn nur?

„Oben", sagt sie abwesend und knapp. „Mit Lukas. Zocken!"

Ah ja. Also keine Blockflöte. Mit Zocken meint Steffi eins dieser erstaunlichen Abenteuerspiele, die heutzutage auf dem Computermarkt zu haben sind. Ich bin auch schon mal mit Max' Hilfe durch die *World of Warcraft* getapert, bin aber dann schnell von einem Orc erschlagen worden. Ganz gut vielleicht. Wer weiß, was ich sonst noch da in der digitalen Fantasiewelt angerichtet hätte. Aber mit Max kann man auch immer noch gut und gerne *Mau-Mau* oder *Mensch ärgere dich nicht spielen.* Und das freut mich sehr.

Steffi hat sich offenbar mit meiner archäologischen Mission abgefunden und mich damit für diesen Abend abgeschrieben, kommt jetzt aber doch noch mal, auch auf die Entfernung Küche-Esstisch, auf das Thema „Essen" zu sprechen. Es scheint ihr sehr am Herzen zu liegen.

„Was sollen wir bloß essen, Alex?"

„Was meinst du denn damit, Steffi?", blicke ich irritiert vom Scherbenhaufen auf, unterbreche die wissenschaftliche Suche und sehe sie fragend an. „Ich hab auch überhaupt keinen Hunger", sage ich dann noch und versuche jetzt, die ersten größeren Fischstücke ineinander zu bekommen. Da. Passt. Sehr gut.

„Mensch, denk doch mal nach!"

Oh, wenn sie so was sagt, und dann auch noch mit leicht erhöhtem Volumen wie jetzt, dann sollte ich das vielleicht besser tun. Mal nachdenken. Phh.

Als ob ich das sonst nie tun würde oder zu wenig oder nicht gründlich genug. Na egal, aber wahrscheinlich habe ich jetzt sicher wieder irgendwas vergessen oder nicht bedacht, ich habe nicht richtig zugehört oder ich komme einfach nie drauf, so gründlich ich auch nachdenken werde. Das ist immer das Schlimmste und ich versuche, diesen Zustand möglichst zu vermeiden. Doch mir fällt jetzt wirklich nichts ein und deshalb sage ich also erst mal nichts. Sie sagt es mir sowieso gleich. Nur die Ruhe bewahren und abwarten. Und schon habe ich ein weiteres passendes Teil vom griechischen Fischmaul entdeckt. Ah ja. Geht doch.

„Welchen Tag haben wir denn heute?", fragt sie jetzt mit leicht ironischem Singsang, als rede sie mit einem unaufmerksamen Grundschulkind. Na bitte, es geht schon los. Sie möchte wohl gerne, dass ich ihr ominöses Problem auch habe.

„Mittwoch!", sage ich kurz, knapp und richtig und versuche, mich zu erinnern, wo ich diesen Spezial-Zweikomponentenkleber hingetan habe, den ich jetzt sehr gut gebrauchen könnte. Ich werde den Fisch in verschiedenen Arbeitsgängen zusammenkleben müssen. Alles auf einmal wird nicht gehen, da es viel zu viele Teile sind und mir der Kleber dann hart werden würde. Wo hab ich diesen Kleber nur …?

„DA-TUM!?", fordert Steffi mich jetzt schon ungeduldig heraus, eher wie in der Grundausbildung bei der Bundeswehr, an die ich mich nicht sehr gerne erinnere. Was will sie denn?

„Äh", sage ich, um Zeit zu gewinnen und ohne gleich strammzustehen. „Warte mal … äh … dritter Dezember! Stimmt's?"

Steffi nickt nur, wie ich über meinen Scherbenhaufen hinweg sehen kann. Die Antwort war also auch richtig. Was das jetzt aber mit dem Essproblem zu tun hat, kann ich leider noch nicht feststellen.

„Und jetzt denk mal weiter!", fordert sie mich mit einer etwas künstlich gelangweilt wirkenden Stimme auf, mehr so Altenheim-Style, als hätte sie es mit einem senilen, sabbernden Greis zu tun, der immer nur bis zur nächsten Mahlzeit denken kann. Aber ich kann ja anscheinend noch nicht mal das. Der Alte ist zwar immer noch ein ganz liebenswerter Mensch, oder zumindest war er es einmal, aber er kann auch verdammt noch mal nerven. Und er macht nur noch Dreck.

„Äh, wie weit?", frage ich und weiß, dass ich jetzt anfange zu nerven.

„Was?"

„Nachdenken!"

„Ach so, äh, vier Wochen reicht", sagt sie. Noch hat sie Nerven, um mir zu antworten und nicht direkt etwas nach mir zu werfen. Haben wir noch was aus Porzellan in Griff- und Wurfweite?

Vier Wochen ... vier mal sieben sind achtundzwanzig ... plus drei ... macht einunddreißig.

„Silvester!", sage ich also mit messerscharfer Logik und freue mich, dass auch im hohen Alter von sechsundvierzig noch so eine tolle, fehlerfreie Rechenleistung möglich ist.

Sie verzieht erschrocken das Gesicht und sagt dann mit gewisser Panik in der Stimme: „Oh ja! Verdammt. Na, dann eben nur drei Wochen! Ist ja noch schlimmer!"

Ich errechne also wieder wie gewünscht diese neue Zahl und verkünde dann siegessicher: „Vierundzwanzigster Dezember!"

„Und?", fragt sie dann und rudert herausfordernd mit den Armen, um das Ergebnis meiner mathematischen Meisterleistung vielleicht noch mit ein paar passenden Worten illustriert zu bekommen. „UUUHUND?" Länger kann man diese drei Buchstaben nicht dehnen.

„Heiligabend!", sage ich also, weil es stimmt und das Datum ja jedes Jahr dasselbe ist. Das war einfach.

„So, und jetzt noch mal die Frage vom Anfang: Was. Sollen. Wir. Essen?" Grundschul-Style.

„Heiligabend? Ach so ... aber das sind ja noch drei Wochen, Steffi, das weiß ich doch jetzt noch nicht", antworte ich zwischen zwei neu gefundenen archäologischen Fischteilen und jetzt ist mir auch eingefallen, wo ich den Kleber habe.

„Ja, ich eben auch nicht! Und ich darf dich erinnern, dass meine Eltern kommen wie jedes Jahr, dass wir Geschenke austauschen werden wie jedes Jahr, dass sich alle darüber freuen werden ..."

„Wie jedes Jahr", ergänze ich, denn ich habe die Dramatik ihres Vortrages verstanden.

„Und wir werden natürlich essen ... wie jedes Jahr!" Vortrag beendet.

„Und was?", frage ich sie, denn das hatte sie ja noch nicht

erwähnt.

Aber sie antwortet nicht, sondern winkt mit beiden Händen verärgert ab, klatscht sich mit hoffnungslosem Ausdruck an den Kopf, weil es ja wohl keinen Sinn hat, mit diesem senilen, alten sabbernden Greis darüber zu reden. Dann beugt sie sich einsam über den Laptop und scrollt schwer atmend durch Seiten mit allerlei bunten Bildern von dampfenden Köstlichkeiten.

Ich spüre, dass ich etwas zu weit gegangen bin, und denke, ich sollte vielleicht einen Vorschlag zur Güte machen, was das heiligabendliche Essen angeht. Auch wenn ich es für völlig verfrüht halte, jetzt schon über Heiligabend nachzudenken.

„Lass uns doch Heiligabend einfach Würstchen mit Kartoffelsalat machen. Das ist einfach, macht wenig Arbeit und ist total lecker. Und man hat so mehr Zeit fürs Geschenke auspacken, für ein paar Glas Wein mehr und vielleicht sogar für ein paar schöne Gespräche unterm Christbaum. Wer weiß?"

„Ach, Alex, Würstchen mit Kartoffelsalat. Näää. Das essen doch alle. Etwas kreativer bitte! Hei-lig-a-bend, Alex! Da machen wir was Richtiges. Drei, vier Gänge, schönes Fleisch, tolle Beilagen, lecker Dessert ... ist doch Weihnachten!"

Jaja, Weihnachten! Ich weiß gar nicht, ob ich sie erinnern sollte, dass dieser tolle Heilige Abend ja schließlich in Gedenken an eine obdachlose Familie im fernen, alten Palästina stattfindet, die genau an diesem Abend wahrscheinlich hocherfreut gewesen wäre, wenigstens Würstchen mit Kartoffelsalat serviert zu bekommen. Und ob man nicht vielleicht etwas übers Ziel hinausschießt, wenn man an genau diesem denkwürdigen Abend ein ganz besonderes Festessen zelebriert. Thema verfehlt, oder? Ich finde, ja.

Ich bin ja nun wirklich nicht besonders christlich oder so. Also nicht kirchlich. Christlich schon, was den humanistischen Gedanken angeht, ja klar. Ich bin da wie Jesus. Ein Menschenfreund. Und ob man an diesem Abend der Geburt des Menschenfreundes haltlose Völlerei betreiben sollte? Ich weiß nicht.

Was wurde wohl gegessen, als ich geboren wurde? Keine Ahnung. Meine Mutter war im Krankenhaus und Papa hat sich sicher besoffen. Das könnten wir doch auch machen. Ohne Krankenhaus natürlich.

„Heiligabend ist ja ein Fastentag", sage ich dann mit meinem unvermeidlichen Klugscheißerunterton und Steffi sieht mich an, als hätte sie nicht richtig gehört. Wer ist dieser Mann über dem Scherbenhaufen des ehemaligen Porzellanfisches?

„Fastentag? Ist mir neu. Ist mir auch egal. Wir essen was Richtiges! So!"

Ich gehe jetzt erst mal meinen Kleber holen.

Max kommt mir im Flur entgegen. Die Haustür hat gerade geknallt, also wird sein Freund Lukas wohl wieder nach Hause gegangen sein. Zocken für heute beendet. Hoffentlich haben beide in der virtuellen Welt des Kriegshandwerkes überlebt.

„Was gibt's zu essen?", fragt er und marschiert Richtung Küche an mir vorbei.

„Tja", sage ich, „genau das weiß eben keiner."

Das hat er wohl nicht verstanden und er fragt dann noch mal seine Mutter, die es sicher besser weiß.

Als ich mit dem Kleber zurückkomme, finde ich die beiden in eine etwas einseitige Diskussion vertieft. Steffi hat ihr schönstes, aber leicht gewaltsames Lächeln aufgesetzt und fragt unseren Sohn gerade, was er sich denn schon immer mal gewünscht hätte, zu Heiligabend auf den Tisch zu bekommen. Was ganz Leckeres. Er könne es ruhig sagen.

Ich kann mir schon denken, dass es ihm nicht so wichtig ist, was auf dem Tisch steht, weil das Essen ja sowieso nur kostbare Zeit raubt, bis es endlich ans Geschenkeauspacken geht. Also wird er sicher im Sinne von *nicht zu viel, einfach, schnell und trotzdem lecker* antworten. Und genau das macht er auch, indem er „Würstchen mit Kartoffelsalat!" sagt. Mein Sohn. Ich muss stolz lächeln.

Der Zweikomponentenkleber ist angerührt und ich passe zufrieden die ersten Fundstücke des zerborstenen Fischkörpers zusammen.

„Dein Sohn!", ruft Steffi zu mir rüber und schüttelt den Kopf.

„Was machst 'n da?", fragt Max jetzt mich, weil er wie ich die Aufregung um das noch viel zu weit in der Zukunft liegende Fest der Geburt eines Zimmermannssohnes nicht zu verstehen scheint.

„Der Fisch ist kaputt", sage ich und ärgere mich doch ein wenig, dass er mich genau in diesem Moment fragt, wo es darauf ankommt, die beiden Bruchstücke exakt und ohne Ablenkung ineinander einzupassen, so dass man möglichst hinterher keine hässlichen Nahtstellen sieht. Ich muss ihm mehr Verständnis für Handwerkliches beibringen.

„Kriegst du doch nie zusammen", sagt er dann und geht albern gibbelnd zur Fernsehecke.

Ihr werdet schon sehen, denke ich. Heiligabend ist der Fisch wieder komplett.

In den nächsten Tagen werde ich von Steffi immer wieder vor Entscheidungen gestellt oder muss Meinungen äußern. Das ist teilweise sehr anstrengend und meistens gar nicht möglich, muss aber unbedingt ernst genommen werden.

Die Fragen heißen dann zum Beispiel direkt beim Frühstück: „Entenbrust mit Ingwerchips?", oder: „Kalbsfilet mit Senf-Oliven-Kruste?". Oder auch mal: „Roastbeef mit Cambridge Sauce?"

Was soll man dazu sagen?

„Nun sag doch mal was, Alex! Was sollen wir ESSEN?"

Ja, ich weiß ja, es geht immer noch um den Heiligen Abend. Meine Güte, das scheint ja augenblicklich Steffis Lebensinhalt zu sein. Wir müssen doch jeden Tag essen und es ist nie ein größeres Problem. Steffi macht es einfach und dann steht es auf dem Tisch. Sie fragt uns nie, aber wir sind immer zufrieden. Immer lecker, immer gut. Steffi ist eine ziemlich gute Köchin, finden wir beide.

Sie kann zum Beispiel ein super Gulasch machen oder fantastische Rouladen mit Stampfkartoffeln. Erst kürzlich hat sie uns ein Kalbsfilet mit einer Zitronensauce serviert, die sie selbst erfunden hatte. Ja, sie hat Fantasie und Talent und macht vieles einfach so aus der Hand. Ohne ausgeklügelte Rezepte und komplizierte Anleitungen.

Und wenn's mal schnell gehen muss, dann zeigt sie ihre Kunst des Würstchen- oder Fischstäbchenbräunens von allen Seiten und macht dazu zum Beispiel einen sensationellen Kartoffelsalat mit Gürkchen, Tomätchen, Äpfeln und geröstetem Speck und so was. Einfach herrlich.

Was zum Teufel (oh, das sollte man vielleicht besser nicht in diesem Zusammenhang sagen) ist Heiligabend sooo anders?

Soll sie doch einfach was machen!

Doch wenn sie mich *fragt*, dann muss ich etwas sagen, sonst wird es mir hinterher wieder als Desinteresse ausgelegt oder sogar später als Scheidungsgrund angegeben, und das möchte ich nicht. Also sage ich: „Hört sich gut an!"

Doch damit ist sie natürlich nicht zufrieden. Das ist ja keine Entscheidung, das ist noch nicht mal ein Trend. Was soll sie mit dieser Antwort anfangen? Ich verstehe das, aber mehr kann ich wirklich nicht tun. Nicht jetzt. Ich hab auch immer, wenn sie mich so was fragt, gerade keine Zeit, in die Tiefe der unendlichen Möglichkeiten zu gehen und mich intensiver mit unseren zukünftigen Ernährungsproblemen zu beschäftigen, denn das müsste man ja dann.

„Na, oder vielleicht Schweinefilet in Honig, mariniert mit Rosmarin?", fragt sie dann und klappert sich wieder durch ihre Fress-Seiten im Netz. „Steak vom Angusochsen mit gebratenen Pilzen?", ruft sie mir noch hinterher, denn ich bin schon an der Tür.

„Super, das machen wir!", rufe ich zurück und dann muss ich aber wirklich los in die Redaktion. „Tschüss, mein Schatz, und mach dir nicht so 'n Kopp. Auch an Heiligabend ist alles in fünfzehn Minuten verputzt. Denk dran!"

Kuss und ab!

Naja, das war jetzt vielleicht etwas unfair, aber es stimmt doch. Auch wenn Steffi jetzt wochenlang an ihren Menüplänen schraubt, sie immer wieder verfeinert und ändert und sich schließlich das optimale Fressessen, Entschuldigung, Festessen herausgemendelt hat, wenn sie tagelang durch die Läden ziehen wird, um genau die richtigen Zutaten zu bekommen und das richtige Fleisch zu bestellen – früh genug bitte, denn Weihnachten ist das Fleisch knapp, da bestellen alle, Krieg an den Fleischtheken, *lassen Sie sofort die Ente fallen! Das ist meine!* –, dann wird am Ende doch alles in fünfzehn Minuten vertilgt sein.

Dann werden wir wahrscheinlich gemeinsam mit den Vorbereitungen beschäftigt sein, denn so ganz kann ich sie ja da nicht alleine lassen. Schließlich haben wir uns mal versprochen: „In guten wie in schlechten Zeiten". Wir werden ein exaktes Timing erstellen, nach dem alle Zutaten und Beilagen gekocht, gegart, gedünstet, gebraten und gehudelt und gefudelt werden, damit dann auch alles gleichzeitig und vor allem heiß auf dem Tisch steht, vorher auch noch toll drapiert worden ist und man endlich verschwitzt und erschöpft und am Ende seiner physischen und psychischen Möglichkeiten „Guten Appetit an alle!" als letzten Gruß von sich geben kann.

Und ab dieser Zauberformel dauert es dann nur noch die besagten etwa fünfzehn meist schweigend und mit Besteck klappernd verbrachten Minuten, bis die Herrlichkeiten verschlungen sind. Und oft hat dann irgendetwas doch nicht so richtig geklappt, weil man dieses Gericht zum ersten Mal gemacht hat. Hach, man sollte es immer vorher einmal zur Probe machen. Das Gemüse war auch schon etwas kalt und ziemlich lappig, die Soße viel zu scharf und das Fleisch zu weit durch.

„Es hat dir nicht geschmeckt, Mutter!"

Entsetzen, totales Versagen an der Kochfront. Eine Katastrophe. Ausgerechnet heute am Heiligen Abend, wo doch alles perfekt sein sollte!

„Neeeiiin, Kind", sagt dann Steffis Mutter Helga, ich höre sie schon, „dat war alles gaaanz, gaaanz lecker, Schätzken, abber ich kannich' mähr!"

Und dann lässt sie ein dickes, herrlich zartes, rosarotes Stück Fleisch auf dem Teller liegen, weil es nicht weit genug durch war. Sie mag es ja nicht so in Rosa. Hätten wir dran denken müssen. An was man alles denken muss!

Fünfzehn Minuten. Höchstens. Dann ist alles vorbei.

Mein Schwiegervater Alfred schafft es in etwa acht Minuten. Er sagt dann aber auch während der gesamten Nahrungsaufnahme kein einziges Wort, damit er in der Zeit bleibt, und legt leicht vornübergebeugt, manchmal auch mit dem linken Arm unter dem Tisch und hochkonzentriert ein enormes Tempo vor, um sich auch noch mal nachlegen zu lassen und alles in Bestzeit hinunterzuwürgen. Dann lehnt er sich mit einem unterdrückten Aufstoßer zurück und sieht den anderen ganz relaxed zu. Erster!

So in etwa wird es sein.

So war es letztes Jahr und das Jahr davor, und ich weiß gar nicht, ob das wirklich ein erstrebenswertes Ereignis ist, auf das wir da für diesen Heiligen Abend wieder hinarbeiten. Vielleicht kommt bei all dem auch noch unsere eheliche Beziehung ins Wanken, weil das aufwändige Planen und Zubereiten all der Köstlichkeiten bis an die Grenze der intellektuellen Belastbarkeit geht, was Teamfähigkeit und Koordination angeht. Da fliegen schon mal die Fetzen bei Steffi und mir, und vielleicht bleiben irgendwann sogar mal Risse, die ich auch mit dem Spezialkleber nicht wieder ohne Spuren kitten kann.

Oh, oh!

***

„Morgen Alex!", werde ich im Büro begrüßt, ich grüße so freundlich wie möglich zurück und bin sehr froh, einen ganzen Tag ohne Essprobleme verbringen zu können.

„Tach zusammen!"

Und dann sitze ich auch schon in meinem Büro und versuche, wieder etwas Sinnvolles für den *Sauerlandbeobachter* zu Papier, nein, zu Laptop zu bringen. So modern sind wir ja schon.

Plötzlich steht meine liebe Kollegin Anke in der Tür und fragt: „Lachsfilet mit Butterkartöffelkes oder Wildschweinragout mit Champignons, wat meinsse?"

„Was?" Ich fahre herum, bin leicht verwirrt ... oder fantasiere ich schon?

„Mensch, Alex, wat würdes' du an Heiligabend lieber essen?"

Nein, ich fantasiere nicht. Sie hat es wirklich gefragt.

„Sag mal, spinnst du, Anke? Jetzt fängst du auch noch damit an!"

Sie zuckt kurz zurück, denn mit dieser Reaktion konnte ja keiner rechnen. „Wat hass du denn? Ich mein ja nur! Wat gibs denn bei euch?"

„Würstchen mit Kartoffelsalat! Und jetzt lass mich bitte in Ruhe arbeiten." Ja, sind denn jetzt alle verrückt geworden? Was sollen wir bloß am Heiligen Abend ESSEN? Ich weiß es doch nicht!

„Hooch, is' ja schon gut", sagt sie noch und dann schwirrt sie endlich ab, aber nicht, ohne zu murmeln „Wat Besseres is' euch wohl nich' eingefallen?! Würskes mit Kartoffelsalat! Bisken kreativer vielleicht, Herr Chefredakteur."

Jetzt sehe ich mir erst mal den Entwurf für unsere nächste Ausgabe an.

Der Titel sieht gut aus. Headline: „**Doch keine Autobahn?** ", von Ulli Müllenbach ist auch okay, und vielleicht haben wir ja Glück und die Wiesen um Leckede herum werden nicht betoniert. Seite zwei, Headline: „**Und was esst ihr an Heiligabend?**", von Anke Niggeloh. Ich glaube es ja nicht. Ärgerlich klappe ich den Entwurf wieder zu und schaue bockig aus dem Fenster. Alle verrückt geworden.

Die Spritpreise an der Raiffeisen-Tankstelle ändern sich gerade mal wieder. Die automatischen Zahlen an der Anzeige wandern ... nach oben, ist ja klar. Und mein Partner Heinz-Josef, also Don Camillo, der Don – Sie kennen ihn –, steigt gerade aus seinem Opel, hat in den Händen zwei volle Einkaufstüten und stößt gekonnt mit dem rechten Knie die Autotür zu. Klack. Es sieht aus wie ein kleines Kunststück, das er lange geübt hat. Verriegeln wird er den Opel dann wohl ganz modern und ferngesteuert durchs Fenster von seinem Büro aus, hat ja keine Hand mehr frei.

Ich könnte mal wieder über die steigenden Spritpreise schreiben. Aber so 'ne aufregende Meldung ist das ja nun auch wieder nicht. Ist ja normal. Vielleicht sollte ich einen Gegenartikel zu Ankes Fressartikel in meiner eigenen Zeitung machen? „**Würstchen mit Kartoffelsalat!**" könnte die Headline lauten oder „**Heiligabend – einfach mal nix!**", weil weltweit über achthundert Millionen Menschen nichts zu essen haben – auch nicht am

Heiligen Abend.

Nein, das ist wirklich nicht witzig. Ich will ja auch nicht allen den Spaß und vor allem den Appetit verderben. Aber es stimmt doch. Wir zerbrechen uns die Köpfe, ob es eine schwere Rotweinsauce zum Hirsch geben soll und statt Blätterkartoffeln lieber Serviettenknödel. Naja, so ist die Welt.

Die Tür geht schon wieder auf (oder hatte Anke sie gar nicht geschlossen?) und Don Camillo steht etwas erschöpft wirkend vor mir mit den beiden randvollen Tüten. Aus einer guckt oben eine Gurke oder eine Zucchini hervor.

„NA?!", sagt er und sonst erst mal nichts. Aber dann fragt er: „Wat gibbt et denn bei euch?"

„Was soll die Frage, Don?"

„Hei-lich-a-bänt, Mensch! Wat ESST ihr? Dat is' doch im Moment DAS Thema!"

„Don, das ist doch nicht dein Ernst! Drehst du jetzt auch schon durch wegen dem einen blöden Abend?"

„Nä, ich nich'", sagt er da leicht resigniert und setzt seine Tüten erst mal schwungvoll ab. Natürlich kippt eine um, die Zucchini fällt heraus, keine Gurke also, und zwei Zitronen kullern quer durchs Büro unter meinen Schreibtisch. Ich tauche ab, um die entflohenen Zitrusfrüchte wieder einzufangen, und höre dabei tief unter meinem Tisch, wie er da oben sagt: „Aber meine Jutta! Die ist völlig auf Links gedreht, weil Heilichabend de Schwiegereltern kommen, un' getz weiße nich, wat se kochen soll. Immer dat selbe Theater!"

Kommt mir bekannt vor.

„Die macht mich färtich, glaubsse? Soll wat ganz Besonderes werden diesmal. Einmal im Jahr! Un' heute is' wieder Testessen bei uns. Dafür dat ganze Gedöne hier", sagt er und zeigt auf die randvollen Tüten. „Jutta is' dann den ganzen Abend am Kochen un' bei de *Tagesthemen* hau'n we uns dann de Bäuche voll, weil se wieder wat Neues ausprobiert hat. Provenzalische Poularde mit Knoblauch un' Zitrone! gibbt et heute. Nur zur Probe, weiße? Soll ja nix schiefgehen am Heiligen Abend! Die macht mich noch verrückt. Abber lecker isses immer! Dat muss man schon sagen", sagt er noch und klatscht sich auf seinen Bauch, der nicht wegzudiskutieren ist.

Der Don macht mich etwas nachdenklich.

Als ich dann heute nach Hause komme, riecht es. Aber wie!? Kaum, dass ich die Haustür geöffnet habe, schlägt mir ein Geruchsgemisch entgegen, das ein käseüberbackener Zimmerbrand sein könnte. Es riecht eigentlich gar nicht schlecht, aber irgendwie auch sehr gefährlich.

„Hallo, da bin ich! Was riecht das hier so, Steffi?", rufe ich freundlich, aber reichlich besorgt in Richtung Küche und sehe mit Schrecken zunächst nur Qualm und Rauch. Wahrscheinlich sind das die letzten schwelenden Reste unseres einst so mächtigen hölzernen Küchenblocks. Wo ist eigentlich unser Feuerlöscher?

„Steffi?"

„Jaaa!", schallt es ärgerlich, aber für mich äußerst beruhigend aus dem Zentrum der vermeintlichen Feuersbrunst zurück. Sie lebt also noch und hört sich auch ganz vital an. Außerdem scheppert und zischt es, als wären tapfere, bisher noch unsichtbare Männer der Feuerwehr mitten in der Arbeit und man muss die Absperrungen beachten. Befehle werden gebrüllt, Leitern ausgefahren und Leben gerettet. Ein Motor läuft auf Hochtouren, vielleicht eine Seilwinde, um einen Schwerverletzten aus dem ersten Stock zu zerren. Wo ist Max? Doch ich bemerke, dass es nur die Dunstabzugshaube ist.

„Was ist denn *hier* los?", frage ich dann also und arbeite mich mit einem schnell gezückten Tempotaschentuch vor dem Mund in die Mitte des Infernos vor. „Steffi!"

Und da schält sie sich langsam aus dem Nebel des Grauens heraus und sagt: „Was denn? Hab nur die heiße Pfanne abgespült. Tach, Schatz."

Ja, der Küchenblock steht noch unverkohlt, ebenso wie meine liebe Steffi. Sie sieht im Großen und Ganzen noch immer so aus, wie ich sie kenne, leicht verändert durch die strähnigen Haare, die ihr verschwitzt am Kopf kleben, das verschmierte Make-up, das sie ein wenig wie einen Schockrocker aussehen lässt, aber sie lächelt angestrengt. Und das beruhigt mich doch sehr. Ich bekomme einen knappen Kuss mit Gorgonzolageschmack, der mich neugierig macht.

„Bin gleich so weit", sagt sie dann.

Aber danach sieht es absolut nicht aus. Sie wirkt extrem hektisch, fast manisch getrieben, und kommt mir vor wie in fanatischem Eifer versunken. Tiefe, irre Sorgenfalten zerfurchen ihre schöne Stirn, ihre großen, einstmals leuchtenden, fröhlichen Augen irrlichtern hektisch und blutunterlaufen durch die Küche und über den Herd, wo sie abwechselnd mit verschmierten, verkrampften Krallen mit rechts und mit links an verschiedenen Pfannen und Töpfen rüttelt, die über alle Kochflächen verteilt sind.

Alles voll. Das hatten wir eigentlich noch nie, zumindest kann ich mich nicht erinnern. Meistens reicht eine, ansonsten zwei oder vielleicht mal drei Platten, um etwas Fleisch, ein paar Kartoffeln und ein Sößchen zu erhitzen. Aber alle fünf Platten gleichzeitig ... das ist eine neue Dimension von Steffis Hexenküche.

Hier schmurgeln Zwiebeln (jedenfalls sieht es so aus, oder bewegt sich da noch was?) und dort blubbert eine Sauce (sehe ich da Krötenbeine und Mäuseschwänze drin schwimmen?), da ploppt in einer Eisenpfanne immer wieder verzweifelt rotes und grünes halbverbranntes Irgendwas in die Luft und blutig dahingemordet liegt ein abgetrenntes Körperteil auf dem Hackbrett, das sicher mal zu einem stolzen Rind gehört hat.

„Was machst du denn da?", frage ich also, denn es sieht nach einem möglicherweise unrealisierbaren Vorhaben aus.

„Lass mich mal besser in Ruhe, Alex." Der Ton hat sich wieder geändert. „Geh aufs Sofa oder in dein Zimmer. Geh spielen oder kleb den Fisch! Ich kann dich jetzt hier wirklich nicht gebrauchen!"

So redet sie normalerweise nur mit Max.

„Aber ich könnte dir doch helfen!"

„NEIN! Viertelstündchen", verkündet sie mit fast schon drohender Stimme, reißt die feurigen Augen auf, schickt mir zwei Hexenblitze, die mir die Augenbrauen versengen, und nickt mit dem Kopf gebieterisch Richtung Wohnzimmer oder auf jeden Fall Richtung WEG HIER!

Na gut, denke ich, öffne noch schnell zwei Fenster und gehe erst mal ins Bad und dann in mein Arbeitszimmer und verhalte mich still.

„JETZT!", gellt dann nach einer knappen Stunde ein Ruf durchs ganze Haus und es scheint besser zu sein, diesem Ruf unverzüglich Folge zu leisten.

Max und ich strömen aus verschiedenen Richtungen auf den Esstisch zu, und da steht dann ein wunderbares Gericht dampfend auf den Tellern vor uns. Entstanden in den Ruinen einer einstmals schönen Küche, geboren aus den Fantasien einer Besessenen. Wir ziehen anerkennend die Augenbrauen hoch und atmen tief durch unsere Nasen ein. Es sieht toll aus und riecht wirklich gut. Und der tödliche Qualm hat sich auch fast verzogen. Dafür ist es ziemlich kalt im Raum und ich schließe schnell die Fenster.

Steffi sieht schwer derangiert aus, trägt aber wieder durchaus menschliche Züge. Leider trägt sie noch die fett- und blutbespritzte Scharfrichterschürze. Die Haare hängen ihr jetzt wild ins Gesicht, und man könnte auch sagen: Der Wahnsinn hat sie doch noch in seinen Klauen. Aber er hat etwas locker gelassen.

„Rumpsteak an Gorgonzolasauce im Dialog mit Rosmarinkartoffeln!", sagt sie dann wie ein Löwendompteur vor der großen Nummer und sackt auf ihren Stuhl, dass es kracht. Sie ist erschöpft, erledigt und ausgelaugt.

„Im Dialog?", fragt Max, weil er es nicht versteht, und er hat ja auch völlig recht. Auch ich hasse diese gestelzten Wortschöpfungen, diese blumenrankigen sprachlichen Kreativverirrungen auf Speisekarten von Ess-Gaststätten, die so auf billig kleisterige Art versuchen klarzustellen, dass sie ganz was Besonderes sind. Bloß ganz besonders teuer sind sie dann aber meistens nur.

Im Dialog! Als ob sich da auf dem Teller die Kartoffeln mit dem Rumpsteak unterhalten. „Na, wie läuft's denn so bei dir, Steak?", fragt die dicke Kartoffel und suhlt sich wohlig in der heißen Sauce zwischen den herumalbernden Pilzen. „Oooch, weiße, geht so", sagt das Steak, „dat war glatte Tierquälerei, sa-chich dir. Ich bin getz völlig durch."

„Naja, stand so im Rezept und so was sagt man doch", meint Steffi. „*Im Dialog* oder auch *im Duett* oder eben *Trilogie* von ... sind ja drei Sachen auf 'm Teller", und ich höre, dass sie es nicht so ganz ernst gemeint hat. Sie kann schon wieder witzig sein. Ein Glück! Ich bin sehr froh darüber.

Und dann gibt Steffi das Kommando „Guten Appetit an alle" aus und es geht los.

Hmm. Schmeckt gut. Besonders die Kartoffeln mit der Gorgonzolasauce. Das Gemüse ist leider schon wieder kalt, weil ja auch die Fenster die ganze Zeit auf waren, und nicht richtig durch, aber dafür ist das Fleisch ziemlich gut durch und vielleicht auch deshalb etwas zäh. Man muss eben einfach etwas mehr Kieferkraft als üblich aufbringen, aber es schmeckt nicht schlecht. Schließlich hat auch der Mensch eine Beißkraft von bis zu achtzig Kilogramm. Das dürfte reichen. Ein Weißer Hai zum Vergleich hat natürlich die größte Beißkraft aller bekannten Lebewesen mit eins Komma acht Tonnen. Da geht alles ratzfatz, aber der muss sein Fleisch auch roh und ohne Gorgonzolasauce im salzigen Wasser vertilgen.

„Lecker", sagen wir also beide und kauen artig weiter. Ich denke daran, dass die Mongolen ihr Fleisch früher auf den Rücken ihrer Pferde weichgeritten haben. Das war gar nicht so eine schlechte Idee.

„Nein", sagt Steffi und schiebt ihr Fleisch verärgert beiseite, „nicht lecker! Viel zu zäh. Das geht ja überhaupt nicht. Dabei hab ich doch genau … aaach! Man weiß das nie mit diesen Steaks. Ich geh morgen noch mal zu Metzger Noltenhans. Das geht so nicht! Irgendwas mach ich immer noch falsch oder sein Fleisch taugt nichts."

Das ist ja wohl das Letzte!, sagt das Steak und wendet sich beleidigt ab.

„Naja", sage ich, „etwas zäh vielleicht, aber sonst …"

„Siehst du, das geht nicht. Auf keinen Fall! Dafür war's auch viel zu teuer!"

Der Abend verläuft dann eigentlich ganz friedlich, aber Steffi ist gestresst. Das spürt man deutlich. Sie hackt sich wieder mit dem Laptop durch ihre Fress-Seiten und schüttelt immer wieder den Kopf. Dann scheint sie etwas Interessantes gefunden zu haben, denn man hört gar nichts mehr von ihr. Max und ich sehen James Bond in *Spectre* ohne die üblichen teilweise recht kritisch spitzen Anmerkungen meiner Frau zu derartiger Filmunterhaltung.

Ganz gemütlich eigentlich.

Als ich dann Max ins Bett geschickt habe, bemerke ich, dass Steffi gar nicht mehr da ist. Ich sehe im Schlafzimmer nach und da liegt sie dann. Eingeschlafen und laut schnarchend vor dem Schlafzimmerfernseher, der gerade ein Wettkochen unter Prominenten zeigt. Ich schalte den Fernseher kopfschüttelnd aus, schließe leise die Tür und widme mich noch für eine halbe Stunde meiner archäologischen Tätigkeit mit dem griechischen Scherbenfisch. Es wird.

Auch an den nächsten Abenden dürfen Max und ich wieder Testesser von Steffis Besessenheitsmenüs sein.

Wir kommen zuerst in den unerwarteten Genuss von *Lammkarree mit Polentasticks,* bei dem aber die Mandelblättchen verbrannt sind, das Lamm noch etwas roh ist und die Polenta auseinanderfällt, was uns aber gar nichts ausmacht. Es ist trotzdem lecker und schmeckt super. Doch Steffi ist ganz und gar nicht zufrieden.

Donnerstag: *Lackierter Schweinebauch mit Rettichsalat.* Auch toll. Aber Steffi hat fast einen hysterischen Anfall bekommen, weil sie das benötigte Küchengarn, um den Braten zusammenzuhalten, nicht gefunden und daher einfach Zahnseide genommen hat.

Kunststoff. Da gibt es natürlich im Backofen bei einhundertachtzig Grad ein Problem. Aber auch ohne den Braten ist alles sehr lecker. Toller Rettichsalat mit Möhren und Sesamöl. Uns schmeckt's und wir sind auch fast satt geworden. Da macht man sich eben noch ein schnelles Käsebrot hinterher und alles ist gut.

Aber Steffi wird von Tag zu Tag gestresster. Besessen. Als wolle sie mit ihren Prominenten um die Wette kochen, als wolle sie alle Sterneköche der Welt unter den Tisch kochen.

„Steffi, lass doch mal langsam gehen … du musst doch hier keine Preise gewinnen."

Will sie aber irgendwie. Ein neuer Ehrgeiz hat sie gepackt. Ach, wenn doch dieser blöde Heilige Abend bald vorbei wäre.

Freitag: Sie will *Putenrouladen mit Kerbelpesto* an uns ausprobieren, aber auch dieser Abend verläuft nicht zu ihrer Zufriedenheit.

Die Putenschnitzel sind oben ziemlich schwarz verkrustet, weil sie statt der mittleren Schiene im Backofen die oberste benutzt hat. Aber selbst das macht Max und mir nichts aus. Gar kein Problem. Man kann ja einfach das Schwarze oben abschaben und dann hat man ein wunderbar schmeckendes Stück Pute. Untendrunter geht's doch! Sehr, sehr lecker.

Nein! Nein! Nein! Steffi ist dem Wahnsinn nahe.

Samstag: Heute gehen wir zu Gaetano und Giovanna ins Sapori Italiani, ins beste italienische Restaurant der Welt – mitten in Leckede. Das habe ich persönlich so beschlossen, um den Bestand meiner Familie zu retten.

„Aaah, de Stäffi, de Alessandro und de Maaxe, kommt reine, kommte reine", begrüßt uns Gaetano auf seine unnachahmliche italienische Art. „Sstääffii, schönste Frau von de Welte!", sagt er dann immer und küsst sie von allen Seiten ab. Ich kenn das ja schon und begrüße seine Giovanna mit ebenfalls einem kleinen Schmatzer rechts und links und wieder rechts – unser Sohn dreht sich angewidert und peinlich berührt ab – und dann sitzen wir endlich.

Max bestellt zielstrebig eine Pizza Salami und wir …? Mmh. Auch! Pizza! Jawoll. Tonno für Steffi und Capricciosa für mich. Zack, fertig. Karten zugeklappt. So schnell geht das. Her mit dem Wein!

Und es dauert auch kaum zehn Minuten und Gaetano serviert uns geschmeidig lächelnd die drei Pizzas (man kann auch *Pizzen* sagen, was mir persönlich nicht so gefällt, oder italienisch *Pizze*, was natürlich keiner sagt, *Pizzi* vielleicht?, möglicherweise geht auch lateinisch *Pizzae*, nein, ich glaube eher nicht).

„Gaetano, was macht ihr denn so am Heiligen Abend? Giovanna und du, eure Töchter …?", frage ich ihn einfach mal so, weil das ja zurzeit so allgemein das Thema zu sein scheint.

„Oh", sagt er und wirkt dabei etwas traurig und fröhlich zugleich, was bei Italienern schon mal vorkommt. „Aurora, weißt du, studierte inne Japon, Tokio, kommte nischt Leckede diese Weihnacht. Unte Viola, weißt du, läbbte Amerika seite sswei Jahre, kommte auch nix. Sinte Giovanna unte ische alleine."

„Oooh!", sagen wir da beide, Steffi und ich, voller Bedauern und denken schon kurz daran, die beiden einfach zu uns einzuladen. Gibt sicher was Leckeres zu essen bei uns. Max ist zu sehr mit seiner Salamipizza beschäftigt, um an emotionalen Bekundungen jeglicher Art teilnehmen zu können.

„Wisste ihr, was maacke Giovanna und ische?"

Nein, das wissen wir nicht, aber wir versuchen, es uns vorzustellen. Wahrscheinlich sitzen die beiden heulend unter ihrem traurig schiefen Bäumchen und denken wehmütig an die Zeiten, als man noch eine richtige italienische *Famiglia* war. Kennt man doch aus *Der Pate* und *Ehre der Prizzis* so.

„Fahren wir diese Jahr Schiff. Kreuzefahrte, versteh? Mediterraneo! Italia! Heimat!"

„Oooh!", sagen Steffi und ich wieder unisono, aber diesmal hat es einen ganz anderen, schönen, erleichterten Klang.

„Jaa, freue unsse ssähr! Weihnachte immär schön, abbär auck immär viele … äh … teatro, Theater, molto lavoro, viele Arbeite. Musse koche, koche, koche, alle wolle esse, unte musse sspitze sein, weil ische binne proprietario di ristorante, Besitzer vonne Sapori Italiani. Abbär manschemal isch binne bloss Mensch …", und dann dreht er sich nach allen Seiten um, ob ihn auch keiner hört, und sagt dann ganz leise zu uns heruntergebeugt, „… und manschemal isch habb keine Luste mähr. Sssnauze voll! Verssteh?

Un' diese Jahr sono libero, ische binne frei!"

Interessant.

„Abbär nächste Jahre", fährt er dann bedeutungsvoll fort: „TUTTA LA FAMIIIGLIA!!"

Na bitte, wusste ich's doch.

Wir könnten doch auch einfach abhauen, denke ich kurz. Kleine Kreuzfahrt oder Skifahren im Hochsauerland. Aber da sind ja schon alle Holländer und es ist nichts mehr frei. Ganz bestimmt nicht.

Dann widmen wir uns erst mal ganz unseren Pizzi, Pizzas, Pizzen, Pizzae. *Sie schmecken einfach wunderbar und sind so simpel zu machen,* denke ich. Dieser Teig wird doch wohl irgendwie ganz locker hinzubekommen sein und dann obendrauf so ein paar Leckereien gestreut, ab in den Ofen damit, und dann haben wir's doch schon. Total lecker, rund und farbenfroh.

„Steffi, lass uns doch Pizza machen am Heeiligen Abend!"

Dabei ziehe ich das „Heeiliig" vielleicht etwas zu lang, so dass es knapp an schlechter Laune bei Steffi vorbeischrappt.

Jaja, schon gut. Wir machen was Richtiges. Abgemacht.

„Morgen", sagt sie dann und sieht mir tief in die Augen, „morgen kochen wir gemeinsam."

Oh, freu isch mir.

Heute, Sonntag, gleich nach dem Frühstück, klebe ich die letzten Scherben in den griechischen Fisch. Ein paar Teile fehlen, aber das fällt kaum auf, weil ich diese Stellen mit Moltofill und farbigen Filzern einfach aufgefüllt habe. Sieht wieder fast aus wie früher, das gute Teil, und ich stelle ihn stolz an seinen alten Platz auf der Küchentheke, von wo er uns schon so viele Jahre beim Kochen zugesehen hat. Also meistens hat er Steffi gesehen.

„Hier, Steffi, guck mal, unser Fisch. Samos!"

„Oh!", sagt sie und scheint echt überrascht. „Da isser ja wieder. Toll. Danke!"

Ja, gerne. Is' doch 'n Klacks für einen Mann wie mich.

„So. Was machen wir, Steffi?", frage ich und reibe mir die Hände, denn heute soll es ja eine Knippschild-Gemeinschaftsproduktion Testgericht Heiligabend in der Küche werden.

„Wir machen Ossobuco mit Zitronen-Sellerie-Püree", eröffnet Steffi mir voller neugetankter Energie und in bester Laune, obwohl ich jetzt, so kurz nach dem Frühstück, noch gar nicht an Essen denken kann.

„Wir machen was?", traue ich mich also zu fragen, denn vielleicht mag ich dieses Ossodingsda ja gar nicht.

„Ossobuco ist eine Beinscheibe vom Kalb, gebraten und geschmort."

Oh, eine Beinscheibe. Mh. Ein durchgesägtes Bein also, wenn ich das richtig verstehe. Ich denke da sofort an Kevin Costner in *Der mit dem Wolf tanzt*, wie ihm in einer der Anfangssequenzen auf dem Schlachtfeld das verletzte rechte Bein abgesägt werden soll, er sich aber weigert und mutig und mit unglaublichen Schmerzen seinen Stiefel wieder anzieht und siegreich in die Schlacht reitet.

Beinscheibe. Grauenhafte Vorstellung eigentlich, dass da ein in Scheiben gesägtes Bein auf einen sicherlich kreativ dekorierten Teller gelegt wird, um das Fleisch dann vom Knochen abzuknabbern. Ich meine, man sieht ja noch sehr deutlich, von welchem Teil des geschundenen Kalbskörpers diese Delikatesse herkommt. Der Knochen ist ja noch dran!

Vielleicht kann man dem armen Kalb ja das Bein dann leicht verkürzt wieder zusammensetzen. Natürlich nur, wenn man das auch bei allen anderen drei Beinen macht. Oder wenigstens bei den gegenüberliegenden, damit das Kalb nicht ... na, ist schon klar.

Und jetzt denke ich gerade an einen sehr bekannten Travestiekünstler, von dem ich das mal gehört habe. Der Mann war einfach zu groß und da hat man ihm jeweils rechts und links eine Beinscheibe herausgesägt und dann die Beine wieder zusammengesetzt. Hat funktioniert. Der Mann kann gerade stehen, sogar gehen und tanzen und sieht super aus.

Beinscheibe. Ob dieses Amputationsgericht wirklich das Richtige ist für den *Heeeiiiligen* Abend? Wo da doch der oberste und erste Menschenfreund geboren wurde? Na, ich weiß nicht so recht.

Aber da steht Steffi auch schon auf ihrer Kommandobrücke vor dem Küchenblock und hat alles um sich herum ausgebreitet, was man für dieses Knochensägenmassaker braucht.

Zwiebeln, Knoblauchzehen, Möhren, Staudensellerie ... alles liegt da und wartet auf uns.

„Du schälst die Zwiebeln", befiehlt Steffi, die Herrin der Knochenscheiben, und reicht mir ein Messer. Klar, das sind jetzt die Arbeiten für Doofe, aber ich will ja auch noch lernen von der großen Meisterin.

„Dann den Knoblauch! Ganz klein!"

„Jaja", erwidere ich ergeben und denke einen Moment daran, nach den Schnorchelmasken zu suchen, weil diese Zwiebeln mir eine verdammte Schärfe in die Augen treiben, dass ich schon jetzt nicht mehr klar sehen kann. Aber ich weiß nicht, wo wir die letztens hingepackt haben. Man braucht die ja so selten. Okay, es muss auch so gehen.

„Möhren und Sellerie putzen! Schälen! Waschen! Kleinschneiden!", geht ihre gnadenlose Befehlsausgabe weiter und ich sehe da einen Haufen Arbeit auf mich zukommen. Steffi stellt in der Zwischenzeit ihr Arsenal an Töpfen und Pfannen bereit, bringt das Olivenöl in Anschlag und Salz, Pfeffer und verschiedene mir unbekannte Gewürze in Stellung für die große alliierte Beinscheibenoffensive.

Es geht los. Mein Gemüsegehacktes kommt in die Pfanne mit dem heißen Olivenöl, und schon brutzelt und spritzt es los, dass man in Deckung gehen möchte. Nur die Mutigsten bleiben da im Dauerbeschuss durch heißes Fett an der gefährlichen Kochfront. So müssen sich Ritter gefühlt haben, die eine feindliche Burg stürmen wollten und von den Verteidigern mit flüssigem Pech und heißem Öl übergossen wurden.

„Nimm die Schürze! Und weg vom Herd!"

Das ist der Satz, der bei Wiederbelebungsversuchen im OP immer fällt, bevor der Starkstrom eingesetzt wird, um das schon tote Herz wieder in Gang zu kriegen. Weg vom Tisch!

Jawohl, Frau Doktor Kochchefarzt!

„Tomatenmark!", brüllt sie dann durch den Lärm des fettigheißen Artilleriefeuers und hält mir ihre offene Hand entgegen.

„Ja, wo ist denn …?"

„Kühlschrank!" Ach ja, klar. Wie dumm von mir.

Sie quetscht erbarmungslos mit einem einzigen Zudrücken ihrer mächtigen rechten Pranke das rote Mark in die Pfanne, bis die Tube unwürdig verunstaltet und fast leer ist, und rührt alles zu einer blutigen Pampe zusammen.

„Was steht da jetzt?", fragt sie dann und ich spüre eine gewisse Unsicherheit in ihrer strategischen Kriegsführung.

„Was meinst du denn, Steffi?"

Ich bin etwas ratlos, schwer unter Stress, ich darf jetzt nichts falsch machen, spüre, dass etwas passieren muss, und zwar schnell, aber ich weiß nicht, was.

„Da!", bellt sie los und zeigt auf den aufgeklappten Laptop. „Das Rezept!"

Ah ja, alles klar. Ich überfliege die Seite und suche die Stelle des Kriegsgeschehens, an der wir uns gerade befinden, und kann dann stolz „Kurz anschwitzen!" vermelden, obwohl ich nicht genau weiß, was das bedeutet. Ich wäre hilflos verloren in dieser

Küchenschlacht. Aber Steffi scheint verstanden zu haben, denn sie nickt und nimmt nach einer Weile den Bräter vom Herd und wischt sich den Schweiß von der Stirn. Vielleicht war das ja gemeint.

Dann kommt es. Sie öffnet den Kühlschrank und holt unten aus dem Gemüsefach das Fleisch hervor. Die Beinscheiben. Bäh! Genau so hab ich mir die Dinger vorgestellt und ich denke wieder an den tiefergelegten Travestiekünstler. Mir wird etwas komisch dabei, aber ich nehme mich zusammen.

„Sieht ja toll aus!"

Drei dieser fetten Beinscheiben hat Steffi bei Metzger Noltenhans erstanden. Vielleicht hat sie sogar dabei zugesehen, wie der furchtbare Schinder Noltenhans die Knochensäge angesetzt hat … Naja, es ist vorbei und die drei Scheiben liegen kalt, blutig und anklagend vor uns.

Sie streut Mehl auf ein Küchenbrett, wirft in einer fast verächtlichen Geste die Scheiben hinein, dass es klatscht, und dreht und wälzt sie darin herum und brüllt dabei „Sechs Esslöffel Öl in die Pfanne!" durch die Kampfgeräusche, die an Ringer auf einer Matte erinnern.

Sechs Esslöffel … ja, die Esslöffel sind in der Schublade … das Öl … das Öl?

„Hier!", sagt sie kopfschüttelnd und reicht mir mit ihrer mehligen Klaue die Ölflasche. Beinahe wäre sie ihr runtergefallen, aber ich kann sie gerade noch zu fassen kriegen, bevor sie auf dem Boden zerschellt wäre.

„Pass doch auf!", bellt Steffi. Ja, sie hat auch gehörigen Stress und da wird sie schon mal etwas ungerecht. „In die Pfanne. Los! Anschalten! Auf Vier! Mensch, Alex, jetzt mach schon!"

Ihr Ton gefällt mir immer weniger.

„Tomaten waschen und vierteilen!", heißt der nächste Hinrichtungsbefehl und ich verkneife es mir, zu fragen, wo diese besagten Tomaten denn wohl sind. Nach kurzem Nachdenken komme ich aber selbst drauf. Gemüseschublade – Kühlschrank. Ist ja klar.

Steffi lässt inzwischen die Beinscheiben in die Pfanne rutschen. Es zischt und spritzt wieder, ein wenig siedendes Öl schwappt auf die Kochfläche und es gibt eine süße kleine Stichflamme. Die beiden Ritter der Kochkunst weichen erschrocken einen Schritt zurück. Die Burg ist noch nicht eingenommen.

„Was steht da jetzt?", fragt sie wieder, während die Beinscheiben brutzeln und ihr tödliches Fett in alle Richtungen verspritzen, dass es langsam auch etwas rutschig wird auf dem Boden an der Front vor dem Herd.

„Petersilie …", lese ich aus dem Laptoprezept vor.

„Ach ja. Petersilie! Waschen! Hacken!"

Klingt wie: „Nachladen! Dauerfeuer!"

Steffi versucht jetzt mit zwei Teelöffeln, die drei Beinscheiben, die inzwischen schon eine tiefe Bräune angenommen haben, in den Bräter zu bugsieren, wo ja seit einiger Zeit meine Zwiebeln, mein Knoblauch, meine Möhren und mein Sellerie vor sich hin schmoren. Es ist aber mit den beiden Teelöffeln natürlich nicht ganz einfach. Eine Beinscheibe rutscht ihr dann auch vom Löffel und landet auf dem rotglühenden Kochfeld, wo die Scheibe sofort anklebt. Schon wieder erhebt sich eine Stichflamme – diesmal richtig groß und gefährlich – Richtung Dunstabzugshaube, die wir jetzt endlich einschalten, weil es Sinn macht. Das macht die Flamme sogar noch etwas größer und schwarzer Qualm steigt auf.

„Warum nimmst du denn nicht den Pfannenwender, Steffi, oder hier … die Würstchenzange?", frage ich sie etwas aufgebracht und halte ihr die genannten Gegenstände vors Gesicht, während sie mit einem brennenden Trockentuch die Flammen löscht und flucht.

„Komm mir bloß nicht so!", regt sie sich auf. „Klugscheißer kann ich hier nicht gebrauchen!" Und irgendwie hat sie ja recht, denn jetzt ist es ja sowieso zu spät.

Und dann entreißt sie mir doch noch den Pfannenwender, den ich noch immer sinnlos in der Hand halte, und versucht, das Fleisch von der glühenden Kochfläche zu lösen. Aber ein Plastikpfannenwender ist eben einfach zu schwach für dieses gewagte Projekt und er schmilzt in Bruchteilen von wichtigen Sekunden an. Der Rand des schwarzen Plastiks verschmort nun unter unseren gefesselten Blicken ätzend und stinkend auf der Platte und es gibt schon wieder eine Flamme. Diesmal reicht sie bis in die Dunstabzugshaube hinein, beißender Rauch versperrt uns die Sicht und ich denke wieder an den Feuerlöscher, der aber ganz hinten im Abstellraum steht. Glaube ich wenigstens.

„Mach doch erst mal die Platte aus!", rufe ich Steffi erregt zu, bin aber selbst nicht in der Lage, diese einfache Tätigkeit auszuführen. Zu faszinierend ist das, was sich da vor meinen Augen ereignet.

Bevor der Pfannenwender – der eigentlich ja kein Pfannenwender ist, weil er ja nicht Pfannen, sondern vielleicht Fleischstücke oder Spiegeleier wenden soll – noch weiter mit dem glühenden Kochfeld verschmilzt, nehme ich ihn jetzt herunter und werfe ihn ins Abwaschbecken. Auch das Trockentuch hat jetzt ein wenig Feuer gefangen und wird etwas kleiner dabei. Währenddessen ist die Beinscheibe recht zuverlässig auf der Kochfläche festgebrannt und es riecht wie bei einer mittelalterlichen Hexenverbrennung. Jedenfalls stelle ich mir den Geruch so vor.

Steffi sieht mich traurig an und ich spüre, dass es ihr alles in diesem Moment etwas zu viel wird. Sie ist erschöpft. Sie kann nicht mehr. Und es geht etwas Seltsames in Steffi vor. Die Luft um uns vibriert und verändert ihre Zusammensetzung. Es geschieht eine Wende in den Geschehnissen, ein übermächtiger

Wille wächst plötzlich, diesen Krieg einfach nur zu überleben. Gewinnen will hier keiner mehr.

Steffi wirft das immer noch brennende Trockentuch jetzt ebenfalls mit großer Resignation in die Spüle, ich stelle das Wasser an – wir sind doch ein gut eingespieltes Team – es zischt und qualmt, das Feuer ist gelöscht und der Lärm des Kampfes verebbt allmählich. Nur noch das leise Wimmern der Verletzten ist zu hören. Steffi atmet leicht zitternd aus. Gleich wird der Sanitätstrupp eintreffen und die Erstversorgung übernehmen. Es herrscht eine unwirkliche Stille. Die Schlacht ist vorbei, bevor sie richtig begonnen hat. Wir haben verloren, aber wir leben.

Der Rauch der Kampfhandlungen und beißender Qualm hängen noch in der Luft, die Augen tränen und wir versuchen, das Geschehene zu verarbeiten.

Und dann sehen wir uns an, blicken uns tief in die Augen, die so viel Furchtbares gesehen haben in den letzten Minuten ... und Steffis Körper wird von einem geheimnisvollen Rütteln erfasst, das immer stärker wird, sie reißt die Augen auf ... und eine explosive Lachsalve erschüttert Steffi, die mir Angst macht. Eine nicht mehr kontrollierbare Heiterkeit erfasst sie und durch die erbarmungslosen kreischenden Lacher quetscht sie ein „Ossobuco! Ossobuco!“ heraus. Es klingt wie die Zauberformel des Medizinmannes eines noch unentdeckten Steinzeitvolkes am Amazonas.

„Beinscheibe an Heiligabend! Hahahaha! Boah, bin ich bescheuert! Hahahaha!“

Und da lache ich einfach mit. Ich kann nicht anders, es schüttelt auch mich und Tränen kullern uns die verschmierten Wangen herunter. Wir lachen beide, bis es wehtut.

Dann sehen wir uns noch mal an und ein ganz besonderer Moment entsteht zwischen den beiden Knippschilds. Wir nicken. Wir haben uns wieder. Wir haben uns verstanden.

Und gleichzeitig sagen wir beide: „Würstchen mit Kartoffelsalat! Scheiß drauf!"

Als wir uns dann wie zwei Sportler High Five geben wollen und jeder einen Schritt auf den anderen zu macht, rutscht Steffi in der schmierigen Ölsuppe vor dem Herd aus, ich kann sie gerade noch auffangen, damit sie nicht gegen die Theke kracht, aber irgendwie hat sie dabei auch den griechischen Fisch erwischt, der wieder viel Pech hat heute.

Naja, ich hab sowieso keinen Zweikomponentenkleber mehr.

„Was ist denn hier los?", fragt Max, der in diesem Augenblick in die Küche gestürmt kommt und einfach nicht fassen kann, was er da sieht. Die totale Zerstörung des knippschildschen Ernährungszentrums.

„Max, weißt du was? Wir fahren im nächsten Sommer alle zusammen nach Samos, Griechenland. Sehr schön."

Max versteht nicht so ganz, wie man angesichts dieser Katastrophe Urlaubspläne machen kann, aber er findet Samos wohl ganz in Ordnung. Warum nicht?

Und mit diesem schönen Gedanken lassen wir das furchtbare Schlachtfeld hinter uns, richten uns etwas her und fahren ins Örtchen zu Gaetano und Giovanna. Da gibt es immer was zu essen.

Und bis Heiligabend ist es ja noch lange hin.

Vierzehnte Sauerländer Weisheit:

Allet, wat so gut gerochen,
musste ers' ma' einer kochen.

Dann hamwe's doch!

Hier spricht der Autor.

So, Leute, wir sind durch. Alles überstanden. Naja, fast …

Jetzt kommt ja dann noch der Heilige Abend bei den Knippschilds. Steffis Eltern, Alfred und Helga, werden da sein, Geschenke, Getränke, Gequatsche … und außer dem Kartoffelsalat und den Würstchen, die dieses Jahr als Heiligabendmenü eine echte Neuerung sind, wird es sein wie immer. Ganz schön und gemütlich – mit ein paar kleinen Katastrophen vielleicht. Normal.

Aber bis hierhin ging ja auch alles ganz gut mit den Knippschilds – mitten im Sauerland live.

Ich hoffe, es hat Ihnen beim Lesen so viel Spaß gemacht wie mir beim Schreiben und Ausdenken.

Danke an meine Frau, meine beste und liebste Kritikerin, die immer als Allererste alles lesen darf, wenn es fertig ist, und die mir auch hier wieder in vielen Fällen aus Sackgassen herausgeholfen und einige gute Ideen beigesteuert hat.

Danke an Carina Middel für ein sehr kompetentes und engagiertes Lektorat. Sollte irgendein Grammatikprofessor noch etwas auszusetzen haben, dann liegt es nicht an Carina. Manche „Fehler" sind auch extra drin.

Danke an FUEGO und Friedel Muders für seinen persönlichen Einsatz.

Und damit eins klar ist: Die Knippschilds sind natürlich frei erfunden und das sollen sie auch bleiben. Aber sie könnten doch direkt bei Ihnen nebenan leben, oder? Na, vielleicht wohnen sie ja nebenan. Sehen Sie doch mal nach.

Ja, das Leben ist manchmal schon ganz schön bekloppt. Und oft merkt man es erst, wenn man es in Sätzen aufgeschrieben sieht.

Danke!

Ihr und Euer Reiner Hänsch

Vierzehn Sauerländer Weisheiten

1

Tolle Technik – gut und schön.
Alles brauchsse nich' versteh'n.

2

Willze ein' auf Styling machen,
kannet sein, dat alle lachen.

3

Is' dat Grüne ers' ma' hin,
macht der Garten wenig Sinn.

4

Ostern komm' Geschenke rein.
Müssen nich' nur Eier sein.

5

Inne Birne alles fit,
doch manchmal kommsse nich' mehr mit.

6

Im Kaufhaus kannze alles finden.
Muss' dich nur ers' überwinden.

7

Essen, trinken, schöne Lieder
un' dann reicht's auch ers' ma' wieder.

8
Nä, so wat passiert dir nich'?
Eines Tages ham Se dich!

9
Gute Vorsätze sind schön.
Muss auch manchmal ohne geh'n.

10
Steigsse inne Kiste rein,
muss alles erst geregelt sein.

11
Zack, zack, zack und nur nich' bummeln,
kannz dich manchmal auch verfummeln.

12
Krank is' krank, da wirsse leiden.
Doch man kann's auch übertreiben.

13
Sportlich bleiben, immer fair,
manchmal fällt dat aber schwer.

14
Allet, wat so gut gerochen,
musste ers' ma' einer kochen.

… und eine hamwe noch:

Voll bekloppt und ganz normal:
Sauerland is' überall!

Der Autor

Reiner Hänsch, geboren im sauerländischen Iserlohn-Letmathe hat schon so einiges gemacht in seinem Leben.

Sozialwissenschaften studiert (dann aber doch lieber Musik gemacht), sogar mal Wirt gewesen (und wieder Musik gemacht), als Texter und später Creative Director bei namhaften, weltweit agierenden Werbeagenturen gearbeitet ... aber auch da wieder Musik gemacht. Reiner hat unzählige Musiken für große Werbekampagnen komponiert und produziert.

Die Musik aber, die ihn sein Leben lang begleitet hat, sind die Songs, die er für seine Band ZOFF geschrieben und gesungen hat. Seinen Song *Sauerland, mein Herz schlägt für das Sauerland* kennt wohl jeder – nicht nur im Sauerland. Diese rockende Hymne des Landes mit den tausend Bergen ist längst weit über die Grenzen der besungenen Region bekannt.

Noch immer ist Reiner mit seiner Band auf den Bühnen des Landes unterwegs. Seit einigen Jahren ist er auch als Autor erfolgreich. Seine Geschichten sind immer mitten aus dem Leben und voller echter (meist Sauerländer) Typen. Humorvoll, witzig und überaus menschlich. Auch mit seinen Büchern, Musik und viel Comedy ist Reiner live unterwegs.

Er lebt heute mit seiner Familie als freier Komponist, Musikproduzent, Konzeptioner, Texter und eben als Buchautor am Jadebusen und auf Ibiza – und kommt immer wieder gerne in sein schönes Sauerland zurück.

www.reinerhaenschtext.de
reiner.haensch@t-online.de

Reiner Hänschs zweiter Roman

DIE FAXEN DICKE

erschienen im **WOLL**Verlag

Das Buch ...

ISBN 978-3-943681-48-2 | 14,90 EUR

und das Hörbuch

ISBN: 978-3-943681-51-2 | 6 CD's – mit Live-DVD
von der Comedy-Lese- und Musiktour 2014 | 17,90 EUR

Urlaub! Muss das sein? Und wie ging das noch?

Ja, es muss sein. Alex Knippschild hat von allem aber so richtig
die Faxen dicke und stürzt sich mit seiner kleinen Familie mutig in das
letzte große Abenteuer der Menschheit: Pauschalurlaub. Doch was sie
da erleben, übersteigt die allerschlimmsten Befürchtungen. Verdammt
witzig, irre komisch und sehr menschlich, weil wir das alle so gut
kennen.